La NOVIA *equivocada*

CATHARINA MAURA

La NOVIA equivocada

ESPASA

Título original: *The Wrong Bride*

Traducido por: Mónica López Fernández

Bajo el sello editorial ESPASA M.R.
Avenida Presidente Masarik núm. 111,
Piso 2, Polanco V Sección, Miguel Hidalgo
C.P. 11560, Ciudad de México
www.planetadelibros.com.mx

Primera edición en formato epub: marzo de 2025
ISBN: 978-607-39-2592-1

Primera edición impresa en México: marzo de 2025
ISBN: 978-607-39-2418-4

Impreso en los talleres de Corporación en Servicios
Integrales de Asesoría Profesional, S.A. de C.V.,
Calle E # 6, Parque Industrial
Puebla 2000, C.P. 72225, Puebla, Pue.
Impreso y hecho en México / *Printed in Mexico*

Esta historia es para todas a quienes alguna vez las hicieron sentir como si no estuvieran a la altura. No tienes por qué caber en las cajas que los demás armaron para ti.

Uno

Raven

—¡Qué le pasa a ese idiota! —dice Sierra al irrumpir en mi oficina. Dejo el lápiz en mi escritorio y a regañadientes despego los ojos del vestido de noche que estoy diseñando.

Después de unas semanas bastante pesadas, esta mañana al fin me desperté sin bloqueo creativo. Sabía exactamente qué diseñar para mi próxima línea de moda, pero con mi mejor amiga aquí presente no habrá forma de sacar el vestido de mi mente y plasmarlo en el papel.

—Buenos días, bonita —saludo a Sierra, conteniendo la sonrisa. Solo hay una persona que la altera así, y estoy segura de que lo que esté a punto de contarme será de lo más alocado.

—Xavier Kingston robó mi concepto y lo presentó como suyo. Le dieron el proyecto que *yo* pasé *meses* preparando ¡con mis propias ideas!

Me apoyo sobre el respaldo de la silla y me quedo mirando el cabello castaño ondulado y despeinado de Sierra. Mi mejor amiga siempre se ve impecable, pero hoy no. Parece que esta vez Xavier sí le tocó una fibra delicada.

—¿Qué no fuiste tú la que lo saboteó la última vez? Pinchaste sus llantas para que llegara tarde a una junta, y sabías que la puntualidad era lo más importante para el cliente.

Me lanza una sonrisa traviesa, sus ojos verdes destellan con gusto ante el recuerdo.

—Si no fuera por eso, su empresa se habría llevado el negocio del complejo turístico, ¡un negocio de varios millones de dólares! Honestamente, es una decepción que haya sido tan fácil ponerle trabas; suele ser más inteligente.

Meneo la cabeza y me inclino hacia ella, en señal de que tiene mi completa atención. No se irá hasta que sienta que tuvo tiempo suficiente para quejarse a sus anchas de Xavier Kingston, su mayor rival. King Enterprises y Windsor Real Estate han sido rivales desde que tengo uso de razón, pero Xavier y Sierra definitivamente lo han llevado al siguiente nivel.

—¿No crees que era obvio que se iba a vengar?

Sierra me fulmina con la mirada como si la hubiera traicionado, pero sabe que tengo razón. Sinceramente, aunque se la pasan saboteándose, ambos terminan quedándose con la mitad de las oportunidades que se presentan; básicamente dominan la industria de los bienes raíces.

—Quiero venganza —me reclama—. Imbécil… ¿Cómo se atreve? Raven, tienes que ayudarme.

Levanto mi lápiz y niego con la cabeza.

—Nop, no me voy a meter. —No estoy loca como para ofender a un multimillonario psicótico como Xavier Kingston. Sierra es la única mujer viva que continuamente se sale con la suya con él y dudo que se dé cuenta de que la única razón por la que eso sucede es porque él se lo permite.

Suena mi teléfono, lo tomo sin pensarlo, pero me congelo cuando veo quién llama. «Ares». Se me estruja el corazón y me quedo mirando el teléfono, que sigue sonando.

—¿Raven? —dice Sierra, con voz suave y de preocupación.

Alzo la mirada, regreso en mí y me obligo a sonreír. ¿Por cuánto tiempo me pasmé?

—Es tu hermano —comento, luego contesto el celular—. Hola, Ares —digo con tono calmado, en contraste con los latidos de mi corazón.

Él se ríe y una sensación de anhelo me recorre el cuerpo.

—Raven, me sorprende que me contestes siquiera; últimamente es muy difícil contactarte, estás más ocupada que yo.

Me vuelvo a apoyar en el respaldo de mi asiento y sonrío. Ha pasado un buen rato desde que lo oí decir mi nombre.

—¿Qué tal? —pregunto sabiendo que, para lo que sea que llamó, la intención es herirme. Ares es un hábito del que no he podido deshacerme. Es una vergonzosa adicción, un secreto ilícito.

—¿Quieres ir de compras conmigo? Necesito un regalo para el cumpleaños de Hannah y ¿quién mejor que tú para ayudarme?

Debería negarme, lo último que quiero es acompañar a Ares a comprar un regalo para mi hermana. No soporto oírlo hablar de ella, ver el amor y la devoción en sus ojos. Pero de verlo derramando amor por ella a no verlo, prefiero lo primero.

—Claro —le digo, en contra de toda sensatez.

Sierra me ve entrecerrando los ojos y cuelgo.

—¿Qué quería? —me reclama.

Sonrío, tensa, sabiendo que no la hará feliz.

—Necesita un regalo de cumpleaños para Hannah.

Sierra tensa la mandíbula y aparta la mirada.

—No vayas —me dice, con voz tierna—. Simplemente no vayas, Rave. Él solo puede encontrar algo que comprarle, ¿por qué necesitaría tu ayuda?

—Está bien —le respondo, aunque no estoy segura de estarlo. Han pasado años; pero, aun así, no puedo negarle nada.

—No es así —contesta—. Amo a mi hermano, pero a ti también. Necesitas dejar de estar tan disponible para él, porque cada vez que se ven tú terminas con el corazón roto.

Niego con la cabeza.

—No es cierto, Sierra. Ares y yo solo somos amigos, siempre lo hemos sido. Tú ves cosas que no son.

Ella cruza los brazos y se me queda viendo.

—Miéntete todo lo que quieras, Rave, pero a mí no me engañas.

Desvío la mirada porque no puedo seguir fingiendo cuando me mira así. Ella es la única que sabe lo que pasó cuando éramos más jóvenes, y aunque lo niego, ella sabe que sigo tan enamorada de Ares Windsor como lo estaba en ese entonces.

—Rave, ¿nunca te preguntas qué habría pasado si le hubieras confesado tus sentimientos esa noche?

Levanto la mano para detener la conversación y niego con la cabeza.

—No habría importado. Él siempre ha amado a Hannah, desde el momento en que entró a su vida, él solo la ve a ella. Si le hubiera dicho lo que sentía, solo hubiera ocasionado que las cosas fueran demasiado incómodas entre nosotros y habría perdido su amistad.

Ella me mira a los ojos, con la mirada llena del mismo dolor que siento.

—¿Realmente te vas a quitar del camino y verás cómo Ares se casa con tu hermana?

Volteo hacia la ventana y respiro con trabajo.

—¿Qué opción tengo? Llevan cinco años juntos, Sierra. Si alguna vez hubo un momento para actuar, me lo perdí. Son felices juntos y les deseo lo mejor. Si cualquiera de ellos se enterara de mis sentimientos, me costaría la amistad con Ares y destruiría la relación de por sí tambaleante con mi hermana. ¿Y para qué? Nunca me ha visto como algo más que una amiga, jamás lo hará.

Sierra niega con la cabeza.

—No estoy tan segura, ¿sabes? No creo que Ares sea tan feliz como trata de convencerse a sí mismo de que lo es. Sinceramente, dudo que te vea como su amiga, Rave. Tal vez no lo acepte ni siquiera para sí mismo, pero siempre ha habido algo entre ustedes. Lo hubo desde antes de que Hannah apareciera y nunca ha podido borrarlo del todo. Tal vez lo intentó, pero ella nunca ha sido capaz de tomar tu lugar en la vida de él.

Me miro las manos, sin saber bien qué decir. Odio que me dé esperanzas que ni al caso. Está por convertirse en mi cuñado y necesito mantener los límites entre nosotros firmemente intactos si quiero sobrevivir a su boda.

—Raven, estoy convencida de que la única razón por la que siguen juntos es porque saben que no tienen otra opción. Tal como yo, Ares sabe que tiene que casarse con la persona que la abuela elija para él. Pero la persona que mi abuela escogió inicialmente no fue Hannah, fuiste tú.

Mi corazón se estremece ante el recordatorio. Aún recuerdo el día en que mis padres me dijeron que querían jubilarse y que habían decidido fusionar su empresa productora de películas independientes, Dreamessence, con Windsor Media. Los Windsor y los Du Pont habían sido rivales de negocios hasta entonces, pero la propuesta de fusionarse cambió todo, y no solo para mis padres.

Querían conservar su amado negocio en la familia y, puesto que los Windsor tienen fama de arreglar matrimonios para sus herederos, se les presentó la solución perfecta. Un matrimonio entre los Windsor y los Du Pont mantendría la empresa dentro de la familia, y además el control de la empresa quedaría en manos de ambas familias.

En ese entonces, la persona a la que consideraron para este arreglo no fue Hannah, sino yo. Debido a mi amistad con Sierra, pensaron que yo era la mejor pareja. Solo tenía veinte años cuando hicieron el arreglo, pero por mí estaba bien y Ares no pareció objetar.

Pero todo eso cambió cuando llevé a Hannah a la fiesta de cumpleaños veintiuno de Sierra. Recuerdo esa noche como si hubiera sido ayer. Yo lo vi primero, pero desde entonces él no le ha quitado los ojos de encima a ella.

Dos

Raven

Mi corazón da un vuelco cuando veo a Ares apoyado en su auto mientras espera frente al edificio de mi oficina.

Me detengo un momento para observarlo. Ese cabello oscuro, esa mandíbula recta, esos ojos verdes idénticos a los de Sierra; no es justo que siga siendo tan guapo aunque pasen los años, cada vez que lo veo lo siento más inalcanzable. Levanta la mirada y se endereza cuando me ve en la entrada. Sonríe y se le transforma el rostro.

—¡Hola! —le digo mientras me abre la puerta. Ares me sonríe y yo también a él. Lo más probable es que más tarde me arrepienta de aceptar complacerlo, pero hasta entonces, voy a disfrutar cada segundo.

—¿Adónde vamos? —le pregunto cuando se sienta junto a mí y se agarra al volante.

—Raven —dice con toda petulancia, mientras se apoya en el reposacabezas de su asiento y voltea hacia mí. No puedo evitar que mi corazón se acelere cuando pronuncia mi nombre así y sin querer volteo hacia él—, ¿por qué ya nunca te veo?

Se ve genuinamente consternado, como si en realidad me extrañara, y ese gesto reaviva el fuego que estoy tratando de extinguir.

—Solo he estado ocupada. —Mi voz se oye débil, suave, como si no fuera capaz de mentir con autoridad—. En verdad estoy trabajando jornadas de locura, tengo demasiados contratos de modelaje y al mismo tiempo estoy tratando de hacer crecer mi marca de ropa. La verdad, a veces apenas tengo tiempo de comer o dormir.

Él asiente y aparta la mirada, con una expresión de preocupación; luego enciende el auto.

—No trabajes de más, ¿okey? No puedes trabajar tanto, también necesitas una vida social. ¿Cuándo fue la última vez que viste a tus padres?

Me obligo a sonreír y cruzo los brazos. Mientras más edad tengo, menos veo a mis padres. El mundo entero gira alrededor de Hannah, y odio ir adonde no soy bienvenida. No debería sentirme excluida en la casa de mis propios padres, pero así es.

—Pues hoy Sierra vino a mi oficina —le digo—. Sí tengo amigos, ¿sabes?

Él me lanza una mirada asesina, a veces así me observa, como si pudiera ver más allá de mis mentiras y engaños, pero asiente de todos modos.

—¿Qué pensabas comprarle este año? —le pregunto con tono ligero y amigable.

Me mira de reojo, sonriendo.

—¿Qué opinas de alguna pieza de joyería?

Asiento.

—¿Una pieza nueva que sea una declaración por sí misma?

Ares me ve con cara de que no entiende, y yo suelto una carcajada que lo hace sonreír también.

—Hace mucho que no te oía reír, Raven. Lo extrañaba.

Se me derrite la sonrisa y bajo la mirada hacia mi regazo, con el corazón adolorido. Ojalá no dijera cosas así. Me ve como una vieja amiga y su futura cuñada, pero cuando me dice que me extraña, me cuesta trabajo recordarlo. Me aferro a la correa de mi bolso y respiro profundamente.

—Una pieza que sea una declaración es básicamente lo opuesto a una joya delicada.

Ares me sonríe.

—¿Qué tal si la escoges?

Lo miro con intención.

—¿Igual que siempre?

Me sonríe y se estaciona en uno de los centros comerciales Windsor. Prácticamente salta del auto para correr y abrirme la puerta, me ofrece la mano y la tomo para salir, mientras lo miro a los ojos.

Un destello de luz nos sorprende y volteo. Un paparazi que me ha estado siguiendo sonríe con travesura. Rechino los dientes y camino hacia él, pero sale corriendo antes de que pueda decirle algo.

Ares coloca una mano sobre mi espalda baja y volteo hacia él.

—Debí saber que traerte a un lugar tan público terminaría en esto. Perdóname, Raven. Yo me encargaré, esa foto jamás verá la luz del día.

Niego con la cabeza y camino hacia la entrada del centro comercial.

—Está bien, estoy acostumbrada. No puedo dejar de vivir mi vida solo porque sé que me pueden fotografiar en cualquier momento. ¿Sabes?, la opinión pública solía asustarme. Ahora es simplemente una inconveniencia que he aceptado como parte de mi trabajo.

Ares se queda callado mientras caminamos por el centro comercial.

—Tal vez deba conseguirte unos guardaespaldas. —Su tono denota cierto enojo. Lo miro, sorprendida.

—Desde luego que no. Nunca corro peligro, Ares. De por sí no tengo toda la privacidad que desearía, así que lo último que necesito es a alguien en mi espacio personal en todo momento.

Me mira como si quisiera discutir conmigo. Por fortuna, se queda callado porque entramos a una de las joyerías preferidas de Hannah.

El gerente de la tienda se tensa y, en cuanto ve a Ares, se apresura hacia nosotros con una sonrisa nerviosa en el rostro. Es un hombre entrado en años, su cabello entrecano lo hace ver encantador, si no fuera por sus evidentes nervios, emanaría cierta elegancia muy acorde a esta tienda.

—Señor Windsor —dice, antes de mirarme con los ojos abiertos a tope—. ¡Raven! —Sus ojos me recorren todo el cuerpo de la misma manera como me ven todos los hombres. Eso solía molestarme muchísimo, porque sabía que de seguro estaban pensando en alguna de mis campañas de lencería, pero ya me acostumbré—. Raven, ¡vaya! Es un honor conocerte. Me llamo Andy y hoy me toca atenderte.

Ares se tensa y me rodea los hombros con su brazo. Alzo la mirada para verlo, sorprendida, pero él mira al gerente de la tienda con una expresión francamente molesta.

—Nosotros te avisamos si se nos ofrece algo —dice con tono áspero.

Me jala hacia los escaparates con el cuerpo tenso.

—¿Qué pasa? —le pregunto en cuanto nos alejamos.

Ares quita su brazo y menea la cabeza.

—Eso fue muy poco profesional, ¿cómo se atreve a mirarte así? Primero, nos fotografían en cuanto te bajas del auto, ¿y ahora esto?

Se me sale una risita; me apoyo en el aparador y lo miro a los ojos.

—Ares —murmuro—, no soy la niñita que conociste. Este año me declararon la modelo mejor pagada y me patrocinan las marcas de muchos de los productos que se venden en este centro comercial. No me sorprende que me reconociera. En todo caso, su reacción fue bastante tranquila. Estoy segura de que mi cara está en una enorme manta publicitaria del centro comercial.

—¿Tranquila? —dice alebrestado—. ¡¿Tranquila?! ¡Pero si te lanzó una mirada lasciva!

Entrelazo mi mano en su brazo y le sonrío.

—¿Cómo haces cuando estás con Hannah? Tal vez yo sea famosa, pero estoy segura de que ella lo es aún más. Las modelos no son tan populares como las actrices más codiciadas. Si esto te altera, ¿cómo haces con ella y toda la atención que recibe?

Él suspira y se pasa la mano por el cabello.

—Creo que subestimas tu popularidad. Además, tu hermana está con sus guardaespaldas todo el tiempo, así que no tengo que preocuparme. Tú, por otro lado, eres muy necia.

Refunfuño y me volteo para ver la joyería en los aparadores. Mis ojos pasan por los anillos de compromiso. El solo imaginarme comprometiéndome con alguien me parece inconcebible. No puedo pensar que algún día querré casarme con alguien que no sea Ares. Un anillo me llama la atención y, solo por un momento, me permito imaginarme cómo se vería en mi dedo.

Suspiro y llevo a Ares a la sección de los collares. Ahí me resulta llamativa una gargantilla de brillantes.

—¿Qué tal algo así?

Ares llama a Andy, quien me entrega la gargantilla y señala hacia donde está el espejo, detrás de mí. Coloco el collar a la altura de mi cuello para ver cómo luciría, pero Ares me recoge el cabello con delicadeza y me lo coloca sobre un hombro.

—Pruébatelo.

Niego con la cabeza.

—No, no podría. Esto es para Hannah; no tengo que ponérmelo para saber que le va a encantar.

Ares niega con la cabeza y coloca sus brazos por encima de mí para tomar el collar y abrochármelo. La manera en que sus dedos me rozan la piel me provoca escalofríos. Y él ni siquiera se da cuenta.

—Si te gusta, te lo compro, Raven. Podemos encontrar algo más para Hannah.

Mis ojos se abren a tope y él me sonríe a través del espejo.

—Tu cumpleaños también se acerca, ¿recuerdas?

—Es demasiado —le digo y enseguida llevo los dedos hacia el broche—, pero gracias. Le va a encantar, definitivamente deberías comprárselo.

Ares asiente y toma el collar, pero me mira un momento más.

—Oye —me dice con voz tierna—, ¿todo bien entre nosotros, Rave? Siento que últimamente me evitas. ¿Es porque Hannah te está presionando tanto con los arreglos de la boda? Sé que has estado haciendo muchos de los preparativos que se supone que ella debería hacer. Solo dime si es demasiado, ¿okey? Sabes que detesto cuando de pronto te me desapareces.

Lo tomo del brazo y sonrío.

—Estamos bien, Ares. De verdad he estado muy ocupada, eso es todo.

Su expresión me dice que sabe que estoy mintiendo pero, afortunadamente, lo deja pasar. ¿Cómo decirle que pensar que se va a casar con Hannah hace que todo se sienta tan terminante? De verdad lo estoy perdiendo, cada pedacito de esperanza se está esfumando. ¿Cómo le digo que mi corazón se está quebrando como nunca y que no estoy segura de que podré volver a unir las piezas?

Tres

Raven

—No estoy segura de que debamos sentar a los Astor tan cerca de los hermanos de Ares —dice mamá—. Definitivamente tenemos que invitarlos; después de todo, su familia está a la par de los Windsor, pero no podemos sentarlos tan juntos. Si recuerdo bien, Adrian Astor detesta con todas sus fuerzas al hermano de Ares, Lexington.

Frunzo las cejas y examino los planos.

—¿Adrian detesta a Lex? —pregunto, sorprendida. ¿Cómo es posible? Lexington es una de mis personas favoritas en el mundo, y fue a Astor College con Leia. Él me presentó a Leia y Adrian, para empezar.

—Sí, es lo que oí. Lo que entiendo es que a Adrian no le gusta que Lexington sea tan «juguetón».

Ah. Sonrío con travesura, porque sé a qué se refiere. De seguro Lex provocó a Adrian coqueteando con Leia. Sí, hasta puedo verlo. Adrian no perdona ni una y no hay duda de que le guarda rencor.

—Bien, entonces los vamos a sentar lejos.

Mamá asiente y reacomoda las tarjetas con nombres en la maqueta que mandó a hacer del lugar donde será la boda de Hannah.

—Todo tiene que ser perfecto —murmura mamá—. Hannah ha esperado tanto este día.

Apenas logro contenerme de voltear los ojos.

—Ella ha pospuesto la boda tres veces, mamá. No creo que esté tan impaciente.

Mamá me mira seriamente, con un destello de furia en los ojos.

—Eso es porque su trabajo es muy demandante, Raven. Tú nunca entenderás lo que significa ser actriz. Lo único que tú tienes que hacer es quedarte quieta y verte bonita todo el día. Para Hannah es diferente, ella no puede regresar a casa después de una insignificante sesión de fotografía; está lejos de casa durante semanas, trabajando en sets que no son para nada cómodos. ¿En verdad crees que quería posponer la boda? Lo hizo porque no tenía opción. Tal vez no lo entiendas, pero lo menos que puedes hacer es quedarte callada si no tienes nada bueno que decir.

Me muerdo el labio con fuerza para no contestarle. Sabe lo mucho que trabajo y lo demandantes que pueden ser los fotógrafos. Hace solo unas semanas, me dio hipotermia porque me obligaron a filmar un comercial en la nieve. Sé que no me conviene compararme con Hannah, pero preferiría que mi mamá no menospreciara mi trabajo describiéndolo como «quedarte quieta y verte bonita».

Supongo que no importa lo que haga. Lo único que le importa es que no seguí sus pasos como Hannah. Mi madre era una actriz famosa cuando tenía mi edad y detesta que a mí nunca me interesó la actuación. Sin importar lo duro que trabaje, nada será suficiente.

Me tiemblan las manos mientras repaso la lista de proveedores. ¿Por qué me sigo haciendo esto? ¿Por qué sigo viniendo a casa de mis padres a ayudar con una boda de la que no quiero participar, tan solo para pasar un poco de tiempo con una madre que se esmera en hacerme sentir en segundo lugar comparada con su hija adorada? Ni siquiera le estoy pidiendo que me trate igual que como la trata a ella, lo único que siempre he querido es un poco de su amor. ¿Es demasiado pedir?

—Lo siento —dice mamá, con voz entrecortada—. La boda es demasiada presión para mí y me desquité contigo. Lo siento, Raven. Lo entiendes, ¿verdad? Esta boda significa muchísimo para ambas familias. Esta fusión se ha planeado por años y una vez que pase la boda podremos finalizar el papeleo restante y dejar la nueva empresa fusionada en manos de Ares y Hannah. Los Windsor se niegan a continuar con cualquier trámite hasta que se realice la boda, y tu padre y yo necesitamos su financiamiento.

Asiento, bajando la cabeza.

—Sí lo entiendo, mamá.

Entonces ella me sonríe.

—Siempre has sido una chica muy dulce, Raven. Hannah y yo somos afortunadas de tenerte. Definitivamente yo no habría podido hacer nada de esto sin ti.

Le sonrío de vuelta, contenta porque todas las horas que he invertido en esto no han pasado desapercibidas. Hannah apenas se ha involucrado en los preparativos de la boda y aunque me duela que constantemente me recuerden que la ceremonia se acerca, me alegra poder pasar un poco de tiempo con mamá. Es muy raro que pasemos tiempo de calidad juntas.

—No puedo creer que pronto mi pequeñita será la esposa de alguien —murmura mamá, mientras arregla las flores en la maqueta del viñedo en el que se van a casar Ares y Hannah—. Cuando tu hermana era una niña, no estaba segura de que viviría el tiempo suficiente para enamorarse. Hay tantas cosas que pensé que nunca experimentaría… Y sin embargo, mírala nada más: una superestrella internacional, a punto de casarse con uno de los solteros multimillonarios más codiciados del mundo. Y en el proceso, también se está encargando de mí y de tu padre, porque gracias a ella nos vamos a jubilar al fin, con la tranquilidad de que nuestra empresa quedará en buenas manos.

Mi estómago se revuelve de culpa y ansiedad. No debería tenerle envidia a mi hermana, tampoco debería sentir celos al ver la mirada de orgullo de mi madre. Solo desearía que a veces esa misma demostración de afecto estuviera dirigida a mí.

—Será una novia hermosa —le aseguro a mamá.

Ella alza la vista, con expresión de preocupación.

—¿Cómo va lo del vestido? ¿Pudiste hacer los reajustes que te pidió Hannah?

Asiento. Cada vez que pospone la ceremonia, prácticamente cambia todo acerca de la boda y el vestido, lo cual provoca incontables semanas de trabajo en el vestido.

—Claro.

Mamá vacila.

—Qué linda que te pidió que le hicieras su vestido, es una bonita manera de incluirte. Yo pensé que iba a querer una marca famosa para que lo confeccionara, pero supongo que esto te ayuda a ti a crecer en el mercado. En cuanto el mundo vea a Hannah en uno de tus vestidos, todas las celebridades que se llevan con ella van a querer imitarla. Con eso de que ella marca las tendencias…

Me muerdo un labio.

—Tengo varios premios de la industria de la moda, mamá. Desde que lancé mi línea de vestidos de novia tengo una lista de espera de dos años, ¡y esa lista solo ha crecido desde que Alanna Sinclair se casó en uno de mis vestidos! Mi marca de moda está bien establecida y no es menos prestigiosa que algunas marcas de antiguo renombre.

Mamá me aplaca con la mirada, lo cual enseguida me afecta.

—Ah, claro —dice, asintiendo. Luego toma una de las invitaciones de la boda y me la muestra—. Como sea, tenemos que asegurarnos de que estas se entreguen en la mano de los invitados tres días antes de la boda. Todo tiene que mantenerse muy en secreto, si los paparazis aparecen, le arruinarán el día a Hannah. ¿Por qué no vuelves a revisar que todo haya quedado muy claro con el correo que contratamos?

Suspiro y me pongo de pie.

—Claro —le digo y tomo mi bolso—. Mañana lo voy a hacer.

Ella frunce las cejas.

—¿No te vas a quedar a cenar?

—No, mañana tengo una sesión de fotos temprano.

Asiente.

—Ah, qué bien, porque tampoco vas a querer verte gorda en tu vestido de dama de honor.

Siento una punzada en el corazón; me doy la vuelta y salgo. Cada vez que veo a mi mamá, me siento una persona horrible y termino odiándome. Debería estar feliz por Hannah, debería sentirme honrada de que me incluya en los preparativos de su boda a este grado… pero lo detesto. Odio la persona que soy cuando estoy en casa. En ninguna otra circunstancia me siento tan ansiosa por atención y reconocimiento. Y aunque me duele ver a Hannah con Ares, nunca le he guardado rencor por que él la ame. Y, sin embargo, cada vez que estoy en casa de mis padres, mi mente se abruma con pensamientos terribles.

«¿Y si Ares se casara conmigo?».

«¿Y si nunca la hubiera llevado a la fiesta de cumpleaños de Sierra?».

«¿Y si me negara a ayudar con la boda?».

«¿Y si me le lanzara a Ares y se lo quitara?».

No soy ese tipo de persona, pero cada vez que convivo con mi madre me convierto en la versión más patética de mí misma.

—¿Cariño? —Levanto la vista y veo a mi padre, que suspira, porque conoce la situación—. Te acompaño a la salida. —Asiento y lo tomo del brazo—. Yo te quiero mucho, Raven. Tu madre también, pero no es muy buena demostrándolo.

Por un segundo me muerdo el labio.

—Pues no tiene problemas para demostrárselo a Hannah.

Papá me reacomoda un mechón de cabello detrás de la oreja.

—Lo sé —murmura—, mamá siente que tiene que decírselo constantemente por todo lo que Hannah sufrió cuando era niña. Cree que tiene que compensar con mucho amor todo el dolor que soportó tu hermana mientras estuvo enferma. Lo hace más por ella que por Hannah, pero eso no quiere decir que no te quiera tanto como a ella.

Asiento, sin ganas de seguir hablando de esto. No quiero que papá sienta lástima por mí, ni que me consuele porque siente que debe hacerlo. Para variar, tampoco quiero que me consuelen con mentiras.

Me paro de puntitas y le doy un beso en la mejilla.

—Te amo, papá.

—Maneja con cuidado, ¿okey? Mándame un mensaje cuando llegues a tu casa. Ya sé cómo usar esas cosas de emoción. Te voy a responder con un pulgar alzado.

—¿Te refieres a los emojis? —pregunto riendo.

—Sí, esos.

—Bien por ti, papá. Te voy a mandar un emoji de casa cuando llegue, ¿está bien?

—Será nuestro lenguaje secreto. —Me guiña y logro contener la risa hasta que me subo al auto.

Es justo esto por lo que sigo viniendo a casa de mis padres, a pesar de la actitud de mi mamá. Papá tiene razón: en el fondo sí me aman; tal vez no tanto como a Hannah, pero hace mucho que aprendí a estar bien con ello.

Jamás estaré a la altura de mi hermana mayor. Ni ante los ojos de mis padres, y mucho menos a los de Ares.

Cuatro

Ares

Aprieto el celular con fuerza tratando de calmarme.

—Hannah, me prometiste que iríamos juntos. Esta es la tercera vez en el mes que me cancelas de último minuto. ¿No podrías al menos avisarme con tiempo?

El teléfono cruje y Hannah suspira.

—Perdón, Ares, yo de verdad quería estar ahí hoy en la noche, lo sabes. Quería apoyar a Raven y estar ahí contigo, pero simplemente no puedo irme. Tengo que volver a filmar unas escenas y la verdad las cosas no han estado saliendo del todo bien.

—Siempre son las mismas excusas, Hannah. Trato de apoyarte lo más que puedo, pero está siendo muy difícil. No se trata de que siempre tenga que ser yo el que cede.

—Ya lo sé —dice con voz tierna—. Te lo voy a recompensar.

—¿Esto es porque no quieres que nos fotografíen juntos? Hannah, ¡nos vamos a casar en un mes! No olvides nuestro acuerdo, en cuanto nos casemos, tenemos que hacer pública nuestra relación, así que ¿qué tanto daño puede ser que esta noche nos tomen una foto?

—Ares, no es eso, te lo prometo. Me voy a tomar tantos días para la boda que tengo que trabajar más para compensarlo. No quiero ser la razón por la que nos retrasemos en el itinerario.

Me paso la mano por el cabello y miro al techo.

—Lo entiendo —le digo, derrotado. Sí lo entiendo, pero empiezo a perder las esperanzas de que alguna vez esto cambie. Solía creer que era el afortunado de entre mis hermanos. Dion nunca se habla con su prometida y mis otros hermanos todavía ni siquiera saben con quién se van a casar. Yo era el único suertudo que se enamoró de la chica que mi abuela escogió para mí mucho antes de casarnos.

Pero, últimamente, esto no se siente como una relación amorosa y no me siento afortunado. Todo se siente tan mecánico y forzado, y no hay la emoción que deberíamos sentir porque estamos a punto de casarnos.

—No va a venir, ¿verdad?

Alzo la mirada: Lex, mi hermano menor, está apoyado en el marco de la puerta, con expresión plana adrede, pero sus ojos lo traicionan: está molesto. Mi primer instinto es justificar a Hannah, pero hoy simplemente no tengo ganas.

—Nop.

—Sin una acompañante, te la vas a pasar mal. Sabes cómo se ponen las mujeres en este tipo de eventos, se la van a pasar acosándote toda la noche. Ojalá pudiera acompañarte.

Niego con la cabeza.

—Está bien. Tienes que tomar un vuelo muy temprano, ¿no? Además, detestas la industria del entretenimiento.

Lex está a cargo de Windsor Motors y, si recuerdo bien, está a punto de lanzar nuestro último modelo eléctrico. Cada uno de nosotros se encarga de una parte del imperio Windsor. Yo me hago cargo de las empresas de entretenimiento; Lexington, de los vehículos; Sierra, los bienes raíces; Zane, los hoteles; Luca, la gestión patrimonial y Dion se encarga de todas las participaciones extranjeras. Entre los seis hacemos que Windsor Corp funcione y abarcamos mucho más mercado de lo que la gente cree.

—Voy a estar bien —le digo a mi hermano—. Es solo un espectáculo de modas. Sabes que he patrocinado varios. Solo voy a hacer acto de presencia y me voy.

Lex me sonríe.

—Raven va a estar ahí, así que todo saldrá bien. Ella es la estrella del espectáculo de esta noche. No sé cómo, pero se pone cada vez más hermosa. De verdad me hubiera gustado acompañarte.

Enseguida y, sin querer, me tenso y miro a Lexington entrecerrando los ojos. ¿Desde cuándo piensa que Raven es hermosa? Siempre ha sido como una hermanita para todos nosotros. ¿Está cambiando la forma en que la ve?

—¿Cómo sabes que ella va a estar hoy?

Ahora que lo pienso, recientemente fueron juntos a una galería de arte, solo los dos. ¿Acaso hay algo entre ellos?

Sonríe con travesura y levanta su teléfono.

—Hoy en la mañana hablé con ella.

¡¿Qué?! Raven casi siempre rechaza mis llamadas, ¡pero sí tiene tiempo de hablar con Lex!

Él se ríe y no puedo descifrar su mirada.

—Dile que le mando un saludo, ¿sí?

Asiento, a sabiendas de que no le diré nada. La idea de que Lexington esté con Raven me inquieta, y no es solo debido a los sueños recurrentes que tengo con ella, sueños que no debería tener en absoluto…

En el trayecto al evento, estoy de un humor de mierda, incapaz de entender bien por qué me siento tan molesto. Ya debería estar acostumbrado a que Hannah me plante, pero no se ha hecho más fácil con el tiempo. Llevamos años ocultando nuestra relación ante los medios. A Hannah siempre le ha asustado que la acusen de nepotismo si descubren que estamos juntos. Lo entiendo, sí. Sé que trabaja muy duro y tener la atención de los medios por estas razones solo generaría problemas. Entiendo por qué es así, pero estoy cansado de todo eso.

El lugar está atestado. Entro y me detengo en un rincón, mirando hacia la pasarela. Rara vez veo el espectáculo siquiera, si ya viste uno, los viste todos. Y la verdad, la moda me importa un carajo. Sin embargo, esta noche no puedo alejar los ojos de la mujer que domina el escenario.

Raven camina por la pasarela con un vestido ajustado que deja muy poco a la imaginación y yo me tomo un momento para admirarla. Trabaja tan duro como Hannah, si no es que más, y sin embargo ella nunca decepciona a las personas que ama. Sé que mi hermana la visita en la oficina con frecuencia y sin avisarle; mi abuela, también. No puedo evitar preguntarme por qué Hannah no puede ser como ella. Son hermanas, pero son muy diferentes.

Mi mente divaga a aquella vez en que mi abuela mencionó por primera vez un matrimonio entre los Windsor y los Du Pont. En ese entonces, ella quería que me casara con Raven. Suspiro mientras ella gira y camina por el escenario, lo cual, inexplicablemente, me genera una sensación de anhelo.

—¡Señor Windsor!

Me obligo a sonreír y volteo hacia el organizador del evento, para iniciar la típica conversación trivial. En el mundo del espectáculo tienes que ver y ser visto, y estoy harto de eso. Estoy cansado de todas las pretensiones, lo artificial, vivir en un mundo de apariencias. Qué ganas de ser genuino.

—Varias de sus modelos participaron en la pasarela de hoy —me dice Jonas con orgullo—. Windsor Media ciertamente es una poderosa fuente de talento. ¿Hay algo de lo que no sea dueño? Tiene puestas las manos en varias revistas célebres, un periódico, la industria de la moda y, por supuesto, su propio estudio de producción. No estoy seguro de cómo logra todo eso. Me siento honrado de que se haya hecho el tiempo para asistir a mi evento de hoy.

Asiento y me esmero por conversar con él, pero mi mente sigue dándole vueltas a lo de Lexington. ¿De verdad habrá algo entre él y Raven? Estoy a punto de inventar una excusa para botar a este lameculos, que lleva demasiado tiempo conversando, cuando algo detrás llama mi atención.

—Disculpe —le digo a Jonas, y debajo de su expresión educada puedo ver la molestia—. ¿Por qué Raven se ve tan enojada?

—Solo una cita —comenta el hombre—. Te pagaré más dinero del que ganas en un año.

Sin querer, mi quijada se tensa y la rabia hace que cierre los puños. Me obligo a relajarme en cuanto mi mirada se cruza con la de Raven, en quien noto alivio al verme.

Le sonrío y no aparto la vista de ella; deslizo mi mano alrededor de su cintura y la acerco a mí.

—Ahí estás, Raven —murmuro; luego me pongo cara a cara con el hombre.

Por un momento se ve furioso, pero en cuanto me reconoce, desvía la mirada.

—Señor Windsor —dice, con un tono mucho más amable que antes.

Sé exactamente quién es, pero ni de broma se lo haré saber. Lo miro con cara inexpresiva por un momento, luego volteo hacia Raven.

—Hace poco hablamos de un guion que envié a Windsor Media —me recuerda. Él es un director de renombre y estaba a punto de aprobar la financiación de su nueva película porque Hannah quería el papel protagónico. Qué pena…

Mi pulgar se mueve en círculos por la cintura de Raven y ella se inclina hacia mí, acercando el cuerpo. Ella es una de las mujeres más fuertes que conozco, entonces que sienta alivio con mi presencia solo puede significar una cosa: no es la primera vez que este imbécil la acosa.

—Todo lo que recuerdo es la propuesta que le estabas haciendo a Raven. Qué interesante, porque no puedes darte el lujo de ofenderla. —Me río sin gracia—. ¿Quieres pagarle más de lo que gana en un año por una cita? Es la modelo mejor pagada del mundo, ¿y tú?, bueno, ni siquiera estoy seguro de quién eres. Pero sí sé que no puedes pagar ni siquiera para estar a dos metros de ella, y si lo haces… yo mismo haré que pagues el precio.

Él abre los ojos al máximo, una expresión de arrepentimiento al mirar a Raven. Yo ni siquiera quiero que la vea. Ella se merece algo mejor que este tipo de mierdas.

—No lo sabía —dice, en voz muy baja.

Me acerco más a Raven y sonrío.

—Pues ahora ya lo sabes, así que lárgate.

Él asiente y se va con la mandíbula apretada, pero a mí no me importa. Lo único que me importa es la sonrisa en el rostro de Raven.

—¿Aún no te convences de que necesitas un guardaespaldas?

Ella me mira con ligera exasperación.

—Ares, yo no estaba en peligro, así que ¿cuál es el punto?

La suelto y niego con la cabeza.

—¿Qué tan seguido te pasa esto?

—En raras ocasiones —me dice, pero sus ojos se van ligeramente hacia la izquierda, lo cual sugiere que miente. Desde que la conozco hace eso cada vez que dice una mentira.

—No deberías quedarte sola en este tipo de eventos. ¿No trajiste a un acompañante?

En los últimos años solo la he visto con un hombre, pero él se acaba de casar, para mi alivio. Hay algo en Silas Sinclair que no termina de gustarme, y no es el hecho de que sea una de las pocas personas que son completamente intocables, incluso para mí. He intentado hacer que mi abuela termine nuestro contrato con ellos como proveedores de seguridad privada, pero supongo que es la manera en la que miraba a Raven, o más bien, en que no la miraba. Raven merece ser el centro del universo de alguien, pero él apenas la dejaba circular en su radar. Claramente su corazón pertenecía a alguien más.

—No, vine sola. Mi agente vendrá pronto, pero por ahora está tras bambalinas.

Mis ojos la recorren de pies a cabeza. Niego con la cabeza.

—¿Sabes?, nunca he entendido cómo es que nunca has estado en una relación seria. ¿Por qué una mujer como tú sigue soltera?

Ella toma una copa de champaña de una bandeja y me sonríe.

—Simplemente no he encontrado al hombre correcto que me deje embelesada. No estoy dispuesta a conformarme con nada menos que absoluta devoción. Quiero un amor épico y estoy dispuesta a esperar hasta encontrarlo.

¿Conque absoluta devoción? Sí, eso es exactamente lo que se merece. Me pregunto qué tipo de hombre sería capaz de ganársela. Por un momento, una imagen de ella con Lexington me viene a la mente y me hiela la sangre.

—¡Raven!

Ella voltea a un lado, sonríe y me da la espalda.

—Es mi agente —explica—. Supongo que es momento de una cantidad inconmensurable de socialización necesaria. Te veo más tarde, ¿okey?

Asiento y veo cómo se aleja. Mi mirada se va hacia el hombre al que se dirige. Su agente la mira de una manera que se describiría como profesional, se ve cautivado, y yo cambio mi peso al otro pie, incómodo. No quiero nada menos que felicidad para Raven, pero pensar en que ella se enamore de alguien me llena de pesar.

Supongo que así es como se sienten los hermanos mayores, ¿no? Tal vez no sea igual a como me siento cuando Sierra sale con hombres, pero se acerca. Seguramente es eso…

Cinco

Ares

—Dale más cobertura a esta noticia —ordeno, y mis ojos se mantienen en los artículos de Raven y su marca de alta costura. Anoche no me di cuenta, pero una de las marcas en el escenario era la suya. Por lo que veo, han recibido bien sus prendas más recientes y por eso merecen más atención de la que tienen.

¿Cuál es el punto de ser dueño de varias revistas de chismes y moda si no puedo usarlas para promocionar el trabajo de mi amiga? Espero que su empresa siga creciendo al punto de que tenga que renunciar al modelaje por falta de tiempo.

Detesto cómo se ha convertido en el objeto de deseo de los hombres. Ellos no pueden ver más allá de su belleza, ver a la mujer simpática y bondadosa en el interior. Conozco lo tóxica que es esta industria y no quiero eso para ella, quiero que esté a salvo, detrás de los reflectores, en vez de frente a ellos.

Últimamente Raven no ha sido la de siempre y eso me preocupa. Siento que todo se está volviendo demasiado para ella: las dietas continuas, las exigencias de los fotógrafos, los ambientes hostiles en los que tienen las sesiones fotográficas. Nunca entendí por qué hace todo eso. Es hermosa más allá de las palabras, pero de alguna manera, esta carrera no es para ella.

Por otro lado, su marca de moda es perfecta para ella. Le permite que su creatividad florezca y que siga operando en la industria en la que creció, pero sin estar sujeta a las peores partes de la fama.

—Te llamó Bradford Manson —me dice mi secretario, Dom—. Quiere preguntar acerca del guion que te envió. Según tus anotaciones, parece que estamos por aprobar la financiación de su proyecto. ¿Comienzo con esos preparativos?

Rechino los dientes y lo miro molesto.

—No —exploto, porque me acuerdo de cómo le habló a Raven anoche—. Ese pedazo de mierda no merece ni siquiera ser un chicle embarrado en su zapato.

—¿Qué? —pregunta Dom, confundido.

Hago un gesto con la mano como para descartar el asunto.

—Olvídalo. No quiero volver a saber de ese imbécil. No volveremos a trabajar con él y deja muy claro que cualquier actor o actriz que trabaje con él nunca volverá a trabajar con Windsor Media. Lo mismo para cualquiera que le financie un proyecto.

Dom abre los ojos al máximo.

—¿Qué hizo este pobre diablo para que le des el beso de la muerte? Nunca más volverá a trabajar.

Sonrío ante esa expresión. Quedar en la lista negra de los Windsor se ha ganado la expresión «el beso de la muerte» porque es como ingerir veneno de lento efecto, y quienes lo beben ni siquiera se dan cuenta hasta que ya es demasiado tarde, cuando se ven entre los escombros de sus carreras.

Niego con la cabeza.

—No me importa si nunca más vuelve a trabajar. Debió pensar en eso antes de que se le fuera la lengua. A ver dónde consigue dinero para pagar lo que sea. Maldito imbécil.

Mi secretario asiente, aparentemente conmocionado. La mayor parte del tiempo soy bastante razonable, tienes que serlo en una industria llena de egos inflados. Sin embargo, este imbécil… está a punto de descubrir qué pasa cuando pierdo la paciencia.

—Ahora que lo pienso —le digo a Dom, tamborileando el dedo en mi escritorio—, hay un gerente de una tienda que se llama Andy, trabaja en nuestro centro comercial principal. Quiero que lo despidan. Trabaja en una de las joyerías que no me acuerdo cómo se llama, pero es la que vende la marca favorita de Hannah.

Dom carraspea, incómodo.

—Si es uno de los centros comerciales, entra en bienes raíces, o sea, la jurisdicción de Sierra. Sabes que no le gusta cuando interferimos en sus asuntos.

Me apoyo en el respaldo de mi silla y miro fijamente a mi secretario. Mide un metro noventa y con frecuencia la gente cree que es mi guardaespaldas, sin embargo se acobarda ante mi hermana. La verdad, no lo culpo; después de todo, mi hermanita tiene su carácter.

—Llama a Sierra y dile que Andy le lanzó miradas lascivas a Raven todo el tiempo que estuvimos en la tienda y que no lo quiero ahí. ¿Qué no quiere que su mejor amiga pueda visitar uno de sus centros comerciales sin que padezca ser el objeto de lujuria de los encargados?

Dom abre los ojos al máximo, furioso.

—¿Se atrevió a ofender a Raven? —Rechina los dientes y asiente decidido—. Ahora mismo me encargo.

Veo cómo se aleja y contengo una sonrisa. Mi familia no es la única que ama a Raven. Todos los que tienen contacto con ella la aman, es fácil hacerlo y todo el mundo lo sabe excepto ella misma.

Me asomo por la ventana y vacilo un momento. En serio no me gusta la idea de que ande por ahí sin protección. ¿Qué habría pasado si yo no hubiera estado anoche? ¿Y si el imbécil de Brad no aceptara un no como respuesta?

Tomo mi celular, me le quedo viendo, me trago el orgullo y llamo al único hombre que odio con todas mis fuerzas. Tal vez sea un imbécil, pero es el mejor en lo que hace.

—Silas Sinclair —contesta.

Aprieto los dientes, molesto tan solo de oír su voz.

—Soy Ares Windsor.

—Lo sé, para eso sirve el identificador de llamadas. En estas épocas, todos los teléfonos lo tienen.

Cómo lo odio, maldita sea.

—Necesito dos guardaespaldas más. Quiero los mejores que tengas, pero tengo una condición.

—¿Una condición? —pregunta, intrigado.

Tenso la mandíbula cuando me vienen a la mente recuerdos de Raven tomándolo del brazo. Durante años, se les veía juntos, salían intermitentemente. Ojalá hubiera alguien más apropiado para el favor que necesito, pero este idiota de verdad es el mejor de todos.

—Quiero que no estén a la vista, deben proteger a alguien sin que la persona lo sepa. Quiero que todas las amenazas alrededor de ella se eliminen antes de que siquiera tengan oportunidad de materializarse. Eso incluye hombres que la acosen o que no acepten un no como respuesta. No me importa cómo lo hagan, pero en cuanto ella se vea remotamente incómoda, quiero que alguien intervenga.

Él se ríe con sarcasmo y el sonido es por completo irritante.

—¿Quién necesita ese nivel de protección? ¿Tu prometida? Pensé que ya le habíamos asignado a un guardaespaldas.

Levanto la vista al techo y un inexplicable escalofrío me recorre la espalda.

—Raven Du Pont.

Él se queda callado un momento.

—¿Irías tan lejos para protegerla en secreto?

Cierro los ojos y respiro profundamente.

—Sí.

—Eso te va a costar.

—Estoy seguro.

—Me debes un favor, que puedo pedirte cuando me plazca y no puedes negármelo.

Dudo un momento. Maldito Silas Sinclair, sabe lo mucho que vale el favor de un Windsor.

—Todo menos eso.

—Entonces supongo que tendrás que encontrar a alguien más, Windsor.

Mierda. Maldito imbécil.

—¿Acaso ella te importó aunque fuera un poco? —pregunto furioso.

Se ríe y el sonido me desgarra por dentro.

—Claro que me importó y aún me interesa. Mi esposa y yo amamos a Raven como si fuera de la familia, y siempre será así.

—¿Y sin embargo exiges un precio tan alto por su protección?

—No mezclo los negocios con mi vida personal.

—Eso no es cierto. Todo tu imperio se basó en la intención de encontrar esposa.

Él se ríe de nuevo, y nunca había sentido tantas ansias de darle un puñetazo a alguien en la cara.

—Es verdad —admite—. Alanna es mi única excepción.

—Bien —respondo, aún rechinando los dientes—. Un favor. Siempre y cuando no dañe a nadie y no transgreda mis valores personales.

—Trato hecho —contesta—. Raven nunca sabrá que uno de nuestros hombres más hábiles y despiadados la protegen todo el tiempo. —Y luego el maldito se ríe de nuevo—. Por cierto, tal vez debas saber que desde hace años protejo a Raven sin que lo sepa. Gratis. Acabas de pagar una costosa prima tan solo para ahuyentar a los hombres que se le lanzan, algo que yo nunca me molesté en hacer. Y tal vez te preguntes por qué.

Luego me cuelga y me deja bufando de rabia. Maldito pedazo de mierda.

Seis

Ares

En cuanto me estaciono frente a la mansión Du Pont, me doy cuenta de mi aprensión. Debería emocionarme celebrar el cumpleaños de Hannah esta noche, pero las cosas entre nosotros no han estado bien desde hace tiempo, y cada vez me cuesta más ignorarlo.

A unas semanas de casarnos, parecería que cada problema se intensificó. Tal vez sean los nervios, pero se siente como algo más. Una parte de mí se pregunta si la única razón por la que empecé una relación con ella es porque sabía que eventualmente terminaríamos juntos, debido a nuestro matrimonio arreglado.

Aunque… ¿habría sido así? La mujer que mi abuela eligió para mí fue Raven. Si yo no… Si esa noche no hubiera sucedido, ¿me estaría casando con ella?

Me paso la mano por el cabello y respiro profundamente. Ya no importa. No puedo regresar en el tiempo y, con nervios o sin ellos, tengo que casarme con Hannah si quiero conservar mi empleo y mi herencia.

Recupero la compostura y salgo del auto, aunque me sienta extraño. Últimamente no me siento como yo mismo y no estoy seguro por qué. No es solo por la boda, hay algo más.

—¡Ares!

Alzo la vista y ahí está el padre de Hannah, parado en la puerta, con una enorme sonrisa. Hace mucho que no lo veía, y estoy seguro de que tiene una buena botella de whiskey para que bebamos juntos. Tratándose de mi futuro suegro, me gané la lotería. Es un tipo muy bondadoso y rápidamente se ha convertido en un segundo padre para mí, y eso me ayuda a soportar la ausencia de mi propio padre. El dolor de súbitamente perder a tus padres nunca se desvanece, aunque sí se adormece con el tiempo…

—Arthur. —Estrecho manos con él y me invita a pasar; en cuanto entro oigo risas que vienen del patio de atrás.

—¿Qué tal el trabajo, hijo? Casi no te he visto. ¿Vas a pasar la noche aquí?

Asiento.

—El trabajo me ha tenido ocupado, pero estoy libre el fin de semana.

Hannah alza la vista cuando me acerco a saludarla, con el regalo en la mano. Afortunadamente, solo están algunas de sus amigas más cercanas y su familia. Los eventos más grandes son demasiado estresantes para ambos y últimamente generan mucha tensión en nuestra relación. Esta noche es exactamente lo que necesitábamos.

La rodeo con un brazo y me inclino para darle un beso tierno en la mejilla.

—Hola, Han —murmuro y le ofrezco el regalo.

—Ares —dice, sonriendo—, ¡ya quiero ver qué es!

Sus amigas la rodean para que abra el regalo, todas muy emocionadas. También son actrices, así que nunca sé si sus reacciones son genuinas o no.

—Es hermoso —dice—. ¿Me lo pones?

Asiento, tomo el collar y se lo abrocho.

—Se te ve muy lindo —comento, aunque mi mente regresa a la imagen de Raven probándoselo.

Ella me mira a los ojos, sonriendo.

—Ya me estaba preguntando por qué hay fotos de paparazis de Raven y tú flotando por ahí. Los vieron en la joyería y eso suscitó unos rumores muy extraños, pero resulta que era por esto.

Asiento. Desde que Raven se hizo famosa, dejó de salir mucho, y puedo ver por qué. Los medios se desquician cuando la descubren afuera. Recientemente solo la veo en la residencia Windsor o cuando está con Hannah. La fama no la ha cambiado como cambió a Hannah; al contrario, más bien ella se ha vuelto una especie de ermitaña.

Las amigas de Hannah la rodean para que ella les muestre el collar; lo tomo como una señal para hacerme a un lado. Es muy raro que tenga una noche libre con sus amistades cercanas y yo estoy feliz de darle su espacio. Después de todo, tendré el resto de la noche para estar con ella.

Me sirvo un trago y camino hacia el columpio en el rincón, sin sorprenderme de ver a Raven en él, con los ojos pegados a la tableta. Sin duda está dibujando diseños nuevos para su marca de alta costura. Sonrío por dentro.

Me siento junto a ella y comienzo a columpiarme; Raven levanta la vista y me mira.

—Ares. —Hay algo en la forma en que dice mi nombre, se siente diferente. Es como una extraña adicción.

—Cupcake, ¿por qué estás sentada aquí sola?

Se ríe, un sonido tierno y refrescante en contraste con las risas fingidas que nos rodean.

—¿En serio me vas a llamar así por el resto de nuestras vidas?

Asiento.

—Aún recuerdo perfectamente tu llavero de cupcake, y la camiseta y el pin en tu mochila. ¡Sí que te gustaban los cupcakes!

Me fulmina con la mirada, pero no hay malicia en su expresión.

—Tenía catorce años y estaba pasando por una etapa, ¿okey? Supongo que debería agradecer que no nos conocimos cuando estaba pasando por mi etapa emo, eso habría sido desastroso.

Sonrío y examino el vestido que está diseñando. Siempre me asombra lo talentosa que es.

—No respondiste a mi pregunta —le recuerdo—. ¿Por qué estás sentada aquí sola? ¿No deberías estar celebrando con tu hermana?

Apaga la tableta y voltea hacia mí.

—Lo intenté —responde con voz destrozada y se nota que está forzando una sonrisa.

Sí, probablemente sí lo intentó, siempre lo hace. Nunca le he encontrado sentido, pero sus padres siempre han favorecido a Hannah y la hacen el centro de todo. Cuando Raven y yo nos conocimos, ella vino con nosotros a unas vacaciones familiares; Sierra la invitó porque sus padres cancelaron sus propias vacaciones para acompañar a Hannah a una audición.

Hannah también es así con ella, la da por sentado y creo que lo sabe. Raven ha organizado a detalle casi toda nuestra boda; incluso esta noche está sentada aquí porque sabe que Hannah se molestaría si no viniera; sin embargo, no hace ningún esfuerzo por hacer que Raven se sienta incluida.

—Qué pena, Cupcake. Supongo que esta noche estamos en el mismo barco.

Ella niega con la cabeza.

—Hannah nos puede ver cuando quiera, pero es más difícil que conviva con sus amigas, así que la entiendo.

Raven siempre hace esto: justifica a su hermana. ¿Se dará cuenta de que lo hace?

—Enséñame qué estás dibujando.

Se mueve para acercarse, su brazo está rozando el mío y una brisa fresca baila en nuestra piel.

—Estoy probando varios tonos color piel con pedrería pesada. Un vestido muy ajustado, pero elegante.

Va pasando de un diseño a otro y a mí me recorre un sentimiento de orgullo.

—¿Sabes?, eres increíble.

Me mira, sobresaltada. Me encanta cómo sus mejillas se sonrojan cuando le hago un cumplido. Es una supermodelo, millones la idolatran; sin embargo, se sonroja. En serio Raven es algo extraordinario y me enorgullece que sea mi amiga.

—Oye, tengo algo para ti. Sé que es un poco antes de tiempo porque falta un mes para tu cumpleaños, pero pensé que te serviría tener esto ahora.

Le ofrezco la pequeña bolsa de papel que traje y ella la toma con ojos de sorpresa. Con el corazón acelerado de los nervios, la miro fijamente mientras saca la caja dentro de la bolsa. ¿Cuándo fue la última vez que me sentí tan nervioso por algo tan simple como un regalo?

Raven ahoga un grito y yo suspiro de alivio.

—¡Ares! ¡Esta tableta aún no sale a la venta! Ya la pedí, pero no van a sacarla hasta dentro de seis meses. ¿Cómo…? —La voltea y sonríe cuando ve el estampado de cupcake integrado en la parte de atrás—. ¡Vaya! Tú… ¿cómo…? Esto no es… ¡Estas no las personalizan!

Sí, esto valió el berrinche que me armó Lexington cuando le rogué que le pidiera a Aria Callahan el favor. Si yo la conociera en persona, no lo habría molestado en absoluto, pero no la conozco. Lo único que sé es que es la cuñada de Amara Grant y que ella y Leia son buenas amigas de Lex. Sabía que podía conseguir esto, por mucho berrinche que me armara. Los Callahan están muy involucrados en negocios de tecnología, y si no, tienen los contactos que a mí me faltan.

—Conozco a alguien que conoce a alguien que conoce a alguien —digo crípticamente. Ni de broma voy a dejar que Lex se lleve el crédito por esto; él no se ganó la sonrisa de Raven, fui yo.

—¡Me encantó! —grita. ¿Cuándo fue la última vez que la vi tan genuinamente entusiasmada?—. No puedo creer que hicieras esto por mí. ¡Detestas elegir regalos!

Meneo la cabeza.

—Claro que no. Siempre elijo los tuyos, año tras año.

Frunce las cejas.

—¿No lo hace Dom?

—¡¿Dom?! —repito, ofendido—. ¿Ese idiota se ha estado llevando el crédito de los regalos que te he comprado todos estos años?

Se ríe y coloca la mano sobre mi brazo y aprieta.

—No, por lo visto lo supuse sin saber. Me encantó, Ares. De verdad, de verdad me encantó. Es mi regalo favorito de la vida. Ya quiero dibujar mis próximos diseños en ella.

Sonrío mientras ella la enciende y empieza a configurarla.

—¿Alguna vez te relajas? Siempre estás trabajando, Raven. No conozco a casi nadie que trabaje más que yo, pero definitivamente tú eres una de ellos. No es sano.

Ella apenas alza los hombros.

—Está bien. El trabajo mantiene mi mente ocupada. Lo prefiero.

Me le quedo viendo.

—¿De qué estás huyendo?

Ella se tensa y sonríe con alegría, aunque sus ojos tienen una expresión de angustia.

—Oye, por lo visto a ella le encantó el collar. Te dije que le iba a gustar.

Suelto una carcajada y me impulso en el columpio. Su manera de cambiar de tema siempre que la confrontas con una pregunta que no quiere responder, nunca dejará de divertirme.

—Sí, escogiste bien. Gracias. —La miro, sonriendo. Es increíblemente hermosa. En definitiva, puedo ver por qué es tan famosa. Hannah es bonita, pero bonita como la vecina de al lado. Es sumamente apropiada para una variedad de papeles y es una actriz increíble, pero siendo objetivos, en términos de belleza Raven es algo fuera de este mundo.

—En serio tienes que descansar de vez en cuando, Raven. Déjame llevarte a la playa mañana temprano. ¿Aún te gusta ver el amanecer?

Ella baja la mirada.

—¿Te vas a quedar a dormir?

—Sí, supongo que es lo mejor si estoy tomando.

Desvía la mirada. Su perfil es tan bonito como el resto de ella. No entiendo por qué lleva tanto tiempo soltera.

—Creo que me voy a regresar a mi departamento, así una de las amigas de Hannah se puede quedar en mi recámara.

Asiento, extrañamente decepcionado. Justo cuando estoy a punto de proponerle que salgamos otro día, Hannah me llama. Alzo la mirada y Raven me ahuyenta con un gesto para que vaya con su hermana.

—¡Ares! —repite estirando la mano.

Suspiro al levantarme, miro a Raven de reojo, pero ella ya tiene la nariz pegada en su tableta nueva.

Mientras más se acerca la boda, más siento que Raven me evita. No puedo entender por qué se está distanciando de mí últimamente, pero sí sé que lo detesto.

Siete

Raven

Las puertas en extremo vigiladas de la mansión Windsor se abren y entro con mi auto; las placas se registran automáticamente. No he podido salir de la tristeza que traigo, ojalá que Sierra me distraiga.

Toda la semana no pude evitar pensar en Ares. Me la paso recordando cómo me sonreía cuando me dio la tableta nueva y la felicidad en sus ojos cuando vio lo mucho que me gustó. Detesto que me dé esperanzas sin darse cuenta. En cada detalle, cada consideración, cada momento que compartimos. Últimamente mis pensamientos me atormentan, mi mente evoca imágenes de él en casa de mis padres con Hannah, los dos declarando sus votos, él besándola en la cama de su recámara, que está junto a la mía. Mi mente está decidida a atormentarme y no hay nada que pueda hacer para evitarlo.

Solo quisiera olvidar todo.

Ni siquiera puedo recordar cuándo fue la última vez que me quedé en casa de mis padres cuando Ares también lo hiciera. Me paso la mano por el cabello y suspiro. No es cierto, puedo recordar vívidamente los sonidos que salían de la recámara de Hannah. Nuestras habitaciones están una al lado de la otra, y nuestras camas están contra la misma pared. Los alcanzaba a oír, juntos, toda la noche.

Fue hace años, pero aún no logro pasar la noche en casa de mis padres cuando sé que Ares se quedará a dormir. Simplemente no puedo.

—Raven, cariño —me saluda la abuela Anne al entrar.

Sonrío cuando abre los brazos y corro a abrazarla.

—Abuela —murmuro y le doy un abrazo apretado.

Ella me acaricia la espalda con ternura y sonrío al oler su distintivo aroma a lavanda.

—¿Tuviste un día difícil?

—Semana difícil —respondo.

—Ven, le voy a pedir al personal que te traiga las galletas de chocolate que horneé en la mañana.

—¡Guau!, eso sí que es amor. Tú me quieres, ¿verdad, abuela? Siempre supe que yo era tu favorita en secreto.

Ella suelta una carcajada y me lleva a la sala de estar en la casa principal. Mi plan era ir directo a la casa de Sierra, pero no me puedo resistir a las galletas de la abuela. Su casa está en el centro del complejo y está conectada a cada casa de los hermanos Windsor mediante pasadizos complicados. Siempre que vengo paso a casa de la abuela en vez de llegar a la de Sierra.

La abuela se sienta y se da unos golpecitos en el regazo. Suelto una risita, me siento en el sofá y apoyo la cabeza sobre sus muslos. Ella me masajea la cabeza y se me cierran los ojos.

—Tu corazón está adolorido —dice con voz tierna.

Me tenso, porque no sé bien qué decirle. Me preocupa que vea a través de mí. La abuela Anne tiene esta infalible manera de leer a las personas, de descubrir secretos. Esconderle el mío requiere todas mis fuerzas.

—Solo estoy cansada, abue. Creo que he estado trabajando demasiado.

—Has estado huyendo demasiado —me corrige.

Me quedo callada, temo que yo solita me traicione y diga lo que no debo. Respiro profundamente y me enfoco en sus manos. Siempre ha logrado consolar mis preocupaciones, siempre me ha brindado un hogar y el amor que me hace falta, sin pedirme nada a cambio.

Una vez más, me encuentro deseando ser yo quien se casara con esta familia. Amo a mi hermana, pero no puedo evitar resentirla. Ella no solo tiene el amor de Ares y de mis padres, pronto también tendrá el amor de todos los Windsor. Será la cuñada de Sierra, la esposa de Ares. Tal vez ellos estén acostumbrados a que yo los visite seguido, pero nunca perteneceré aquí como ella lo hará.

—¡Rave! ¡Desgraciada roba abuelas!

Sonrío ante la voz de Sierra y me lanzo a los brazos de la abuela Anne, me aferro a su cintura mientras ella se ríe y sigue masajeándome.

—Pensé que venías a visitarme a mí, pero solo estás aquí por la abuela. ¡Qué desfachatez!

Oigo que mastica algo y me enderezo, sorprendida.

—¡Esas galletas son mías! ¡Dámelas!

Ella se carcajea y se embute tres al mismo tiempo para vaciar el plato.

—Tú me robaste a mi abuela, yo me robo tus galletas.

Volteo hacia la abuela Anne boquiabierta, pidiéndole que me defienda.

—¡Abuela! —grito, pero ella solo menea la cabeza y se carcajea. Luego dirige su mirada más allá de nosotras.

Volteo y veo que Ares está en el rincón, apuntando su celular hacia mí y Sierra.

—¿Cuánto creen que me paguen si vendo este video de una supermodelo peleando por galletas?

—¡Eso sí que no! —grito y corro hacia él.

Ares sonríe y levanta el teléfono por encima de su cabeza. Soy alta, pero él mide uno noventa y cinco, aunque claro que eso no me detendrá.

Salto y me estiro hacia su teléfono, molesta porque no lo alcanzo.

—Dame ese teléfono —digo furiosa.

—¿O qué? —responde riendo.

Entrecierro los ojos y coloco las manos sobre sus hombros para impulsarme, le abrazo la cintura con las piernas para estirarme mejor. Lo tomé por sorpresa, gira y me empuja contra la pared, mirándome directo a los ojos.

De pronto me doy cuenta de lo que acabo de hacer y comienzo a parpadear lentamente.

—Lo tengo —digo, como si nada, mientras elimino el video de su teléfono. Mi sonrisa se derrite cuando aparece la siguiente foto en su galería. Es Hannah en la cama, las sábanas le tapan el cuerpo desnudo y sonríe de oreja a oreja. Reconozco de inmediato la habitación en la que está. Tomó esta foto en la casa de mis padres, seguramente la noche de su cumpleaños.

Empujo a Ares y él me baja.

—Perdón —le digo y le devuelvo el teléfono.

Él frunce las cejas.

—¿Qué pasó?

Sacudo la cabeza y me alejo hacia la casa de Sierra, que me sigue sin decir nada. Por unos momentos, sentí que estábamos de vuelta en nuestra infancia, antes de que Hannah y Ares comenzaran a salir, fue una sensación tranquila y sin complicaciones, pero la realidad es todo menos eso.

—¿Qué viste en su teléfono? —pregunta Sierra en voz baja.

—Una foto de Hannah en la cama.

—Ay, bonita, cuánto lo siento. —Me toma de la mano y entrelaza nuestros dedos mientras caminamos a su casa.

Sacudo la cabeza.

—Yo tengo la culpa.

—¿Sabes qué necesitas? Ponerte una borrachera. ¿Qué tal si nos vamos a un bar y hablamos mal de mi hermano hasta que te sientas mejor?

Asiento y aprieto su mano. Con la boda a la vuelta de la esquina, tal vez eso sea exactamente lo que necesito, una noche de diversión para obligarme a terminar con esto.

Ocho

Ares

—¡Te odio! —me grita Sierra desde el asiento, luego voltea hacia Raven—. ¿Tú también lo odias?

Raven asiente.

—Sí —dice, luego me mira a través del espejo retrovisor, con la mirada desenfocada—. Te odio —susurra con la voz destrozada.

Algo en la forma en que lo dice me llega al corazón y el dolor se expande en mi pecho. Sé que están borrachas, pero Raven nunca me había mirado así.

—¿Y por qué, Cupcake?

Desvía la mirada y apoya la cabeza contra la de mi hermana; ambas se acurrucan en el asiento trasero. Suspiro y me concentro en el camino de regreso a casa, confundido. Raven y Sierra no se abren mucho con la gente; la última vez que las vi borrachas o con resaca fue cuando estaban en la universidad. ¿Qué les dio por emborracharse hoy? ¿Y qué diablos hice para que me odien?, si vine por ellas a las tres de la mañana sin quejarme.

Sin pensar, me estaciono en mi casa; hasta que me bajo para abrirles la puerta y llevarlas a la entrada me doy cuenta de que debí llevarlas a la casa principal. Mierda.

—¡Ábrela! —me ordena Sierra, aun furiosa.

—Si abro la puerta, ¿dejas de estar enojada conmigo?

—No puedo recordar la última vez que mi hermana se enojó conmigo. Aunque soy diez años mayor, ella y yo siempre hemos sido muy unidos. No sé qué trae hoy.

Raven se acerca a mí y me pone la mano en el bíceps.

—¿Por qué no nos dejas entrar? —pregunta con tono de agonía. Ay, mierda.

—Claro que las dejo pasar, corazón.

Le rodeo la cintura y la llevo hacia la puerta de la entrada, que abro con mi huella digital. Sierra me fulmina con la mirada y entra deprisa, se zafa los tacones y corre a la cocina.

—Ven —le digo a Raven, pero ella sacude la cabeza.

—No quiero caminar. Cárgame.

Me río, sorprendido por su voz de niñita y su cara petulante. Raven nunca me pide ayuda y jamás me hace berrinche como ahora. Es adorable.

—Está bien, Cupcake. —Bajo el brazo hacia sus corvas y la levanto. Ella se ríe y apoya la cabeza contra mi pecho mientras la llevo hasta el sofá. Me mira de una manera que… ya no veo odio en sus ojos, pero en el auto sí estuve seguro de lo que vi.

—¿Y ahora por qué están tan enojadas conmigo?

La coloco en el sofá con mucho cuidado. Ella niega con la cabeza.

—Es secreto.

—¿Desde cuándo tienes secretos conmigo?

Se ríe y el sonido es melodioso.

—Llevo años guardándote secretos.

—¿Ah, sí? Dime.

Sus ojos me recorren el cuerpo entero, se detienen en los pants que traigo.

—Cada vez que te veo con ellos me pregunto cómo se verían si tuvieras una erección. ¿Sería capaz de ver cada contorno?

Abro los ojos al máximo y toso, nervioso. No me esperaba que me contestara *eso*.

—¿Te preguntas eso?

Ella simplemente alza los hombros y se agacha para quitarse los zapatos, con lo cual me deja ver claramente sus senos. No trae brasier. ¡Mierda! ¿Salió así? Más les vale a los guardaespaldas de Silas que hagan su trabajo, porque si no, que Dios los ampare.

—No preguntes lo que no quieres oír —responde canturreando.

Desvío la mirada y me aclaro la garganta.

—Voy a ver cómo está Sierra —le digo y huyo en la misma dirección que mi hermana. El corazón me da tumbos en el trayecto a la cocina. Raven jamás había actuado inapropiadamente conmigo, nunca me había dado señales de que me ve como hombre. ¿Qué carajos? ¿Qué onda con el comentario de los pants?

—¿Sierra?

Suspiro cuando la veo dormida en el piso de la cocina, con un pedazo de queso en la mano al que le dio una buena mordida. ¿Qué les pasa a mis dos chicas esta noche?

Mis pensamientos se desbordan mientras cargo a Sierra hasta mi habitación. Aún dormida balbucea que me odia. ¿Yo qué carajos he hecho para que me odien así? Trato de pensar en algo que pude hacer o decir en los últimos días, pero me quedo en blanco.

Con cuidado dejo a Sierra en mi cama y la arropo. Luego bajo a la sala, con pasos dudosos. Siempre me he sentido cómodo con Raven, pero esta vez tengo nervios.

—¿Rave?

La encuentro sentada en el sofá, con las piernas cruzadas. Al oírme, levanta la mirada y sonríe.

—Ares.

La manera en que dice mi nombre siempre ha sido distinta. Siempre ha sido sexy, pero esta noche lo es aún más.

Da unos golpecitos al espacio junto a ella y yo niego con la cabeza.

—Vamos a llevarte a la cama, corazón.

—No —responde con expresión petulante—. Siéntate.

Suspiro, pero obedezco.

—¿Qué pasa, Rave? ¿Por qué estás tan molesta? ¿Por qué Sierra insiste en que me odia?

Me mira e inclina la cabeza, claramente muy borracha.

—¿Quieres saber?

Asiento; ella sonríe con travesura, descruza las piernas y voltea hacia mí. Antes de que me dé cuenta, ella se sube a horcajadas sobre mí y me empuja de los hombros.

Suelto un ligero gruñido al sentir su trasero sobre mis muslos y pongo las manos en su cintura.

—Cupcake, ¿qué haces?

—Me quiero sentar aquí, Ares.

—No puedes.

—Ya sé, pero de todos modos lo voy a hacer.

—Raven, ¿cuánto tomaste hoy?

Se acerca y yo aprieto los dientes. Está sentada justo encima de mi pene, y aunque intento con todas mis fuerzas no pensar en eso, es en lo único que puedo pensar.

—No lo suficiente —responde—. Nunca he tenido el valor necesario y, ¿sabes?, creo que siempre me arrepentiré.

Nunca la había visto tan atormentada. Siempre pensé que la conocía muy bien, pero ahora me doy cuenta de que hay una profundidad en ella que no había notado.

—¿De qué te vas a arrepentir?

Me rodea el cuello con los brazos y aparta la mirada.

—De no pelear por el hombre que amo. Si lo hiciera, ¿las cosas serían diferentes ahora? ¿Sería más feliz?

Me aferro a su cintura, el corazón me da un vuelco.

—¿Quién es él? ¿Te refieres a Silas Sinclair? ¿Acaso se arrepiente de dejarlo ir y de no pelear por él cuando Alanna regresó a su vida?

Raven suelta una carcajada.

—Silas… —dice. Detesto cómo pronuncia su nombre y todo sobre ese hombre—. No. Silas y Alanna forman parte de mi vida y los quiero un montón. Hasta creo que quiero un poco más a Alanna que a Silas, ¿sabes? Ella está loca, en el mejor de los sentidos.

Me le quedo viendo, tratando de descifrar lo que dice.

—Entonces, ¿a quién te refieres?

Me mira y sacude la cabeza.

—Si te lo digo, no me lo vas a creer.

—Entonces es alguien que conozco. No me digas que es uno de mis hermanos. ¿Lexington?

Ella se ríe en tono muy divertido.

—¿Debería cogerme a tu hermano, Ares? —me pregunta mientras mueve la cadera en círculos sobre mis muslos. ¡Mierda!

—No harás nada con él si valoras su vida.

Le aprieto la cintura para que se quede quieta, pero es demasiado tarde. Puedo sentir cómo se me puso duro y lo único que queda es rogar por que ella esté demasiado borracha para darse cuenta de que me está excitando.

—Anda, corazón —le digo entre dientes—. Deberías irte a dormir. Bebiste demasiado y mañana te vas a arrepentir.

—No me voy a arrepentir —me dice—. Lo único de lo que me he arrepentido es de las cosas que no hice.

Me mira y me pasa una mano por la cabeza; sus dedos me rozan el cuero cabelludo y luego me jala del cabello con fuerza. Su rostro está tan cerca del mío que podría inclinar la cabeza y besarla.

Desvío la mirada y ella se ríe.

—Rave, ¿qué haces?

—Algo que no debería.

Mueve las caderas y de sus labios sale un leve gemido cuando mi pene está justo entre sus piernas.

—Esto tiene que parar —le digo—, por muy borracha que estés, Rave, esto no está bien. Eres la hermana de mi prometida, por Dios.

—Sí, pero tú debiste ser mío.

Parpadeo, sorprendido. Sí. Si Hannah no me hubiera rogado para que hablara con mi abuela, la mujer con la que me estaría casando sería Raven.

Sonríe y baja los dedos hacia mi pecho, hasta que su mano se aferra al borde.

—Quiero esta camiseta, Ares. ¿Me la das?

Me miro la camiseta.

—Yo… este… ¿por qué?

Ella sonríe con travesura y se estira por detrás para bajar el cierre del vestido en un solo movimiento fluido, luego jala hacia abajo y toda la parte de arriba del vestido se le cae hasta la cintura.

—Carajo, Raven. —Entro en pánico. No trae brasier y yo no debería verla semidesnuda. Tomo la parte de enfrente de su vestido y la alzo para cubrirle los senos—. Cupcake, de verdad estás acabando con mi paciencia. Me estoy esforzando, ¿okey? Estoy tratando de ser paciente, pero te estás pasando de la raya.

Ella pone los ojos en blanco.

—Ash, Ares. ¿Sabes cuánta gente me ha visto desnuda? Cálmate. Antes de cada pasarela me paseo prácticamente desnuda o bastante desnuda. No pasa nada.

Ante el comentario, rechino los dientes.

—¿Y también te sientas así sobre los muslos de las personas? Sabes perfectamente bien lo que estás haciendo.

Me sonríe.

—¿Debería buscar los muslos de alguien más para sentarme? Tal vez debí irme con John a su casa…

—¿John? ¿Saliste con tu agente?

Asiente.

—Debí dejar que me llevara a su casa.

—¿Y qué habría pasado si lo hubiera hecho, Rave? —pregunto, temiendo la respuesta.

—No lo sé. Supongo que me habría provocado unos buenos orgasmos y yo habría terminado bien cogida.

Suelto el vestido y dejo que se quede a la altura de su cintura mientras la tomo del cabello y cierro el puño para acercar su rostro al mío.

—¿Qué carajos te pasa hoy, Rave? Toda tu maldita vida has sido recatada y bien portada ¿y de pronto ahora te quieres acostar con alguien? ¿Qué carajos te sucede?

Ella sonríe y desliza las manos por debajo de mi camiseta; sus dedos me rozan el abdomen.

—Te pedí tu camiseta, Ares, no que me cogieras. Aunque, por lo duro que tienes el pene, sospecho que eso quieres.

—Si te doy mi camiseta, ¿te vas a la cama? —Asiente—. Está bien, Rave, te doy mi camiseta, pero esto termina aquí, ¿okey? Deja de provocarme. No sé qué bicho te picó, pero todo esto es muy inapropiado y, conociéndote, mañana te vas a arrepentir.

Raven sonríe con travesura mientras se pasa el vestido por arriba de la cabeza y lo tira al piso.

—Mierda. Estás desnuda. ¿Por qué carajos no traes ropa interior, Raven? Mierda. Esto… esto no es… —Esto está mal de tantas maneras… No puedo tener a la hermana de mi prometida desnuda encima de mí. ¿Qué diablos estoy haciendo?

—No me gusta la ropa interior —dice así nada más. Mis ojos deambulan por todo su cuerpo perfecto y gruño sonoramente mientras el pene me palpita. Estoy tratando con todas mis fuerzas controlar mis pensamientos, pero ¡mierda!, es tan hermosa. Sus pezones son oscuros y están duros. Contrastan perfectamente con su piel. Cada centímetro de ella es hermoso, incluso esas piernas largas con las que me tiene anclado. Y luego está su vulva desnuda, que está justo encima de mi pene. Diablos.

Aparto la mirada y bajo las manos hacia la orilla de mi camiseta, me la paso por la cabeza en un movimiento fluido.

—Anda —le digo—. Ponte esto.

Ella alza los brazos y suspiro mientras le meto la camiseta por la cabeza y la bajo tratando lo mejor que puedo de no tocarla innecesariamente.

—Hora de dormir —le advierto.

Ella se ve decepcionada, pero asiente.

—¿No hay ni una pequeña parte de ti que me desee? —pregunta casi susurrando, como si rogara, y en sus ojos veo un sentimiento que no puedo describir.

—No —le miento—. La fricción de tu cuerpo sobre mí me provocó una erección, sí, pero no te deseo, Raven. Nunca lo haré. No estoy seguro de qué estás pensando, pero tienes que parar. ¿Sabes lo mucho que tu comportamiento de hoy podría lastimar a tu hermana? Carajo, lastimarme a mí, Rave.

Ella se congela, asiente y voltea la cara. Mi corazón se derrite cuando veo una lágrima en su mejilla. De inmediato me quiero tragar mis palabras.

Raven solloza y mi corazón se hace pedazos.

—Diablos, Cupcake, perdóname, por favor. No quise decirlo así, para nada.

—No —contesta y se levanta—. Perdóname tú, Ares. Yo solo pensé… Lo siento. Ya me voy.

La tomo de la cintura y la acerco a mí, mis brazos la envuelven y llevo su cabeza a mi cuello.

—No vas a ninguna parte, Cupcake. No esta noche. Está bien, Rave. Todos hemos tenido nuestras noches de borrachera y esto no es diferente. Lo siento.

—No tanto como yo —susurra—. Debí ser más prudente. Claro que tú nunca me vas a desear. Jamás vas a desear a nadie más que a Hannah.

La abrazo con fuerza y con el corazón partido. Mierda. Esta noche ha sido un desastre. No tengo idea qué le pasa y, aunque no debería, me siento aliviado de que estuviera conmigo esta noche. Si hubiera estado con alguien más, quién sabe qué habría pasado.

—Vamos a dormir, Cupcake, ¿okey?

La mantengo en mis brazos y me acuesto en el sofá con ella acurrucada en mí.

—Solo duerme, Rave. Mañana habremos olvidado todo esto. De todos modos, sospecho que estás tan borracha que ni te vas a acordar. Vamos a dormir, ¿sí?

Ella asiente y se acurruca conmigo, pero aunque la tengo tan cerca, siento que la estoy perdiendo. No tenía otra opción más que decirle lo que le dije, pero cómo me arrepiento de mis palabras. Espero que esto no cambie nada entre nosotros pero, en el fondo, sé que así será.

Nueve

Raven

—¿Raven?

Frunzo las cejas al oír la voz de la abuela Anne detrás de mí y me acurruco otro poco, sin ganas de despertarme.

—¿Ares?

De pronto, mi mente nublada comienza a esclarecerse y me congelo cuando me doy cuenta de que me envuelve un brazo fornido. De pronto me llegan fragmentos de anoche y el estómago me da un vuelco. ¡Ay, no!

Me remuevo con Ares aún aferrado a mí; entonces él se despierta y comienza a parpadear lentamente, abre los ojos y me ve, sonríe, amodorrado.

—Buenos días, borrachita —dice.

Pero se le derrite la sonrisa cuando ve más allá de mí; yo cierro los ojos de la vergüenza.

—¡Abuela! —exclama con horror. Quita el brazo—. ¿Qué haces aquí?

Se sienta y me jala hacia él, aún abrazándome. Yo levanto el rostro, dudosa, pero muy consciente de lo que esto parecería. Mi vestido está en el piso y Ares no trae más que sus pants grises, y yo tengo puesta su camiseta.

La expresión en el rostro de la abuela Anne es indescifrable.

—¿Gran noche? —pregunta y yo asiento.

—Sierra y yo… este… bebimos demasiado y Ares terminó cuidándonos.

No puedo verlo a la cara, no después de lo que hice anoche. La manera en que lo acosé no estuvo bien. Seguramente está furioso y es probable que haya dañado nuestra amistad de forma irreparable, y ¿para qué?

—¿Dónde está Sierra?

Ares carraspea. ¿Se dará cuenta de que aún me está abrazando?

—En mi cama. Lo mejor sería dejarla dormir un poco más, anoche estaba realmente borracha.

La abuela asiente.

—¿Y si ustedes dos también descansan un rato más? Se ven… desaliñados… Voy a ordenar que les traigan el desayuno más tarde. Cuando Sierra se despierte simplemente le calientan el plato.

Entonces comienza a irse y Ares y yo estamos tensos, pero ella sonríe con dulzura.

—Yo también debería irme —declaro en cuanto la abuela cierra la puerta. Me levanto y nerviosa levanto mi ropa del piso, mientras la vergüenza me inunda.

—Espera —dice Ares. Volteo para verlo de frente con el corazón en la boca—. Ven, Raven —me ordena y yo camino hacia él, dudosa. Me detengo frente a él, que tiene las piernas a cada lado de mí. Él apoya la espalda y abre los brazos sobre el respaldo del sofá, mientras me mira fijamente. No lo había visto así desde hace años, con el torso desnudo y completamente expuesto. ¿Se dará cuenta de qué imagen proyecta?

—¿Cómo te sientes, Rave? Nunca te había visto tan borracha como anoche. ¿Te acuerdas siquiera de la mitad de las tonterías que hiciste?

Cierro los ojos y asiento.

—Ares —susurro—, de verdad lo siento. Nada de lo que diga reparará lo mal que te traté anoche. Estoy muy avergonzada de lo que hice y no puedo ni imaginar lo enojado que estás. De verdad, lo siento. No sé qué estaba pensando. Nunca debí… no puedo creer que…

Él me toma la mano y me acerca hacia él.

—Hoy ya no estás tan confiada, ¿verdad? Anoche estabas feliz de sentarte en mis piernas y exigir que te diera mi camiseta y desnudarte en el proceso.

Me siento junto a él y lo abrazo.

—¿Realmente tienes que recordármelo? —pregunto, mortificada.

Él se carcajea.

—Está bien, Rave. No estoy enojado, solo confundido. Nunca habías actuado así, y definitivamente nunca frente a mí. ¿Qué te está pasando? —Se pasa una mano por el cabello y desvía la mirada—. O sea, sí entiendo cómo es estar borracho y querer irte a casa con alguien, querer la emoción, desfogarte, pero tú no eres así.

Suelto una carcajada hueca.

—No me conoces tan bien como crees, Ares —contesto, aprovechando el pretexto que me ofrece—. Es solo que ha pasado mucho tiempo desde la última vez que me acosté con alguien, y de verdad tenía ganas. Cualquiera hubiera hecho lo mismo.

Me mira fijamente con ojos entrecerrados.

—¿Haces esto seguido? ¿Emborracharte? ¿Sexo casual?

Hago puchero con la boca, incapaz de mirarlo.

—¿Importa? Ya soy adulta, Ares. Sé lo que hago, no tienes por qué darme sermones.

—Raven, tienes que ser cuidadosa. No puedes darle acceso tan fácil a cualquiera. Ni de broma te atrevas a irte con alguien a quien no conoces, ¿oíste? De por sí no es seguro para una chica normal, pero además tú eres el objeto del deseo de tantos hombres… Quién sabe lo que esos pervertidos estúpidos estén fantaseando al coleccionar fotos tuyas. He visto los comentarios en todo lo que posteas, no es seguro.

Me abrazo a mí misma, sin estar segura de qué decir.

—¿Le vas a contar a Hannah?

Él suspira y se deja caer en el sofá, viendo al techo.

—¿Cómo podría decirle que tuve a su hermana desnuda sobre mis piernas? Sé que no tenías malas intenciones y que estabas borracha, pero Hannah no lo vería así. Lo mejor es no decirle nada en absoluto. Yo también he pasado por varias borracheras y momentos vergonzosos; tú tienes derecho a los tuyos. Solo quiero que me prometas que no lo vas a volver a hacer.

—Perdóname —le digo—, nunca más te volveré a ver así. No me vuelvo a acercar a ti, mantendré mi distancia.

—¡No! —explota con el rostro temeroso—. Eso no fue lo que quise decir. Quiero que me prometas que no te volverás a emborrachar al grado de no tener control sobre lo que haces o dices. ¿Sabes lo fácil que pudo ser que yo me aprovechara de ti anoche? Te tenía en mis brazos, desnuda, Rave. ¿Sabes lo fácil que pudo ser que me bajara los pants y te lo metiera hasta adentro? Pude afianzarte a este sofá y cogerte sin condón ni nada, y tú no habrías podido hacer nada. Nunca te quedes a solas con un hombre que no te respete, alguien que pueda aprovecharse de ti cuando tú no estás en tus cinco sentidos.

Siento las mejillas ardiendo y sus palabras me retumban en la cabeza. ¿Estaría tentado, aunque fuera un momento?

—Sí, Ares, entiendo lo que dices —murmuro—. Lo siento, no volverá a pasar.

—Más te vale. Ni conmigo y definitivamente tampoco con cualquier otro.

Asiento.

—Te prometo que no. —No puedo creer que actué así. Durante años logré ocultar lo que siento por él, hasta anoche. Qué bueno que al parecer piensa que solamente fue porque estaba borracha, porque mis acciones hubieran podido arruinar nuestra amistad para siempre—. De verdad lo siento, Ares. Ni siquiera estoy segura de qué decirte, más que estoy avergonzada y arrepentida.

Sonríe y se inclina hacia mí para acomodarme un mechón de cabello detrás de la oreja.

—Está bien, Rave. Mejor será que olvidemos lo que pasó, ¿okey?

Asiento y me levanto.

—Tengo que irme —le digo. Necesito tiempo a solas para recoger los pedazos de mis esperanzas rotas. Aún puedo oír sus palabras retumbando en mi cabeza: «No te deseo, Raven, nunca lo haré».

Siempre lo he sabido, pero una pequeña parte de mí pensó que podía hacerlo cambiar de parecer. Tal vez sea demasiado pretencioso de mi parte, pero pensé que él cedería si me le lanzaba, creí que no sería capaz de resistirse a mí. Debí ser más prudente.

—¿Y quién es él? —pregunta. Volteo hacia él, confundida—. ¿Quién es el hombre del que estabas hablando anoche? Dijiste que te arrepentías de no pelear por el hombre que amas, y justo ahora, tu expresión era de pesar. ¿Quién es él?

Sonrío y meneo la cabeza.

—Tonterías de una borracha, Ares. No hay nadie.

—*In vino veritas* —me dice. «En el vino yace la verdad». Sí, ciertamente esto aplica; casi suelto toda la sopa porque bebí demasiado.

—Es cierto —admito—, es solo que no quiero hablar de eso.

—Quienquiera que sea, no trates de acostarte con él para que se te quite la tentación. Eso nunca funciona y, en tu caso, será contraproducente. Eres demasiado famosa, fácil de salir perjudicada por un escándalo. No arriesgues tu reputación por algún imbécil que no puede apreciar lo que tiene.

Suelto una carcajada, divertida, y asiento.

—Sí —concuerdo—. No más. Ya me harté de que él me importe, de tener la esperanza de que algún día yo tenga una oportunidad. Es momento de pasar la página.

Él asiente, dudoso, y me pregunto si, aunque sea una pequeña parte de sí entiende que estoy hablando de él. Por cómo actué anoche, ¿al menos lo sospecha?

—Bueno —me dice—, vístete y te llevo a tu casa.

Diez

Raven

Mi corazón se hace pedazos cuando saco del gancho el vestido de novia de mi hermana. Es hermoso y se le va a ver increíble. Cada segundo de diseñarlo y coserlo fue una tortura. Era un recordatorio de que mi amor no correspondido termina aquí. Afortunadamente, Ares no le dijo a Hannah lo que hice y tampoco parece que lo haya estado pensando tanto. Creí que había destruido nuestra amistad, pero en vez de eso, él me ha estado enviando más mensajes que antes. Parece preocupado, lo cual es absurdo, porque él es la fuente de mi agonía.

Las puntas de mis dedos rozan los bordes del vestido de Hannah y siento un hueco en el corazón. Diseñé un vestido de sirena para ella, con una cola que puede quitarse y que se ajusta alrededor de la cintura; básicamente Hannah tiene dos vestidos en uno. Puedo imaginar la reacción de Ares cuando la vea caminando al altar vistiendo esto. No podrá quitarle los ojos de encima y yo tendré que quedarme ahí parada mientras la mira como siempre he querido que me mire a mí.

—¡Raven!

Volteo hacia la puerta al oír la voz de mi hermana y me obligo a sonreír.

—¿Lista para tu última prueba de vestido?

Asiente y sus ojos se van directo al vestido, complacida.

—Es hermoso. ¿Hay algo que no puedas hacer?

Le sonrío a pesar de mi dolor.

—Veamos si te queda o no. Puedo hacer los últimos retoques la noche antes de la boda, para asegurarme de que te quede perfectamente, pero dudo que tu peso fluctúe demasiado en las próximas dos semanas.

Ella asiente, me quita el vestido y se va al vestidor, donde dos asistentes la esperan. Me pregunto si alguna vez me veré probándome el vestido de mis sueños. No puedo imaginarme encontrando a alguien con quien realmente quisiera casarme.

Hannah sale del vestidor y se ve como la superestrella que es. Esta vez, mi sonrisa es genuina. Se ve hermosa; verla con uno de mis mejores diseños es irreal.

—¡Guau! —susurro.

Hannah se carcajea y voltea hacia mí.

—Es perfecto, Raven. Lo amo.

Se mira en el espejo y evalúa el vestido cuidadosamente.

—¿Decidiste si vas a invitar a alguien a la boda? No olvides el acuerdo de confidencialidad. Nadie puede saber a qué evento están asistiendo hasta el día de la boda; de otro modo, los paparazis nos van a revolotear como abejas a la miel.

—Lo sé —le recuerdo—. No te preocupes, no voy a invitar a nadie. Tú eres el centro de ésta boda y quiero estar ahí contigo. Si llevo a alguien, no podré hacerlo. Además, no estoy saliendo con nadie.

Hannah es tan popular que su boda tiene que mantenerse en secreto. Ni siquiera sus amistades más cercanas sabrán que la fiesta a la que los invitaron es, de hecho, su boda. Las probabilidades de que alguien lo filtre a la prensa son demasiado altas y no habrá suficientes guardias de seguridad que puedan mantenerla alejada si se enteran de que habrá una boda entre el CEO de una de las empresas de medios más grandes y una actriz famosa.

—Supongo que es bueno que no estés saliendo con nadie —dice, sin pensar—. Tienes suerte, supongo. Disfruta estar soltera lo más que puedas. Yo no tuve ese lujo mucho tiempo.

«Lujo». Sonrío burlonamente y me enderezo. Daría lo que fuera por intercambiar lugares con ella.

—¿Todo bien? —pregunto, obligándome a mantener la calma. Últimamente, su amargura me cala hasta los huesos, tanto que puedo sentirla en la lengua, pero no puedo dejar que se dé cuenta.

—No lo sé —dice, en voz baja—. Últimamente, Ares y yo nos la pasamos peleando. Ya ni siquiera somos amigos y me parece una locura que nos vayamos a casar. A veces me pregunto si hubiera sido diferente si Ares no hubiera sido mi primer novio. Antes de él, nunca había estado en una relación seria y me parece que por eso siempre he sentido como si fuéramos un trabajo en progreso. A veces me pregunto qué habría pasado si nos hubiéramos conocido después de que yo ya hubiera tenido algunas relaciones, si hubiéramos aprendido nuestras lecciones antes de estar juntos. ¿Quizá todo se sentiría un poco más fácil?

Parpadeo, sorprendida, sin saber qué decirle. Ares y Hannah siempre me han parecido la pareja perfecta. Nunca me di cuenta de si tenían problemas, pero supongo que es normal.

—Hay algo hermoso en la idea de que crezcan juntos, Han, en saber que todo lo que han logrado lo hicieron juntos… eso es admirable y envidiable. Tal vez las cosas serían diferentes, pero no es así, y ustedes han aprovechado al máximo lo que la vida les dio.

Ella asiente y me mira; se ve vulnerable.

—Tal vez, Rave, pero no estoy segura, ¿sabes? Ha sido muy difícil. Los Windsor tienen tantas reglas en lo que se refiere a nuestro matrimonio. ¿Sabías que Ares y yo no tenemos permitido estar lejos el uno del otro por más de tres noches consecutivas durante los primeros tres años de matrimonio? Es una locura, pero si violamos estos términos, Ares pierde su herencia. Son tan diferentes a nosotros. Cuando era más joven, pensaba que era increíble, me hacía sentir como si me estuviera casando con la realeza. Pero ahora es limitante y me siento muy presionada por mantener la relación con Ares al mismo tiempo que hago mi carrera. No puedo tomarme un año entero de descanso de actuar y Ares no siempre me puede acompañar al set de filmación. ¿Cómo se supone que vamos a atenernos a la dichosa regla de las tres noches? —Se pasa una mano por el cabello y suspira—. Supongo que es difícil que me entiendas, qué mal plan que no tuviste el talento para ser actriz. —Hace una pausa—. Claro que, también es una bendición. Tu vida es tan… agradable. Tienes tu trabajo como modelo y el prestigio que viene con eso, pero te queda mucho tiempo libre para que manejes tu propia empresa. Mi carrera es demasiado demandante para algo así. Ni siquiera he podido ayudar a mamá con Dreamessence, ¿tú crees? Se supone que debo administrarla junto con Ares después de la fusión, pero ¿cómo voy a hacerme el tiempo para eso?

Me le quedo viendo tratando de guardar la compostura. No tener el talento suficiente... Sabe que no es verdad. Renuncié a actuar muy pronto, cuando ella se puso ansiosa de que tuviera que competir conmigo. Me rogó que lo reconsiderara, me dijo que odiaría tener que pelear por los papeles y que la actuación de verdad era lo suyo, así que cedí. Nunca fue una cuestión de talento, no al inicio.

—Estoy segura de que lo de las tres noches es negociable, Han —contesto un rato después, exhausta. Hoy no tengo las fuerzas para defenderme—. Solo háblalo con la abuela Anne.

Ella alza las manos y suspira.

—¿Crees que no lo intenté? Ella no quiere ceder. La abuela no quiere que trabaje del todo. Mientras más nos acercamos a la boda, más lo dudo.

Respiro profundamente y me obligo a verla a los ojos.

—Tú amas a Ares, ¿no?

Asiente.

—Con todo mi corazón.

—Entonces vas a estar bien, Han. Sé que estar con él requiere sacrificios de tu parte y estoy segura de que para él es igual. Durante años no ha podido salir contigo en público debido a tu carrera. Eso no debió ser fácil para él, ¿no crees? De seguro hubo mucho que él quería hacer contigo y no pudo. Ahora te toca a ti hacer algunos sacrificios. Se supone que así es el matrimonio, ¿no? Es un compromiso.

Ella asiente y se voltea al espejo; sus ojos recorren el vestido.

—Sí, supongo que sí. Creo que la peor parte es que Ares es perfecto. Todos nuestros problemas vienen de mí. Sé que él se merece todo, pero todavía me cuesta trabajo hacer mi ego a un lado e ir detrás de mis aspiraciones. Un año es suficiente para que la gente se olvide de mí, ¿sabes? ¡Imagínate tres!

Suelto una carcajada y meneo la cabeza.

—Eres Hannah Du Pont, no hay forma de que alguien te olvide. Podrías tomarte un descanso de diez años y aun así no importaría.

Entonces, me sonríe.

—Gracias, Rave —dice con ternura—. Necesitaba esto, hablar con alguien que no me juzga por mi egoísmo, por decir lo que pienso, aunque no debería.

Niego con la cabeza y le sonrío.

—Vas a estar bien, hermana. Dentro de dos semanas, vas a ser la novia más bonita que alguien haya visto y pronto todas tus dudas parecerán un recuerdo distante.

Ella asiente, aunque noto un poco de inseguridad en su mirada.

—Tú estarás a mi lado, ¿verdad?

—Siempre —le prometo. Siempre estaré ahí para ella, aunque eso me haga trizas el corazón una y otra vez.

Once

Ares

Sé que estoy soñando cuando veo que me sonríe con tanta inocencia, su cuerpo pegado al mío. Llevo años teniendo este mismo sueño exactamente. En el sueño ella siempre tiene el mismo vestido rojo, el que traía puesto el día de la fiesta de cumpleaños veintiuno de Sierra.

Es tan corto que si se agacha podría verle ese trasero duro; la tela se le pega a los senos, apenas logra contener su hermoso cuerpo.

—Ares —me ruega—, por favor.

Han pasado años desde que la vi tan tímida.

—No sabes lo que estás pidiendo, Raven —susurro, mientras mi mano juguetea con su cabello. Aprieto la mandíbula y cierro el puño en su cabello para jalar de él y que su rostro se acerque al mío.

Su respiración se acelera, sus pupilas se dilatan. La manera en que jadea evidencia su deseo. Parece que me ruega en silencio que la bese, que arruine el labial que trae.

—Sé exactamente qué es lo que te estoy pidiendo, Ares.

Cuando la tomo y la empujo contra la pared, el pene me palpita por debajo de los jeans.

—No deberías estar aquí, corazón. Eres demasiado joven. Demasiado inocente. ¿Qué crees que estás haciendo?

Me sonríe y desliza las manos lentamente por mi pecho, hasta que me rodea el cuello.

—No soy tan inocente como crees.

Entrecierro los ojos y me acerco un paso más, la encierro, mi cuerpo presionando el de ella.

—¿Qué quieres decir con eso? —Le acaricio el rostro con el dorso de la mano, mi tacto es posesivo—. ¿Esta no es la primera vez que te escabulles en la habitación de un hombre al calor de la noche?

Ella mira hacia la izquierda.

—No.

Sonrío y regreso la mano a su cabello, la necesito con una desesperación que no puedo cuantificar. Toda la noche me ha estado viendo como si quisiera que la inclinara al frente para cogérmela, pero no pensé que ella se dejara llevar por su deseo.

—Mentirosa —susurro y me inclino hacia adelante, rozando mis labios con los suyos—. Sabes que detesto cuando me mienten, Raven. No me obligues a castigarte.

Ella inclina la cabeza ligeramente, sus labios rozan los míos vacilantemente.

—Castígame, Ares, te lo ruego —susurra como respuesta.

Gruño y mis labios se pegan a los de ella con fuerza. He querido saborearla por más tiempo del que me gusta admitir y este beso es todo lo que pensé que sería y más. Raven se para de puntitas y su mano se desliza dudosamente hacia mi nuca, hasta que puedo sentir sus dedos por mi cabello. Ella gime contra mi boca y yo la beso con más fuerza para obligarla a abrir la boca.

Mierda. Sabe a whiskey y pecado. Su lengua se enreda con la mía y me besa de una manera que hace que mi pene se dispare. Necesito saber si esta lengua será igual de hábil cuando empuje mi miembro en esa caliente boquita suya.

—Raven —gimo y me aparto un poco de ella. Me zumba la cabeza, ambos hemos bebido demasiado. Mi mente no está nada clara cuando atrapo su labio inferior entre mis dientes y necesito más—. Tenemos que parar —susurro, porque sé que es lo correcto.

Mis labios se mueven hacia su cuello y ella ahoga un grito cuando le beso el lóbulo de la oreja.

—Eres la mejor amiga de mi hermana menor —susurro.

Ella me mira a los ojos y puedo ver claramente el deseo en sus ojos.

—¿Eso es lo único que soy para ti?

Me aferro a ella con más fuerza y niego con la cabeza.

—No —admito—, pero soy diez años mayor que tú. Esto… esto no está bien, nena. Es demasiado pronto.

—¡No! —murmura con los labios pegados a los míos—. No se sentiría tan bien si fuera algo malo, Ares.

Sus manos se deslizan a la parte baja de mi cuerpo; cierro los ojos cuando su mano se mueve al frente de mis jeans. Sus dedos me rozan el pene, justo encima de mis bóxers, y estoy a punto de perder la cordura. Muero del deseo de penetrarla.

Me alejo lo suficiente para verla de frente y en sus ojos veo mi propio deseo reflejado. Ella lo quiere tanto como yo. Mis dedos se cierran en la orilla de su vestido y ella se muerde el labio cuando lo levanto.

—Raven, si hacemos esto no habrá vuelta atrás. Si cogemos esta noche, serás mía, para siempre.

Ella sonríe y alza los brazos con una sonrisa seductora mientras espera a que le quite el vestido.

—Ya soy tuya, Ares.

Mientras la desvisto lentamente, me estoy mordiendo un labio y mi corazón se acelera como nunca. La necesito con una desesperación que nunca había sentido, pero tengo miedo de echar esto a perder. Si lo hacemos, necesito que sea perfecto para ella.

—Qué hermosa eres, maldita sea —gruño mientras le levanto el vestido por arriba de los senos y sus pezones quedan expuestos—. No tienes idea de cuántas veces he fantaseado estar así contigo, nena. Sé que está mal, pero siempre te he deseado.

Su vestido cae al piso y ella se queda frente a mí, sin nada más que su ropa interior. Cruza los brazos por encima de su pecho, para esconderse de mí.

—No, no te escondas de mí, amor. —Me agacho para cargarla en brazos, mi tacto es suave al llevarla a mi cama. La acuesto con cuidado y me enderezo para quitarme la camiseta.

Ella me mira de una manera que hace que el pene me palpite. Mierda. Ya estoy a punto de venirme y no he hecho nada más que besarla.

Estoy extrañamente nervioso cuando coloco las rodillas entre sus piernas y me inclino hacia ella.

—Dime, nena… ¿hay alguien más que haya saboreado esta vagina? Quiero que seas sincera conmigo. Lo último que quiero es lastimarte, Rave.

Ella duda, pero niega con la cabeza.

—Mierda —gruño. Esta malditamente hermosa mujer… mi supuesta prometida. Ni ella ni yo hemos aceptado formalmente el acuerdo entre mi abuela y sus padres, pero ambos sabemos que es inevitable. Ella será mi esposa en unos cuantos años.

Raven mueve la mano hacia la hebilla de mi cinturón y la desabrocha con manos temblorosas.

—Tal vez yo no tenga experiencia, pero quiero esto, Ares, por favor.

Le sonrío cuando me aparto de ella para quitarme los jeans. Ella sonríe contenta, y enseguida se endereza sobre sus rodillas y jala el resorte de mis bóxers.

Suelto una carcajada y entierro las manos en su cabello.

—¿Quieres que se vayan, nena?, pues tendrás que hacerlo tú.

Aprieto mis manos en su cabello con más fuerza para acercar su cabeza hacia mí, apenas puedo contener lo mucho que la deseo. Es imposible resistirme a ella.

—No creas que no lo haré —me provoca y roza sus labios contra los míos mientras me acaricia la orilla del pene. Carajo. Necesito sus manos sobre mí.

Sus dedos se deslizan por adentro de mis bóxers y cierro los ojos cuando toma mi pene con fuerza y comienza a subir y bajar.

—Ares —susurra—, esto… no me va a caber.

Me río al ver su cara de asombro.

—Sí cabe, nena, te lo prometo. Voy a hacer que te mojes tanto que no te dolerá más que por un momentito. Para cuando meta el pene en esa linda vagina tuya, estarás rogando por que lo haga.

Ella sonríe contenta y me baja los bóxers; ahora mi pene es libre. Y esa mirada suya… Maldita sea, es realmente hermosa.

—Te necesito —susurro, y mis labios encuentran los suyos.

Raven gime en mi boca y casi pierdo la razón cuando la acuesto en mi cama y me pongo encima de ella. La cabeza me da vueltas y gruño. Bebí demasiado.

—Nena —susurro y despego mi boca de la suya, aunque no quiera—. Tal vez deberíamos esperar, ambos bebimos demasiado, Rave. No quiero que tu primera vez sea un desastre por la borrachera.

Ella niega con la cabeza y sus ojos se llenan de lágrimas.

—Por favor, Ares, no me rechaces —susurra—. No… no puedo…

La callo con un beso y empujo mi pene entre sus piernas; lo único que separa nuestros cuerpos es su ropa interior. Gruño en su boca, me rehúso a esperar más.

—Te deseo tanto, Raven. Jamás, ni por un solo momento, pienses que no te deseo. Siempre que estamos en la misma habitación tengo que hacer uso de todas mis fuerzas para alejarme de ti. Siempre voy a desearte.

Me mira a los ojos y sonríe, aunque puedo ver un poco de incredulidad en su expresión. Nos quedamos conectados, mirándonos, mientras recorro su cuerpo con deseo.

—Qué suave —susurro—. Estabas lista para mí.

Ella asiente.

—Yo también te he deseado más tiempo del que crees.

Me río y atrapo su labio inferior con mis dientes. Esto es jodidamente irreal. Raven gime e inclina la cabeza, exigiéndome un beso y se lo doy.

Mi dedo índice desaparece en su vagina fácilmente y gimo cuando me doy cuenta de lo húmeda que está. Mierda.

Me enderezo sobre mis rodillas y mis dedos se doblan en las orillas de su ropa interior.

—Levanta tus caderas hacia mí, nena.

Ella obedece y jalo la tela impacientemente, luego me pongo encima de ella otra vez.

—Tengo que verte —le digo—. La primera vez que te vengas para mí es algo que quiero recordar siempre.

Ella sonríe con tal timidez que mi corazón se detiene un segundo, a pesar de que la cabeza me retumba. Sí, siempre voy a recordar esto.

Mis dedos vuelven a deslizarse entre sus piernas y le meto dos dedos mientras con el pulgar hago círculos en su clítoris.

—Dime cómo te gusta. Dime cómo lo haces tú para venirte.

Ella sonríe.

—Por lo general lo hago pensando en ti.

Mierda. Suelto un gemido sonoro y me muerdo un labio con fuerza. Tan solo pensar en ella masturbándose mientras fantasea conmigo me lleva al borde de la eyaculación. Maldita sea. ¿Cómo se supone que haga su primera vez algo lindo cuando ansío tanto su vagina?

—Iba a ser paciente contigo —murmuro, mientras presiono los dedos contra su zona G, lo cual la hace jadear—, pero me estás volviendo loco, nena, lo sabes, ¿verdad?

Sigo haciendo círculos en su clítoris con el pulgar mientras mis dedos siguen estimulando su zona G con fuerza y sin dar tregua.

—Ares —me ruega—, por Dios, Ares…

La manera en que gime… maldita sea… podría eyacular tan solo con ese sonido… Raven abre la boca y me mira a los ojos con una cara de placer que le recorre todo el cuerpo; su vagina se aferra a mis dedos ansiosa.

—Ares —gime y se viene, y es la vista más hermosa que alguna vez haya atestiguado. Tan solo he tenido una probada y ya soy adicto. Qué locura saber que será mía por el resto de nuestras vidas.

Miro cómo va saliendo de su éxtasis, con una sonrisa de lo más dulce.

—Eres tan hermosa —susurro—. ¿Sabías que me dejaste completamente embelesado en cuanto te vi entrar? —Ella abre los ojos y yo sonrío mientras acomodo mi pene contra ella—. Mírame. Dime que quieres esto, Raven. Yo no quiero… no quiero quitarte la virginidad si no estás segura. Tú y yo… nuestros futuros están entrelazados por el resto de nuestras vidas, pero aún no estamos casados. —Quiero decirle que entiendo si ella quiere tener una vida propia antes de unir su vida a la mía, pero no logro sacar las palabras de mi boca; no puedo, quiero ser el primero y el único.

—Siempre serás el único a quien desee —me promete y la penetro despacio. Ella jadea y sus ojos se abren grandes mientras se ajusta a mi tamaño—. Me duele —susurra—. Solo… hazlo rápido, por favor.

Me muerdo el labio y la penetro con todo; entonces de sus labios se escapa un grito de dolor cuando me siente hasta el fondo.

—Ay, qué rico —gimo y uno mi frente a la de ella. Su vagina es un vicio suave y caliente que envuelve mi pene a la perfección. Me quedo lo más quieto posible para darle tiempo a que se acostumbre a mí. Me da miedo moverme, no quiero lastimarla.

Me enderezo un poco para mirarla, me apoyo en un brazo mientras con la otra mano le acaricio el rostro.

—Cásate conmigo —susurro—. Sé que mi abuela y tus padres ya lo acordaron, pero nosotros nunca lo hemos hablado. Raven, ¿te casarías conmigo?

—Ares —susurra. Su voz se oye más lejana de lo que debería y gruño.

—No —ruego, porque no quiero que esto termine, quiero seguir en este sueño—. ¡Carajo!

—¿Ares?

Me siento, conmocionado, mirando alrededor de mi habitación y mis ojos detectan a mi abuela. Está parada frente a mi cama con los brazos cruzados.

—Se te hacía tarde para nuestro desayuno —afirma—. Nunca llegas tarde, así que vine a ver si estabas bien.

Tomo mi teléfono con el ceño fruncido. Me quedé dormido y no escuché ninguna de mis alarmas. ¿Cómo? Carajo.

—Perdóname, abue —le digo—. Dame un momento para alistarme, ¿sí? Te veo abajo.

Ella se me queda viendo un momento, pero asiente, se da la vuelta y sale. En cuanto la puerta se cierra, me acuesto en la cama y me sobo la cara con la mano.

Mierda.

Otra vez este sueño. Me ha atormentado por años. Tal vez no recuerde mucho del cumpleaños veintiuno de Sierra, pero sí recuerdo la mañana siguiente. No me desperté junto a Raven. Era Hannah.

Doce

Ares

Aprieto el teléfono en mi mano, la furia apenas se contiene bajo la superficie.

—Sabes lo mucho que a la abuela le importan nuestras cenas semanales. ¿Cómo que no puedes venir? —le pregunto a Hannah.

—Lo siento, Ares. Estoy varada en una junta. —Sus disculpas se oyen sinceras, pero a mí no me lo parecen.

—Cada semana te quedas varada en una junta, Han. Estoy harto de inventar excusas por ti. —Es obvio que en las últimas fechas mi abuela no está contenta con Hannah. Lo dejó muy claro durante el desayuno esta semana y ya no quiero defenderla.

Ella no ha mostrado ningún interés en nuestra boda y constantemente rechaza invitaciones a convivir con mi abuela. Para mí la familia es importante, es lo único en lo que me interesa que Hannah y yo coincidamos, pero no es así. Para Hannah no hay nada más importante que su carrera y me preocupa que esto no cambie después de que nos casemos.

—Ares, ya estoy sacrificando un montón al casarme contigo. ¿Es broma? ¿Sabes cuántos papeles he tenido que rechazar porque no logro que nuestras agendas coincidan? ¿Por qué no puedes apoyarme más?

Rechino los dientes y me paso la mano por el cabello.

—¿Qué más apoyo quieres, Han? Accedí a mantener nuestra relación en secreto por años para que nuestros colegas no te acusaran de nepotismo ni nos inundaran las publicaciones de chismes que dijeran que yo te di los papeles que hicieron tu carrera. Te he apoyado desde la distancia, en silencio, y lo único que te pido a cambio es el mismo apoyo. No necesito que me apoyes en mi carrera, Han, pero sí te necesito con mi familia. Necesito que vayas a nuestras cenas semanales, que vayas a uno que otro evento de caridad de vez en cuando, que empieces a actuar como si fuéramos una familia.

—¡Ares! —explota—, ¿en serio me estás diciendo que hiciste mi carrera? Tal vez me diste los papeles que quería, pero no habría funcionado si yo no fuera talentosa. No me arrebates esto.

Alzo la vista al techo y respiro entrecortadamente.

—No me estás escuchando —digo en voz baja—. Nunca dije que yo hice tu carrera, Hannah. Dije que te di los papeles que te permitieron hacer tu carrera. Hay muchísimo talento por ahí, pero pocas oportunidades. He invertido literalmente en películas enteras solo porque tú querías ese papel en específico. Nunca te he pedido nada a cambio, pero ahora lo estoy haciendo. Necesito que empieces a hacer de mí y mi familia una prioridad.

—Qué mierdas dices, Ares. ¿Por qué no puedes ser más comprensivo? Además, ¿por qué siempre sacas a colación que nuestra relación es un secreto? ¿Por qué no puedes comprender que necesito mantener mi vida privada como tal?

¿Por qué siempre que quiero hablar con ella sobre cómo me decepciona, la situación da un giro y termino siendo el villano?

—Han, no puedo hacer esto de nuevo, ya no hablemos más, ¿de acuerdo? De todos modos, tengo que irme o llegaré tarde a cenar.

—¡Está bien!

Cuelgo y cierro los ojos, sin estar seguro de cómo llegamos a esto. Las cosas entre nosotros iban bien cuando éramos más jóvenes. Culpo a la fama… pero eso no ha cambiado a Raven.

Cuando llego y me dirijo a la casa de la abuela, la residencia principal, estoy de pésimo humor. Las cenas familiares siempre son el momento más lindo de mi semana y Hannah solía disfrutarlas tanto como yo. ¿Cuándo cambió eso? ¿Cuándo dejó de importarle ser un miembro de esta familia?

Me detengo, sorprendido, cuando veo a Raven sentada a la larga mesa, junto a Sierra y Lex al otro lado. Ríen y bromean, y me inunda un anhelo.

En las últimas fechas ella me ha estado ignorando, me envía respuestas cortas a mis mensajes. No estoy seguro de qué se trae, pero sospecho que está avergonzada de lo que hizo cuando se emborrachó. Ojalá pudiera convencerla de que a mí no me importó, que no cambió nada.

Sierra le dice algo y ella explota de risa. Es difícil de explicar, pero ver a Raven aquí sentada, extrañamente me llena de celos. Esto… esto es lo que quería con Hannah, que ella fuera parte de esta familia, que se riera con mis hermanos.

—Ares, ven a sentarte —grita Zane. Desvío la vista de Raven y me voy hacia mi lugar de siempre, entre Zane y

Luca—. Muero de hambre —dice Zane y me lanza una mirada asesina—. ¿Por qué tardaste tanto?

—Probablemente porque estaba discutiendo con Hannah —agrega Luca.

—¡Niños! —nos regaña la abuela.

La miro, está sentada a la cabecera, como siempre. Ella es el pegamento que nos mantiene unidos y detesto decepcionarla. Desde que nuestros padres murieron en un accidente de avión hace quince años, ella ha asumido ambos papeles. Sé que no es fácil, pero hace lo mejor que puede y nos lo da todo. Ella no me pide demasiado y, aun así, sigo decepcionándola.

La abuela me sonríe, pero veo la desilusión en sus ojos. Sé que quería hablar sobre unos detalles de la boda con Hannah y conmigo, y no puedo pensar en una excusa válida para su ausencia, algo que no haya usado antes.

—Llegas tarde, cariño —dice, y yo asiento como disculpa. Nunca empezamos a comer hasta que lleguen todos, así que los hice esperar.

—Comamos —digo, lo cual indica que Hannah no vendrá; la abuela hace un puchero y asiente.

Mis hermanos no lo dudan ni un segundo, pero me sorprende que Lexington no se sirve primero, como suele. No, le está sirviendo a Raven, mientras Sierra lo mira contenta. Me les quedo viendo, mis ojos pasan de uno al otro, y un sentimiento se asienta en mi estómago. Definitivamente algo está pasando entre ellos, y no me gusta para nada.

—Ares —dice la abuela y me obligo a desviar la mirada de Lex y Raven. Para mi sorpresa, la abuela no se ve molesta; más bien, parece curiosa—, ¿supongo que Hannah no pudo venir?

Asiento, listo para recibir un sermón sobre el valor de la familia y la importancia de nuestras cenas semanales, pero ella simplemente asiente.

—No importa. Raven está aquí.

Miro a Raven de reojo y asiento. Sí, aquí está. En los últimos años, ella ha venido a más cenas familiares que Hannah. ¿Por eso se ha vuelto tan cercana con Lex? ¿Está aquí por él y no por Sierra?

—¿Por qué andas tan callado hoy? —pregunta Zane—. ¿Hoy no habrá chismes de la farándula?

—Sí, hombre —coincide Luca—. Yo vivo para el drama que enfrentas en tu trabajo. Cuéntanos.

Meneo la cabeza, molesto. Mis hermanos son una maldita bola de chismosos. Sinceramente, son de lo peor y no tengo ganas de entretenerlos hoy.

Como en silencio; de vez en cuando volteo hacia Raven y Lex. Ella apenas me saludó hoy y solo le quita los ojos de encima a Lex cuando Sierra le habla. Es como si el resto de nosotros no existiera.

Suspiro de alivio cuando termina la cena en paz; nadie sacó a colación la boda y no hubo sermones de parte de la abuela.

Raven se levanta de su silla, sonriendo. Miro cómo desaparece por las puertas que dan al jardín; sin duda va al columpio.

Lexington mira alrededor, confundido; claramente la está buscando. Sin darme cuenta, la sigo. No estoy seguro de por qué, pero no quiero dejarla sola con Lex.

La encuentro sentada en el columpio, mirando los miles de plantas de la abuela; una suave brisa hace bailar su cabello. Alza la mirada al oír mis pasos y abre los ojos, sorprendida.

—Ah —dice—. Ares.

—Te oyes decepcionada. —Me siento junto a ella y me mezo en el columpio. Esta noche se ve encantadora, trae un vestido de verano amarillo que tiene unos tirantes prácticamente inexistentes. ¿Se vistió así para Lexington?

—No, para nada.

Sin darme cuenta, me le quedo viendo.

—¿Esperabas a Lex? —Ella abre los ojos un poco más y yo inclino la cabeza inquisitivamente—. ¿Mmm?

—Yo... no.

Asiento.

—Qué bueno. Amo a mi hermano, pero él no es para ti, es un mujeriego. No buscará nada serio más que con la mujer que mi abuela le elija.

Raven explota a carcajadas y menea la cabeza.

—Oye, ¿te preocupas por mí?

Asiento.

—Ni al caso. Además, ¿qué te hace pensar que estoy buscando algo en serio? ¿Por cuánto tiempo más nos vas a ver a mí y a Sierra como niñas?

Aprieto la mandíbula y la miro de frente. Ella me sonríe provocativamente, yo me inclino hacia ella y coloco un dedo bajo su barbilla para levantarle el rostro cerca de mí.

—Ni se te ocurra, Raven.

Ella simplemente sonríe y arquea una ceja.

—Ya soy una adulta, Ares. Él también.

La vista se me nubla en rojo tan solo de imaginarla en la cama de él; la tomo de la barbilla, afianzándola.

—Me importa un carajo si eres o no adulta, Raven. No te vas a acostar con mi hermano, ¿me oyes?

Me mira desafiante.

—¿O qué? Tal vez seas hermano de Sierra, pero no eres el mío. No tienes derecho a interferir en mi vida sexual.

—Y no lo haré, siempre y cuando la persona que te cojas no sea uno de mis hermanos.

Me mira, entrecerrando los ojos.

—¿Y a ti qué te importa?

La suelto y desvío la mirada, porque su desafío me tomó por sorpresa. ¿Por qué me importa tanto?

—Para mí la familia es importante —termino diciendo—. La abuela te ama y Sierra también. Eres parte de esta familia tanto como Hannah, tal vez más. No quiero que nuestra dinámica familiar se arruine por culpa de la lujuria. Una vez que todo termine, sería muy incómodo para ustedes dos, lo cual nos afectaría a todos.

Me mira como tratando de descifrarme y por un momento me preocupa que vea a través de mis mentiras.

—Ah —dice al fin—. Claro.

Se oye herida, decepcionada. Carajo. ¿Por qué diablos no pude quedarme con la boca callada? ¿Por qué siempre pierdo la prudencia cuando estoy con ella? Durante años ha sacado lo peor de mí, me hace actuar como loco y no puedo entender por qué.

Trece

Ares

—Estamos planeando adquirir estos servicios de *streaming* —me dice Dom y me da un resumen de alto nivel de los tratos que estamos haciendo, pero no puedo concentrarme en ellos.

Me paso una mano por el cabello mientras él parlotea sobre mi agenda, en qué películas debería invertir, acuerdos de patrocinios y quién sabe qué más.

Me encanta mi trabajo acelerado y estresante, desde siempre, pero ahora necesito un maldito descanso. Llevo semanas sin sentirme a gusto y no puedo entender qué es lo que me tiene así de deprimido. ¿Son mis peleas constantes con Hannah tan cerca de la boda?

¿O es Raven?

Me la paso tratando de olvidarlo, pero cada vez que mis pensamientos divagan, me descubro pensando en cómo se sentó sobre mis piernas y todo su cuerpo quedó expuesto ante mí. Jamás me había mirado como lo hizo esa noche, y esa es una visión que no puedo olvidar.

Me pregunto quién la tendría tan desquiciada esa noche. Ni que fuera un idiota; era obvio que estaba así por alguien y no puedo soportar la idea de que alguien le esté causando tanto sufrimiento. ¿Qué habría pasado si yo no hubiera estado ahí? ¿Realmente se habría ido con un tipo cualquiera? ¿O con el tal John, su agente? ¿O con ese hombre que por lo visto no puede olvidar?, ¿ese que dijo que amaba? ¿Quién carajos es? No la he visto con nadie en mucho tiempo. Suspiro y me obligo a concentrarme en mi trabajo; me tomo un momento para leer los informes frente a mí.

Inesperadamente, se abre la puerta de mi oficina. Dom y yo alzamos la vista sorprendidos. Hannah entra con una sonrisa rígida.

—Revisé tu agenda, ¿al parecer no estás ocupado?

Asiento y ella se sienta en la silla al otro lado de mi escritorio. Dom recoge los documentos que me trajo, se excusa y sale para que nos quedemos solos.

—Hannah —digo, sorprendido de verla aquí. Puedo contar con los dedos de una mano las veces que ha venido a mi oficina. Que le digan que ella me debe su carrera es uno de sus más grandes miedos, así que evita lo más posible dar pie a esos rumores—. ¿Qué te trae por aquí?

Ella sonríe fríamente. Apenas hemos hablado en las últimas semanas y, cuando lo hacemos, discutimos. Incluso en su cumpleaños solo tuvimos una hora de paz antes de que me acusara de no esforzarme lo suficiente con sus amigos, esos a quienes les oculta nuestra relación, sin confirmar ni negar su estatus.

—Tenemos que hablar —me dice en voz baja.

Me apoyo en el respaldo de mi silla y suspiro. ¿Y ahora qué carajos? Entiendo que la presión es mucha para ambos, pero estoy exhausto. Estoy cansado de pelear constantemente con ella. Solo quiero regresar al tiempo en que aún éramos felices juntos, cuando nos emocionaba un futuro juntos.

—¿De qué quieres hablar? —pregunto, calmado.

—Ares —dice con voz entrecortada—, no puedo con esto. No puedo casarme contigo.

Recargo los codos sobre mi escritorio y me pongo las manos en la cabeza mientras cierro los ojos.

—Nuestra boda es la próxima semana, Hannah. Ya la has pospuesto tres veces.

—Ares, lo digo en serio. Mientras más lo pienso, más me atormenta. Por las reglas de tu familia, no podemos pasar más de tres días consecutivos separados durante los primeros tres años de casados, pero ¿cómo vamos a lograr que eso funcione? No puedes tomarte un tiempo de tu trabajo para acompañarme a las filmaciones y yo no puedo tomarme tres años. Estoy en mi mejor momento, ¿cuántos años más me quedan así? No puedo parar ahora. Tal vez algún día llegue ese momento, pero ambos sabemos que no es ahora.

La miro y examino el sufrimiento en sus ojos. Realmente lo dice en serio esta vez…

—Hannah —digo con voz tierna—, te entiendo, amor, en serio. Pero este matrimonio entre nosotros no es solo entre nosotros; nuestras familias, nuestras empresas están involucradas. Somos afortunados de habernos enamorado, pero, a última instancia, este matrimonio fue arreglado. No es algo de lo que podemos zafarnos.

Ella niega con la cabeza.

—Lo sé. No estoy diciendo que no me voy a casar contigo. Solo digo que no por ahora. Algún día llegaremos a una etapa de nuestras vidas en la que vamos a querer hijos y yo puedo bajar la intensidad de mi carrera, pero este no es el momento, Ares. Con el matrimonio no se juega y no creo que nuestra relación soportaría la presión. Definitivamente pienso que mi carrera no lo soportaría.

Me quedo callado mientras sus palabras retumban en mis oídos. Sí, tal vez tenga razón, pero ya es demasiado tarde.

—Han —digo con tono más gentil—, sé que estás preocupada y entiendo que esto te está estresando de más, pero vamos a estar bien. No tenemos el lujo de poder zafarnos de esto.

Ella se levanta y niega con la cabeza, me mira fijamente con expresión de pesar.

—Lo siento, Ares.

De su bolsillo saca su anillo de compromiso y lo coloca sobre mi escritorio; lo mira por un momento, luego lo acerca a mí. Rara vez lo usó, pero me mata que me lo regrese.

—Hannah, no seas así —le ruego.

Ella niega con la cabeza.

—Lo siento.

Antes de que pueda detenerla, se esfuma y yo me quedo pasmado. Miro cómo se cierra la puerta de mi oficina y mil pensamientos me invaden. Esta no es la primera vez que Hannah se echa para atrás, ciertamente no es la primera vez que se preocupa por su carrera, pero ahora se siente diferente.

Se siente como algo definitivo, y no tengo ni puta idea de qué se supone que debo hacer.

Catorce

Ares

Lex, Luca y Zane se me quedan viendo, ninguno está seguro de qué decirme. Aunque eso no es lo que me duele, sino el hecho de que Dion esté sentado frente a mí en mi sala. Es raro que los cinco estemos juntos, porque Dion vive en Londres. Que haya volado en la noche significa que están preocupados por mí.

—¿Qué mierdas son estas de que ustedes dos cortaron una semana antes de la boda? —pregunta Dion luego de un rato—. Se supone que tú eras el suertudo de todos nosotros, imbécil. Eres el único que realmente iba a casarse con la mujer que ama, y sales con estas estupideces.

Me paso una mano por la cabeza y miro al techo.

—No es como si lo hubiera querido, Dion, estoy tan sorprendido como tú. Sabía que teníamos problemas, pero ¿qué pareja no los tiene? No pensé que cancelara la boda de verdad.

Luca refunfuña y choca hombros con Dion.

—Eres pésimo para consolar, en mal momento creímos que eras nuestra mejor opción. —Voltea hacia Lexington y asiente—. Tú inténtalo, Lex. Haz uso de ese doctorado tuyo.

Lex frunce las cejas y Luca menea la cabeza.

—¡Mi doctorado es en robótica! ¿Qué se supone que haga? ¡Armarle un robot como prometida?

Zane se carcajea.

—Te apuesto a que el robot tendría más carácter que Hannah. No me digan que están consternados porque rompieron. A la mierda estas estupideces de matrimonio por amor, porque, tratándose de Ares, el amor es claramente ciego.

Sacudo la cabeza y me llevo el vaso de whiskey a los labios.

—Gracias, chicos, me siento mucho mejor. —Mis hermanos se ríen entre ellos y entonces me doy cuenta: están preocupados por mí, pero no conmovidos porque terminé con Hannah. Solo están angustiados porque estoy dolido—. ¿En serio ella no les caía bien o solo están tratando de hacerme sentir mejor?

Intercambian miradas entre ellos; Lex y Zane se dan de codazos, como si instaran al otro a hablar. Al final, Dion toma la palabra.

—No es que no nos cayera bien, Ares. Es solo que claramente ella no era la indicada para ti. Hannah es una diva, lo cual está bien para ciertos tipos, pero no para ti. Todos vimos cómo te dolía estar condescendiéndola todo el tiempo, sin recibir mucho a cambio. Ella ni siquiera quería reconocer la relación públicamente, lo sabes. Siempre sentí que merecías mucho más que eso, así que no, no estoy contrariado por que ella terminara contigo. Alguien tenía que hacerlo, y sabemos que tú nunca lo harías. Te quedarías con ella, aún si fuera por obedecer los términos de la abuela.

Lex me mira con expresión compungida.

—Ares, dinos la verdad, ¿en los últimos años eras feliz con ella o más bien te habías acostumbrado al *statu quo*?

Aprieto la mandíbula y desvío la mirada.

—¿Quién te crees que eres? ¿Sócrates? —exploto.

Luca sacude la cabeza.

—Está evitando la pregunta, chicos. Saben lo que eso significa, ¿verdad? Él sabe que no era feliz, pero es fiel hasta el maldito final. Ni siquiera ahora puede admitirlo.

Mis hermanos asienten y me levanto. Basta de esta mierda que no necesito ahora. Cuando estoy a punto de irme, me detiene una voz suave y tierna.

—Ares.

Volteo hacia mi abuela, que está parada en el umbral de la puerta con Sierra. Genial. ¿Por qué no organizamos una reunión familiar en mi casa de una vez?

Sierra me sonríe a modo de disculpa, como si supiera que la familia me está abrumando en el peor momento posible. Aunque mi hermana nunca ha dicho nada malo de Hannah, el hecho de que no la acogiera después de años de estar conmigo dice suficiente. Me sorprende no haberme dado cuenta de esto antes.

—Siento mucho que Hannah rompiera el compromiso —dice la abuela—, pero habrá boda con o sin ella.

—¡¿Qué?! —pregunto, confundido—. Abue, ¿qué quieres decir?

La abuela sonríe.

—En principio, Hannah no es la mujer con la que quería que te casaras, lo cual demuestra que tenía razón. Hice una excepción por ti, pero no debí acceder.

Me hundo en mi asiento, horrorizado. ¿De qué está hablando? No es posible que diga lo que creo, ¿cierto? Ciertamente Sierra no estaría tan calmada si fuera así, ¿no?

—Si Hannah no quiere casarse contigo, entonces Raven tendrá que hacerlo. Si Raven también se rehúsa, el trato con los Du Pont se termina y partiré tu herencia a la mitad sin importar si encuentras a otra chica.

—¡Abuela! ¡No puedo casarme con Raven! ¡Esto es ridículo!

Volteo hacia mis hermanos para que me apoyen, pero me miran inexpresivos, como si no se atrevieran a admitir que la abuela tiene razón. ¿Qué carajos?

—No puedo. No con ella, abuela. Ella es mi amiga, siempre la he visto como veo a Sierra y lo sabes.

Miro a mi hermana, pero no hay ni pizca de desafío en su rostro. La misma chica que se ponía como pantera siempre que molestaba a Raven por sus brackets cuando éramos más jóvenes me mira con una sonrisa serena. ¿De verdad no va a defender a Raven?

—Raven nunca accederá —agrego—. Salí con su hermana por años. ¿Por qué consideraría siquiera casarse conmigo?

La sola idea de forzar a Raven a hacer algo que no quiere me enferma. Aceptaría por obligación y me guardaría rencor por siempre.

—No le hagas esto —le ruego—. Raven no nació para estar atada a alguien. No puede ser ella, abuela. Dame tiempo y haré que Hannah entre en razón, se presentará a la boda.

La abuela me sonríe.

—No, no lo hará. Te sugiero que hables con Raven antes de que yo lo haga, Ares. Nunca debí darte tanta libertad como lo hice. Hay una razón por la que yo decido con quiénes se casan, es una tradición que data de hace siglos y que nunca nos ha fallado; sin embargo, hicimos una excepción contigo. Me equivoqué y voy a corregir mi error cuanto antes. No voy a cancelar tu boda; la llevaremos a cabo y tú te vas a casar con la mujer que elegí para ti.

—Sierra —digo con furia—, ¿en serio te vas a quedar ahí parada y vas a dejar que le hagamos esto a Raven?

Me sonríe y toma a la abuela de la mano.

—Yo confío en la abuela, ella sabe qué es mejor para ti que tú, Ares. Y, la verdad, no puedo pensar en un mejor esposo para mi mejor amiga que tú. Nunca la maltratarías y, con el tiempo, la vas a hacer feliz, ¿o no?

Rechino los dientes tratando de contener mi furia. ¿Está loca? Miro cómo se lleva a la abuela y ambas desaparecen detrás de la puerta.

Tomo mi vaso de whiskey, me lo acabo y azoto el vaso contra la mesa.

—¡Mierda! —grito. Volteo hacia mis hermanos y la furia me resalta las venas—. Gracias por defenderme, bastardos.

Dion me sonríe.

—Tal vez Sierra tiene razón, ¿sabes? Quizá la abuela sí sabe qué es lo mejor para ti.

Sacudo la cabeza y aprieto la mandíbula.

—Vete al carajo —le digo—. Todos ustedes, váyanse al carajo.

Quince

Raven

Una ansiedad me recorre cuando entro en casa de mis padres. Mi mamá fue muy ambigua al teléfono; la manera en que me habló me incomodó, fue demasiado dulce y tierna. No estoy segura de qué quiera, pero sé que no es un buen augurio para mí.

Confirmo mis sospechas cuando encuentro a mis padres en la sala y a la abuela Anne sentada frente a ellos, todos con cara tensa.

—Raven —dice mi madre. Exhala con alivio cuando me acerco a ella y le da unos golpecitos al asiento de junto. Vacilo al sentarme, porque no puedo descifrar qué sucede. ¿Pasó algo malo? ¿Algún drama nupcial? ¿Eché a perder algún preparativo?

La abuela Anne me sonríe para reconfortarme, pero no puedo desacelerar mi corazón, es como si mi instinto me dijera que algo está mal y que tiene que ver conmigo.

—Hannah y Ares rompieron su compromiso —me dice la abuela Anne—. Ella quiere enfocarse en su carrera un poco más, razón por la que decidió terminar la relación.

Parpadeo, sin poder creerlo. ¿Ella qué? Carraspeo y volteo hacia mis padres, pero sus expresiones serias me dicen que no es broma.

—Yo... eh... ¿vamos a reagendar la boda? —pregunto, confundida. Hannah ya pospuso la boda tres veces, así que no me sorprende mucho que digamos, pero esto sí es con muy poca anticipación. La mayor parte de los preparativos, incluyendo el lugar, no se pueden cancelar sin que nos multen.

La abuela Anne niega con la cabeza.

—No vamos a cancelar la boda. Este matrimonio debió suceder hace mucho tiempo y siempre se trató de un matrimonio arreglado. —Mira a mis padres con suma seriedad—. Hemos permitido que estos jóvenes hagan lo que les plazca y ahora estamos pagando el precio. Lo mejor es poner orden cuanto antes.

Mis padres voltean hacia mí con expresión grave.

—Te tienes que casar con Ares —dice mamá.

Se me escapa una risa nerviosa de los labios. Papá aprieta la mandíbula. No lo dice en serio, ¿o sí?

—Mamá —susurro—, ¿es broma? Hannah y Ares han pospuesto la boda varias veces. Esto no es nada nuevo, lo vamos a arreglar.

La abuela Anne sonríe y niega con la cabeza.

—Esto no es broma, cariño. No voy a aceptar a Hannah en nuestra familia. Si queremos que haya fusión entre nuestras empresas, tú debes ser la novia.

Me paso una mano entre el cabello, confundida.

—¿Ya hablaron con ellos? No estoy segura de qué está pasando, abuela Anne, pero debe ser algún malentendido. ¿Y si yo hablo con Hannah?

Ella niega con la cabeza.

—Aunque cambiara de opinión, ya no estoy dispuesta a acogerla en nuestra familia. Tú siempre has sido la mujer que elegí para Ares; tal vez esto es simplemente la vida permitiéndome corregir mi error antes de que fuera demasiado tarde. La boda se lleva a cabo y tú debes ser la novia.

Volteo hacia mis padres, pero no se atreven a verme. Esto no puede ser real.

—¿Ares ya lo sabe?

La abuela asiente.

—Ya se lo informamos. Los Windsor tenemos historia de matrimonios arreglados exitosos y él está más que consciente de eso. Sabe lo que se espera de él.

Frunzo las cejas, el estómago se me revuelve. ¿Qué está pasando exactamente? Hannah nunca me dijo que terminaría con Ares otra vez. ¡¿Y ahora me informan que yo soy la que se tiene que casar con él?! Esto es ridículo y no hay forma en que Hannah o Ares hayan aceptado esto.

Me levanto y camino hacia la puerta; los pensamientos me abruman. Necesito tiempo para pensar, para hablar con Hannah y con Ares. Estoy segura de que se trata de un malentendido que provocó esta decisión radical de parte de la abuela.

—Raven. —A punto de girar la manija, la voz de la abuela me frena en seco—. Tus esfuerzos serán inútiles. Si quieres que la fusión se lleve a cabo, tendrás que hacer tu parte, tienes que casarte con Ares.

Me doy la vuelta para verla y noto la determinación en sus ojos. Asiento educadamente y salgo, pero sus palabras me retumban en la cabeza. La abuela es la mujer más dulce que conozco, pero una vez que se decide a algo, no hay forma de cambiarlo. Ella dirige a la familia Windsor con puño de hierro.

Absorta, salgo de la casa sin saber qué pensar.

—¡Cariño!

Volteo al oír la voz de mi padre y veo que se acerca a mí, con expresión penosa.

—Siento mucho abrumarte con esto tan de repente, los Windsor apenas nos avisaron de este cambio. Ojalá hubiéramos podido darte la noticia de otra manera.

Asiento y él se acerca más.

—Esto… Papá, ¿te das cuenta de que esto es ridículo? Ares y Hannah se aman.

Mi papá menea la cabeza.

—Ya no estoy tan seguro. Ahora que decidieron que no van a aceptarla como esposa de Ares, el amor no puede salvarlos. Ella está decidida, Rave.

Me detengo en el pasillo y volteo hacia él.

—Ella está decidida, pero yo tengo que pagar el precio.

Respira profundamente y su expresión es de renuencia.

—Lo siento, Raven, no van a cambiar de opinión. Nuestro trato con ellos siempre implicó un matrimonio entre Ares y tú. La única razón por la que hicieron una excepción fue porque Hannah se enamoró de él. Ella tomó la carga que te tocaría a ti, pero siempre ha sido tuya.

Mi corazón se retuerce y niego con la cabeza.

—Si yo siempre he sido la persona que tiene que casarse con él, ella debió mantenerse alejada. No puedes esperar que me case con el ex de mi hermana, papá. No pueden hacerme esto. ¿No te das cuenta de lo desastroso que es? ¡No me puedes condenar a un matrimonio con alguien que está enamorado de mi hermana!

Mi papá suspira entrecortadamente y mira hacia un lado.

—Lo siento, Raven, pero no tienes opción. A lo largo de los años hemos dependido demasiado de los Windsor, si esta fusión se cancela, terminaremos en bancarrota. Si quieres conservar tu empresa y la financiación de los inversores que te prometí, te vas a casar con él.

Abro los ojos al máximo; la desilusión me invade.

—¿Me estás amenazando?

Suspira.

—No, Raven, solo te digo la verdad. Si no te casas con Ares, perderemos todo. Todo lo que los Windsor han hecho por nosotros… nos tomaría varias vidas retribuirles eso. Piénsalo bien, cariño. Él te trataría bien y los Windsor te aman. Es un pequeño sacrificio por todo lo que nos han dado, por todo lo que podemos ganar con esta fusión. No olvides que al casarte con Ares también te harás cargo de nuestra empresa, no Hannah; yo me aseguraré de eso. Vas a heredar mis acciones, aun si tu madre le da las suyas a tu hermana.

Frunzo las cejas, incrédula. No puede hablar en serio, ¿o sí? De verdad no puede creer que esto suene tentador para mí en lo más mínimo. Aprieto la quijada y me alejo, mis tacones resuenan por todo el piso de mármol.

Tengo que encontrar a Hannah. No sé qué está pensando, pero me rehúso a hacerme responsable de su desastre. Sí, amo a Ares, pero no tengo la intención de aceptar las migajas de mi hermana.

Dieciséis

Raven

Me estaciono frente al departamento de Hannah y entro directamente. Siempre que sucede algo importante, ella se esconde en casa en vez de enfrentar las consecuencias de sus actos. Levanta la mirada desde el sofá donde está sentada, con los ojos rojos.

Suspiro al ver que tiene puesto su mameluco de panda y las palomitas de maíz en la mesa. Claro que está viendo *Diario de una pasión*. Una parte de mí siente pena por ella. La decisión que tomó no fue fácil y hacerlo una semana antes de la boda quiere decir que va en serio. Saber que no puede tener ambas cosas, carrera y Ares, debió de romperle el corazón.

—Raven. —Levanta los brazos y yo me esfuerzo por sonreír al sentarme junto a ella, cediendo a su implícito ruego de un abrazo. La envuelvo con los brazos y le sobo la espalda, mientras ella apoya la cabeza en mi hombro.

—Lo siento —me dice—. Sé lo mucho que trabajaste para la boda, pero no puedo hacer esto. No puedo sacrificar mi carrera. Y, a pesar de que amo a Ares, no estoy dispuesta a atenerme a las insoportables reglas de su familia por el resto de mi vida. No puedo vivir así, Rave.

Me despego de ella para examinarle el rostro. Por lo visto, papá no le ha dicho nada.

—Hannah —susurro—, tienes que hacer esto. Es demasiado tarde para arrepentirte. Ahora sí no habrá marcha atrás, Han. Si cancelas todo ahora, no sucederá. Punto. Será el fin de tu relación con Ares. ¿De verdad quieres eso? Sé que lo amas y él idolatra el suelo que pisas; sé que él te hace feliz, Han.

Ella niega con la cabeza.

—No puedo, Rave, de verdad. Si nos casamos, solo terminaré resentida con él por todo lo que perderé en el proceso.

—Hannah —mi voz es tierna pero severa—, esto no es un matrimonio por amor, sino uno arreglado. ¿Has pensado lo que les pasará a nuestros padres? ¿A la empresa y a todo lo que tenemos? Sin el apoyo de los Windsor, no sobreviviremos.

Se abraza y en sus ojos veo inseguridad.

—No nos harán daño, sabes que no.

Me cruzo de brazos y la miro fijamente.

—Hoy abuela Anne fue a ver a mis padres, Han. Insiste en que la boda se lleve a cabo la próxima semana. ¡Con o sin ti! Si no haces esto, ellos… ellos me obligarán a casarme con él en tu lugar.

Ella abre los ojos al máximo.

—¡¿Qué?! ¡No es en serio!

Asiento.

—Sí lo es. Papá me dijo que si no me caso con Ares, perderé mi empresa y todo el dinero que prometió invertir en ella. La abuela Anne le advirtió que retirará todo su apoyo si este matrimonio no se efectúa.

Se pasa una mano por el cabello.

—Solo están tratando de acorralarme, Raven, no te van a obligar a nada. Además, Ares no lo aceptaría, sería una locura.

Mi corazón se oprime mientras asiento. «Una locura». «Algo retorcido». Probablemente eso es lo que él piense sobre esta situación.

—No estoy segura, Han, no creo que sea un mero truco para engañarte. Papá lucía preocupado y nunca había visto a la abuela Anne tan seria.

Hannah niega con la cabeza.

—No te preocupes —afirma—. No te van a obligar a nada, Rave, simplemente no lo harán. Solo nos están amenazando y te están usando para obligarme a ceder, pero no lo haré.

—Hannah —le ruego—, ¿realmente podrías soportar que Ares se case con alguien más?, ¡¿conmigo?! Sé que lo amas y te pido que lo pienses con detenimiento. Si no es un engaño, ¿entonces qué? ¿Realmente te harás a un lado y como si nada serás la cuñada de Ares?, porque eso es lo que sucederá si no cedes. Papá fue muy claro: si no te apareces el día de la boda, seré yo quien tenga que cruzar el altar en tu lugar; de otro modo perderé todo por lo que he trabajado.

Sé que la abuela dijo que ya no aceptaría a Hannah en su familia, pero estoy segura de que no se opondría si ella cambia de opinión ahora. Lo único que quiere es que Ares sea feliz y Hannah es quien lo hará feliz. Siempre ha sido así.

Mi hermana aparta la mirada y vuelve a pasarse una mano por el cabello.

—Estoy segura, Raven. No puedo hacer esto, no voy a renunciar a mi vida por nadie, ni siquiera por Ares.

La miro con incredulidad.

—¿Aun si eso significa que se va a casar con alguien más?

Ella asiente.

—Si ese es nuestro destino, que así sea.

La tomo de los hombros y la sacudo.

—¡Hannah! —exploto—. Sé razonable, por el amor de Dios. ¿No puedes ver lo que me estás haciendo? Tú te zafas de esto, pero ¿qué hay de mí? Me están obligando a un matrimonio con alguien que te ama a ti, y si me rehúso, ¡perderé mi carrera! No me hagas esto, Han. No le hagas esto a Ares.

Me mira a los ojos con una expresión entre desafiante e incrédula.

—No te van a obligar, Raven. No vas a perder tu empresa, ni papá ni la abuela Anne lo permitirían. Ella te ama más que a mí, ¿sabes? Aunque no me case con Ares, no te van a castigar por eso. No te preocupes, ¿okey? No vas a terminar atrapada en un matrimonio sin amor ni todo eso que estás pensando. Olvídate del miedo que te transmitió mi papá, Rave. Todo va a estar bien, te lo prometo.

Niego con la cabeza.

—No —susurro—, nada va a estar bien. —No sé cómo hacerla entrar en razón. Si Hannah no cambia de parecer, va a arruinar tres vidas, incluyendo la suya.

Diecisiete

Ares

Me detengo al oír la voz de Raven, y me pego a la puerta de la habitación de Sierra y cierro los ojos. ¿A quién engaño? Vine para ver si la encontraba aquí, no porque quisiera hablar con mi hermana.

—Me temo que no voy a poder hacer que cambie de parecer —dice Raven—. Solo faltan unos días y la ansiedad me está carcomiendo. Si Hannah no se aparece el día de su boda, voy a ser yo quien tenga que casarse.

—¿Eso sería tan malo? —pregunta Sierra.

Mi corazón se acelera mientras espero la respuesta de Raven, pero lo único que se escucha es silencio. Me preparo y me enderezo. Toco a la puerta, Sierra abre y me mira con asombro cuando me ve ahí.

Puedo contar con los dedos de una sola mano las veces que he estado aquí. Que nos obliguen a vivir en el mismo terreno implica que mis hermanos y yo protegemos mucho nuestra privacidad, yo casi nunca rompo nuestra regla implícita de respetar la intimidad del espacio de los demás cuando no estamos en las áreas comunes.

Hoy, no obstante, hice una excepción. No vine a ver a Sierra, vine por Raven. Veo más allá de mi hermana y me encuentro con esos ojos color avellana que expresan agonía.

—Raven, ¿puedo hablar contigo un momento? —Ella vacila, pero luego asiente y se levanta de la cama de mi hermana. Camina hacia mí, su vestido se mece. Es hermosa incluso cuando está alterada—. Ven conmigo.

Ella me sigue y la llevo a mi casa.

—¿Adónde vamos? —pregunta en voz baja.

—A mi casa.

Es extraño pensar que tal vez Raven pronto viva ahí conmigo. Ninguno de los dos quiere esto, pero con cada día que pasa, me queda cada vez más claro que es inevitable.

Ambos simplemente quedamos atrapados en la red de nuestro propio engaño, tratando de convencernos de que Hannah cambiará de parecer, de que todo sucederá como debía. Pero ambos sabemos que no es así.

Sin decir nada, me sigue a lo largo del pasillo que conecta la casa de Sierra con la residencia principal. Tal vez hubiera sido mejor llevarla a la sala, pero no estoy seguro de que ahí tendríamos privacidad para esta conversación.

La guío hasta mi casa, que de pronto veo con ojos frescos. A lo largo de los años, Hannah decidió cómo diseñarla y decorarla, porque sabía que viviría aquí algún día. Me pregunto qué le parece a Raven. ¿Le gusta la temática monocromática que eligió? Ni siquiera puedo imaginar cómo se sentiría tener que vivir la vida de tu hermana.

—¿Quieres algo de beber? —le ofrezco mientras se sienta en el sofá de cuero, ese mismo en el que nos quedamos dormidos juntos tan solo hace unas semanas.

Ella niega con la cabeza y me mira inquisitivamente.

—Estoy bien, gracias. ¿De qué querías hablar?

Me siento a su lado y me inclino para verla de frente.

—Sabes exactamente de qué quiero hablar, Raven. Ninguno de los dos podemos evitar o ignorar esto por más tiempo.

Ella baja la mirada, está intentando con todas sus fuerzas ocultar su sufrimiento.

—Ares —susurra con voz entrecortada.

No puedo soportar verla tan atormentada. Detesto haber jugado un papel en el dolor que está sintiendo y me mata saber que, a partir de ahora, yo solo le seguiré rompiendo el corazón una y otra vez.

—Voy a hablar con ella —me promete, pero niego con la cabeza y le tomo la mano.

—Sabes que eso no hará la diferencia. ¿Crees que no lo he intentado?

Mira nuestras manos unidas y aparta la suya, se aleja como si no soportara que la toque.

—Tenemos que volver a intentarlo —me dice. Alza la cara para verme y su expresión me desgarra. Se ve desesperanzada, con el corazón roto. ¿Acaso la idea de casarse conmigo le duele tanto?

—Cupcake —murmuro—, no tenemos más tiempo ni tampoco opciones. Sé que esto no es lo que quieres y yo jamás, ni en un millón de años pensé que nos encontraríamos en esta situación... pero aquí estamos. Ninguno de los dos puede zafarse de esto, así que, ¿por qué no mejor lo enfrentamos juntos?

Me mira a los ojos, se ve desgarrada por dentro.

—Ares —empieza a decir—, no puedo casarme contigo. ¡No puedo! ¿Cómo puedes pensar eso cuando has estado enamorado de mi hermana desde que tengo memoria? ¿Cómo puedes considerar hacerme tu esposa cuando la única mujer a la que desearás es Hannah?

La miro fijamente, sin saber qué responderle, tiene razón. Aun aquí sentado junto a ella, me duele el corazón de pensar en Hannah y todo lo que pensamos que tendríamos juntos.

—Raven, es un matrimonio arreglado. Mientras haya afecto y respeto, estaremos bien. Hemos sido amigos durante años, ¿no? ¿Qué mejor cimiento podríamos pedir?

Exhala, exasperada, y desvía la mirada.

—Ares, yo quiero enamorarme. Enamorarme de verdad. Quiero un matrimonio feliz y un esposo fiel, ¿tú puedes darme eso?

Examino el contorno de su rostro, su linda nariz y su mandíbula recta. Se niega a verme porque tiene miedo de lo que le responda; desearía que las cosas fueran diferentes entre nosotros. Si pudiera regresar en el tiempo, ¿tomaría las mismas decisiones?

—Sí —le digo—. No puedo garantizar que te voy a hacer feliz, pero juro que lo voy a intentar. En cuanto a ser un esposo fiel: sí, Raven. Me sorprende que sientas que tienes que pedirlo. Desde el momento en que te conviertas en mi esposa, juro que te seré fiel.

Voltea hacia mí, arqueando una ceja.

—Eso es fácil de decir ahora que estás tratando de presionarme para casarme, pero ¿cómo será eso en la práctica, Ares? ¿Serás capaz de mantenerte alejado de Hannah?

Aprieto la mandíbula y asiento.

—Sí, Raven. Nunca engañaría a mi esposa. Tal vez no sea perfecto, pero no soy inmoral. Jamás le faltaría el respeto a nuestro matrimonio de esa manera. Hannah tomó su decisión cuando terminó nuestra relación y ya no hay vuelta atrás.

Me mira fijamente, con ojos provocativos.

—¿Realmente crees que algún día me vas a desear? ¿Alguna vez podrás verme sin pensar en Hannah? —Me recorre todo el cuerpo con la mirada, se detiene en los pants que traigo puestos—. ¿O piensas permanecer célibe durante todo nuestro matrimonio? Me senté en tus muslos, ¡desnuda!, y ni siquiera así me deseaste.

Me paso una mano por el cabello y me vienen a la mente los pensamientos de estar encima de ella. Ese sueño recurrente ya no sería una fantasía prohibida.

—Raven —susurro—, eres una de las mujeres más bellas del mundo. No hay modo de que me resista a ti. Cada segundo que estuviste sentada sobre mí fue una tortura, pero no podía. No soy infiel, Raven, en ese momento jamás te habría tocado.

De pronto su expresión es de sorpresa, se ve desarmada. No puedo evitar sonreírle y un ataque de vergüenza me hace desviar la mirada. Nunca me atreví a admitirme lo despampanante que es, lo atractiva que me parece. De cierta manera, Raven siempre ha sido alguien prohibido para mí, hasta ahora.

—Ares, si hacemos esto… si llegamos a ese punto… tienes que saber que espero más que afecto y respeto. Espero que mantengas distancia de mi hermana como debe ser, sin importar la historia que compartieron. Si hago este sacrificio, no permitiré que hagas que me arrepienta. Si me caso contigo, quiero que me trates como tu esposa.

Su expresión fiera me enciende el corazón y me obligo a calmarme. ¿Qué me está diciendo? ¿Quiere decir que espera que hagamos que este matrimonio funcione? Pensé que lo que ella quería era un verdadero matrimonio por conveniencia, pero tal vez me equivoqué.

—Siempre y cuando esté en mis manos, no hay nada que no quiera darte, Raven. No importa lo que me pidas, es tuyo. Y eso me incluye a mí.

Ella abre los ojos un poco más y asiente antes de desviar la mirada.

—¿No te vas a arrepentir? —pregunta—. ¿No te vas a arrepentir de haber sacrificado tu felicidad con tal de tener tu herencia? Cuando todo esté hecho, ¿no me vas a guardar rencor por haber interferido entre tú y Hannah?

Tomo su rostro entre mis manos e inclino su cabeza un poco hacia mí.

—No —le prometo—. No te voy a guardar rencor, Raven. Esta situación es desafortunada para ambos y siempre voy a recordar que estás sacrificando tanto como yo. No puedo guardarte rencor por una decisión que tomó Hannah, no voy a hacerte eso.

Ella asiente y no puedo descifrar su expresión. Raven siempre ha sido dulce y bondadosa. La mujer que ahora me mira es una que no reconozco y no estoy seguro de cómo me hace sentir. Nada en esta conversación está sucediendo como esperaba.

Yo supuse que ella me diría que, aun si terminábamos casados, nunca tendríamos más que una amistad. No esperaba que ella me pidiera fidelidad. Hasta que las palabras escaparon de mis labios me di cuenta de que estoy feliz de concederle fidelidad.

—Espero que cambie de parecer —susurra Raven—. Lo único que quiero es que seas feliz, Ares. No quiero ser la persona que te impida serlo.

—No será así —le prometo—. Juntos vamos a encontrar la solución, Raven. Si terminamos casándonos, encontraremos nuestra propia felicidad. Tal vez no sea fácil, pero si este es nuestro destino, va a funcionar.

La cautelosa confianza que noto en sus ojos enciende algo en lo profundo de mi ser. Algo que se siente muchísimo como esperanza.

Dieciocho

Raven

Sierra cuelga el vestido de novia de Hannah en el marco de la puerta del vestidor de la sala de novias y sonríe mientras lo examina.

—Te vas a ver hermosa en esto.

Niego con la cabeza al mismo tiempo que camino de un lado al otro.

—No. Ella va a llegar en cualquier minuto. No hay forma de que Ares se case con alguien más; sobre todo conmigo.

Mi mejor amiga se me queda viendo, con expresión aturdida.

—No lo entiendo —me dice—. Has estado enamorada de Ares toda tu vida. ¿Por qué querrías que Hannah llegara?

Me detengo y la miro, con el corazón compungido.

—Porque él siempre ha sido de ella, Sierra. Aun si se casa conmigo, la única a la que quiere y siempre va a querer es a Hannah. De por sí es difícil ver cómo la ama, pero que yo pueda llamarlo mío legalmente, aunque sepa que su corazón le pertenece a otra, eso sí que me mataría, Sierra. Prefiero mil veces que sigamos siendo amigos que ser el obstáculo que le impide amar a la persona con quien realmente quiere estar. No quiero ser un remplazo ni un recordatorio de Hannah. Si nos casamos ahora, nunca podré librarme de la sombra de ella. Siempre seré la réplica barata, la sustituta.

Sierra menea la cabeza, pensativa.

—¿Sabes?, siempre me ha parecido muy extraño… Para mí nunca ha tenido sentido que alguien que brilla como tú sienta que es la sombra de alguien más. Ella es como la luna, Raven: es hermosa en una noche solitaria, pero fría y distante. Tú, en cambio, eres el sol: eres calidez y felicidad, y el centro de todo lo que es bueno. De la misma manera, el mundo de Ares girará a tu alrededor si le das la oportunidad. Conozco a mi hermano, bonita. Si le das una oportunidad de corazón a este matrimonio, él te hará feliz. Siempre lo he dicho y lo repito: siempre ha habido algo entre tú y Ares. Ahora al fin pueden dejarse llevar por eso y es lo mejor que harán en la vida.

Me paso la mano por el cabello y niego con la cabeza.

—Sierra —le advierto—, hoy no es el día para que me des palabras de ánimo y me compartas tu romanticismo.

Ella simplemente me sonríe y me toma de la mano, me lleva al tocador que habían preparado para Hannah.

—Vas a ver —me dice—, este es el comienzo de algo nuevo. Él se va a enamorar de ti y, cuando lo haga, voy a poder decir: «te lo dije».

Alguien toca a la puerta, volteo, alerta, y me doy cuenta de que mi maquillador favorito llegó con tres asistentes.

—¿Qué haces aquí, Enrique?

Me sonríe antes de dirigirse a Sierra.

—Permite que me encargue de todo —le dice.

Sierra me pone las manos sobre los hombros, les da un apretón y luego se va. Yo miro cómo se aleja. ¿Qué ha hecho? Realmente no va a permitir que camine hacia el altar, ¿o sí?

A través del espejo miro cómo Sierra plancha con la vaporera el vestido de Hannah, sonriendo. Hoy, más que nunca, me queda claro lo loca que está mi mejor amiga. Ella debería estar preocupada por mí y por Ares, pero ha estado sonriendo toda la mañana.

Enrique comienza a trabajar en mi maquillaje mientras una de sus asistentes comienza a peinarme, y entonces los nervios comienzan a invadirme. Esto no puede estar pasando, ¿o sí?

Tomo el teléfono y llamo a Hannah una vez más, llevo cincuenta y siete llamadas. Ella desapareció después de que salí de su departamento y lo último que oí es que la vieron en una playa de Saint Tropez. De verdad espero que entienda lo que ha hecho y que recapacite a tiempo. Si no llega dentro de la próxima hora, va a cometer un error que no habrá forma de resarcir.

—Te ves hermosa —me dice Enrique mientras aplica los toques finales en mi maquillaje. Me ha arreglado para cada una de mis galas y ceremonias de premiación en los últimos años, pero hoy sí que se lució.

De pronto, me pregunto qué es lo que Ares va a pensar cuando me vea, pero enseguida meneo la cabeza y me regaño mentalmente por hacerlo. Seguramente hoy es una tortura para él. Hasta el momento en que me vea al otro extremo del altar, estará esperando a Hannah. Y no me va a mirar maravillado, lo hará lleno de decepción y rencor.

Me quedo ahí sentada y alguien toca a la puerta; el corazón me da un vuelco. Abren la puerta y entra mi madre. La miro con los ojos abiertos al máximo; ella vacila un momento, antes de sacudir la cabeza. Dejo caer mis hombros, desanimada, aunque un alivio traicionero me invade. Hannah no vino.

—Lo lamento —dice mamá. Al caminar hacia mí mira de reojo a Enrique y su equipo, luego aprieta los labios—. Lo siento, pero tu hermana no vendrá en este día tan especial. No estoy segura de qué le pasa, pero espero que no llegue el día en que se arrepienta de esto.

—Ojalá que no —murmuro. ¿Qué va a pasar en cuanto se dé cuenta de su error? ¿Y si va detrás de Ares y le ruega que la perdone? Su promesa para mí no es nada en comparación con los cientos de juramentos que de seguro se hicieron el uno a la otra durante años. ¿Me estoy condenando yo sola por acceder a hacer esto?

Mi mamá se acerca a Sierra y juntas levantan el vestido de Hannah, y con mucho cuidado me ayudan a ponérmelo. Yo diseñé este vestido para ella, así que no me queda a la perfección, pero casi. Esto no es lo que habría usado para mi boda, lo cual es un recordatorio más de que simplemente estoy tomando el lugar de Hannah. Todo lo que estoy viviendo hoy debió de ser para ella, y eso me enferma.

—Te ves guapísima —dice mamá, pero ni así logra verme a los ojos—. Gracias, cariño —susurra—. Sé que no es fácil para ti, lamento que hayamos tenido que llegar a esto, pero tal vez sea el destino, ¿no? En un principio, la prometida de Ares fuiste tú. Tal vez la abuela Anne tenía razón y esto es lo mejor que puede pasar.

La miro y aprieto la mandíbula.

—¿Eso es lo que te dices para justificar la posición en la que me pusiste? ¿Así es como te convences para aliviar tu conciencia y tu culpa?

Mamá hace una mueca de dolor y baja la mirada, luego respira entrecortadamente.

—Raven —susurra—, de verdad… en serio lo lamento. Si tu papá y yo no hubiéramos malcriado a tu hermana como lo hicimos, esto no habría pasado. Yo desearía… desearía haberte tratado mejor. Ojalá no hubiera abusado de tu bondad, si no te hubiera tratado así, tal vez este momento entre nosotras habría sido diferente. Esto no subestima tu sacrificio de ninguna forma, pero tal vez yo habría sabido cómo consolarte, cómo darte ánimos…

Frunzo las cejas, confundida. Mamá nunca me ha dado indicio alguno de que era consciente de sus favoritismos, de la manera en que ella y papá me excluyeron.

Me coloca ambas manos en la mandíbula con ternura y asiente.

—Yo sabía, claro que sabía cómo te sentías. Es solo que tu papá y yo nos sentíamos demasiado culpables por tu hermana. De niña estaba tan enferma, pasó años en casa, sin poder ir a la escuela y hacer amigos, o simplemente ser una niña. Lo siento mucho, Raven. Tal vez mis palabras no signifiquen nada para ti, pero quería decírtelas de cualquier modo. Hoy más que nunca, la distancia entre nosotras me duele. Cómo me gustaría que tú y yo hubiéramos podido ser como cualquier otra madre con su hija en la mañana de su boda. Cómo me gustaría que, a pesar de las circunstancias, yo hubiera sido la persona a la que acudieras. Pero ya abrí los ojos, Raven. Veo lo que hice y lo que mis acciones provocaron en tu hermana.

Mis ojos se llenan de lágrimas y parpadeo rápido, luego asiento brevemente, sin estar segura de qué decir. De todo lo que hubiera esperado que mi mamá dijera hoy, nada que ver con esto.

Mi mamá me toma de los hombros y me sonríe.

—Vamos, tu papá está esperando afuera.

Asiento y la sigo, con el corazón intranquilo. Una vez que camine por ese altar, no hay vuelta atrás. Ruego con todo mi corazón que no llegue el día en que yo me arrepienta de esto.

Diecinueve

Ares

A mi lado están mis cuatro hermanos, en este hermoso viñedo que Hannah y yo escogimos para celebrar nuestra boda. Muchos amigos de ella están sentados frente a mí, todos cuchichean entre sí.

La invitación que les enviaron simplemente decía que era de parte de los Windsor y los Du Pont, pero no mencionaba una boda. Lo hicimos para asegurarnos de que los paparazis no irrumpieran en nuestra celebración, pero esto ha funcionado a favor nuestro en más de un modo.

Se suponía que yo anunciaría a qué venían en cuanto tomara mi lugar en el altar, pero ahora ¿cómo lo hago, si ni siquiera sé quién será la novia?

—Todo esto es para bien —comenta Lex y Luca asiente en concordancia.

—Tal vez ella cambie de parecer —les digo, pero todos niegan con la cabeza.

—No lo hará —responde Zane—, y algún día se lo vas a agradecer.

Dion me dirige una mirada penetrante.

—Sin importar lo que pase, Ares, recuerda que eres un Windsor y que ninguno de nosotros elige a su esposa.

Es una tradición que nos ha funcionado por generaciones, así que ten fe, ¿de acuerdo?

Rechino los dientes y asiento.

—Esto es algo que yo te voy a recordar el día de tu boda. —Dion es el único de mis hermanos que también sabe con quién se va a casar. Incluso desde aquí, puedo ver a su prometida sentada en la parte de atrás. Supongo que para ellos es diferente, porque Dion no vive aquí. Hasta donde sé, ellos solo se ven cuando la abuela los obliga y en ocasiones especiales, como esta. Nunca han salido solos, como Hannah y yo hicimos.

Lex suspira y se pasa una mano por el cabello.

—¿En serio es tan terrible casarte con Raven? ¿Qué tal si yo tomo tu lugar?

Me tenso, rojo de furia. Volteo hacia mi hermano y cuando él se da cuenta de la rabia que siento, sonríe con travesura.

—¿Qué? —pregunta Lex—, ¿no soportas la idea de que Raven esté con alguien más? Pensé que no la querías como esposa…

—Vete al carajo —le respondo fúrico.

Todos mis hermanos se ríen de mí y volteo al frente, para ignorarlos. El solo pensamiento de Raven con Lexington me molesta. No debería sentirme tan posesivo con ella, pero así es.

La música comienza a sonar y se abren las puertas. Todo a mi alrededor se difumina mientras espero con el corazón en la boca. ¿Hannah cambió de opinión? Ciertamente no echaría por la borda años de planear un futuro juntos, años de hacer crecer y nutrir nuestro amor…

Respiro profundamente cuando Raven aparece al otro extremo del altar, del brazo de su padre. Ella se detiene a medio paso, sus ojos encuentran los míos y me obligo a sonreírle.

Raven Du Pont. Ni en un millón de años me habría imaginado estar aquí, ella caminando hacia mí, con el vestido de novia que se le ve hermoso, pero que no fue hecho para ella. ¿Qué sentirá al tomar el lugar de su hermana? Nada de lo que está pasando ahora es suyo, ni siquiera el hombre con el que se va a casar.

Arthur me sonríe, a pesar de su expresión seria mientras coloca la mano de Raven en la mía. Cierro los dedos para envolver su mano y me aferro a ella, mientras observo su rostro. Está temblando y su mirada está llena de miedo e inseguridad cuando el oficiante comienza la ceremonia.

—Estamos aquí reunidos para atestiguar la unión de Raven Du Pont y Ares Windsor —anuncia, y ambos exhalamos de alivio.

No se me había ocurrido notificar al oficiante del cambio en el nombre de la novia. No puedo imaginar lo humillante que hubiera sido para ambos que él hubiera mencionado el nombre de Hannah.

Le aprieto la mano y con el pulgar comienzo a trazarle círculos, con la intención de tranquilizarla de alguna manera.

—Raven —susurro. Ella levanta los ojos para verme—, te ves arrebatadora.

Noto cómo su tensión se aligera un poco y me sonríe, esta vez genuinamente. No puedo creer que me estoy casando con Raven. Ella es la mejor amiga de mi hermana y la hermana de mi ex. Para nada debería estar aquí, conmigo, vestida de novia.

Y, sin embargo, aquí estamos. Esto es para nosotros. Los Windsor no se divorcian. ¿Cuánto ha sacrificado para estar aquí conmigo? ¿Cuánto más nos costará este matrimonio?

El oficiante nos pide intercambiar anillos y me estremezco involuntariamente. El anillo de bodas que Zane me ofrece es el que escogió Hannah.

Raven me mira con tanto dolor en los ojos cuando deslizo el anillo de diamantes pavé en su dedo anular y por un momento a mí me cuesta trabajo respirar. Le queda perfectamente bien y, al mismo tiempo, se siente tan mal.

Sus manos tiemblan al deslizar la banda de platino en mi dedo y ni siquiera me ve a los ojos. Claramente todo lo que está pasando le rompe el corazón, pero no hay nada que yo pueda hacer para evitarlo.

—Puedes besar a la novia —anuncia el oficiante y Raven se congela.

Me acerco a ella y con ternura le pongo una mano en la mejilla para tocar mi frente con la suya.

—Esto es todo —susurro—. A partir de ahora, eres mi esposa; mía, para cuidarte, mía para adorarte, mía para protegerte. Sé que esto no es lo que querías, pero te juro que te voy a dar todo de mí, Raven.

Ella se aparta un poco para verme directamente, luego asiente y esboza una pequeña sonrisa. Le sonrío contento y me inclino hacia ella para rozar mis labios con los suyos. Se supone que sería un beso recatado, lo suficiente para complacer a los asistentes, pero en cuanto mis labios tocan los suyos, todas mis buenas intenciones salen por la borda.

Introduzco la mano entre su cabello largo y la acerco hacia mí, para tomar sus labios con una nueva desesperación. Ella gime y yo la obligo a abrir la boca y ahondar el beso. Es una promesa de todo lo que está por venir. Ahora ella es mi esposa y tengo toda la intención de tratarla como tal. Este beso es un voto, una garantía. De hoy en adelante, soy suyo. No es lo que yo quería, pero vamos a aprovechar esto al máximo.

Sus mejillas se sonrojan y, cuando nos separamos, termina con todo el labial embarrado, y yo no puedo más que sonreír ante su expresión sorprendida, que además muestra un poco de lujuria en esos ojos avellana.

—¡Les presento al señor y la señora Windsor! —declara el oficiante y nos volteamos hacia la multitud que nos aplaude.

La abuela nos mira, satisfecha, pero ninguno de los padres de Raven se atreve a mirarla. No me sorprende: sacrificaron la felicidad de su hija con tal de conservar su empresa. Durante años la ignoraron, ¿y ahora esto? Le deben todo a ella.

—Vamos —le digo—, mientras más pronto terminemos con estas formalidades, más pronto podemos irnos de aquí.

No quiero que pase ni un segundo más de lo necesario en un vestido que no es suyo, actuando en la boda de los sueños de su hermana.

Veinte

Ares

—¡Felicidades! —me dice una de las actrices de la empresa, creo que se llama Jessica—. Cuando recibí la invitación, supuse que era para algo así pero, por alguna razón, pensé que la novia iba a ser Hannah. Siempre creí que había algo secreto entre ustedes dos, pero ahora todo tiene sentido, solo estabas cuidando a tu cuñada.

Se me estruja el corazón de pensar que Hannah es mi cuñada, pero eso es exactamente lo que es. Me obligo a sonreír y Raven se tensa a mi lado.

—Los Du Pont y los Windsor siempre han sido buenos amigos —respondo, sin estar seguro de qué más decir.

Voltea hacia Raven y sonríe.

—Supongo que eso explica por qué no ha habido rumores sobre ti en un buen rato: estabas saliendo en secreto con Ares.

Me aferro a la cintura de Raven y la acerco a mí.

—Sí —responde ella—, Ares y yo cuidamos nuestra privacidad, por eso nos hemos esforzado por estar lejos de los reflectores, y seguiremos haciéndolo.

Asiento y le doy un beso tierno en la sien, cansado de esta maldita farsa. Nos han llovido preguntas para las que ninguno de los dos tenemos respuestas, y estoy exhausto, seguramente Raven también.

En cuanto Jessica se aleja, Raven se deja caer sobre de mí, la acerco más con una gran sonrisa falsa en mi rostro.

—Larguémonos de aquí —le digo.

Ella me sonríe con tanta alegría que hasta a mí logra engañarme.

—Con gusto —dice sonriendo de oreja a oreja.

Suelto una carcajada, no pude evitarlo.

—Esto es ridículo, carajo, pero hagamos nuestra última actuación de la noche —le digo, luego me agacho para levantarla. Se oyen vítores por todo el alrededor cuando me la llevo cargando en brazos y ambos sonreímos como esperan que lo hagamos.

Hay una limusina esperándonos. Con mucho cuidado, bajo a Raven frente al auto. El suspiro de alivio que se le escapa me desgarra. Supongo que una pequeña parte de mí desea que no odie cada segundo de este día, de haberse casado conmigo.

Le abro la puerta, ella se congela un momento, pero luego se sube. Hasta que entro entiendo por qué reaccionó así: la abuela está adentro, con los brazos cruzados y una sonrisa engañosamente serena en el rostro.

—Raven Windsor —dice—, bienvenida a la familia.

Raven se tensa, pero asiente. Está sonriendo tal como lo ha hecho en todo el día, pero me doy cuenta de que le tiemblan las manos.

—¿Qué haces aquí, abuela? —pregunto, con cautela. Ha sido un día desastroso y no estoy seguro de cuánto más puedo soportar.

—Hoy todo salió como esperábamos, pero entiendo que ambos se sienten confundidos e inciertos acerca de su futuro, así que me gustaría tomarme el tiempo para asegurarme de que conocen las reglas a las que deben atenerse a lo largo de los primeros tres años de matrimonio. —Y entonces me mira—: Tal vez tú estés al tanto, pero Raven no.

—Yo puedo…

—No —me interrumpe—. Lo mejor es que yo explique esto y que ambos estén bien enterados de lo que se espera de ustedes.

Suspiro y miro a Raven con el corazón compungido. No puedo imaginar lo difícil que este día ha sido para ella, y lo último que quiero es que la abrumen todavía más con reglas y restricciones.

—Raven —dice la abuela, con ternura—, para que Ares herede sus acciones y para que tú heredes las participaciones de tus padres en la empresa que vamos a fusionar, hay algunas reglas a las que deben atenerse. No estoy segura de cuánto sepas ya, así que te voy a explicar todo, ¿está bien?

Ella asiente, titubeante.

—Uno: Ares y tú no pueden pasar más de tres noches consecutivas separados.

Raven se tensa y se abraza a sí misma, claramente incómoda. No me había puesto a pensar en cómo sería esto más allá de hoy; la idea de que compartamos una habitación me parece… extraña, ni siquiera puedo imaginar cómo sería eso. Si bien ella me importa muchísimo, nunca hemos pasado más de unas cuantas horas juntos, y raramente a solas.

—Dos: cuando estén juntos, deben compartir una cama. No pueden vivir vidas separadas, ni tener habitaciones diferentes.

Veo cómo Raven se tensa y yo me pregunto si está tratando de pensar en cómo darle la vuelta a las reglas de la abuela. Supongo que aprenderá por las malas cómo con la abuela no se juega.

—Tres: deben permanecer casados por tres años. Si, después de ese lapso, deciden que realmente no deberían estar juntos, pueden divorciarse sin ninguna penalización. Sin embargo, en la familia Windsor jamás ha habido divorcios, y tengo plena confianza de que su matrimonio no será la excepción.

Raven me mira y no puedo descifrar qué está pensando. Siempre he dicho que yo jamás me voy a divorciar, pero eso era con Hannah. ¿Con Raven?, no estoy seguro. Tal vez un divorcio sería la solución a nuestros problemas.

—Cuatro: entre ustedes debe haber fidelidad. Si alguno de ustedes engaña al otro, ambos perderán todo; tú, la empresa de tus padres y Ares, su herencia. La familia es el núcleo de todo lo que somos, todo lo que hemos construido. Así pues, ustedes son el núcleo de su familia, todo empieza con ustedes.

Raven asiente y en su expresión noto un poco de reticencia. Seguramente ella no creyó que yo le permitiría andar cogiendo por ahí mientras usa mi apellido. Aprieto la mandíbula y alejo la mirada. Todo acerca de este matrimonio es una maldita catástrofe.

—La quinta y última regla es que deben darle una sincera oportunidad a su matrimonio; manténganse dispuestos a que las cosas entre ustedes funcionen.

La abuela nos mira con una sonrisa dulce en el rostro. Es extraño lo genuinamente dulce que se ve cuando maneja nuestras vidas con puño de hierro.

—No se aferren a las vidas que tenían antes de casarse. Dense una sincera oportunidad y, en tres años, firmaré los documentos que declaran que la empresa les pertenece a ambos conjuntamente, que ustedes son los dueños de la firma de medios más grande de este país. Y a ti te daré tu herencia, Ares. —Hace una pausa, para alternar la mirada de Raven a mí y viceversa—. Sé que todo esto es muy repentino, así que durante cuatro semanas los voy a relegar de las obligaciones familiares: no tendrán la obligación de asistir a cenas familiares o eventos de caridad. Durante ese tiempo lo que quiero es que se enfoquen en su matrimonio: convivan, pasen tiempo juntos, conózcanse en otro nivel. Pronto, el mundo entero sabrá de ustedes y eso añadirá presión al matrimonio. Pasen tiempo de calidad juntos antes de que todo ese peso les caiga encima.

Raven y yo asentimos, aunque ninguno lo hace con convicción. No puedo evitar preguntarme qué estará pensando. No tengo idea de cómo se verá nuestro matrimonio y no estoy seguro de qué quiere ella, de qué es lo que espera. Tampoco sé cómo están las cosas con Hannah. Todo es un maldito desastre y Raven quedó atrapada en medio de todo.

—Carga a tu esposa como se debe —ordena la abuela cuando el auto se detiene frente a mi casa.

Asiento obedientemente, me salgo del auto y mis ojos se encuentran con los de Raven cuando me agacho para levantarla en brazos. Se ve renuente y temerosa, y odio ser yo quien le provocó esto. Odio que la hayan obligado a hacer todo esto.

Paso un brazo por debajo de su cintura y el otro por debajo de sus corvas y la levanto. Ella gime y me abraza el cuello.

—¡Ares! —Me mira y la expresión de sus hermosos ojos avellana me frenan en seco—. No tienes que hacer esto. —Se escucha herida, destrozada. Tal vez el día de hoy fue difícil para mí, pero es igualmente conflictivo para ella. Ambos perdimos mucho.

—Ya oíste a la abuela —le digo con ternura—. Además, todo el personal nos va a ver.

Y, como si la hubiera llamado, Donna, mi ama de llaves, aparece en la puerta. Mantiene la vista en el piso, pero su curiosidad es palpable. Todo el personal de la casa esperaba a Hannah. Sé que no van a decir ni una palabra sobre el asunto, pero aun así es perturbador.

Llevo cargando a Raven hasta el interior de la casa, con el corazón estrujado al entrar a la sala de mi casa con ella en brazos. Puedo sentir su mirada sobre mí, pero no soportaría mirarla. No tiene idea de cuántas veces imaginé entrar así, pero cargando a su hermana… si quiero hacer lo mejor para ella, tengo que asegurarme de que nunca se acuerde de eso.

Veintiuno

Ares

Al cargarla hasta la sala siento su mirada sobre mí, pero no sé cómo enfrentarla. Si no fuera por mí, ella no estaría en esta situación. Debí insistirle a Hannah, debí ir detrás de ella cuando me avisaron que se había ido del país. En vez de eso, me senté en mis laureles y vi cómo nuestras vidas se incendiaban y Raven pagaba el precio más alto.

—Necesito un trago —le digo a Raven en cuanto la bajo. Me alejo de ella para irme hacia la licorera y me sirvo un whisky solo.

—Que sean dos —pide, y se sienta en el sofá.

Cuando toma el vaso que le ofrezco, sus manos tiemblan; yo desvío la mirada, me tomo el whisky de un solo trago y de inmediato me sirvo otro. Por alguna razón, en la cabeza me da vueltas el beso que le di hoy y la manera en que ella me lo devolvió.

—Discúlpame —le digo al sentarme enfrente de ella, a una buena distancia. Se ve tan hermosa, en ese vestido que nunca fue para ella.

—¿De qué?

Me obligo a verla a los ojos y respiro profundamente. Ahora es mi esposa, pero ¿qué significa eso entre nosotros?

—Por besarte.

Raven se deja caer en el respaldo del sofá y le da otro trago a su vaso.

—Si no lo hubieras hecho me habría sentido avergonzada. No muchas personas sabían de lo tuyo con Hannah, y las pocas que lo saben firmaron un acuerdo de confidencialidad. La mayoría de nuestros invitados supusieron que nuestra boda era real y, afortunadamente, pudimos hacer que se viera así.

Asiento, sin saber qué responderle. Nunca me había sentido incómodo con Raven, siempre nos hemos sentido cómodos el uno con la otra, aun si solo nos sentábamos juntos en silencio. De alguna manera, ahora todo se siente diferente. Ambos perdimos mucho hoy y estoy comenzando a temer que, de alguna forma, también nos perdimos el uno a la otra.

—Tal vez deberíamos hablar sobre… nosotros.

Raven se tensa y se endereza.

—Sí, deberíamos.

Me paso una mano por el cabello y subo la mirada al techo un momento.

—Lamento mucho que llegara a esto, Raven. La idea de que yo sea la razón por la que no puedes vivir como habías planeado… Mierda, de verdad lo siento.

—Ares —su voz es tierna pero firme y yo me enderezo para verla de frente—, esto no es tu culpa. Admito que yo tampoco creí que Hannah realmente se ausentaría, pero lo hecho, hecho está. Estamos casados.

Casados. Mierda. Esto es un maldito circo. ¿Cómo carajos terminé casándome con la hermana menor de mi prometida? Carajo. Trato de tranquilizarme antes de terminarme el segundo trago. Necesito un poco de maldito valor líquido para esto.

—Raven, quiero que sepas que no espero nada de ti. Lo único que pido es que hagamos que parezca que le estamos dando una sincera oportunidad a este matrimonio, al menos a ojos de la abuela.

—«A ojos de la abuela» —repite y sus ojos recorren mi rostro—. ¿Eso qué significa?

Me aflojo la corbata y me desabrocho el primer botón de la camisa.

—Que solo tenemos que fingir en su presencia. Mientras ella crea que estamos haciendo nuestro mejor esfuerzo para que lo nuestro funcione, nos dejará en paz. Soy el primero de mis hermanos que se casa, así que tampoco estoy muy seguro de qué esperar, pero conozco a mi abuela. Si cree que no lo estamos intentando, va a armar todo tipo de estratagemas y no podemos permitirlo. Tú solo conoces a la abuela como la dulce ancianita que finge ser frente a ti, pero es difícil tratar con ella. La amo, pero puede ser una verdadera pesadilla.

Raven se levanta y en ese vestido blanco de novia luce encantadora. Todo este día me he esforzado por no mirarla, pero es imposible resistirse. Se ve arrolladoramente guapa, y ese escote en V del frente le queda muy bien. Se siente inapropiado verla un segundo más de lo necesario, pero es que no puedo quitarle los ojos de encima. Es extraño que esta hermosa mujer ahora sea mi esposa.

—Entonces, ¿quieres fingir que estamos haciendo que el matrimonio funcione? Pero ¿qué harás tras bambalinas?

Se acerca a mí y apoya la rodilla en el sofá, entre mis piernas. Luego se agacha y me coloca las manos sobre los hombros. Tengo que hacer uso de todas mis fuerzas para evitar que descubra lo embelesado que estoy.

—¿Pretendes cogerte a mi hermana mientras me haces a mí cumplir con los términos de este matrimonio?

Me tenso y aprieto los dientes, asombrado por la pregunta y lo venenoso de su tono.

—¡Desde luego que no! —grito—. ¿Quién crees que soy, Raven?

Me aprieta los hombros y en su mirada veo furia, nunca la había visto tan enojada. La Raven que solía conocer siempre fue linda y paciente, pero la mujer que tengo enfrente es alguien completamente distinta.

—No sé, Ares. Suena a que me estás pidiendo que finja ser tu esposa durante tres años, hasta que puedas divorciarte de mí y regresar con mi hermana. Todo esto es sumamente conveniente para ustedes, ¿no es así? Hannah huye para no sufrir las limitaciones que este matrimonio le impondría a su carrera y, durante los próximos tres años, ella puede enfocarse en su carrera como actriz mientras que yo soy la que se queda atrapada en este matrimonio contigo. ¿De verdad vas a quitarme tres años de mi vida con tal de que Hannah se salga con la suya?

Me tomo un momento para ver a mi esposa, se siente herida, insegura y furiosa, y con toda razón. No estoy seguro de qué le estoy pidiendo, pero sí me doy cuenta de que elegí las palabras equivocadas.

Me estiro y la tomo de la cintura, lo cual la sobresalta.

—No —le digo—. No. No voy a sacrificar tres años de tu vida, Raven. Lo que te estoy diciendo es que hay reglas a las que debemos atenernos y fingir frente a la abuela nos va a aligerar la existencia. —Inhalo profundamente, mi cabeza es un desastre—. No estoy seguro de cómo será este matrimonio para nosotros. Tampoco estoy seguro de en qué términos estoy con Hannah. Por el momento, hay muchas cosas que no sé, Rave.

Ella se endereza y baja los hombros. Ha sido un día difícil para ambos y, al menos por un buen rato, las cosas no serán fáciles.

—No tenemos que resolver todo ahora mismo. Podemos tomarnos un poco de tiempo, ¿de acuerdo? ¿Qué te parece si te muestro la casa y nos vamos a descansar?

Ella asiente y me obligo a sonreír. Raven y yo siempre nos hemos sentido tan cómodos juntos, pero en este momento, ambos fingimos que no estamos sufriendo. Todo lo del día de hoy me mata. Ella acaba de convertirse en mi esposa; sin embargo, la distancia entre nosotros nunca ha sido tan grande.

Veintidós

RAVEN

Mientras Ares me muestra su casa, me siento aturdida. Hasta ahora, lo único que había visto era la sala y la cocina. Su casa es de un tamaño muy similar a la de Sierra, pero la disposición es completamente diferente. La de Sierra es casi toda abierta, mientras que la de Ares parece tener muchos tipos diferentes de habitaciones.

Puedo ver la influencia de mi hermana por todos lados y se siente raro. Resulta mucho más obvio que todo aquí estaba destinado para Hannah. Supongo que, de muchas maneras, sigue siendo así: él sigue siéndolo.

Incluso el minicine se diseñó para ver proyecciones privadas de las películas de Hannah. El amor que él le tiene es evidente en cada rincón y grieta de esta casa a la que ahora estoy obligada a llamar «hogar».

—Me gusta mi privacidad, así que no disfruto de tener al personal por aquí y por allá. Mi ama de llaves y el chef vienen durante el día, cuando estoy trabajando, por lo que no te van a molestar. Es más, no los verás del todo. Después te voy a enseñar cómo descargar la app que toda la familia usa, tal vez has visto a Sierra haciéndolo. Si necesitas algo, lo que sea, solo envía una solicitud a través de la app y se hará, ya sea que quieras que se compre algo o que se pinten las paredes. Tenemos un equipo entero de mayordomos que saben cómo hacer prácticamente de todo.

Asiento mientras lo sigo.

—Esta es la última habitación. Es mi recámara —dice—. Supongo que ahora es nuestra, de hecho.

Abre la puerta y, con renuencia y el estómago revuelto, entro. Claramente comparte muchos recuerdos con Hannah de este lugar, sobre todo de esta recámara.

Ares se pasa una mano por el cabello y respira profundamente; su mirada recorre la habitación que pensó que compartiría con mi hermana.

Nunca había estado en este cuarto, tan solo estar parada aquí se siente como una invasión a la privacidad. Ares voltea hacia mí, dudoso, pero con mirada acongojada.

—Hoy temprano trajeron tus maletas. Todo lo que necesites debería estar en el vestidor, déjame enseñarte.

Asiento y lo sigo, aunque me detengo al ver el tocador lleno de los productos favoritos de mi hermana. Desde mi corazón se extiende un dolor crudo y me abrazo como para protegerme. Durante años esta fue la habitación que él compartió con Hannah. Aquí es donde ella se quedaba cuando venía, y por lo que veo, era bastante seguido.

Ares sigue mi mirada y se congela.

—Yo... —Sube las manos a su nuca, su expresión es de arrepentimiento—. No lo pensé, Raven. Todo esto ha sido tan repentino. Hasta esta mañana, tenía esperanzas de que... No tuve la oportunidad de...

Niego con la cabeza y coloco mi mano sobre su brazo.

—Está bien —le digo y trato de recuperar la compostura antes de verlo de frente—, pero deberías saber que no quiero las migajas de mi hermana. No quiero estar rodeada de vestigios de su relación contigo. Tal vez nuestro matrimonio no sea uno convencional, pero sí te voy a pedir un nivel básico de respeto. No voy a vivir bajo la sombra de Hannah por el resto de este matrimonio.

—Claro —dice en voz baja—, entiendo. Perdóname. Voy a hacer que empaquen todo y se lo entreguen. ¿Te parece bien?

Asiento y desvío la mirada, con el corazón adolorido. Desearía poder decirle la verdad, que no quiero recordatorios constantes de lo mucho que él la ama, de la vida que esperaba construir con ella. Poder decirle que desearía, al menos por una vez en la vida, que al mirarme me viera a mí, quien soy realmente.

En vez de eso, mi respiración es entrecortada; camino hacia el espejo y me detengo frente a él.

—Estoy agotada y, sinceramente, solo quiero acostarme. —No tengo la energía para seguir con la farsa—. ¿Me podrías ayudar a desabotonarme el vestido?

Ares se acerca, se para detrás de mí y me mira a través del espejo. Su tacto es tierno mientras me acomoda el cabello por encima del hombro, lo cual deja ver la larga hilera de botones de mi vestido de novia, aún si lo que traigo puesto esta noche no es mío. Diseñé esto para Hannah, es casi como si me robara todo lo que era de ella; no siento que esto esté bien.

Ares duda por un momento, pero luego me desabrocha el botón de hasta arriba con expresión atormentada. Sin duda está pensando en Hannah, en lo increíble que se habría visto en este vestido. ¿Qué expresión tendría si fuera Hannah la que estuviera parada delante de él esta noche?

Se detiene a la mitad y levanta la vista; nuestras miradas se cruzan a través del espejo.

—¿Qué tanto necesitas que te desabroche?

Me obligo a sonreír y con todas mis fuerzas intento fingir que mi corazón no late al máximo, que no me afecta que me toque. ¿Qué será lo que ve cuando me mira? ¿Alguna pequeñísima parte de él me encontrará atractiva?

—Todo —susurro—. La tela es muy delicada, no quiero dañarla tratando de desabrocharme yo sola.

Él asiente y desvía la mirada para enfocarse de nuevo en su tarea. ¿No sentirá absolutamente nada mientras me desviste? La manera en que me besó durante la ceremonia me dio esperanzas de que nuestra boda no era una farsa, pero la frialdad con la que me trató después me hizo perder cualquier esperanza que, sin saberlo, me había dado.

Un escalofrío recorre mi espalda cuando sus dedos me rozan la piel y por un momento me permito cerrar los ojos y fingir que esto no es un tormento para él. En mis fantasías, Ares me desea tanto como yo a él; yo soy lo único en lo que puede pensar.

Si las cosas hubieran sido diferentes entre nosotros, después de cargarme hasta su casa, ¿me habría acostado sobre su cama, impaciente por tocarme? En vez de tratarme con tanta delicadeza, ¿habría sido tosco, frenético, tal como lo hizo hace tantos años?

Se toma su tiempo para desabotonarme el vestido, hasta que la parte trasera se cae, abierta. Yo pensé que se alejaría, pero en vez de eso coloca las manos sobre mis hombros. Levanto la mirada para verlo a través del espejo: me está observando como nunca lo ha hecho. Nuestras miradas se cruzan y, por un mínimo segundo, podría jurar que vi lujuria en sus ojos. ¿Qué haría si en este momento yo me diera la vuelta y lo besara? Me aterra pensar en lo que sucederá cuando Hannah regrese para pedirle perdón; mi oportunidad para hacer que este matrimonio funcione se esfumará.

Me cubro los senos con las manos y me volteo; un miedo que nunca había sentido dicta mis movimientos.

—Ares —susurro.

Es casi como si mi voz lo hubiera despertado de algún tipo de trance, porque enseguida da un paso hacia atrás y se pasa una mano por el cabello.

—Ve a dormir sin mí —me dice con voz firme.

Asiento y, mientras se aleja, la cabeza me da vueltas. Supongo que está tratando de respetar mi privacidad, pero eso no es lo que quiero.

Alguna vez le dije a una de mis amigas más cercanas que si alguna vez creía que tenía una oportunidad con el hombre que amaba, daría todo, incluso pelearía sucio si tuviera que hacerlo. Pues esta es mi oportunidad.

Veintitrés

Raven

Me despierta el sonido de toquidos en la puerta; parpadeo, desorientada, y mis ojos se posan sobre Ares, junto a mí. Nunca pensé que nos encontraríamos en esta situación: despertar juntos, como marido y mujer.

Se oye otro toquido; me siento en la cama, las sábanas se amontonan en mi cintura.

—Ares —susurro.

—¿Mmm? —Parpadea somnoliento, me mira y suspira mientras parpadea para abrir los ojos—. Raven —susurra, amodorrado. Sus ojos recorren agasajados el camisón de lencería negra que traigo puesto; de hecho, se detienen un momento en mis senos. No se metió a la cama hasta que estuve completamente dormida, y no estaba segura de que despertaría junto a mí esta mañana. No me habría sorprendido que pasara la noche en el sofá. Seguramente no fue fácil para él que yo estuviera en su cama, cuando a quien quiere aquí es a mi hermana.

—Ares, cariño —dice Donna—, alguien… hay alguien en la entrada.

Me tenso y cierro los ojos.

—Hannah —susurro. La culpa me pega con todo, seguida de vergüenza extrema—. ¿Qué le vamos a decir? —pregunto con voz destrozada.

Ares se sienta y voltea hacia mí, dejando ver la pijama azul a cuadros que trae puesta. Hannah tiene una igual. Tan solo verlo me da náuseas. ¿Se puso esa pijama porque la extraña o ella está tan entremezclada en su vida que ya ni siquiera puede separar lo que tiene que ver con ellos?

Ares se me queda viendo, sin duda se da cuenta de mi ansiedad.

—¿Qué quieres que le diga?

Me miro las manos y respiro profundamente antes de hablar.

—Quiero que le digas lo que me dijiste en el altar: que ibas a darme todo de ti, Ares. Te pido que cumplas esa promesa. Sé lo mucho que la amas, pero no voy a dejar que me engañes con ella, y tampoco voy a dejar que me avergüences. Te exijo el respeto que merezco como tu esposa, el que le habrías mostrado a Hannah si ella no te hubiera plantado en el altar.

Desvía la mirada, pero asiente con firmeza.

—Entendido —dice así nada más. Alzo la mirada y para mi sorpresa me está sonriendo, confiado, como si pudiera leer los miedos que intento esconder con todas mis fuerzas.

—Vamos a arreglarnos —comenta—. Va a querer hablar con los dos, estoy seguro. Tú usa nuestro baño y yo usaré el del gimnasio.

Asiento y me bajo de la cama con miles de diferentes preocupaciones rondándome en la cabeza. No quiero verlos juntos. De alguna manera, he estado existiendo en este mundo ficticio del que Hannah no forma parte. Me he estado convenciendo de que podría esquivarla y salirme con la mía para remplazarla.

Sabía que no podría esquivarla para siempre.

Cuando salgo del vestidor, me sorprende que Ares está sentado en su cama secándose el cabello mojado con una toalla. Pensé que había ido a hablar con Hannah a solas, pero está aquí, esperándome.

Sus ojos recorren el vestido que tengo puesto, pero luego desvía la mirada.

—¿Lista? —pregunta al levantarse.

Niego con la cabeza.

—No —admito. Sé cómo es mi hermana, siempre ha sido una actriz talentosa y ni siquiera yo puedo con sus habilidades. Me asusta que una vez que esté cara a cara con ella, toda mi determinación se desmorone.

Ares me sonríe, pero sus ojos dicen algo diferente.

—Todo va a estar bien. Vamos.

Asiento y lo sigo a la sala, donde Hannah espera. Salta de su asiento y corre hacia Ares, se le lanza a los brazos. Él la abraza con fuerza, incluso cierra los ojos con una expresión de absoluta tortura. Es obvio lo mucho que la extraña y nunca me he sentido más como una intrusa que en este momento.

—Dime que no es cierto —ruega con voz temblorosa.

—Lo siento, Hannah. —Se oye tan atormentado como ella y me mata saber que yo soy lo único que los separa en estos momentos.

Ella se aleja y una lágrima cae por su mejilla; luego voltea hacia mí.

—Raven, esto es una especie de broma pesada, ¿verdad? Por favor, dime que es eso. —Se ríe sin humor; de hecho, el sonido es un tanto de desesperación.

Niego con la cabeza y el remordimiento me invade. Ella lo ama. Tal vez Hannah sea egoísta, pero su amor por Ares siempre ha sido una de las cosas más hermosas que tiene.

—¿Cómo pudiste casarte con mi prometido? —pregunta con incredulidad—. ¿Cómo es posible que hayas accedido a casarte con alguien que nunca te amará? ¿Por qué me haces esto, Raven? Si te hubieras negado, habrían pospuesto la boda y no hubieran podido culpar a Ares por eso.

—Hannah —digo con mi tono defensivo—, te llamé más de cien veces. Te envié mensajes de texto, de audio, incluso un correo electrónico. Traté de contactarte de todas las maneras posibles, pero tú decidiste ignorarme. Te dije que papá amenazó con quitarme toda la financiación a mi empresa si no caminaba hacia ese altar y, a pesar de todo, tú no te apareciste. Estuviste dispuesta a arriesgar tu futuro, pero eso no quiere decir que yo estaba dispuesta a arriesgar el mío.

Ella nos mira con los ojos llenos de lágrimas.

—Ares —dice con voz entrecortada—, ¿cómo pudiste? Ella es *mi hermana,* por el amor de Dios. Esto... —Nos mira con ojos de inseguridad—. Ustedes dos... ¿están...?

—No —dice Ares—. Nunca, nunca he amado a nadie más que a ti, Hannah, nunca lo haré. ¿Cómo podría querer a alguien que no seas tú?

Un gran dolor me acongoja el corazón, pero me obligo a mantener una expresión neutral. Una parte de mí está aterrada de que esto sea cierto, de que no importa lo que haga, él nunca me amará. Pero otra parte más grande de mí sabe que siempre me arrepentiré si no lo intento.

—¿Dónde nos deja esto, Ares? ¿Qué hay de nosotros?

Ares me mira, pero tampoco estoy segura de cómo responder la pregunta de Hannah. En todo caso, yo estoy esperando esa respuesta tanto como ella.

—Tú sabes lo que pienso del matrimonio, Hannah. Tú decidiste alejarte de esto, de nuestra relación.

Ella lo mira sin poder creerle.

—Solo tienen que permanecer casados tres años, ¿cierto?

Él duda un momento, pero luego asiente.

—Estoy dispuesta a esperarte, Ares. —Examino su expresión, una chispa de esperanza le enciende el rostro entero. Me duele, me mata que quiera estar con ella con tanta desesperación, incluso ahora—. Tres años se pasan volando —dice, con exasperación—. Me voy a enfocar en mi carrera los próximos tres años y una vez que ustedes se divorcien, me voy a retirar de la actuación y me casaré contigo. Ahora lo veo todo con claridad, Ares. No necesito mi carrera tanto como te necesito a ti. Nunca me habría alejado si hubiera sabido que te obligarían a casarte, Raven.

Y entonces voltea hacia mí, llena de pesar.

—Lo siento tanto, Rave. Esto… todo esto es mi culpa. Tener que casarte con tu cuñado… No puedo ni imaginar lo difícil que es para ti. Sé que es demasiado tarde para disculparme, pero de verdad lo lamento. Lo voy a arreglar, lo juro. Sé que tres años parecen mucho tiempo, pero al menos te quedarás con la empresa de nuestros padres.

«Cuñado». Una parte de mí desea explotar de ira contra ella y decirle que ahora él es *mi esposo* y *su* cuñado, pero no tengo las fuerzas para lastimarla así. Tal vez yo sea esposa de Ares, pero no tengo derecho con respecto a él. Estar aquí parada, frente a mi hermana, la mujer que él ama y con la que quiere pasar el resto de su vida… No quisiera que ella sufriera más de lo que ya lo está haciendo.

Hannah respira profundamente y mira a Ares antes de voltear hacia mí.

—Confío en ustedes —afirma mirándonos a ambos. Le sonríe a Ares con ojos esperanzados—. Sé que te pusieron en una situación difícil, pero no dudo del amor entre nosotros, Ares. Hemos estado juntos por cinco años. Visto desde un panorama más amplio, tres años no son nada, no si los comparas con el resto de nuestras vidas.

Entonces voltea hacia mí rogándome con los ojos.

—Si hubiera sido cualquier otra persona, me sentiría asustada e insegura, pero sé que nunca me lastimarías. Nunca me traicionarías así, y sé que nunca verás a Ares como tu esposo, sin importar qué etiqueta el mundo te esté obligando a personificar.

Asiento, dándole su lugar. Esta no es una batalla digna de pelear. Además, tal vez Ares sea mi esposo por el momento, pero terminará siendo suyo en el futuro. Puedo verlo en sus ojos, aún ahora, él se imagina un futuro con ella. Las promesas que me hizo se desmoronan en cuanto la ve, siempre ha sido así.

Hannah duda, pero me mira fijamente y por un momento me pregunto si logra ver a través de mí, si puede sentir mi renuencia, el dolor de mi corazón.

—Raven —dice, tensa, y mi corazón se acelera mientras me obligo a sonreír.

Justo antes de que diga algo, suena su celular, lo que me salva de responder preguntas para las que no tengo respuesta. Echa un vistazo a su celular y hace una mueca.

—Me tengo que ir —dice, renuente—. Se suponía que tenía que estar en el set hoy.

Ares se tensa al entender lo que no dijo explícitamente. Si se suponía que estuviera en el set, entonces debió saber desde hace mucho que no estaría en su luna de miel hoy. ¿A qué está jugando?, ¿cuánto más va a permitirle Ares que se salga con la suya?

Miro cómo Hannah se acerca a él. Se para de puntitas para besarlo y yo aprieto los dientes; el veneno me recorre las venas. Ares quita la cara al último momento, por lo que los labios de Hannah solo alcanzan a besarle la mejilla.

Ella entrecierra los ojos pero, al final, elige quedarse callada.

—Te veo luego —le dice en voz baja—. Podemos ir a cenar y hablar, ¿sí?

Él asiente y observa cómo ella se va, dejando nuestros futuros hechos un desastre. Sale por la puerta y al cerrarla, Ares respira profundamente, luego se sienta en el sofá con la mirada perdida.

Debería dejarlo solo, respetar sus límites, pero no lo haré. Esto es la guerra y no me rendiré sin dar pelea.

Mis pasos son confiados al ir hacia él y colocar la rodilla entre sus piernas abiertas y agacharme, tal como hice anoche. Él me mira con tal arrepentimiento que me hace dudar, pero al final ganan mis esperanzas.

Coloco las manos sobre sus hombros y me inclino hacia él con autoridad.

—Mi petición sigue siendo la misma —le digo con voz amable pero firme—. No voy a permitir que me engañes. Si quieres estar con Hannah una vez que terminen los tres años, ni hablar. Pero hasta entonces, necesito que me seas fiel. Tal vez creas que podrás escabullirte y lograr que nadie te descubra, pero es un riesgo que no vale la pena. Si me engañas, yo tengo tanto que perder como tú, y no lo voy a permitir.

Me toma de la cintura y en su rostro veo emociones que no logro descifrar. Nunca me había visto como lo hace ahora.

—Sí, lo entiendo —dice en voz baja—. No voy a romper mis votos, Raven. No te voy a mentir diciéndote que no estoy tentado, porque sí lo estoy. Sería muy fácil fingir que tú y yo no estamos casados, que solo somos compañeros de casa, que tú sigues siendo la hermana menor de mi prometida, pero no lo haré.

Exhalo entrecortadamente y asiento, llena de alivio. Esto es lo único que le pido. Mientras me sea fiel, tengo oportunidad.

Todo lo que necesito es una oportunidad.

Veinticuatro

Ares

Frente al espejo, me enderezo la corbata, distraído; me siento conflictuado. Anoche tuve el mismo sueño de siempre con Raven y realmente me afectó. Por lo general, lo hago a un lado y me recuerdo que no puedo controlar mi subconsciente, pero no he logrado zafármelo del todo durante el día, y me siento sumamente culpable. Sobre todo porque no me di cuenta enseguida de que ya no estaba soñando cuando la vi en mi cama. Estuve tan cerca de jalarla para que se sentara sobre mí, con el pene aún palpitándome.

Salir con Hannah me hace sentir peor.

La he amado desde que tengo memoria, sin embargo, ahora estoy casado con su hermana. Siento como si la hubiera traicionado de la peor forma y lo último que quiero es sentir deseo hacia Raven, encima de todo. Es una maldita locura. En tan solo unos días, mi vida entera se salió de control.

—¿Adónde vas?

Me tenso al oír la voz de Raven y alzo la vista para verla a través del espejo. Ella está apoyada sobre la pared junto a la puerta, con los brazos cruzados. Se ve hermosa en esa bata de seda y el cabello acomodado sobre su pecho. Es extraño tenerla en mi casa: encaja tan bien; sin embargo, que esté aquí me desorienta.

Miro cómo se separa de la pared y camina hacia mí, meneando las caderas. He logrado evitarla la mayor parte del día porque me encerré en la oficina que tengo aquí en la casa, pero sabía que no podría quedarme enclaustrado todo el tiempo.

Giro para verla de frente y me obligo a sonreír.

—A cenar.

Raven se acerca más, toma la corbata y la afloja.

—¿Ah sí? ¿Con quién?

Mi corazón se acelera cuando me invade un tipo de culpa diferente, esta vez me siento culpable con ella.

—Rave —le digo con ternura. Sabe exactamente con quién voy a cenar. Estuvo ahí esta mañana, cuando Hannah me pidió que cenáramos para hablar.

Tira mi corbata al piso y se aferra al cuello de mi camisa; sus movimientos delatan su rabia.

—Odio esta camisa —murmura mientras sus dedos rozan el primer botón.

Trago saliva mientras desabotona la camisa que Hannah me compró. Miro atentamente cómo mi camisa se va abriendo, sin saber qué hacer o decir. Nunca me ha tocado así antes, y sin embargo se siente tan bien. Esta posesividad en sus ojos, su tacto. Este es territorio nuevo para mí.

—Rave —susurro—, ¿qué estás haciendo? —Claramente está enojada y no quiero provocarla más.

Ella aprieta la mandíbula y me mira con un destello en los ojos.

—Desvistiendo a mi marido. ¿Qué estás haciendo tú?

Me tenso y la tomo de las muñecas para detenerla.

—Solo voy a salir a cenar.

—¿De verdad?

Asiento.

—Raven, te juro que voy a cumplir mi promesa. A pesar del pasado que tengo con Hannah y mis sentimientos hacia ella, no te voy a ser infiel.

Le aprieto las muñecas con fuerza y ella me mira fijamente.

—Ares —suspira—, yo no quiero hacerte infeliz. Hannah lo hizo ver como si no fuera nada, pero tres años es muchísimo tiempo. Realmente no sé qué hacer. Voy a ser sincera contigo: no suelo compartir nada y puedo ser bastante celosa. En cuanto nos casamos, tú eres mío. Me rehúso a quedar como una tonta y no voy a permitir que ustedes dos me sacrifiquen para cumplir sus propias metas. No voy a ser tu frente mientras te acuestas con mi hermana a mis espaldas. No sé cómo será nuestro matrimonio y estoy bastante consciente de que la amas a ella, pero estás demente si crees que me voy a hacer a un lado para que tú salgas a una cita con ella. —Zafa las muñecas de mi agarre y da un paso hacia atrás—. Quiero que seas feliz, Ares, pero no con ella. No así. No después de lo que ambos me han obligado a hacer.

Le sonrío, intrigado. Raven siempre ha sido tan dulce y calmada, y comienzo a preguntarme si alguna vez la conocí del todo. En las últimas semanas, se ha comportado diferente y creo que me gusta ese cambio. Me acerco hacia ella y le quito un mechón de la cara.

—Te escucho, Raven, de verdad. Esto también es confuso para mí, pero tienes razón. Soy tuyo. ¿Y tú…? Tú eres mía. Nos va a tomar un tiempo entender cómo navegar este matrimonio, pero te prometo esto: nunca te voy a traicionar y jamás te lastimaré a propósito.

Ella asiente y se aleja, y un poco de su enojo se desvanece. Miro cómo sus dedos rozan las camisas en mi clóset. Escoge una camisa blanca y la saca del gancho.

—Y, ¿Raven? —le digo—, yo tampoco comparto en absoluto. Si tú me pides que guarde mi distancia con Hanna, más te vale alejarte también de otros hombres.

Ella voltea para estar frente a mí y verme fijamente.

—Soy tuya —me dice y el corazón se me detiene—. Solo tuya. —Algo en la forma en que me mira me recuerda el sueño que tuve y el recuerdo me pone el pene duro. Desvío la mirada y respiro profundamente. Estoy tan conflictuado. Raven es mi mujer; sin embargo, pensar así acerca de ella me llena de culpa.

Se acerca a mí y me ofrece la camisa. Yo pensé que después se iría, pero en vez de eso, toma las solapas de la camisa que traigo puesta y me la quita. Diablos. Está tan cerca y, aunque no debería, me pregunto cómo reaccionaría si la beso.

—Yo me la pongo —le digo y me alejo un poco. Tener sus manos sobre mí se siente muy íntimo, es demasiado. Sin contar la vez que ella y Sierra se emborracharon, siempre se ha mantenido a cierta distancia de mí y no estoy seguro de cómo lidiar con esta nueva versión de Raven.

Me observa mientras me pongo la camisa que me escogió.

—No me decepciones —me dice, en voz tan baja que apenas la oí.

Con toda intención alzo la vista directo a sus ojos; en su mirada veo vulnerabilidad.

—No lo haré —le prometo. Ninguno de los dos sabe cómo lidiar con este matrimonio, pero esto sí se lo voy a cumplir. No romperé las promesas que le hice.

Raven asiente y me sigue con la mirada cuando salgo.

Lo único en que puedo pensar de camino al restaurante donde veré a Hannah es la manera en que Raven me miró. Se veía tan dolida, tan decepcionada.

No estoy seguro de cómo interpretar su mirada. Ella y yo… no sé qué nos depara el futuro, pero empiezo a preguntarme cómo serán los siguientes tres años. Creí que quería mantener su distancia, que me empujaría hacia Hannah, pero la manera en la que me tocó, fue íntimo de una manera que no me esperaba.

—¡Ares!

Alzo la vista cuando Hannah se apresura hacia mí en cuanto piso el comedor privado que nos reservó. Me abraza del cuello y se para de puntitas; sus labios rozan los míos por un segundo, antes de que logre alejarla.

—No —digo contundentemente y me limpio los labios con el dorso de la mano.

En su mirada veo confusión.

—Ares… por favor, no te enojes conmigo.

Me paso de largo, sin molestarme en sacar la silla para que se siente, como solía hacerlo. Ella se me queda viendo, luego se acerca a la mesa y se sienta.

—¿Dónde estabas? —le pregunto—. El día de nuestra boda, ¿dónde estabas?

Ella aparta la mirada y se abraza con los ojos llenos de lágrimas.

—De verdad, te juro que no pensé que obligaran a Raven a hacer esto —contesta con voz destrozada—. Acabo de conseguir el papel de mis sueños y solo estaba tratando de postergar las cosas, y pensé que esta sería la única forma de lograrlo. Mientras tú no estuvieras involucrado, tu abuela no te castigaría por mis acciones.

Me apoyo en el respaldo de mi silla y me le quedo viendo. La he amado durante tantos años, pero comienzo a preguntarme si eso es solo porque forzamos esta relación.

—Apostaste por algo y perdiste, Hannah.

Ella me sonríe y ladea la cabeza.

—No me lo esperaba, pero a Raven no le importará divorciarse dentro de tres años. Esto solo retrasó nuestros planes. Raven y tú solían salir de vez en cuando, así que no veo por qué nosotros no podemos hacer lo mismo. Nadie tiene por qué enterarse.

Me cruzo de brazos y río sin humor.

—¿Me estás pidiendo que engañe a mi esposa contigo? ¿Quieres ser mi amante, Han?

Sus ojos se llenan de furia.

—Ella realmente no es tu esposa —dice furiosa—. Además, no es como si a ella le importara. ¿O pretendes permanecer célibe tres años?

Sin querer mis pensamientos divagan al sueño de anoche. No, no hay forma en que permanezca célibe.

—Hannah, siempre has sabido que para los Windsor el matrimonio es sagrado y que yo no soy la excepción. No voy a engañar a mi esposa, sin importar quién sea. La voy a tratar con el respeto que se merece. Tú elegiste alejarte de nuestra relación, y Raven y yo tuvimos que lidiar con las consecuencias.

—Eché todo a perder, Ares, lo sé, pero esto… tú y yo hemos estado juntos desde que tengo memoria. No lo entiendo. ¿En serio me estás diciendo que quieres estar con mi hermana… así?

Me paso una mano por la cabeza.

—No —contesto—, te estoy diciendo que no puedes tenerlo todo, cuando quieras y como quieras. Tomaste una decisión y tienes que aceptar las consecuencias. Tal vez dentro de tres años tú y yo podamos estar juntos, o tal vez nos demos cuenta de que nuestra relación se había terminado desde antes de que tú te fueras. Sinceramente, no lo sé, Han. Lo que sí sé es que nunca más voy a hacer lo que tú quieres.

—¿Y eso que significa, Ares?

—Significa que lo nuestro terminó. En cuanto me casé con Raven, tú te convertiste en mi cuñada, lo quieras o no.

Se me queda viendo con los ojos bien abiertos.

—Ares, entiendo que estés enojado, pero no hagas esto.

Niego con la cabeza.

—Yo no hice esto, Hannah, fuiste tú.

Ella se estira para entrelazar su mano con la mía.

—Ares, no quiero perderte. Por favor, dame una oportunidad para enmendar las cosas. Por favor, mi amor. Esto… ¿no te das cuenta de lo absurdo que es? No puedo perderte. Ni siquiera sé quién soy sin ti.

Hago una especie de mueca plana.

—Podemos intentar ser amigos, Han, pero eso es lo más que puedo hacer.

—¿Amigos? —pregunta, confundida—. ¿Cómo podríamos ser amigos?

Sí, ¿cómo? Después de todo por lo que hemos pasado, ¿cómo encontrar la manera de seguir formando parte de la vida del otro sin lastimarnos, sin lastimar a Raven?

Veinticinco

Raven

La puerta de Sierra se abre de par en par en cuanto presiono mi dedo en el escáner. Entro con los brazos repletos de botanas.

—¿Raven? —Se endereza en el sofá y hace a un lado la laptop con las cejas fruncidas—. ¿Qué haces aquí? ¿No deberías andar de romántica con Ares?

Suspiro, frustrada, y me dejo caer en el sofá; ella abre los brazos en señal de que me quiere consolar con un abrazo. Me lanzo hacia ella y la abrazo con fuerza, sin estar segura de qué decirle.

—¿Tan mal están las cosas?

Asiento y la abrazo con más fuerza todavía.

—En este momento está con ella.

Sierra me aleja para verme a los ojos.

—¡¿Qué?!

—Salió a cenar con ella.

—Más te vale que sea broma —dice, con voz hosca—. ¿Se fue a cenar con ella un día después de casarse contigo? ¿Qué carajos? ¿Dónde están?

—Para —le advierto—, no hagas locuras. Vine porque no quería estar sola en ese altar de Hannah que él llama hogar. ¿No podemos simplemente ver algún estúpido *reality* en la tele y tragar botanas que no debería comer?

Sierra entrecierra los ojos, luego toma la bolsa de papas y la avienta al otro lado de la habitación.

—Este no es momento para botanas, Raven. Durante años amaste a mi hermano en silencio. Ahora eres su esposa, Rave. En la familia Windsor, eso realmente es significativo. Todo lo que tenemos que hacer es asegurarnos de que la abuela se entere y te garantizo que Ares nunca más intentará verla de nuevo. Eres la primera nuera de la abuela y no hay forma de que ella permita que Ares te maltrate en lo más mínimo.

Dudo un momento; por un lado, quisiera elegir la opción más fácil, aunque sepa que no es lo correcto.

—Sierra —niego con la cabeza—, no hagamos eso, ¿okey? Obligarlo a alejarse de ella podría ser contraproducente para mí, porque entonces él va a querer estar con Hannah aún más, y lo último que necesito es que él empiece a hacer cosas a mis espaldas.

Sierra hace un puchero, pero logra contenerse de decir lo que piensa.

—Ven conmigo.

Suspiro y la sigo hasta su recámara. Por su postura me doy cuenta de que está fraguando algún tipo de plan, pero no estoy segura de que quiera enredarme entre sus ideas funestas.

—Ten. —Y me entrega una bolsa de una tienda departamental—. Hoy en la mañana te compré esto, tuve la sensación de que lo necesitarías.

Echo un vistazo dentro y abro los ojos como platos cuando entiendo lo que es. Saco el *babydoll* de encaje y suelto una carcajada.

—¡Esto es demasiado atrevido! —me carcajeo mientras examino la tela en mis manos—. He hecho bastante modelaje de ropa interior y esto es ridículo incluso para mí. —Meto la mano en la bolsa y saco una de las tangas que me compró—. ¿Qué se supone que es esto? ¡Ni siquiera hay tela en el pubis!

—Así es más fácil dar acceso… —me dice alzando las cejas. Me arrebata la bolsa y busca en ella; saca dos *babydoll* que me compró, uno blanco y el otro rojo—. Estos se te van a ver hermosos, son lo suficientemente reveladores y Ares no tendrá más opción que admirar tu cuerpo.

Me muerdo un labio y tomo el *babydoll* rojo.

—No lo sé… —respondo. Hannah y yo tenemos formas de cuerpo muy diferentes. Ella es un poco más baja que yo, y cuando no está bajo una dieta estricta para actuar en cierto papel, tiene más curvas que yo. No sé si yo sea atractiva para Ares después de haber estado con alguien como mi hermana—. No estoy segura de que acentuar mi cuerpo sea buena idea.

Sierra me arrebata el *babydoll* con ojos furiosos.

—No seas tonta —me grita—. Eres una de las mujeres más hermosas del mundo y ni siquiera lo digo porque esté siendo parcial. ¡Las revistas lo dicen! Canaliza esa confianza que proyectas en las pasarelas, Rave.

Me muerdo un labio y bajo la vista.

—Mira, Sierra… hay algo que no te he contado.

Frunce las cejas y me siento en su cama.

—¿Te acuerdas de la vez en que nos emborrachamos y Ares pasó por nosotras?

Asiente y se sienta junto a mí, me mira fijamente mientras le cuento cómo me le senté encima tratando de seducirlo y lo que le dije.

—No estuvo tentado en lo más mínimo, Sierra. Una pequeña parte de mí pensó que lograría que él cediera si realmente daba todo de mí, pero no fue así. Él no cedió.

Ella aparta la mirada y niega con la cabeza.

—En verdad lo dudo, Rave. Aun si ese fuera el caso, ahora es diferente. Antes eras inalcanzable para él, pero ahora eres su esposa. Si él te ve con frecuencia en diferentes estados de desnudez, va a terminar deseándote, aunque no sea así por el momento. No podrá mantenerse al margen durante tres años y no te va a ser infiel.

Me cruzo de brazos, pero asiento, aunque dudosa.

—Sí —admito—, no creo que me sea infiel.

Sierra sonríe y me extiende el *babydoll* que me compró.

—Si ustedes dos terminan acostándose, él se va a enamorar de ti. Sé que crees que nunca dejará de amar a tu hermana, pero yo digo que eso es mentira. Él siempre te ha visto de una manera especial y siempre ha existido un lazo inquebrantable entre ustedes; solo necesita un empujón. Ares es un hombre de principios morales sólidos; mientras crea que está haciendo lo correcto para Hannah y para ti manteniéndose alejado, lo hará. Dale una razón para ceder. Sinceramente, si le dijeras tal cual que quieres que él satisfaga tus necesidades físicas, va a caer tan rápido como una casa hecha de barajas. Sé que te desea, es solo que ni siquiera lo admite para sí mismo.

Me le quedo viendo, dudando de si estos son simplemente sus deseos fantasiosos o si tal vez tenga razón. Siento que esa noche de borrachera yo jugué mi as bajo la manga y perdí la partida; me aterra volver a ponerme en una posición tan vulnerable como aquella vez.

—Confía en mí —me dice—. Conozco a mi hermano y definitivamente no te ve como la hermana de Hannah.

Si no te sientes cómoda lanzándote directamente a él, entonces usa lo que te compré y fíjate cómo reacciona, nada más, ¿okey? Solo sedúcelo, lentamente, hasta que ceda y él venga a ti. Observa sus reacciones, Rave. Estoy segura de que tarde o temprano él solito se va a traicionar. Te desea… y la línea entre la lujuria y el amor es delgada.

Tomo el *babydoll* blanco que me compró y lo examino. No tapa casi nada… es demasiado.

—Solo inténtalo, Rave.

Asiento.

—Está bien, lo voy a intentar, pero si resulta contraproducente no te la vas a acabar…

—Vas a ver que no —promete. Sierra parece tan segura… Ojalá yo pudiera tomar un poco de su confianza. ¿Qué es lo que ella ve entre Ares y yo, que yo no logro ver?

Veintiséis

Ares

Cuando escucho que cierran la puerta de la entrada, coloco mi taza de café sobre la barra de la cocina y me dirijo hacia los sonidos en el pasillo.

Raven alza la vista, sorprendida, y se congela. Su cabello está húmedo y está vestida con lo mismo que traía puesto ayer. Claramente pasó la noche en otro lado en vez de aquí, en mi cama, como debería.

—¿Dónde has estado? —pregunto, con voz engañosamente tranquila.

—Ares —responde y se pone una mano en el pecho—. Te despertaste temprano.

La miro fijamente, tratando de evitar que se dé cuenta de lo enojado que estoy.

—Te hice una pregunta.

Ella frunce las cejas y trata simplemente pasarse de largo, pero la tomo de la muñeca y la jalo hacia mí.

—¿Dónde es-ta-bas? —pregunto con furia.

Ella aprieta los dientes y me fulmina con la mirada.

—¿Qué derecho tienes de preguntarme eso cuando te fuiste a cenar con mi hermana?, no seas hipócrita.

La acerco aún más hasta que su cuerpo se pega al mío.

—Tengo todo el derecho, Raven, soy tu esposo.

Sus ojos destellan y se ríe sin gracia.

—Pues no actúas como tal —contesta con la voz llena de veneno—. Te fuiste a cenar con Hannah un día después de casarte conmigo. ¿Regresaste a casa anoche o acabas de llegar? ¿Te la cogiste, Ares?

Tenso la quijada y la volteo para empujarla contra la pared.

—¿Qué dijiste? —pregunto entre dientes—, ¿me preguntaste si me la cogí?

Me mira fijamente con rabia en los ojos… pero también veo dolor. Respiro profundamente y pego mi frente a la suya.

—No —susurro—, no me la cogí, Raven, claro que no. Te prometí fidelidad y siempre cumplo con mis promesas. ¿Tan mal piensas de mí?

Ella desliza sus brazos alrededor de mi cuello y respira entrecortadamente. Mierda, logra acomodarse tan perfectamente contra mí…

—No sé qué pensar, Ares —admite—. Nunca pensé que nos encontraríamos en esta situación, pero ahora que estamos en esto, no estoy dispuesta a hacerme a un lado para que ustedes persigan su felicidad.

Asiento y la alejo un poco para verla a los ojos.

—Te entiendo, has sacrificado muchas cosas y lo reconozco. Tal vez no estuvo bien que saliera a cenar con Hannah, pero pensé que lo mejor sería de una vez tener esa conversación con ella. No fui porque la extrañara o porque quisiera estar a solas con ella, Rave. Fui para poner nuevos límites más apropiados y terminar con ella de una vez por todas.

Abre los ojos al máximo.

—¿Terminaste con ella?

Me estiro para acomodarle un mechón de cabello detrás de la oreja.

—Desde luego, eso fue lo que hice. Uno nunca sabe, tal vez regresemos en unos años, pero mientras tanto, no puede ser más que una amiga para mí. No te voy a traicionar. Hannah tomó su decisión y tendrá que vivir con eso de la misma manera que nosotros.

Me mira como si no pudiera discernir si le estoy mintiendo o no, pero supongo que no hay mucho que yo pueda decir para convencerla; solo el tiempo demostrará lo sincero que soy.

—¿Dónde estabas? —pregunto una vez más, en tono mucho más tranquilo.

—En casa de Sierra —responde y yo exhalo de alivio. Claro, debí suponerlo.

—No duermas fuera de casa sin avisarme y contesta el teléfono cuando te llamo. No es solo porque no debemos pasar tanto tiempo separados, también es porque me preocupé, Rave. Sé que tú no querías casarte, pero ya lo hiciste y esto implica ciertas responsabilidades, y una de ellas es mantenerme informado de este tipo de cosas.

—«Casa» —repite, con una mueca de desagrado—. Esta no es mi casa —declara con cara de extenuación—. Ni siquiera estoy segura de que sea tuya, más bien parece de Hannah.

Doy un paso atrás y miro alrededor. Tiene razón, casi todo lo que hay aquí lo escogió ella. La dejé hacer lo que quisiera, en consecuencia, nunca me ha gustado mi propia casa. ¿Cómo es que nunca lo vi?

—Raven —le digo—, que tú y yo estemos casados es en serio. No es lo que queríamos, pero así es. Te voy a dar tu lugar empezando con un anuncio formal el próximo mes.

—¿Qué? —exclama con los ojos bien abiertos—. Pensé…

—¿Pensaste que iba a mantener nuestro matrimonio en secreto? No podemos. Los rumores de nuestra boda ya comenzaron. Es mucho mejor que confirmemos los chismes. Me rehúso a escabullirme por ahí con mi propia esposa. Además, ¿realmente crees que la abuela nos va a dejar salirnos con la nuestra? Si no lo anunciamos, ella lo hará. Así, al menos nosotros controlaremos la narrativa.

Ella asiente, con expresión pensativa.

—¿Qué harás dentro de tres años? ¿Cómo les vas a explicar a los medios que te estás divorciando de tu esposa para casarte con su hermana?

—Les voy a decir la verdad. Voy a demostrar que Hannah y yo estuvimos saliendo juntos durante años, pero que nos obligaron a ti y a mí a casarnos.

Se me queda viendo, pero no estoy seguro de qué es lo que busca.

—Yo preferiría mantenerlo en secreto, Ares. No quiero ser la esposa abandonada ni la villana de la historia.

Aprieto los dientes, me acerco a ella y pongo mi dedo índice debajo de su barbilla. Le inclino la cabeza hacia la mía y sonrío sin gracia.

—Yo no voy a ser tu sucio secretito, señora Windsor. Si usas mi apellido, lo harás con orgullo.

Por un momento, parpadea, confundida, pero luego lo entiende. Me mira como si pudiera ver a través de mí, como si pudiera ver la inseguridad que Hannah me inculcó al mantener nuestra relación en secreto por tanto tiempo.

—Solo lo sugerí porque creo que es lo mejor para nosotros, Ares. No ocultaré nuestro matrimonio si no quieres. No soy ella.

La suelto y desvío la mirada, deseando haber podido mantener la calma. ¿Por qué siempre tuve una paciencia eterna con Hannah, pero es tan diferente con Raven?

—No lo hagas —digo con furia sin saber bien con quién estoy enojado, si conmigo o con ella—. No ocultes nuestro matrimonio. Voy a hacer una declaración formal en mis redes sociales dentro de cuatro semanas y te recomiendo que hagas lo mismo. Nuestro equipo de relaciones públicas está trabajando en lo que declararemos.

Me sonríe y asiente.

—Claro, solo dime cuándo. Tengo una foto muy linda de nuestra boda que quiero compartir.

El alivio que siento al oír estas palabras es irreal. Tal vez nuestro matrimonio no sea verdadero, pero al menos no será un secreto a voces. No tendremos que escabullirnos ni dar excusas. Es lo que siempre quise con Hannah.

Raven se aleja y la sigo hasta nuestro vestidor. Miro cómo descuelga un vestido. Al personal solo le tomó un día empacar todas las cosas de Hannah y remplazarlas con las de Raven. Sin embargo, es difícil eliminar todo rastro de ella. Todo lo que hay aquí fue idea de ella, incluyendo el interior de nuestro vestidor. Nunca pensé que iba a querer que eso cambiara, pero sí. Al menos durante los próximos tres años, Raven será mi esposa. Me dijo que no quería vivir bajo la sombra de Hannah y tengo que asegurarme de que eso no suceda.

Veintisiete

Ares

Cuando la puerta de la cocina se abre, alzo la vista, sorprendido. Raven entra vistiendo un top deportivo y unos *leggings* superapretados que hacen imposible que le quite los ojos de encima. Cuando me ve se congela, con los ojos bien abiertos.

—Buenos días —me dice con una sonrisa forzada.

—Buenos días.

Las cosas entre nosotros han estado extrañas últimamente. Es como si ya no supiéramos cómo comportarnos cuando estamos solos, aunque éramos tan buenos amigos. Supongo que yo tengo la culpa. Me he estado despertando temprano y trabajando hasta tarde para evitar ir a la cama con ella. Me siento muy mal por haberla arrastrado a este matrimonio, pero no ayudo en nada tratando de evitarla. En todo caso, parece que la estoy haciendo sentir incómoda y no dudo que comience a sentir que no es bienvenida donde estoy yo. Tengo que arreglar las cosas.

Se dirige a su cafetera y desde aquí puedo ver por completo su trasero. En parte esta es la razón por la que me he alejado de ella toda la semana. Tenerla aquí en mi casa hace imposible que ignore lo tremendamente hermosa que es. Tan solo verla en esos camisones tan sexys que usa para dormir hace que pierda la cabeza. Tengo miedo de hacer o decir algo inapropiado. Estamos tratando de navegar en esta tormenta de estar casados cuando solo somos buenos amigos y no sé realmente cómo afrontarlo.

—¿Ares? —La miro con una sonrisa forzada—. Te pregunté si querías otra taza de café…

Niego con la cabeza y señalo el refrigerador con la cabeza.

—No, gracias. En el refrigerador hay un desayuno ya preparado. Donna me dijo que no has estado comiendo mucho. ¿No te gusta la comida que te preparan?

Ella se tensa por un momento y sacude la cabeza.

—No, no es eso… Es solo que… no puedo comer mucho, Ares. Soy modelo, ¿recuerdas?

Me alejo de la barra de la cocina y me acerco a ella, la tomo de la cintura con ambas manos.

—Rave, sí puedes comer un poco más. ¿Sabes?, aun así seguirás siendo la mujer más sexy del mundo.

Abre los ojos y sonríe con travesura.

—¿De verdad?

Me muerdo un labio cuando entiendo lo que acabo de decir. ¿Qué me pasa? Esto es exactamente lo que me preocupa. Nunca había tenido problemas para suprimir mis pensamientos sobre ella, así que ¿qué cambió?

La suelto y me alejo, pero ella se acerca y me toma de la corbata.

—¿Podríamos parar? —pregunta casi como si implorara.

—¿Parar qué?

—Esto —susurra—. Andar bailoteando cuando estamos a solas, para evitarnos. Llevamos una semana casados y casi no te he visto, mucho menos hablado contigo. ¿Por qué siento que perdí a uno de mis amigos más cercanos?

Sus palabras me toman por sorpresa. Me acerco a ella y le acaricio la mejilla con el dorso de la mano.

—Rave —murmuro—, yo solo... pensé que lo mejor sería darte tu espacio. Los últimos días han sido demasiado para los dos. Me preocupaba incomodarte e invadir demasiado tu espacio personal, no quería abrumarte.

No es la verdad por completo, pero es lo más que puedo darle en estos momentos.

—Pues sí. Sí me estás haciendo sentir incómoda al mantener tu distancia. Es extraño y lo odio. Siempre hemos sido amigos, Ares. ¿Por qué eso tiene que cambiar? ¿No se supone que el matrimonio nos acercaría más? ¿En verdad detestas tanto estar casado conmigo?

En sus ojos destella un atisbo de dolor y eso me revuelve las entrañas. Carajo.

—¿Qué? No, Raven, ¿qué diablos?

La tomo de la cintura otra vez y fácilmente la levanto sobre la barra de la cocina. Ella abre los ojos y pone sus manos en mi pecho.

Me acerco más, me paro entre sus piernas sin saber qué decirle, pero tampoco puedo resistirme a esta necesidad de consolarla.

—Es que me siento culpable, Rave. Estoy furioso con Hannah y conmigo mismo por haberte hecho esto. Carajo, yo solo... —¿Cómo le explico que me está costando mucho aceptar que la vida que planeé con tanto cuidado acaba de esfumarse por completo? ¿Cómo le digo que mi mente es un desastre y que no puedo entender por qué no estoy más molesto por cómo las cosas terminaron entre Hannah y yo? Debería tener el corazón partido, pero con más frecuencia de la que hubiera pensado no es en Hannah en quien pienso, sino en ella. Quiero darle su lugar, pero no sé cómo hacerlo. No quiero cortarle las alas y no puedo soportar que su sonrisa se apague. No quiero que sienta que está atrapada en este matrimonio conmigo, me aterra que termine resentida conmigo por forzarla a esto.

Ella respira entrecortadamente y me mira a los ojos.

—Nunca seré ella —dice en voz baja—. Lo sé, Ares. Sé que no soy la mujer con la que quieres despertar. Sé que no soportas tenerme en tu cama en las noches, lo entiendo. Sé que estás sufriendo, Ares. Pero, por favor… por favor, no te alejes de mí. Si pedirte que me trates como tu esposa es demasiado, entonces todo lo que te pediré es tu amistad. Te extraño, Ares. ¿Qué hago? ¿Cómo hago que mi presencia sea más tolerable para ti?

—¿Tolerable? —repito, confundido—. Con un carajo, Cupcake. —Pego mi frente a la de ella y respiro profundamente. Siempre ha olido a panquecitos de vainilla y a sol, muchas cosas han cambiado a lo largo de los años, pero no esto—. No eres tú, nena. Tu presencia en mi casa no me hace sentir incómodo para nada, es todo lo contrario: me preocupa que sea incómodo para ti que estés cerca de mí. Voy a ser sincero, Rave: me está costando mucho asimilar todo lo que pasó. Es difícil creer que eres mi esposa y no puedo descifrar lo que significa para nosotros.

Me sonríe con tanta dulzura que el corazón me da un vuelco.

—Pero, ¿acaso no acordamos que no tenemos que descifrarlo enseguida? Lo que sí puedo decirte es que no hay otro lugar en el que preferiría estar. No hay nada que puedas hacer para sentirme incómoda, pero si lo haces, simplemente te lo digo y ya. —Se lleva un dedo a los labios—. Estos hacen un excelente trabajo cuando se trata de quejarse. No soy una mujer dócil a la que necesitas proteger, Ares. No estaría aquí si no hubiera decidido casarme contigo.

Mi mirada se dirige a sus labios y trago saliva con mucho trabajo. Mierda. El día de nuestra boda su sabor fue tan genial que desde entonces quiero volver a probarla. ¿Cómo reaccionaría si le dijera que he sido un maldito desastre porque la deseo y sueño con ella cada maldita noche?

—Entiendo lo que dices —susurro—. A partir de ahora me voy a portar mejor.

Asiente.

—Nada de seguir evitándome, ¿okey?

—Te lo prometo.

Veintiocho

Raven

Cuando termino de estacionarme frente a la casa de Ares, me quedo viendo cómo suena el teléfono, con el corazón apesadumbrado. Tengo una sensación extraña de querer tener esperanzas de algo, pero que sé que no debo. ¿Qué es? ¿Tiene nombre? No es esperanza, más bien es un anhelo.

Quisiera tener las fuerzas para tener la seguridad de que mi madre me está llamando tan solo porque me extraña. Se me escapa un suspiro, tomo el bolso y salgo del auto. Rechazo la llamada por quinta vez, pero eso no la detiene. Mi teléfono vuelve a sonar y me preparo para contestar al fin.

—¿Mamá? —Presiono el dedo en el escáner y la puerta de la entrada se abre.

—Raven, llevo más de una hora llamándote. —Se oye irritada y el extraño dolor que siento crece—. ¿Por qué no me contestabas?

Pongo el teléfono en altavoz para quitarme el abrigo.

—Estaba en una sesión de fotos que se prolongó porque sin importar lo que yo hiciera, el fotógrafo no estaba satisfecho con las tomas. Estoy exhausta, mamá. Me fui directo a casa, así que la mayoría de tus llamadas entraron mientras manejaba.

—Raven, ¿qué no tu auto tiene la función de manos libres? Por Dios, seguramente no es muy difícil de activar, ¿o sí?

Me muerdo un labio con fuerza en un intento por contener una mala contestación. No tiene caso discutir con ella. La más afectada sería yo y no tengo la energía para alterarme innecesariamente.

—¿De dónde me llamas, mamá?

Vacila un momento.

—Hannah ha estado muy alterada toda la semana. No ha salido de su departamento y cada vez que voy a verla está llorando. No sé qué hacer, Rave. ¿Crees que podrías hablar con ella? Le pregunté si ha hablado contigo y me dijo que no la has llamado ni una vez. ¿Por qué, Raven? Sabes lo sensible que es y lo mucho que nos necesita ahora.

Me quedo viendo mi teléfono un momento, luego me agacho para quitarme los zapatos y tomarme un momento. Ella se portó tan diferente conmigo el día de la boda, que tenía la esperanza de que durara, de que al fin se diera cuenta de que la manera en que me ha tratado es injusta. Debí saberlo: en el momento en que Hannah se aparece, se le olvida cualquier promesa que me haya hecho. Siempre es así con todos.

—Mamá —digo con cautela—, la única razón por la que me casé con Ares es porque ella no quiso hacerlo. No sé bien qué quieres de mí. En cuestión de días, perdí todo. Tuve que dejar mi departamento, el hogar que yo construí y amaba, para mudarme con alguien que no me quiere aquí. ¿Cómo crees que me siento? ¿Cómo crees que se siente estar casada con alguien que me evita porque verme le recuerda a la mujer que preferiría tener a su lado? ¿No crees que Hannah me debe una disculpa por obligarme a hacerme responsable por su egoísmo? No me pidas que la llame y la consuele, porque este desastre en el que ambas estamos atrapadas es culpa de ella.

—Eres una niñita egoísta —me grita—. Nunca vas a cambiar, ¿verdad? Nunca serás el adulto en la situación, ¿o sí? ¿No te das cuenta de que esto va a arruinar tu relación con tu hermana? Hannah no te va a buscar porque tiene el corazón roto y nunca ha sido buena para expresarnos su dolor. Tú sabes perfectamente bien por qué, Raven. Es el resultado de años y años de estar enferma, de sentir que es una carga. No estoy diciendo que tenga la razón, pero tú tampoco la tienes. Ambas sabemos que tu matrimonio con Ares es temporal, entonces, ¿por qué no la consuelas? ¿Te vas a morir por tomar el teléfono y darle consuelo?

—¿Y ella se va a morir por hacer lo mismo?

Mamá suspira.

—Estoy tan decepcionada de ti, Raven. No entiendo cómo es que las dos son mis hijas y al mismo tiempo son tan diferentes. Desearía que fueras más como tu hermana.

Me río sin humor.

—Bueno, únete al club, mamá. Todos desearían que yo fuera Hannah, pero no lo soy, nunca seré ella. —Me paso una mano por el cabello y miro al techo.

—No —concuerda—, nunca serás ella, pero al menos podrías tratar de ser la mitad de la mujer que es. Llama a tu hermana, Raven.

Me cuelga y me muerdo un labio con fuerza en un intento por contener las lágrimas, pero aun así se me salen.

Cada vez que hablo con ella termino sintiéndome como una hija terrible. Debería ceder y hacer lo que me pide, pero sé que yo me odiaría aún más si lo hiciera.

—Raven.

Volteo y Ares está apoyado en la puerta con los brazos cruzados. Por la manera en que me mira, ha estado ahí un buen rato. Suspiro y cierro los ojos un momento mientras la mortificación me invade.

—Cupcake —dice con suavidad.

—No quiero tu lástima. —Lo miro con furia y me doy cuenta de que trae sus pants grises y una camiseta blanca que deja ver sus musculosos brazos. Tan solo verlo me duele. Odio desearlo. Odio que soy su esposa y al mismo tiempo la última persona que quisiera ver—. ¿O no es lástima lo que me estás ofreciendo? Déjame adivinar, tú también crees que debería llamar a tu preciada Hannah, ¿verdad?

Se aparta de la pared y camina hacia mí, pero levanto una mano y niego con la cabeza.

—Olvídalo. Lo que sea, no quiero oírlo.

Me paso de largo por donde está, pero me toma de la muñeca y me detiene.

—Cupcake, lo único que quería era preguntarte si tuviste tiempo de comer hoy. ¿Te caliento algo?

Parpadeo, sorprendida y niego con la cabeza.

—No —le digo, bajando los hombros—. Gracias, Ares, pero solo quiero… hoy me voy a dormir temprano.

Zafo mi muñeca de su agarre y me escapo hasta nuestra recámara, con el corazón mortificado. Hoy es la primera noche que llega antes que yo y no dudo que es por nuestra conversación de la mañana. Le pedí que dejara de evitarme y heme aquí, huyendo.

Me meto al baño. Me cuesta trabajo respirar. Debería alegrarme que Ares esté aquí en casa para estar conmigo al fin, pero en este momento quisiera que no fuera así. La agonía me recorre el cuerpo hasta que se me cierra la garganta. Se me salen unas lágrimas calientes y comienzo a desvestirme, apenas puedo guardar la compostura. Hago mi mejor esfuerzo por calmarme con respiraciones, para contener mis sollozos, pero en cuanto el agua de la regadera cae contra mi piel, no puedo contenerme más.

No es solo mi madre y el dolor que continuamente me ocasiona, también es todo lo demás. ¿Por qué haga lo que haga nunca soy suficiente?

El sonido de la regadera ahoga mis sollozos y me apoyo contra el muro para permitirme sentir cada momento de agonía que trato de ocultar.

Por lo general, lo único en lo que voy bien es en mi trabajo, pero no hoy. Tuvieron que volver a tomar las fotos una y otra vez porque mi expresión no era la correcta, y encima está el problema de que no consigo los materiales para mis próximos diseños. Mi día ya era horrible antes de que me llamara mi mamá pero, sin duda, ella terminó por empeorar todo. ¿Realmente pido demasiado al desear que mi madre me consuele en un día pesado en vez de que me pida que consuele a mi hermana?

¿Por qué no puedo ser la prioridad de nadie más? ¿Por qué soy tan poco merecedora de eso? ¿Por qué no puedo estar a la altura de Hannah a ojos de mis padres ni a ojos de Ares? ¿Qué es lo que ella tiene que yo nunca tendré? ¿Por qué lo mejor de mí nunca es suficiente?

Una terrible sensación de fracaso me abruma; me cuesta respirar más allá de mis sollozos y trato de contener el llanto. Tal vez me casé con Ares, pero él apenas soporta estar conmigo. Soy su esposa, pero el precio de ese título fue nuestra amistad… y estoy más que segura de que me va a costar mucho más que eso a largo plazo. Me costará mi de por sí mala relación con Hannah y con mis padres.

Veintinueve

Ares

Tenso la quijada al oír los sollozos de mi esposa a través de la puerta del baño. Está tratando con todas sus fuerzas no hacer ruido y eso me mata. No tengo duda de que soy una de las fuentes de su dolor y no sé cómo arreglarlo.

Cierra la regadera y me alejo. Me voy hacia nuestra cama, me meto y agarro el teléfono, sin estar seguro de cómo actuar. Por un momento, considero mandarle un mensaje a mi hermana y pedirle que venga, pero luego recapacito. Si necesitara a Sierra, ella misma habría ido a su casa, ¿no?

Raven sale con una camiseta inmensa en vez de uno de sus camisones sexys a los que ya me acostumbré. Y, sin embargo, de alguna manera se ve más irresistible que nunca. Se detiene cuando me ve sentado en la cama y de inmediato desvía la mirada, sin duda con la esperanza de que no me diera cuenta de lo rojo que están sus hermosos ojos.

Me obligo a apartar la mirada y a fingir que estoy concentrado en algo de mi teléfono. No sé cómo confrontarla. Quiero apoyarla, pero no quiero presionarla ni inmiscuirme si no es lo que necesita.

Raven permanece callada mientras se mete a la cama. Esperaba que dijera algo, lo que fuera, pero solo me da la espalda y se hace ovillo en la cama, con la respiración todavía entrecortada.

La observo por un momento, noto cómo sus manos pequeñas se aferran a la colcha y el sonido de su respiración superficial. Se escucha como si fuera a romper en llanto, de nuevo, en cualquier momento, pero que está intentando con todas sus fuerzas no hacerlo. Esta noche, más que nunca, desearía ser la persona en la que se apoya, daría el mundo entero con tal de ser a quien acude cuando su corazón está adolorido, cuando busca consuelo.

Respiro profundamente, luego abro la app que controla todo en la casa. No estoy seguro de si debo atenuar las luces o apagarlas por completo. ¿Qué es lo que ella quiere? A juzgar por cómo se escondió durante su baño, sospecho que lo que quiere es oscuridad.

Se apagan las luces y me acuesto junto a ella, no tengo idea de qué hacer. Solo han pasado unos días desde que nos casamos; sin embargo, he visto tantas facetas suyas que nunca supe que existían. Antes, siempre se comportó conmigo de una manera muy dulce y relajada, pero ahora veo que en ella hay fuerza y debilidad que no había notado, y eso solo la hace más hermosa. No es para nada como las otras mujeres que he conocido. Esos pequeños hombros cargan un montón de cosas, y muy pocas son suyas.

Me volteo hacia ella e imito su postura, aunque manteniendo un poco de distancia entre nosotros.

—Rave —susurro. Ella se tensa, pero no responde. En vez de eso, se aferra más a la colcha. Carajo. Me mata saber que se siente mal y que no puedo arreglarlo. Lo que le acaba de decir a su mamá… mierda. No tenía idea de que yo la hacía sentir tan poco deseada. Tal vez no pueda arreglar la relación con su madre, pero tampoco quiero que se sienta insegura en nuestro matrimonio. El hecho de que se sienta así implica que yo le he fallado como esposo.

Me estiro para poner una mano en su brazo. Ella inhala y por un momento siento que se va a alejar de mí, pero luego se voltea para verme.

—Ares —dice con voz afligida y los ojos llenos de lágrimas—, me… ¿me darías un abrazo?

Mierda. El dolor en su voz me desgarra, me rompe el corazón. La acerco para darle un abrazo más apretado de lo que hubiera querido, una mano la envuelve por debajo mientras que la otra la abraza por arriba. Le doy un abrazo apretado, con su cuerpo pegado al mío.

Ella se acurruca en mí, su nariz contra mi cuello; inhala superficialmente y me envuelve con un brazo. Su tacto es cauteloso, vacilante, como si temiera pedir demasiado. Es mi esposa; sin embargo, duda pedirme un abrazo. ¿Qué tan incómoda la he hecho sentir?

—Jamás tienes que volver a preguntarme —susurro mientras meto una mano por su cabello y sigo abrazándola con fuerza. Ella se aferra a mí de tal manera que me descubro haciendo lo mismo. Se acopla conmigo tan perfectamente que es irreal. Su respiración es entrecortada, como si estuviera conteniendo las lágrimas. Dejo que mis dedos le recorran la espalda, lentamente, como para consolarla.

—¿Estás bien, Cupcake?

Ella niega con la cabeza y cierra el puño agarrando la parte de atrás de mi camiseta.

—Creo que no. —Se oye tan herida que la rabia me ciega por un momento. Haber escuchado la conversación con su madre sin interferir es una de las cosas más difíciles que he tenido que hacer. Tengo tantas ganas de destruir cada una de las cosas que la lastimen, pero no puedo hacer nada cuando se trata de su madre.

—Cuéntame, nena. Dime qué está pasando por esa hermosa cabeza tuya.

Ella arrastra la nariz por mi garganta y se mueve dentro de mi abrazo, por lo que sus senos están aún más pegados contra mí. Tengo que hacer uso de todas mis fuerzas para mantener la atención lejos de cómo se siente su cuerpo contra el mío.

—Es que, es demasiado, Ares. Me siento… me siento tan poco deseada, tan poco querida…. Siento que soy un fracaso, que haga lo que haga, nunca voy a ser la persona que los demás quieren que sea. Incluso mi trabajo fue una pesadilla hoy y yo solo… ¿Cómo es que he fracasado tanto? Una cosa es fracasar en todo lo demás, pero mi carrera es mi escape. No sé… es solo que hoy realmente necesitaba ganar en algo, aunque fuera en una cosa.

Inhala entrecortadamente, como si contuviera las lágrimas una vez más. No sé con qué fotógrafo trabajó hoy, pero nunca más trabajará con él. De hecho, él nunca más volverá a trabajar, no en esta industria. Por su bien, espero que disfrute fotografiar la naturaleza salvaje, porque esa es la única ruta que le dejaré abierta.

—Y luego están tú y mi mamá. Ambos quieren que sea algo que no soy, alguien que no soy, y me duele. No me malinterpretes, no te estoy culpando, porque te entiendo, en serio, pero…

—No —la interrumpo—, no lo entiendes, Raven. —La tomo con fuerza y la volteo para que quede de espaldas y yo encima de ella. Abre los ojos al máximo cuando me apoyo sobre mis antebrazos para poder mirarla. Por un momento, en sus ojos veo un destello que reconozco: soledad, anhelo. Esos son sentimientos que conozco demasiado bien, y jamás desearé que ella los sienta cuando está conmigo.

—No necesito que seas algo o alguien más. Jamás. Eres mi esposa, Raven. Tú. Nadie más. No necesitas compararte con nadie más ni estar a la altura de nadie más, porque, te des cuenta o no, ya rebasas cualquier estándar que alguien te haya impuesto. Solo porque ellos no quieran o no puedan reconocerlo, no quiere decir que eres algo menos que increíble. Eres perfecta tal como eres. Y no, no lo digo para consolarte, sino porque es la verdad. Tienes un sentido de la lealtad tan fuerte que te casaste conmigo y sacrificaste el futuro que habías vislumbrado para ti. Eres hermosa e inteligente, muy inteligente. ¿Cuántas mujeres conoces que tienen una carrera de modelaje de tiempo completo y un negocio próspero? Al carajo con quien no logre ver lo valiosa que eres, Rave. Dales a todos por el culo.

—¿Incluyéndote a ti?

Parpadeo, sorprendido, y no puedo evitar sonreír ligeramente, además de que mi pene se contorsiona al oír sus palabras.

—Sí —susurro con una sonrisa maliciosa en el rostro—. A mí también dame por el culo.

Ella se muerde un labio y parece que su mortificación cede para dar paso a algo que se parece bastante a la lujuria. Mierda. Pego mi frente con la suya en un intento para regresar al punto de la conversación, pero tener mis labios tan cerca de los de ella no ayuda. Esta química entre nosotros... siempre ha estado ahí, pero ahora es imposible escapar de ella.

—Ya, en serio, Rave... Lamento ser yo una de las razones por las que hoy estás tan alterada. De verdad lo lamento como no tienes idea. —Hago una pausa y respiro profundamente, con lo cual percibo ese aroma tan suyo a panquecitos de vainilla, que me pone el corazón a toda marcha—. Te quiero aquí, Raven. No hay nadie más a quien preferiría tener en mi cama. Solo tú y nadie más. Tal vez no me creas, pero es la verdad. Desde el momento en que me casé contigo eres merecedora de mi lealtad en todos los sentidos, incluso de pensamiento. No hay nadie más en mi cabeza más que tú. Cuando te miro, todo lo que veo es a mi esposa. Nada más. Nadie más. No hay espacio para nadie más que tú, tanto en mi mente como en mi corazón. Tal vez esto te suene a puras mentiras o como un muy mal intento de consolarte, y lo entiendo, pero, nena, con el tiempo te darás cuenta de que es la verdad.

Me muevo, aún encima de ella, para que mis labios rocen su frente y darle un beso de lo más tierno y puro.

—Jamás quise hacerte sentir poco querida, porque no es así. ¿Tienes idea de lo mucho que significa que elegiste casarte conmigo? Pudiste rehusarte y dejarme solo lidiando con las consecuencias, pero no fue así. Estuviste conmigo cuando más te necesité, Rave, y vaya que hice un trabajo de mierda en agradecértelo, pero voy a mejorar, ¿sí? Es solo que… esto también ha sido difícil para mí, y fui muy tonto por creer que sabía lo que tú necesitabas. Estoy aprendiendo por las malas que solo conocía una pequeña parte de ti, y tal vez me tome un poco más de tiempo descubrir el resto. ¿Podrías darme eso, Rave? ¿Un poco de tiempo para conocerte mejor? ¿Podrías perdonarme por cagarla tanto?

Mete las manos entre mi cabello y trago saliva con mucho trabajo. Me mira de una manera tan… Sí, mi corazón está a todo galope, como nunca. Hay tanta confianza y esperanza en su expresión y eso me llena de ganas de querer regalarle el mundo entero. No quiero decepcionarla nunca y, a partir de ahora, no lo haré. Nunca he sentido algo tan… intenso. La deseo con desesperación, pero mi corazón también está metido en esto. Mi necesidad por ella trasciende lo físico; es algo que nunca había experimentado.

—Te voy a dar ese tiempo —susurra—, con una condición. Hazle honor a mi petición, Ares. Sin asumir, sin pensar de más. Por favor, Ares, por favor, comunícate conmigo. ¿Sabes lo difícil que fue para mí admitir cómo me he estado sintiendo? Es que… toda la semana he sentido como si te estuviera perdiendo y yo… no quiero estar adivinando. Por favor, no me hagas esto.

Inclino la cabeza y le doy otro beso tierno en la mejilla, justo en la orilla de su labio.

—Perdóname —le digo mientras me apoyo en los antebrazos para verla a los ojos—. Te prometo que a partir de ahora me voy a comunicar contigo, por muy difícil que sea. Es solo que… estoy tan acostumbrado a esos malditos juegos mentales que esto... esto es nuevo para mí, Rave.

Ella coloca ambas manos en mi mentón.

—Mientras tú seas honesto conmigo, yo te doy el tiempo que quieras. ¿Te parece?

Asiento, con el corazón a toda velocidad. Creo que nunca había tenido un momento que se sintiera tan real. Con nadie. Claro que, durante años, la única que ha sido capaz de hacer que pierda toda mi paciencia es la mujer que está debajo de mí: mi esposa.

—Sí, te prometo que sí.

Me sonríe con tanta dulzura que el corazón me da un vuelco.

—Entonces, dame un momento de sinceridad, Ares. Dime algo que nadie más sepa de ti. Dame algo de ti que nadie más tiene.

Las orillas de mis labios forman una sonrisa tierna.

—Ya tienes mi apellido, Raven. Es lo único que no le voy a dar a nadie más.

—¿Nunca?

Niego con la cabeza y la tomo con fuerza para rodar juntos y yo quedar de espaldas. Ella se reacomoda y termina con la cabeza en mi pecho y una pierna por encima de mi cadera; su muslo interno me está rozando el pene como provocándome. ¿Se dará cuenta de lo duro que me lo pone?

—Nunca —le prometo. En el momento en que me casé con ella, sabía que lo mío con Hannah se había terminado. Nunca debí contemplar la idea de divorciarme de Raven a los tres años de casados, no a menos que ella me lo pida. Yo no soy así y ella se merece algo mejor.

Me mira y sonríe, y entonces algo que sucede en mí. No sé cómo explicarlo, pero estoy seguro de que siempre recordaré la manera en que me está mirando en estos momentos.

—¿Te sientes mejor, Cupcake?

Ella asiente y la abrazo con fuerza, le sobo la espalda hasta que su respiración se regulariza. Me quedo mirando el techo, mil pensamientos revolotean en mi cabeza, hasta que Raven se queda dormida en mis brazos. No puedo creer que había estado alejándome de ella cuando pude tener esto todo el tiempo. Una noche con ella y creo que ya me hice adicto.

Treinta

Ares

Me quedo mirando el edificio donde está la oficina de Raven, pensando cuándo fue la última vez que estuve aquí. Vine a recogerla porque necesitaba un regalo de cumpleaños para Hannah y porque había estado más distante de lo normal. Tal vez sea una fantasía mía, pero ¿sería que se comportaba así porque no quería que me casara con su hermana? Sacudo la cabeza y me paso una mano por el cabello, luego entro. Últimamente, mi cabeza es un desastre. Tal vez sea disonancia cognitiva, una forma de convencerme de que realmente había algo entre Raven y yo… o tal vez mis sospechas sí tengan algo de cierto.

La señora de la recepción se levanta cuando me ve entrar y abre los ojos.

—Señor Windsor —dice, sorprendida.

—Hola. Perdón por entrar sin anunciarme, ¿podría decirme dónde encuentro a mi esposa?

Ella sonríe y señala una de las puertas.

—Raven está en su oficina.

Asiento en señal de agradecimiento y abro la puerta de la oficina de Raven, pero mi sonrisa se derrite cuando veo lo que está pasando: mi adorada esposa está parada en la ventana, su rostro a unos centímetros del de Diego Massimo, un famoso diseñador de modas que es demasiado malditamente guapo para su propia seguridad.

¿Qué carajos está pasando aquí? ¿Por qué está tan cerca de ella? Me invade un sentimiento de violencia pura cuando él voltea a verme. Raven tiene las manos en su camisa y cuando me ve da un paso atrás, como para poner distancia entre ellos.

—¿Ares? —se oye conmocionada, como si estuviera interrumpiendo algo. Y entonces los celos me carcomen el estómago.

Aprieto los dientes y me acerco a ella. Le rodeo la cintura con un brazo y la acerco a mí bruscamente. Ella abre los ojos al máximo y yo le sonrío, a pesar de la rabia que siento, y con la mano que tengo libre le acaricio el cabello.

—Cupcake —le digo, entre dientes.

Ella me mira, sus ojos están llenos de preguntas.

—¿Qué haces aquí? —Su voz es suave, pero tiene cierto tono de confusión. Pensé que estaría feliz de verme pero, claramente no. Tal vez no sea el único que aún tiene velitas prendidas del pasado.

Le sonrío sin gracia y aprieto la mano que tengo en su cabello, me inclino hacia ella, y mi nariz roza la suya.

—¿Por qué? ¿No puedo darle una sorpresa a mi esposa en su trabajo? —pregunto, con el volumen suficiente para que Massimo me escuche llamándola «mi esposa». Luego me inclino más y rozo mis labios con los de ella. Raven respira jalando aire y yo atrapo su labio inferior con mis dientes, lo chupo y luego inclino la cabeza para besarla por completo. Ella se derrite y se pega a mí, mientras mi lengua roza sus labios y los abre para mí. Diablos, creo que nunca me voy a cansar de besarla, de reclamarla como mía. Raven me abraza el cuello y se para de puntitas; sonrío contra sus labios y me separo un poco para verla a la cara.

Es muy ruin de mi parte reclamarla así frente a Diego, pero me importa un carajo; sobre todo cuando ella me sonríe justo como ahora.

—Definitivamente es una sorpresa agradable —comenta. Me alivia oír sus palabras y que en sus ojos no haya preocupación o culpa. No me tocaría así si hubiera algo entre ellos.

Ella mira a Diego y se aparta un poco, pero yo mantengo mi brazo rodeando su cintura, porque me rehúso a soltarla.

—Él es mi esposo, Ares Windsor —le dice.

Reconozco el disgusto en los ojos de este hombre cuando se nos queda viendo. Quiere con mi esposa, sin duda.

—Supongo que entonces los rumores son ciertos —comenta y en su voz se nota un poco de decepción.

Raven sonríe y me mira. Desde hace semanas no la veía sonreír así.

—Diego y yo estamos colaborando en una nueva línea de moda, y estoy muy emocionada porque estamos diseñando algunas piezas juntos.

Asiento y le quito un mechón de la cara, invadido por una intensa necesidad de marcarla como mía de alguna manera. No quiero que haya ninguna ambigüedad cuando esté con otros hombres. Quiero dejar muy claro que es mía, pero no entiendo por qué, nunca he sido un hombre posesivo.

—Ya quiero ver tus diseños, Cupcake. Sin duda estarán fenomenales —afirmo.

Ella me sonríe alegre y yo le devuelvo la sonrisa, entonces mis miedos irracionales se tranquilizan. Parece que no se da cuenta de lo que Diego siente por ella y me alegra.

—Rave, necesito un poco de tu tiempo. Traje mi laptop para esperar en lo que terminas de trabajar.

Sus ojos se abren como platos.

—¡Ah! Bueno, de hecho, ya casi termino. Puedo hacer el resto de mi trabajo desde casa. —Se voltea hacia Diego y le sonríe mientras se aleja de mí—. Voy a terminar las revisiones que comentamos hoy y te las envío más tarde.

Él pasa la mirada de mí a ella, y asiente con renuencia. No tengo duda de que planeaba invitarla a cenar después de esta junta que tuvieron, pero eso no va a suceder mientras yo esté aquí para vigilarlo.

—Entonces, nos vemos pronto, hermosa —dice, se despide de mí con un educado gesto de la cabeza, y sale. Volteo hacia Raven en cuanto se cierra la puerta, apenas logro contener mi molestia.

—¿Por qué estaba parado tan cerca de ti? —pregunto con furia.

En sus ojos hay algo que me dice que lo sabe, pero sonríe con mucha maldita dulzura.

—Le estaba acomodando la corbata.

—No vuelvas a hacerlo —le digo con la mandíbula trabada—. El único hombre al que tocas soy yo.

Sus ojos se abren al máximo y, por un momento, siento que me va a mandar al diablo, pero en vez de eso, sonríe.

—Conque eso quieres, Ares. —Entonces sus manos se van hacia mi corbata y juguetea con ella, me la acomoda—. ¿Y qué si tengo necesidades que tú no puedes cubrir?

Me recorre una necesidad de violencia pura tan solo de imaginarla con otro hombre. Mis manos la toman de la cintura y la levanto. Se le escapa un gemido cuando la siento en la orilla de su escritorio y le abro las piernas para pararme entre ellas. La falda que trae puesta se le sube hasta los muslos y logro ver un poco de su ropa interior de un rojo brillante.

—Cupcake, no hay ninguna necesidad que yo no pueda cubrir —le prometo. Mis manos se bajan hacia sus muslos y la acerco hacia mí, para dejar que sienta cómo se me está poniendo duro el pene—. Tú no vas a recurrir a nadie sino a mí, ¿entendido? Si quieres sexo, te lo daré. Te voy a coger aquí en este mismísimo escritorio si quieres. Ni se te ocurra soñar siquiera con estar con alguien más. ¿Te quedó claro?

Ella alza la vista para verme a los ojos y asiente. En sus ojos veo un sentimiento que no logro identificar. Nunca me había mirado así. Tal vez esa noche cuando se emborrachó no fue coincidencia; tal vez una parte de ella sí me desea.

Y entonces me vienen a la cabeza imágenes de ella debajo de mí, su vagina envolviéndome el pene, su calor y tenerla pegada a mí volviéndome loco. Tal vez mis sueños podrían volverse realidad después de todo. Nunca me atrevía a fantasear así con ella, pero ahora es mi esposa…

Raven se aclara la garganta, tiene las mejillas sonrojadas y desvía la mirada, avergonzada. Veo que se siente insegura y duda, pero no puedo entender bien por qué. ¿No se da cuenta de cómo se me para al estar con ella? Es imposible que no se dé cuenta del efecto que tiene en mí.

Ahora más que nunca quiero que sepa que es la única en mi mente. Constantemente recuerdo las palabras que se le escaparon cuando estaba al teléfono con su madre, y cada vez que reverberan en mi mente, me hierve la maldita sangre. Necesito que Raven sepa que apenas puedo pensar con claridad cuando la miro, que pensar en alguien más cuando ella está cerca es casi imposible, pero ¿cómo hago que se dé cuenta de esto?

—¿Para qué viniste a verme? —pregunta, con voz temblorosa.

La suelto y me obligo a calmar mis pensamientos.

—Hay un lugar al que quiero llevarte. Supongo que es una sorpresa —le digo con voz calmada.

—¿Adónde?

—Ya verás. —Y le ofrezco una mano, ella la toma con vacilación.

Durante el camino al auto, Raven permanece callada y yo me pregunto qué estará pensando. ¿Me pasé de la raya con lo que le dije hace un momento? Con un maldito carajo. ¿Por qué siempre pierdo la paciencia con ella? La idea de que se acueste con alguien más me nubla la vista y solo veo rojo, esto me tiene confundido. Con Hannah nunca me sucedió, me importaba muy poco cuántos hombres la desearan y simplemente lo consideré parte de su trabajo, pero no puedo hacer la misma distinción con Raven.

No logro entender por qué mi esposa me hace sentir así. Debería tener el corazón partido por la manera en que terminó la relación con Hannah, hasta debería estar un poco resentido por mi matrimonio con Raven, pero no es así y no sé bien por qué.

—¿Dónde estamos? —pregunta mientras me estaciono frente al edificio del que uno de mis amigos es dueño.

—Ya verás. Vamos. —Rodeo el auto para abrirle la puerta y ofrecerle una mano. Es extraño, porque Hannah y yo nunca anduvimos con las manos entrelazadas, siempre le daba miedo que nos fotografiaran así. Sin embargo, con Raven no acepto un no como respuesta. Es algo muy simple, pero necesito que nos tomemos de la mano cuando estamos juntos.

Raven entrelaza los dedos con los míos y sonrío para mí cuando entramos.

—Quiero que sepas que tengo toda la intención de cumplir las promesas que te hice, Rave. Me dijiste que mi casa no se siente como nuestra y tienes razón. Así que, lo vamos a resolver, ¿sí?

Me mira a los ojos, sorprendida, cuando se da cuenta de adónde la traje.

—Castello Designs —exclama. Sonrío cuando mis amigos Selena y Damien llegan a recibirnos. Ellos son un matrimonio que ha hecho equipo para realizar la mejor arquitectura y el mejor diseño de interiores que he visto. Los ojos de Selena bajan hacia nuestras manos entrelazadas y sonríe.

—Pero si son nada más y nada menos que el señor y la señora Windsor —dice, sonriendo de oreja a oreja—. Es un honor que nos hayan elegido para diseñar su casa.

Raven voltea a mí con mirada dubitativa y yo le sonrío con confianza.

—Son amigos míos, así que les dije lo nuestro antes de anunciarlo formalmente.

Mi esposa me sonríe y algo en su sonrisa me enciende el corazón. Desde que nos casamos no pensé que la vería tan remotamente feliz como ahora, y la culpa solo la tengo yo. Tengo que mejorar las cosas.

—Selena, Damien, les presento a mi esposa: Raven Windsor.

«Raven Windsor». Me encanta cómo se escucha su nombre de pila con mi apellido. Es algo extraño de disfrutar, pero me encanta decirlo.

Pensé que Selena trataría a Raven con la misma frialdad con la que siempre trató a Hannah, pero para nada debí preocuparme.

Se rehusaron a trabajar con Hannah y, aunque pude presionarlos para que cedieran, nunca lo hice. Hace unos días, cuando los llamé, no tenía ninguna esperanza de que quisieran trabajar con Raven pero, para mi gran sorpresa, estaban más que felices de hacerlo. No estoy seguro de qué los hizo cambiar de opinión, pero sospecho que tuvo todo que ver con Raven. Lo más raro es que no creo que se conocieran de antes.

Selena se lleva a Raven para discutir los planes de la remodelación, mientras que Damien me da unas palmadas en la espalda con mirada de complicidad.

—Nosotros nos encargamos —me promete—. Vamos a hacerle una casa tan linda que nunca querrá irse.

Le sonrío y asiento. Eso es lo que espero con todas mis malditas fuerzas. Raven se merece el mundo.

Treinta y uno

Ares

Hannah: Ares, te extraño. ¿Cuánto tiempo más vas a ignorar mis mensajes? Dijiste que podíamos ser amigos, pero ahora ni siquiera me hablas.

Hannah: Me dieron el protagónico de ***Starts That Shine***. Sé que tú tuviste que ver con esto. Sé que aún te importo, Ares. Te prometo que voy a respetar tus límites. Sé lo que piensas del matrimonio, lo sé mejor que nadie. Pero ¿es tan malo quererte en mi vida? ¿Es tan malo que piense que tú quieres lo mismo?

Me ha mandado mensajes de texto todos los días desde que cenamos juntos, pero aún no le contesto. Me siento extrañamente conflictuado. Por un lado, estoy enojado con ella por dejarme en el altar, pero por otro, me siento aliviado. No debería, pero es lo que siento.

Se abre la puerta de la oficina que tengo en casa, apago el teléfono y lo pongo a un lado, aún sin responder los mensajes de Hannah. Raven entra con un *babydoll* rojo que les da rienda a mis más vergonzosas fantasías, intento con todas mis fuerzas apartar la mirada de su cuerpo, pero es una batalla que no logro ganar. La tela bien podría ser transparente de lo poco que le tapa. Incluso puedo ver un atisbo de sus pezones oscuros, y no estoy seguro de que traiga algo más por debajo. Me muerdo un labio cuando recuerdo la manera en que me miró cuando me dijo que no le gustaba usar ropa interior, con la vulva sobre mis muslos y sus ojos en los míos. ¿Qué habría pasado si hubiera cedido ante mi deseo aquella noche?

Trato de apartar la mirada, pero fracaso. Raven siempre ha sido pecaminosamente hermosa, pero verla vestida así me excita de una manera muy diferente. Esto es solo para mis ojos y me encanta, maldita sea.

—Mira esto —me dice y se sienta sobre el escritorio, lo cual hace que sus senos queden a la altura de mis ojos. Está tan malditamente cerca… ¿qué haría si en este momento yo le abriera las piernas justo encima de mi escritorio?

Me aclaro la garganta y echo un vistazo al sofá que me está mostrando.

—Me gusta este más oscuro —le digo mientras paso las demás opciones en la tableta.

Me sonríe.

—Esperaba que dijeras eso, porque también es mi favorito.

Levanto la vista, sorprendido.

—No tienes que pedirme mi opinión, ¿sabes?, puedes hacer lo que tú quieras.

Niega con la cabeza.

—No quiero hacer eso. De por sí siento que soy una intrusa en tu espacio.

Le tomo una mano tiernamente.

—No, Rave. No tienes por qué sentirte así, esta es tu casa ahora.

—Es nuestra —me corrige—. Te estoy pidiendo tu opinión porque quiero que a ti también te encante tu casa.

Asiento y entrelazo nuestros dedos. Diseñar nuestra casa juntos ha sido mucho más divertido de lo que esperaba. Realmente me hace sentir como si la estuviéramos haciendo nuestra, pero es algo agridulce, porque también significa que estoy eliminando todo lo relacionado con Hannah. Raven y yo no hemos hablado de ella últimamente, y espero que así sigamos. Resulta extraña la manera en que ella y yo intentamos existir en esta burbuja, en la que fingimos que yo no estuve comprometido con su hermana durante años, pero al menos por ahora parece que nos funciona.

—¿Ya terminaste de trabajar? —pregunta, echando un vistazo a mi laptop.

Asiento y la cierro.

—Sí, estoy exhausto.

Raven me mira la pijama y asiente.

—Vamos a la cama, entonces.

Me aprieta la mano y me jala, ambos estamos callados mientras nos dirigimos a la recámara. Día con día, Raven escribe experiencias por encima de cada recuerdo de mis vivencias con Hannah, hasta que un día, voy a ver hacia atrás y no encontraré nada más que Raven escrita por todas mis paredes.

Me suelta la mano y camina hacia su lado de la cama, con las mejillas rojas. Nos hemos metido a la cama juntos cada noche desde que se quedó dormida en mis brazos, pero aún es muy tímida al respecto. Es extraño, porque siempre nos habíamos sentido muy cómodos juntos.

Ambos estamos callados cuando nos acostamos. Volteo hacia ella sonriendo.

—¿Por qué estás tan nerviosa, Cupcake?

Ella suelta una risita y se voltea para vernos cara a cara.

—No estoy segura. Supongo que esto sigue siendo muy nuevo para nosotros.

Miro sus ojos fijamente, tratando de no bajar la mirada hacia sus senos.

—¿Tú crees?, te quedaste dormida entre mis brazos en el sofá no hace mucho.

Sus ojos se abren al máximo una fracción de segundo, pero enseguida se sonroja.

—¿Tienes que recordármelo? Estoy tan avergonzada por mi comportamiento de esa noche, Ares. Nunca dejaré de disculparme.

Estiro la mano para acariciarle con ternura una mejilla y volteo su rostro hacia el mío.

—No te disculpes —susurro—, no me importó, a pesar de lo que te dije en ese momento.

Ella asiente y cierra los ojos, como para volver a esconderse de mí. Esta vez, se lo permito.

—Esto no está tan mal, ¿verdad? —susurra luego de un rato—. Esa noche me dijiste que nunca me desearías, y lo sé. Sé que nunca seré Hannah, pero…

—No —interrumpo—. No la menciones en nuestra cama, Rave.

Me mira con tanto dolor en los ojos.

—¿Un momento de sinceridad? Esta cama no se siente como nuestra. Cada noche, siento como si estuviera durmiendo en su cama.

Aparta la cabeza, pero yo me inclino y la obligo a verme a la cara.

—Entonces vamos a tirar la maldita cama entera, Raven. —Abre los ojos al máximo y le tomo la mejilla—. Compremos una nueva.

Ella asiente y, con dudas, me sujeta del cuello de la pijama.

—Entonces, ¿podríamos tirar esta también?

Bajo la mirada, confundido, porque es una pijama común de cuadros azules.

—Sé que tú y Hannah tienen pijamas iguales, y tal vez sea muy inmaduro de mi parte, pero…

Me siento en la cama y la levanto hasta que ambos estamos apoyados sobre las rodillas.

—Pues quítamela, esposa.

Las sábanas se abultan alrededor de su cintura cuando ella levanta una mano temblorosa hacia mi pecho. Nos miramos el uno al otro, Raven duda por un momento, pero luego me desabrocha el primer botón. Veo su hermoso rostro mientras que mi pecho sale más y más a la vista, y noto cómo ella se sonroja y su respiración se acelera. Desabrocha el último botón y jala del cuello para quitármela.

Me observa y su mirada es candente mientras me quita la camisa de la pijama, primero de los hombros, y se toma su tiempo, sus movimientos son lentos, sus dedos me rozan la piel, hasta que mi pecho queda desnudo.

Levanto las caderas y ladeo la cabeza, como para provocarla. Raven duda, así que la tomo de las manos y se las coloco encima de mis pantalones.

—Dijiste que querías tirarla, nena, así que quítame todo.

Ella se muerde un labio y agarra el resorte de la cintura, luego baja los pantalones lentamente.

Su respiración se detiene cuando llega a las líneas en V de mi vientre y no puedo evitar que se me ponga duro el pene. Sus manos encima de mí y ella toda sonrojada, sus labios abiertos… Mierda.

Me baja los pantalones hasta los muslos y sonrío.

—Buena chica —susurro, luego me mira, claramente con deseo. Así es como me miró la noche en que se sentó sobre mí, esa expresión ha atormentado mis sueños desde entonces.

Sonrío por dentro y me quito los pantalones; me quedo solamente en bóxers y mi erección es evidente. Raven se la queda viendo y se chupa el labio inferior; sus pezones duros delatan su deseo.

—Siempre detesté dormir con pijama —admito, en voz baja, casi como si mi subconsciente tuviera miedo de romper el momento—. Solo no quería hacerte sentir incómoda durmiendo semidesnudo.

Ella sacude la cabeza, luego arrastra la mirada de nuevo hacia mí.

—No me siento incómoda para nada. Veo a modelos hombres con casi nada de ropa todo el tiempo, ¿recuerdas?

Me invade una rabia tan solo de pensar que tiene sesiones fotográficas íntimas con otros hombres. Tengo que encontrar una forma de que se vaya a mi empresa, porque tampoco confío en su *manager*. Me parece que Raven no se da cuenta de lo hermosa que es. Es como si separara a la modelo de su verdadera persona y, de alguna manera, en su mente, la segunda carece de cualidades. Nunca entendí por qué, pero estoy determinado a arreglarlo.

—No, sí lo recuerdo —le digo, con voz tersa. Me inclino hacia ella y con ternura le acomodo un mechón de cabello por detrás de la oreja—. Recuérdame, esa última campaña de ropa interior que hiciste… era algo así, ¿no?

La acerco hacia mí, jalo su cabello para hacer su cabeza hacia atrás y exponer su cuello. Ella gime cuando bajo mis labios hacia el lóbulo de su oreja y lo rozo con los dientes.

—Así fue como posaste para Tom Foster, ¿no? Dime, mi amor, ¿él lo tenía tan duro como yo cuando te sostuvo así en brazos?

Le beso el cuello y mis dientes rozan su piel un momento, luego chupo y dejo una pequeña marca. A ella se le va el aliento y la manera en que pega su pecho contra el mío saca todo mi salvajismo. Raven mete los dedos entre mi cabello y aprieta.

—No —me dice, con voz demasiado seductora—. Él es muy profesional. Las fotos no son tan íntimas como parecen, te lo prometo. Hay tanta gente alrededor, y nos mueven de una posición a otra muy rápido.

Muevo mis labios hacia su garganta y la beso.

—Qué bueno —respondo—. Bien por él, podrá seguir produciendo óxido de carbono un día más.

Raven suelta una risita que me llega directo al corazón y me llena con un anhelo que va mucho más allá de mi necesidad física por ella.

—Nunca me había dado cuenta de lo posesivo que eres —susurra.

Me enderezo para verla de frente y meto los dedos entre su cabello, mientras que con la otra mano me aferro a su cintura.

—Nunca fui posesivo, hasta que llegaste tú. Sí, tú... cambiaste el juego. Quiero todo de ti, Raven. Necesito que seas mía en todos los aspectos.

Cuando me mira, se ve sumamente vulnerable.

—Yo ya soy tuya, Ares.

Dejo que mis dedos suban desde su cintura, pasen por sus costillas y lleguen a la parte baja de sus senos.

—No —susurro—. Aún no. Todavía no eres completamente mía, pero lo vas a ser.

La tomo de la barbilla y le recorro los labios con el pulgar. Ella abre la boca para mí y casi pierdo la cordura cuando su lengua pasa por mi dedo. Se ve tan sexy, su cabello revuelto en mi mano, ese *babydoll* sexy, esa mirada...

—Un momento de sinceridad —susurro—. No puedo resistirme a ti. No he podido dejar de pensar en cómo te besé el día de la boda y luego en tu oficina. Necesito más, Raven. Necesito probarte otra vez.

Ella vacila, pero se inclina hacia mí y sus labios apenas rozan los míos.

—Pues hazlo —susurra—, soy tuya para que me tomes.

Gimo cuando mis labios se unen a los suyos; sus manos me recorren el cuerpo con las mismas ansias que yo siento. Ella gime y mi pene se retuerce ansioso. La manera en que su lengua se enreda con la mía es irreal, y ya sé que quiero meter el pene en esa linda boquita suya. Mi esposa es una hechicera, sin duda.

—Raven —susurro contra sus labios, alejándome. Ella está jadeando, sus labios están ligeramente hinchados y, por Dios, nunca se ha visto más hermosa.

Sonrío con travesura y la empujo de un hombro para que caiga de espaldas en nuestra cama.

—Ares —gime, mi nombre es un ruego en sus labios.

—¿Tienes idea de lo difícil que últimamente ha sido para mí, nena? ¿Verte pasear por mi casa con estos atuendos tan sexys? Cada vez que me sonríes me desarmas.

Me inclino por encima de ella y mi pene presiona su vagina cuando me apoyo en los antebrazos.

—No eres el único que ha estado luchando, Ares —susurra.

Sonrío y me acerco a ella, mis labios contra los suyos una, dos veces, antes de irme de lleno y besarla apasionadamente. Raven se siente tan bien contra mí y esto es malditamente irreal. Empujo mis caderas contra ella y Raven gime en mi boca; su pierna se engancha a mi cadera, como si quisiera más. Demonios.

Suelto un gemido cuando ella me empuja el pecho, me aparto para mirarla, confundido. Se ve conflictuada y con la cabeza señala el teléfono. Ni siquiera oí que sonaba.

—¿Qué diablos?

Me empuja y yo me siento, el pene me palpita por debajo de los bóxers.

—Tengo una campaña que está transmitiéndose en vivo en Asia en estos momentos. Como parte de mi contrato, tengo que estar presente durante una hora en el contenido de redes sociales.

Me paso una mano por el cabello y refunfuño sonoramente.

—Es broma.

Niega con la cabeza y toma su teléfono.

—Es el peor momento, ya sé. Solo…

La jalo hacia mí y la beso, mi mano acaricia su cabeza.

—A la mierda tu campaña —susurro entre besos—.

Yo pago la multa. Haré lo que quieras si me dejas seguir besándote.

Ella suelta unas risitas y me empuja del pecho, su expresión es castigadora, a pesar de la lujuria en su mirada.

—No —me dice—, yo no soy así. Detesto ser irresponsable.

Se sienta en la cama y yo gimo cuando veo su expresión seria y de toda una profesional en su trabajo. Sí, ya no hay forma de que me deje besarla.

Me siento junto a ella, nuestros hombros se están tocando, y trato lo más que puedo de calmar mi pene descontrolado. No recuerdo la última vez que alguien me hizo desearla con tanta desesperación, creo que nunca me había sentido así.

Raven ahoga un grito, luego suelta una carcajada, otra vez sonrojándose. Me picó la curiosidad, así que me inclino para ver por encima de su hombro la pantalla de su celular.

—¿Qué carajos? —le arrebato el teléfono y miro la *dick pick* que le acaban de mandar por un mensaje directo de Instagram—. ¿Quién mierdas es este imbécil?

Los celos más intensos que alguna vez había sentido me roban cualquier pensamiento y lo remplazan con imágenes de Raven y algún novio que me esconde.

—No tengo idea —exclama y me quita el teléfono—. Me mandan cosas así todo el tiempo. —Veo cómo borra el mensaje y va al siguiente, así nada más, completamente ignorante de que los celos me corroen.

¿Qué pasa conmigo? Sin duda Hannah recibía miles de mensajes, y yo simplemente los tomaba como parte de su trabajo, pero me es imposible hacer lo mismo con Raven.

—Raven.

Ella levanta las cejas, como preguntándome qué pasa, y yo le tomo la mano y la entrelazo con la mía.

—¿Dónde está tu anillo de casada?

Ella abre los ojos al máximo y aparta la mirada.

—Me lo quité.

—¡¿Cómo que te lo quitaste?!

Ella zafa su mano de la mía y la mete bajo la colcha.

—Es que… es muy del estilo de Hannah, pero no del mío. No me siento bien usándolo.

Me acuesto de espaldas y me quedo viendo el techo un momento, tratando de recobrar mis pensamientos, pero sigue siendo imposible.

—La próxima semana —comienzo a decir, con un tono más severo del que quisiera—, vamos a comprarte un anillo nuevo, y este sí lo vas a usar.

Treinta y dos

Ares

Echo un vistazo al reloj y frunzo las cejas. Son casi las diez de la noche, pero Raven aún no llega. Van tres días seguidos que trabaja hasta tarde y me preocupa. Está trabajando demasiado. Todas las mañanas usa el gimnasio que tenemos en casa y se va a trabajar con nada más que un *smoothie* verde que se ve asqueroso. Luego tiene una jornada completa de sesiones de modelaje que ya tenía programadas, para después irse a su oficina y trabajar unas cuantas horas más. Se esfuerza mucho y casi no come, tampoco descansa lo suficiente. Esto no es saludable, pero no sé cómo hacer que se cuide más.

Una parte de mí también está preocupado por que se sintiera incómoda cuando la besé y por que tal vez esa sea la razón por la que está llegando tan tarde. Yo pensé que sí le había gustado, pero la conozco. Ya tuvo bastante tiempo para pensar en eso, para sentirse culpable cuando no debería.

Mi teléfono suena y de inmediato sonrío, pensando que es Raven. Le ha dado por llamarme cuando está en el auto camino a casa y se ha vuelta uno de mis momentos favoritos del día.

Pero no es ella.

Me quedo mirando la pantalla, no estoy seguro de si debo contestar. Decido hacerlo.

—¿Ares?

—Hannah.

—Dios, te extraño tanto. Yo solo… ¿por qué has estado rechazando mis llamadas? Sé que estás enojado conmigo, Ares, y lo entiendo. Esta vez de verdad la cagué y sé que te lastimé, pero por favor no me ignores así. Sabes que no soy capaz de soportarlo.

Me recargo en el respaldo de nuestro sofá nuevo y suspiro.

—¿No se te ha ocurrido que mis necesidades son diferentes de las tuyas? Sí, Han, sé que no soportas que te aplique la ley del hielo, pero lo que yo necesito por encima de cualquier otra cosa es espacio.

Se queda callada un momento.

—Ares, yo… ¿Por qué te comportas así? Nunca me habías tratado así. De verdad lo siento, amor. Te juro que no sabía que iban a obligar a Raven a hacer esto. Nunca quise que termináramos enredados en esta situación de locura. ¿De verdad crees que yo quería que te casaras con mi hermana? ¿Tienes idea de lo mucho que me afecta que ella permitió que esto pasara?

Tenso la mandíbula y me paso una mano por el cabello.

—No es culpa de ella, no puedes culparla por tus decisiones.

—Ares, ¡nada de esto habría pasado si ella se hubiera mantenido al margen! No estoy segura de qué estaba pensando. Supongo que lo que quiere es quedarse con la empresa de mis papás.

Se abre la puerta, y levanto la mirada; Raven entra a la sala con una sonrisa llena de dulzura.

—Tengo que irme, te llamo luego.

Cuando cuelgo sin siquiera darle la oportunidad a Hannah de despedirse, Raven frunce las cejas. Hannah me llama de nuevo y me apresuro a rechazar la llamada, aunque me atrapa un sentimiento de culpa. Lo único que hice fue hablar con Hannah; sin embargo, siento como si hubiera engañado a mi esposa.

—¿Quién era? —pregunta, en voz baja.

—Hannah —respondo, dudoso.

Raven se me queda viendo un momento, luego exhala de exasperación y sacude la cabeza. Tensa la quijada y camina de largo, directo a nuestra recámara.

—No pasó nada —le digo, siguiéndola—. Le dije que podíamos ser amigos, pero he estado ignorando sus mensajes, así que me llamó.

Se detiene y me mira por encima del hombro.

—«Amigos» —repite burlonamente, luego pone los ojos en blanco.

—Rave —le ruego.

Ella niega con la cabeza, se mete al baño y azota la puerta al cerrar.

Carajo. ¿Qué se supone que debo hacer? Ni siquiera estoy seguro de que haya hecho algo malo. Las cosas iban tan bien entre Raven y yo, pero acabo de cagarla. Sabía que contestarle a Hannah no me traería nada bueno. Sé lo que ella está buscando conmigo, y estoy bastante consciente de que no puedo darle lo que quiere. Ni siquiera quiero, pero Raven nunca me va a creer. ¿Cómo podría, cuando me vio con su hermana por años?

Me siento en la cama que ambos escogimos, tratando de pensar en cómo tranquilizarla. Cuando nos casamos le prometí fidelidad y necesito que sepa que nunca voy a ceder. En todo caso, quiero que sepa que no la voy a traicionar.

Sale del baño con nada más que una toalla y se detiene cuando me ve sentado en la cama. Sus ojos destellan rabia.

—Ven acá, Rave —le digo y extiendo mi mano.

Ella me mira entrecerrando los ojos, pero hace lo que le pido; se para entre mis piernas abiertas y me mira fijamente.

Tomo su mano y le doy mi celular.

—Revisa. No le he contestado ningún mensaje. Revisa mis llamadas entrantes. Hoy es la primera vez que contesté cuando llamó.

—¿Crees que no voy a revisar? —me dice furiosa.

Le sonrío.

—Nena, te di mi teléfono porque quiero que revises. No estoy jugando, me estoy esmerando en ser sincero contigo, como me lo pediste.

Se queda viendo mi teléfono y, por un momento, solo noto agonía en sus ojos. Luego me regresa el celular, con cara seria.

—Olvídalo —me dice en voz baja—. No necesito ver nada de eso.

Me le quedo viendo.

—Me pediste que fuera honesto, ¿no? Entonces, dame un momento de sinceridad. ¿Por qué te quedaste viendo así mi teléfono?

Me mira a los ojos y suspira.

—¿Te acuerdas del día que la abuela nos hizo galletas y nos grabaste a Sierra y a mí peleando por ellas?

Asiento y el pene me palpita tan solo al recordarlo. Raven se me abalanzó encima para quitarme el teléfono y la empujé contra la pared, mi cuerpo pegado al suyo. Solo fue un momento, pero aún recuerdo cómo se sentía ella contra mí.

—Cuando borré el video vi la foto que tomaste. Una de Hannah, en la cama. No quiero revisar tu teléfono porque no quiero ver nada de eso.

La tomo de la cintura y la miro como implorando.

—Dame tiempo —le pido—. Dame tiempo para demostrarte que las cosas van a cambiar.

Me mira un poco sorprendida.

—No hiciste nada malo, Ares. No estoy enojada contigo. Más que nada estoy enojada conmigo misma.

Aprieto mis manos en su cintura y niego con la cabeza.

—No, nena. Tú eres mi esposa. No importa cómo o por qué nos casamos… lo único que importa es que ya lo hicimos. Créeme cuando te digo que yo me enfadaría si hablaras con tu ex. Entonces, pues sí, hice algo malo. Si no es un comportamiento que yo aceptaría de tu parte, no es algo que yo debería hacer. Tú y yo necesitamos hablar de si Hannah formará parte de nuestras vidas, y si sí, de qué manera será. Pero no es algo que tengamos que hacer ahora. ¿Qué te parece si lo pensamos, y una vez que hayas decidido cuáles son tus límites con respecto a mí y Hannah, me avisas? Yo voy a cumplir lo que tú decidas.

Me mira sin poder creerlo.

—¿Y si decido que no quiero que vuelvas a hablar con ella?

Le sonrío.

—Entonces no lo haré. Tú eres mi esposa, Raven. Siempre estarás por encima de cualquier otra persona y situación. Siempre.

Frunce los labios y asiente. Su cara expresa una esperanza cautelosa. No lo sabe, pero podría pedirme la luna y yo trataría de dársela. No hay nada que no haría por ella.

Treinta y tres

Ares

Recorro mi galería de fotos con un sentimiento agridulce. Hannah siempre detestó que nos tomáramos fotos juntos, así que casi todas son de ella sola. No hay muchas de nosotros, y en las pocas que hay no encuentro ninguna en la que yo esté sonriendo. Todas estas imágenes se ven forzadas, como si yo supiera que ella me estaba haciendo el favor de tomarse una foto conmigo.

Suspiro mientras guardo todas mis fotos con amigos y familia en la nube, luego doy clic en ajustes y me detengo sobre el botón de restablecer el teléfono a los ajustes de fábrica. Por una milésima de segundo dudo antes de dar clic. Empezar desde cero, eso es lo que necesito. Es lo que Raven y yo necesitamos, aunque, como están las cosas, no podemos. No podemos tener el lujo de darnos una sincera oportunidad sin que el bagaje de nuestro pasado pese sobre nosotros. Pensé que me dolería borrar una parte de mi vida, pero la idea de lastimar a Raven me duele aún más. Debí hacer esto hace mucho.

Las cosas entre nosotros han estado un poco extrañas. Hemos fingido que Hannah no es un factor y nos funcionó, hasta que ya no fue así. La he lastimado bastante. No me puedo arriesgar a tener algo en mi teléfono que le afecte. Que le recuerden mi pasado con Hannah es de por sí bastante difícil para los dos.

Observo cómo se restablece mi teléfono y sonrío por dentro al ingresar una nueva contraseña, que es una combinación entre el cumpleaños de Raven y la fecha de nuestra boda. De haber sabido que borrar todo se sentiría tan bien, lo habría hecho antes.

Raven entra y me ve sonriendo frente a mi teléfono, noto su asombro justo antes de que se recomponga y fuerce una sonrisa. La miro con detenimiento al bajar mi celular.

—Llegaste antes de lo que pensé.

Ella asiente y se soba un hombro.

—Me caí en el set. La espalda me ha dolido todo el día, así que decidí trabajar en mis diseños desde casa.

Me levanto de un brinco y voy hacia ella.

—¿Te lastimaste? ¿Cómo te caíste?

Sonríe y sacude la cabeza.

—Por torpe. Todo el día anduve distraída; la verdad, todo fue mi culpa.

Suspiro y coloco mis manos sobre sus hombros para darle un masaje. Ni siquiera tengo que preguntarme en qué estará pensando. Supongo que no podíamos evitar esta situación. En algún momento, íbamos a tener que enfrentar a Hannah y el pasado que comparto con ella. Solo que no esperaba tener tanta claridad cuando al fin llegó el momento de hacerlo.

Suspiro mientras, con ternura, le quito mechones de cabello de la cara y dejo mi mano en su rostro. Últimamente ha estado tan distante y la extraño un montón, maldita sea. Dejo mi mano sobre su mejilla y me inclino hacia ella para darle un beso tierno en la frente. No me he atrevido a besarla como se debe desde la última vez porque me da miedo pedirle demasiado, y muy pronto.

—Ven —le digo—. Un regaderazo con agua caliente te ayudará a relajar los músculos, y luego te voy a dar un masaje.

Por un momento duda, pero luego asiente. Hoy en especial ha estado distante. Por lo general me manda varios mensajes a lo largo del día, pero no ha respondido ninguno de mis mensajes. Es como si esa llamada de ayer la hiciera darse cuenta de que nunca podremos escapar del pasado.

Suspiro mientras voy a buscar el aceite que sé que usa para su cuerpo. Tengo que ver qué tanto se lastimó. Tal vez tenga que contratar a un coordinador de seguridad para que revise cada set antes de que ella llegue.

—¿Ares?

Levanto la mirada y la veo parada a unos cuantos pasos, envuelta en una toalla blanca.

—Ven —le digo, dándole unas palmadas a la cama—. Acuéstate.

Se acuesta bocabajo aún envuelta en la toalla, y el corazón se me acelera. ¿En qué diablos estaba pensando cuando le ofrecí el masaje? No voy a sobrevivir con mis manos sobre su cuerpo por tanto tiempo. Qué idea más estúpida la mía, pero eso no me detiene de tomar la botella de aceite.

Me hinco a un lado de ella y jalo un poco la toalla.

—Vamos a hacerla a un lado.

Raven duda, pero asiente; entonces le bajo la toalla para descubrir más los hombros y la espalda. Me detengo un momento, pero al final la deslizo un poco más, hasta que termina abultada en su cintura.

Creo que nunca había estado tan nervioso por algo tan simple como un masaje. Hay algo en ella a lo que no me puedo resistir. ¿Cuándo fue la última vez en que una mujer me afectó tanto?

Mi corazón late a máxima velocidad cuando vierto un poco de aceite sobre su espalda.

—¿Tengo las manos frías? —le pregunto mientras le unto el aceite por los hombros y comienzo a frotar suavemente.

Ella suspira contenta.

—No, está perfecto.

La miro de perfil, subo las manos para masajearle la nuca con los pulgares, luego con las puntas de los dedos, el cuero cabelludo.

—Ay, por Dios —gime—. Eso se siente muy bien.

Maldita sea. De inmediato se me pone duro el pene. Aprieto la mandíbula y sigo masajeándole el cuello, trazando círculos con los pulgares mientras con las uñas le rasco el cuero cabelludo.

—Ares —gime y tengo que hacer uso de todas mis fuerzas para no voltearla y besarla. Mierda, la manera en que dice mi nombre es irreal—. Esto me encanta.

—Déjame subirme —le digo y coloco una pierna a cada lado suyo para poder usar mi peso corporal.

Ella se mueve un poco debajo de mí porque saca las manos para que no me estorben, y las sube. Diablos. ¿Se dará cuenta de que me está dando una vista perfecta de los costados de sus senos? Esto es un maldito infierno. Por fortuna, no puede darse cuenta de lo duro que lo tengo.

Bajo las manos para masajearle los hombros y la espalda. Me tomo mi tiempo para sacarle toda la tensión de los músculos lo mejor que puedo. Sigo bajando las manos poco a poco, hasta que mis pulgares presionan los hoyuelos de su espalda.

Mierda, cómo me gustaría tenerla justo así mientras me la cojo por detrás, con mis manos sobre sus caderas... Estoy seguro de que recibiría mi pito como toda buena chica. Quiero más gemidos de ella, quiero mi nombre en sus labios mientras la embisto.

Dudo por un momento si debo bajar más, así que jalo la toalla ligeramente para ver si Raven se resiste, pero no. En vez de eso, levanta un poco las caderas y me deja quitar la toalla por completo, hasta que la tengo debajo de mí, desnuda.

—No te detengas —susurra, lo cual me saca de mi embelesamiento. Sigo masajeándole la espalda baja, pero no puedo quitar la vista de su trasero. Su cuerpo es literalmente perfección. Mis manos se mueven lento mientras le sobo la parte superior del trasero, hasta que poco a poco mis pulgares trabajan sus glúteos.

—Auch —gime de nuevo—, eso duele.

—¿Aquí, nena?

Sigo masajeándole los glúteos y voy bajando las manos, hasta que le cubren las nalgas por completo y mis pulgares se sumen de lleno en sus músculos.

—Sí —gime—, ahí.

Aprieto la quijada al bajar un poco más; mis pulgares le rozan la entrepierna. Estoy tan cerca de su vulva... Me detengo un momento, pero luego bajo mi cuerpo y entonces tengo su suave vagina completamente a la vista.

Maldita sea, daría el mundo entero por abrirle las piernas y enterrar la cara entre ellas. Necesito una maldita probada.

Separo más mis manos hasta que las tengo en las nalgas y le sigo masajeando los glúteos, pero mis pulgares le presionan los muslos. Raven se retuerce un poco y cambia de posición ligeramente, hasta que mi pulgar le roza los labios de la vulva. Ella abre las piernas un poquito y deja que mi dedo se meta un poco más, hasta que le estoy presionando el clítoris.

Me detengo tan solo un momento, pero sonrío cuando ella no se aparta. Lentamente comienzo a sobarle las nalgas, pero manteniendo el pulgar contra su clítoris. Ahora mis movimientos son más sensuales que terapéuticos, pero parece que no le importa. Echo un vistazo a su rostro y sonrío de oreja a oreja al ver cómo está sonrojada y cierra los ojos con fuerza.

Mis movimientos son casi imperceptibles cuando comienzo a trazar círculos alrededor de su clítoris, mientras sigo fingiendo que le masajeo las caderas. Su respiración cambia y está jadeando ligeramente; me doy cuenta de que se muerde el labio inferior, porque de seguro está tratando de contener los gemidos.

Sonrío contento y le presiono el clítoris con más fuerza, luego acerco mi mano izquierda, fingiendo que le voy a masajear la entrepierna. Sus caderas se mueven muy sutilmente, como si quisiera más, entonces con los dedos le rozo la vagina y gozo al sentir que está húmeda. ¿Cuánto tiempo lleva excitada?

Me pregunto hasta dónde me va a dejar seguir. ¿Va a permitir que la haga venirse?

Saco el pulgar para llevármelo a los labios y chupármelo. Cierro los ojos cuando la saboreo. Ojalá pudiera tener más. Mierda, cómo me gustaría hacer que se coloque con manos y rodillas sobre la cama mientras me la como por detrás.

Quito las manos de su vagina y comienzo a masajearle la parte trasera del muslo y, pacientemente, espero a que me dé una señal de que quiere más, de que no me estoy pasando de la raya.

Raven se retuerce por debajo de mí y otra vez cambia ligeramente de posición, hasta que mis dedos terminan de nuevo en su vagina y contengo la sonrisa. Sí, mi querida esposa quiere más.

—Separa las piernas —le digo con voz firme y exigente—, déjame trabajar los músculos de tu muslo interno.

Coloco las manos sobre sus muslos y acomodo sus piernas hasta que la tengo sobre sus rodillas, con el trasero en el aire, mientras que mantengo su torso en el mismo lugar. Ella sigue con los ojos cerrados, fingiendo que esto no la inquieta, pero su respiración la delata.

La respiración y su vagina empapada e hinchada.

Sonrío de oreja a oreja, tomo el aceite y lo vierto por todo su trasero hasta que queda brillante y húmedo.

—Perdón —murmuro—, creo que usé demasiado aceite, nena. Déjame quitarte un poco.

Le recorro la espalda con tres dedos y, por un breve momento, presiono el dedo medio en su ano y luego bajo los dedos. Ella suelta un gemido escandaloso y entierra la cara en la almohada, roja como tomate. Conque eso le gustó…

Suelto una carcajada y pongo la mano completa sobre su vulva, presionando el talón de la mano contra ella.

—Usé demasiado aceite —me quejo, inventando pretextos por la manera en que la estoy tocando.

—Está bien —susurra—, solo frótalo, mi piel lo va a absorber.

—¿Sí?

Deslizo la mano por debajo de su vagina, fingiendo que estoy revisando si hay aceite, y lentamente arrastro los dedos hacia arriba, presionándole la piel, hasta que dos de mis dedos se meten en ella, supuestamente por accidente. La manera en que gime contra la almohada es irreal.

—Demasiado aceite —gimo, sin poder dejar de sonreír.

La masturbo lentamente, me tomo tiempo para encontrar su zona G. Raven gime mi nombre cuando lo encuentro y acelero el movimiento, usando mi mano izquierda para sobarle el clítoris mientras con la mano derecha le estimulo la vagina como desearía que mi pene lo hiciera. Nunca había sentido celos de mis propios malditos dedos, pero heme aquí, viendo cómo desaparecen en la vagina hambrienta de mi esposa.

—Ares, por favor.

Sonrío y le froto el clítoris con fuerza. Sus caderas comienzan a menearse contra mis dedos y, maldita sea, cómo me gustaría meterle el pito. Quiero que grite mi nombre.

—Sí, nena —gimo conforme su respiración se acelera—, justo así.

Sus músculos se tensan alrededor de mis dedos y pronuncia mi nombre jadeando. Lo dice como si fuera una maldita plegaria y, con un carajo, tan solo de oírla yo mismo estoy a punto de venirme.

Saco los dedos en cuanto ella comienza a salir de su éxtasis y, con toda delicadeza, le bajo las piernas para que quede completamente bocabajo. Ella se relaja mientras le masajeo las piernas como si nada, como si no acabara de masturbarla. Considerando que no me miró ni una sola vez, tal vez no esté lista para hablar de lo que acaba de pasar, pero eso está bien. La manera en que gimió mi nombre jadeando es suficiente para mí… por ahora. Es muchísimo más que la frialdad con la que estuvo evitándome últimamente.

Me agacho y le beso la espalda baja.

—Tal vez quieras volver a la regadera, esposa, tienes aceite por todo el cuerpo.

—Sí —susurra—. Yo, este… sí, me voy a volver a bañar.

Le doy otro beso y me alejo.

—Tengo una videoconferencia en unos minutos, así que relájate en la regadera, mi amor. —Suspiro y me vuelvo a agachar, esta vez le beso el hombro.

Me quito de encima de ella y me levanto de un brinco, aunque echo un último vistazo a su cuerpo mientras salgo del cuarto. Ella está sonriendo, lo noto incluso aunque se está cubriendo parte del rostro con el brazo. Sí, esa imagen va a inundar mis sueños esta noche.

Treinta y cuatro

Raven

Haga lo que haga, no puedo sacar de mi mente lo de anoche. La manera en la que me tocó… sabía exactamente lo que me estaba haciendo mientras masajeaba mis muslos. ¿Qué habría pasado si yo simplemente me hubiera volteado? ¿Habría tomado mi cuerpo como lo he fantaseado?

Me muerdo un labio cuando recuerdo la manera en que me provocó. Jugó con mi cuerpo como un experto, lentamente me fue estimulando más y más, mientras fingía que no hacía nada más que masajearme, hasta que no pude más.

Me paso una mano por el cabello y aprieto los muslos, tratando lo más que puedo de sacar de mi mente a Ares, pero no lo consigo. Con cada día que pasa, más ansío estar con él.

Alguien toca a mi puerta y me sorprendo al levantar la vista.

—¿Raven? —Un escalofrío me recorre la espalda cuando Hannah entra a mi oficina—. Hola —dice en voz baja. Duda por un momento, pero luego se dirige a la silla enfrente de mi escritorio. Se sienta frente a mí y sonríe.

—Hola —repito, aunque unos momentos después.

Se ve exhausta y con el corazón partido, más de lo que alguna vez la vi, y eso me provoca una culpa abrumadora.

—Perdóname —me dice, con voz tan baja que casi no la escucho—. Debí venir a verte antes, Rave. Últimamente mi cabeza no ha estado clara. ¿Sabes?, creo que me tomó un tiempo reflexionar en todo lo que pasó. Cuando hui de Ares creo que simplemente no entendí lo que estaba haciendo. Había pospuesto la boda tantas veces y hasta entonces me había salido con la mía, y pensé que sucedería lo mismo.

Bajo la mirada hacia mi laptop y respiro profundamente.

—Pero no.

—No —dice—. No fue así.

Me obligo a levantar la vista y enfrentarla.

—Te lo dije, Han. Te supliqué que lo reconsideraras.

—¡Ya lo sé, Rave! ¿Qué quieres que te diga, que tenías razón?

Niego con la cabeza y aparto la mirada.

—No, Hannah, claro que no.

—Tú también estás enojada conmigo, ¿verdad?

Me muerdo un labio y niego con la cabeza.

—Al principio, sí. Pero ahora ni siquiera sé qué siento. Creo que solo estoy dolida y decepcionada. Tal vez le rompiste el corazón a Ares, Hannah, pero también a mí. No escuchaste mis preocupaciones y jugaste con mi vida sin que te importaran mis deseos o mis sueños. ¿Tienes idea de lo usada y manipulada que me siento? Eres mi hermana mayor, Hannah. Eres la única persona en este mundo que se supone debería ver por mí, pero nunca lo has hecho, nunca.

—Raven, tú sabes que eso no es cierto. ¿No fui yo la que te consiguió tu primer trabajo de modelo?

La miro a los ojos y sonrío sin poder creerlo.

—No, Hannah. Lo único que hiciste fue llevarme a uno de tus estrenos. Me reclutaron y firmaron contrato conmigo sin ninguna recomendación tuya.

Ella suspira y hace un gesto con la mano como para restarle importancia al comentario.

—No habrías estado ahí sin mí, pero olvídalo, ese no es el punto. Solo estoy tratando de decir que sí cuido de ti, a mi manera.

Niego con la cabeza.

—Las cosas no pueden hacerse a tu manera siempre, Han. Tú no puedes decidir si yo siento que me cuidas o no.

—Entonces, sí estás enojada conmigo. —Su tono es acusatorio y niego con la cabeza, indefensa. ¿Para qué me molesto siquiera?

—¿Para qué viniste, Hannah?

Mira alrededor de mi oficina y sonríe.

—La última vez que estuve aquí fue para probarme mi vestido de novia. Al final, ni siquiera pude usarlo.

Aprieto los dientes y aparto la mirada. Pensar en el vestido me provoca un sentimiento agridulce. Le dediqué tanto amor y trabajo, pero usarlo yo misma me provocó muchísimo dolor.

Hannah me mira con una sonrisa poco sincera.

—Aunque, apuesto que tú te viste hermosa en él.

Miro el diseño frente a mí, sin saber bien cómo contestarle. Verla me conflictúa, me recuerda que cada momento que comparto con Ares debió ser suyo.

—¿Es lindo contigo, Rave? ¿Te trata bien?

Alzo la mirada, dudando un momento al recordar la manera en la que me tocó anoche. La culpa me pega como nunca y aparto la mirada, de pronto siento náuseas.

—Estoy preocupada por ti. Él es un buen hombre, pero me preocupa que desquite contigo lo enojado que está conmigo.

Me cruzo de brazos y me apoyo en el respaldo de la silla.

—Ares y yo siempre hemos sido amigos —le digo en voz baja—. Eso no ha cambiado, sigue siendo tan lindo conmigo como siempre.

Noto un destello de algo en los ojos de mi hermana, pero se desvanece antes de que pueda identificarlo.

—Qué bueno, me alegra.

Aparta la mirada y ambas callamos un momento. Entre nosotras hay tanto que no se ha dicho, pero ninguna de las dos tenemos el valor para preguntar lo que necesita decirse.

—Sé que los Windsor valoran el matrimonio por encima de todo lo demás —empieza, con cautela—. Ares no es diferente. No hay nada que no haga por lealtad, sin importar sus sentimientos.

Frunzo las cejas, sin estar segura de qué me quiere decir.

—Sé que aún me ama y siempre lo hará, pero está tan lastimado que me está alejando. Creo que en parte es porque siente que debe distanciarse de mí porque ahora está casado. Sé que me necesita, aun así se rehúsa a dejarme entrar en su vida porque va en contra de sus creencias acerca del matrimonio. No quiero verlo sufrir, Rave. Sé que está enojado conmigo, y que le ocasioné un dolor muy grande. Quiero compensar las cosas, pero ni siquiera me contesta las llamadas.

Entrelazo mis dedos y aprieto con ganas en un esfuerzo de mantener la calma, incluso aunque mis pensamientos se desbordan.

—Por favor, Rave, dile que hable conmigo. Sé que mi petición suena ridícula, especialmente porque tu matrimonio no es real. Tú misma lo dijiste, ustedes son solo amigos y, considerando lo mucho que me ama, nunca serán más que eso, pero es que... él tiene un gran sentido de la lealtad. Recuérdale que eso está infundado.

Me le quedo viendo mientras me arrastra una ola de decepción y tristeza.

—En realidad no viniste a pedirme perdón por lo que hiciste, ¿verdad? Estás aquí porque quieres que hable con Ares de tu parte.

Ella se cruza de brazos y suspira.

—¿Por qué no puedo venir por ambas cosas, Raven? A los dos los amo y, sinceramente, esto también te conviene. No puede ser fácil para ti terminar entre nosotros. ¿No quieres que las cosas regresen a como estaban antes? Estoy tratando de aligerar un poco la presión que este matrimonio te ocasiona. No puedo quitarte las incontables obligaciones sociales que tendrás a partir de ahora, pero sí puedo estar ahí para ti con todo lo demás. Si yo te apoyo, Ares no esperará mucho de ti y tú no perderás tu propia vida por completo. Después de todo, con el tiempo tendrás que regresar a esa vida, ¿no? Sabes que él no te quiere, terminó con su compromiso contigo para estar conmigo hace cinco años y yo sigo siendo con quien quiere estar.

Observo sus ojos y mi corazón se parte cuando recuerdo el dolor que soporté hace cinco años. No puedo regresar a como eran las cosas antes. No puedo perder lo que tengo ahora.

—No —le digo con voz calmada—. No voy a hablar con Ares de tu parte. Él no es un niño y yo no soy una mediadora. No me pidas más de lo que ya te he dado, Hannah, porque no me queda mucho que darte.

Ella abre los ojos, sorprendida, como si no hubiera esperado que me negara. Supongo que nunca lo había hecho. Siempre he cedido a todo lo que me pide, siempre.

Pero eso termina hoy.

Treinta y cinco

Raven

Entro al gimnasio de la casa suspirando; esta mañana estoy exhausta e irritada. Algo en la conversación con Hannah me tiene inquieta y me echó a perder el humor desde entonces.

—¿Cupcake?

Levanto la vista y con sorpresa veo que Ares coloca en el piso la pesa que estaba usando. Me sonríe y camina hacia mí, con expresión inquisitiva.

—Buenos días —me dice y levanta la mano para acariciarme el rostro con el dorso de la mano de la manera más tierna—. Anoche te acostaste muy tarde. ¿Dormiste bien?

Me alejo un poco, de pronto me siento muy culpable. Mi conversación con Hannah permeó tan profundo en mis pensamientos que no puedo con ello.

«Si yo te apoyo, Ares no esperará mucho de ti y tú no perderás tu propia vida por completo. Después de todo, con el tiempo tendrás que regresar a esa vida, ¿no?».

Asiento y me obligo a sonreír.

—Sí, solo que tenía que terminar un trabajo —miento.

Me alejo y me voy hacia mi tapete de yoga, sin poner atención en mi rutina de estiramiento. La noche entera estuve tan inquieta que me desperté con todo tipo de dolores.

Inhalo profundamente y trato con todas mis fuerzas de combatir la resignación que siento. Ares no va a estar enojado con Hannah para siempre, nunca es así. A lo largo de los años, siempre la ha perdonado, no importa lo que hubiera hecho. Con el tiempo también le va a perdonar que lo haya plantado en el altar, y yo no quiero ser testigo de eso. No quiero ser el daño colateral de su historia.

Me acuesto y levanto una pierna, tratando de estirar los tendones de mis corvas. Había estado tan contenta por lo mucho que había progresado mi relación con Ares y, sin embargo, una sola conversación con Hannah y ahora me siento demasiado culpable por cada segundo que disfruté con él. Ella nunca me va a perdonar. Si se entera de lo que pasó entre Ares y yo, nunca más va a volver a hablarme. Tal vez mi relación con mi hermana sea un poco escabrosa, pero no quiero perderla. Cuando dijo que yo terminé entre ella y Ares, tenía razón… solo que no de la manera que cree.

—Déjame ayudarte.

Ares se arrodilla entre mis piernas, me pone una mano en la pantorrilla y me ayuda a estirar la pierna. Lo miro por un momento y el corazón se me estruja. La razón principal por la que nunca me le lancé fue porque sabía que me costaría todo y, a pesar de que estamos casados, eso no ha cambiado.

Coloca mi pierna sobre su hombro y se inclina hacia mí, sus ojos en los míos.

—Estás muy callada, Cupcake. Dame un momento de sinceridad, nena. ¿Qué estás pensando?

Coloco mi otra pierna sobre su otro hombro, y él se inclina aún más para empujarme la pierna hacia mí. Está tan cerca… fácilmente podría tomarlo del cuello de la camisa y besarlo.

—Hannah fue a verme —le digo con tono de derrota. Aparto la mirada y respiro entrecortadamente—. Quiere hablar contigo, dice que no le has contestado las llamadas.

Él aprieta la quijada y frunce las cejas.

—¿En serio? —Asiento y él se inclina un poco más—. ¿Y qué te gustaría que hiciera? Dime la verdad, ¿qué quieres que haga, esposa?

Examino sus ojos y respiro profundamente.

—No quiero que mires a nadie más que a mí. Quiero que seas mío.

Entonces sonríe y no puedo evitar sonreírle de vuelta, aliviada. Durante años he tenido miedo de expresar lo que quiero, pero él lo hace tan fácil.

—Dame otro momento de sinceridad, nena. ¿Estos estiramientos? ¿Los has hecho con algún otro hombre?

Abro los ojos y él aprieta los dientes cuando no le respondo de inmediato.

—Solo con mi entrenador.

Ares se aferra a mis pantorrillas por un momento, luego coloca las manos en mis muslos.

—Nunca más los vuelvas a hacer con alguien más, ¿me oyes?

—¿Por qué?

Sus ojos destellan y me levanta las caderas, hasta que mis muslos envuelven sus hombros; sus labios están a pocos centímetros de mi vagina.

—Porque te ves tan malditamente sexy así, y no quiero que nadie más vea a mi esposa de esta manera.

Se inclina más y arrastra la nariz por mi entrepierna, y yo me estremezco.

—Ningún hombre sería capaz de sentarse así, sosteniéndote en esta posición, sin querer una probadita de tu vagina. No volverás a hacer esto con nadie que no sea yo.

Le sonrío mientras trato de contener el deseo que me provoca.

—¿O qué?

Entrecierra los ojos al mirarme y se inclina más, arrastra la nariz sobre mi vagina y luego pone los labios justo ahí.

—¿Tienes idea de lo fácil que es aprovecharme de ti en esta posición? Eres una supermodelo, nena. Tus sesiones son uno a uno, ¿no? Solo tú y tu entrenador, los dos solos…

Asiento y Ares se ríe sin humor.

—No me digas que él nunca ha querido hacerte esto. —Presiona los labios para besarme la vagina, luego arrastra la lengua por encima de mis *leggings* de yoga—. Ningún hombre que te vea acostada con las piernas en el aire podrá evitar imaginarte desnuda y querer una probadita de tu vagina.

Sus dientes raspan mis *leggings*, sonríe de oreja a oreja y sube las manos.

—Prométeme que no vas a hacer estiramientos con nadie más, Rave.

—¿Y si no quiero prometerte eso?

Se ríe sin humor y coloca ambas manos en mi entrepierna.

—¿Conque quieres jugar, eh, nena?

Antes de que me dé cuenta, desgarra mis *leggings* justo en el tiro. La tela se rompe fácilmente y él gime cuando se da cuenta de que no traigo ropa interior.

—Diablos —susurra y se inclina, mirándome a los ojos, mientras pasa la lengua por mi vagina.

—Ay, Dios, Ares… —Suelta una risita contra mi piel, luego traza círculos con la lengua sobre mi clítoris, provocándome, sin hacer lo que más deseo que haga. Pero luego arrastra la lengua y me la mete, me está cogiendo con su lengua, hasta que comienzo a jadear—. Ares —suplico.

Se aleja y me besa un muslo.

—¿Qué? ¿Qué quieres, esposa?

Lo miro a los ojos y me muerdo un labio con fuerza.

—Sabes lo que quiero.

Suelta una carcajada, entonces mueve la mano por debajo y entre mis piernas, hasta que su pulgar me está frotando la vagina igual que cuando me dio el masaje. Abro los ojos a tope cuando me acuerdo de cómo lentamente me llevó al orgasmo la última vez.

—Dime qué quieres, Raven. Dime qué quieres que haga. ¿Quieres que te coja con la lengua? ¿Con los dedos? ¿O quieres mi pene? ¿Quieres venirte para mí, mi amor?

Aprieto las piernas contra sus hombros y empujo la vagina hacia su cara; él sonríe y se inclina para darme lo que quiero. Comienza a meterme y sacarme dos dedos mientras con la lengua me frota el clítoris, con movimientos rítmicos.

—Sí —gimo, nuestras miradas aún enganchadas.

Justo cuando estoy a punto de venirme, se aleja un poco, sonriendo.

—Ares, no —suplico, tratando lo más que puedo de volver a empujar mis caderas contra su cara, pero él me mantiene firme con fuerza.

—¿Quieres más, nena? ¿Quieres venirte para mí?

Asiento, ya no puedo más.

—Por favor, Ares. Por favor, haz que me venga, mi amor.

Entonces sonríe.

—Te voy a dar un premio por decirme «mi amor», pero no voy a dejar que te vengas hasta que me jures que ningún otro hombre te ayudará con tus estiramientos. —Gira la cabeza y me besa el muslo, su tacto es muy tierno—. Lo deseas, ¿verdad? Te quieres venir en mi lengua, ¿verdad, nena?

Lo miro y niego con la cabeza.

—Si me vas a hacer prometer eso, entonces quiero más. Quiero que me prometas algo a cambio: quiero que me cojas.

Él gime y se pasa una mano por el cabello.

—Con gusto. Te voy a coger aquí y ahora, Raven. Mi pene está listo para ti. Siempre lo está…

Le sonrío de oreja a oreja, sorprendida de lo cómoda que me siento con él.

—Te lo juro, Ares. Eres el único hombre que me va a ayudar con mis estiramientos.

Me sonríe, luego regresa a lo suyo: meterme y sacarme dos dedos y frotarme con la lengua. Se ve tan sexy al mirarme, arrodillado, con mis piernas en sus hombros.

—No puedo… —Me muerdo el labio con fuerza, tratando de no venirme ahora, pero Ares me chupa el clítoris y me mete los dedos más adentro, y así nada más, me vengo en su lengua; mis ojos se cierran y me invade el orgasmo más intenso que he sentido, una ola tras otra, que me dejan sin aliento.

—Mírate nada más —dice gimiendo—. *Leggings* de yoga desgarrados, la vagina húmeda y esa sonrisa de satisfacción en la cara. Pareces mi zorrita personal, nena.

Me muerdo el labio con fuerza y mis mejillas están que arden. Con delicadeza, Ares me baja las piernas una a cada lado de él y se pone las manos en el resorte de su pants gris.

—Pero aún no termino contigo, esposita.

—Más te vale, prometiste que me ibas a coger.

Se ríe y se baja los pants y los bóxers, para dejar su pene expuesto. Me muerdo el labio, de pronto me siento muy nerviosa.

Se acomoda encima de mí, apoyado sobre un antebrazo y con la mano libre se acomoda el pene.

—¿Tienes idea de cuántas veces he soñado con esto, Raven?

Me mete la puntita, yo gimo y le abrazo el cuello.

—Hazlo despacio —le ruego—. Es que... ha pasado tanto tiempo...

Sonríe y me lo mete un poquito más.

—Tú puedes soportarlo —me promete—. Sí puedes, nena. Tu vagina está hecha para mí, lo sé.

Sacudo la cabeza y él se muerde un labio mientras se queda quieto para darme el tiempo de ajustarme. Dudo que se dé cuenta de lo irreal que este momento es para mí. Lo he deseado por tanto tiempo, y aquí estamos.

—¡Ares! Jefe, ¿dónde estás? —Abro los ojos al máximo cuando oigo una voz que apenas reconozco a la distancia.

—¡Mierda! —grita Ares. Se sale de mí y se quita la camiseta a la velocidad del rayo. Antes de que me dé cuenta de lo que está pasando, me jala los brazos para ponerme su camiseta y cubrirme lo más que puede. Me da unas palmaditas en los muslos para asegurarse de que mis *leggings* rotos estén completamente cubiertos antes de molestarse en subirse los pants.

Dom entra un segundo después.

—¡Ares! Hubo un cambio en el itinerario de hoy, y no te localizaba.

Camina más hacia nosotros y me ve escondida detrás de la amplia espalda de Ares.

—Señora Windsor —dice, sonriendo de oreja a oreja, pasando la mirada de mí a Ares y viceversa.

—Dom —lo saludo.

—¡Fuera, Dom! —le grita Ares con ojos furiosos.

Dom sonríe y lo obedece, con cara de que se está divirtiendo de lo lindo.

Ares se pasa una mano por la cabeza y suspira.

—Yo… Tengo que irme, Cupcake.

Le sonrío y asiento.

—Ve —digo en voz baja, renuente.

—Recuerda, Raven, nunca rompo una promesa.

Me sonrojo mientras él se levanta.

—Más te vale cumplir esta.

Sonríe y se va, aunque se detiene en el marco de la puerta.

—No olvides que más tarde nos vemos con el joyero, nuestra cita es hoy. Te mando la dirección por mensaje de texto.

Asiento y en mi estómago revolotean mariposas. Se me había olvidado lo de los anillos. Miro mi dedo anular izquierdo vacío y sonrío, y mi corazón se llena con esperanzas precavidas…

Treinta y seis

Raven

El corazón me retumba cuando entro a la joyería exclusiva en la que Ares me pidió que nos viéramos. A lo largo de todos los años en que juntos le compramos joyería a Hannah, ni una sola vez me trajo aquí, ni siquiera cuando ella se lo rogó, yo sé que lo hizo. Esta no es una joyería en la que cualquiera puede comprar, sin importar cuánto dinero tengas. Sus diseños son icónicos y todos son hechos a mano.

—Señora Windsor —saluda el dueño inclinando la cabeza—. Es un honor tenerla aquí hoy.

—Señor Laurier, el honor es todo mío —respondo, sorprendida. Él sacude la cabeza tímidamente, como si en verdad estuviera contento de tenerme aquí y eso hace que me sonroje. A lo largo de mi carrera me he acostumbrado a tener prácticamente todo lo que quisiera; sin embargo, esto es una de las pocas cosas que siempre habían estado fuera de mi alcance.

—Rave. —Alzo la mirada ante el sonido de la voz de Ares y sonrío cuando me ofrece la mano. Entrelaza nuestros dedos y me jala hacia él, mirándome a los ojos todo el tiempo. La manera como me mira me recuerda lo de esta mañana. Tal como Hannah se las arregló para menguar mi confianza, él dio un paso más y la restauró, con lo cual me demostró lo mucho que me desea. Aun cuando ahora no tengamos nada más que pasión, estamos en el inicio, y es más de lo que teníamos hace algunas semanas.

—Vamos a escogerte un anillo.

—Señores Windsor, síganme, por favor. —El señor Laurier nos lleva a un escritorio, en donde dispuso varios diseños—. ¿Tienen algo en mente?

Al sentarnos, miro de reojo a Ares, quien simplemente sonríe y me ofrece la mano para entrelazar nuestros dedos, luego lleva mi mano hacia sus labios.

—Lo que tú quieras, Raven. No te preocupes por el presupuesto, yo solo quiero que tengas un anillo que uses con orgullo. —Mira al señor Laurier—: Mi única petición es que graben mi nombre en la cara interior del anillo de mi esposa.

Mi corazón se detiene un momento y el calor sube a mis mejillas. No tiene idea de cuántos de mis sueños está cumpliendo hoy. Dudo por un momento, pero luego saco mi tableta.

—Hice un dibujo —admito—, pero no estoy segura si sea posible hacerlo.

El señor Laurier me sonríe y toma la tableta.

—Definitivamente podemos hacerlo, señora Windsor. Haremos un anillo de matrimonio con un engarzdo de diamantes con las puntas entretejidas. ¿De cuántos quilates estaba pensando?

Ares se tensa, endereza la espalda y aprieta mi mano.

—Necesito que se vea desde la distancia —dice, con expresión firme—. ¿Diez quilates, tal vez? ¿o quince?

Abro los ojos como platos y volteo hacia él.

—¿Estás loco? Eso es demasiado.

Ares me mira y niega con la cabeza.

—Eres una Windsor, eres mi esposa: nada es demasiado.

El señor Laurier me sonríe con confianza.

—Como es un engarzado, se necesitan varios diamantes con un total de diez quilates. Yo me aseguraré de que el estilo final sea de la clase más elegante, señora Windsor. Entiendo sus preocupaciones pero, por favor, quédese tranquila. El resultado final la dejará sin aliento y acorde a su estatus.

Asiento, dudosa, preocupada por quién sabe qué razón que simplemente no puedo identificar. Supongo que me da miedo realmente meterme en mi papel de la señora Windsor. Me da miedo que esto que parece crecer entre Ares y yo se desmorone. Tengo miedo de que mi corazón termine hecho pedazos y pisoteado.

—¿Qué pasa? —pregunta Ares en un susurro.

Bajo la mirada hacia su argolla simple de platino. No se la ha quitado desde que nos casamos y eso debería aliviarme, pero lo único que logra es incrementar mi ansiedad, porque es el anillo que Hannah eligió para él.

—¿Puedo escoger un anillo para ti también? —Las palabras se me salen antes de que siquiera me dé cuenta, por lo que enseguida me siento avergonzada. No quiero ser mezquina y celosa, pero no lo puedo evitar. No quiero que nada en nuestro matrimonio siga atado a ella; aunque, ¿cómo lograrlo, cuando Hannah es la mismísima razón por la que nos casamos?

Ares mira su argolla y zafa su mano de la mía. Por un momento estoy segura de que rechazará mi petición, pero entonces se quita el anillo y lo coloca sobre el escritorio.

—Claro —dice así nada más—. Elige el anillo que te guste.

Sonrío nerviosa al tomar mi tableta y bajar al siguiente diseño para mostrárselo al señor Laurier.

—Quiero un anillo amarillo, simple y grueso para Ares, con una pluma muy sutil grabada alrededor.

Él sonríe de oreja a oreja y asiente.

—La pluma de un cuervo, ¿supongo que como *raven* en inglés?

Asiento y mis mejillas están en llamas. Ares suelta una carcajada y apoya el brazo por encima de mis hombros, con delicadeza.

—Me gusta. —Voltea hacia el señor Laurier—: Quiero mis anillos dentro de dos semanas y quiero que utilice las mejores piedras que encuentre para mi esposa.

Mis ojos se abren al máximo y le doy una patadita en el pie. ¿Acaso enloqueció? ¿Tiene idea de lo larga que es la lista de espera para cualquiera de los diseños del señor Laurier? Tan solo estar aquí es un honor, pero por lo visto él quiere que nos echen a patadas.

—Claro que sí, señor Windsor. Yo personalmente los llevaré a su casa.

¡¿Qué?! Hago mi mejor esfuerzo por no mostrar mi conmoción, pero la sonrisa de Ares me dice que no lo logré.

—Vámonos a casa —me dice, ofreciéndome la mano, yo la tomo y el señor Laurier nos acompaña a la salida, mientras nos da las gracias una y otra vez por confiar en él.

—¿Estás bien? —me pregunta Ares mientras me lleva a su auto. Asiento. Él me abre la puerta con el ceño fruncido. Espera hasta que me siente para cerrar la puerta y apresurarse a subirse. Siempre sentí envidia las incontables veces que lo vi hacer lo mismo con Hannah, me carcomía verlos juntos. Siempre tuve la esperanza de tenerlo para mí un día, pero, aunque legalmente ahora es mío, todo se sigue sintiendo tan vacío… Como si estuviéramos haciendo lo que no nos toca. Estoy tratando con todo mi ser de no perder la fe, pero no puedo quitarme de la cabeza la conversación con Hannah.

—Raven —me llama Ares, se inclina hacia mí y toma mi cinturón de seguridad. Su rostro está tan cerca del mío que un pequeño giro de mi cabeza y nuestros labios se tocarían. Si realmente fuera mío, haría exactamente eso. Hundiría mis dedos en su cabello y lo besaría con tanta fuerza que se moriría por que llegáramos a casa cuanto antes para tener privacidad. Pero él no es mío, no realmente…—. Has estado muy callada desde que salimos, nena. ¿Qué pasa?

Levanto la vista sin saber qué decir.

—¿Un momento de sinceridad? Me siento culpable —contesto—. Tengo miedo de tan solo un momento de felicidad contigo porque no puedo evitar tener miedo de que me arrebaten todo esto. A veces siento como si viviéramos lo que no nos tocaba y aunque trato de luchar contra eso, no siempre logro hacerlo a un lado.

Aparto la mirada y respiro entrecortadamente.

—Yo solo quiero lo que cualquier otra mujer desearía, Ares: mi propio matrimonio feliz. No quiero privarme de lo que deseo, pero no puedo tomar lo que quiero sin lastimar a otros, sin…

Se acerca para besarme y me interrumpe de tajo cuando sus labios toman los míos con una urgencia que no me esperaba. Se me escapa un gemido y sus manos se hunden en mi cabello, para obligarme a abrir la boca. La manera en que me besa me deja sin aliento y con ansias de más. Más de esta manera como me hace sentir, más de cómo me quita todas las dudas, aunque sea solo por un momento.

Se separa para tocar mi frente con la suya; su aliento está tan entrecortado como el mío.

—Al diablo todos los demás, Raven. Tú eres mi esposa, es mi honor y mi deber asegurar que se cumplan todas tus necesidades, sean las que sean. No me importa si es la decoración de nuestra casa, nuestros anillos de bodas o la manera en que interactuamos. Si quieres que eso cambie, así será. No empezamos de la mejor manera, pero déjame arreglar las cosas, nena. Esto también es nuevo para mí, pero no suelo hacer las cosas a medias, me lo tomo en serio. Soy un Windsor, Raven, y sabes tan bien como yo lo que el matrimonio significa para nuestra familia. En cuanto me casé contigo, me hice tuyo. Tal vez mi corazón no esté ahí todavía, y tal vez nunca lo esté, pero todo lo demás es tuyo, solamente tuyo. Así que toma lo que quieras, pide lo que quieras. Si está dentro de mi poder, te lo daré.

—¿Aunque lo que te pida sea tu cuerpo? ¿Tu devoción? ¿Pasión? ¿Y si lo que quiero es todo lo que solía ser de ella?

Sonríe y me acaricia una mejilla con el dorso de la mano.

—Soy tuyo —repite—, y no hay nada que prefiera que hacerte mía a cambio.

Treinta y siete

Raven

Apenas puedo pensar con claridad mientras Ares se estaciona frente a nuestra casa. Me acosan pensamientos de deseo y miedo en proporciones iguales. Sus labios se sintieron perfectos contra los míos, y ese beso era todo lo que siempre quise. Este, sin embargo, fue diferente, incluso mejor que el recuerdo que conservó mi amor por él durante tantos años, pero que no era suficiente. Es extraño que un beso como este resulte mucho más íntimo en comparación con todo lo demás que hemos hecho.

Ares se ve nervioso cuando rodea el auto, no puedo leer bien su expresión. Me ofrece una mano y yo la tomo con vacilación. Ni en un millón de años habría pensado que nos encontraríamos en esta situación, si bien una parte de mí cree que lo nuestro era inevitable.

Entrelazo mis dedos con los suyos y él se aferra a mí con fuerza al llevarme a la entrada de la casa. Una tensión desconocida llena el aire, tengo miedo de que se esté arrepintiendo de haberme besado o que solo lo haya hecho porque siente que es parte de su deber como mi esposo. Pero es que últimamente me ha estado tocando de una manera que… Cómo quisiera que fuera real. Sé lo mucho que Ares valora el matrimonio, y no me sorprendería que haya decidido poner mis necesidades por encima de las suyas por esa misma razón, pero eso no es lo que quiero. Lo que quiero es que se entregue a mí por completo, sin obligación, porque así lo quiere de verdad.

Si hay aunque sea una mínima posibilidad de que él se arrepienta de estar conmigo de esa manera, entonces tengo que retroceder antes de que sea demasiado tarde, antes de que yo destruya todo lo que tenemos.

Abre la puerta con su pulgar y entramos. Yo suelto su mano en cuanto se cierra la puerta.

—Ares —susurro con el corazón adolorido aun cuando mi profunda necesidad por él me mantiene en sus garras—, suelo pensar de más las cosas, por lo que la comunicación es demasiado importante para mí. Si sigo tratando de adivinar qué sientes por mí, me voy a volver loca. La última vez que yo tomé la iniciativa, tú me rechazaste y me dijiste que nunca me desearías; eso me dejó con el corazón roto y la confianza resquebrajada. Desde entonces las cosas entre nosotros han cambiado, pero necesito saber que no soy más que una obligación para ti. Así que te voy a preguntar algo solo una vez. Si tu respuesta es no, me iré a la cama y ambos fingiremos que nunca pasó nada.

Él asiente y noto que se queda un poco intrigado.

—¿De verdad me deseas? Si no estuviéramos casados, ¿me desearías?

Sonríe y camina hacia mí, sus pasos son confiados e impacientes. Me abraza la cintura y me acerca a él, sus labios encuentran los míos con la misma urgencia que mostró hace rato. Gime mientras me sigue besando, sus manos me recorren el cuerpo impacientemente, me lleva contra la pared y me levanta una pierna para que se enganche a su cadera.

Cuando separa nuestros labios, suelto un jadeo, entonces me besa la mandíbula y luego se va hacia mi oreja, me besa con ternura el cuello, tanto, que me da un escalofrío.

—¿Esa te parece una respuesta suficiente, Raven? Te deseo tanto que hasta me duele. —Me muerde juguetonamente la oreja; su respiración es dispareja—. He soñado con tu vagina muchas más veces de las que me gustaría admitir, desde hace mucho tiempo, más del que debería.

Sus manos se dirigen a mi cintura y me levanta contra la pared; le abrazo las caderas con mis piernas para apoyarme.

—¿Sientes eso, nena? ¿Puedes sentir lo duro que me lo pones? Me vuelves loco, siempre ha sido así.

Una de sus manos baja hasta mis nalgas y aprieta con fuerza mientras sus labios regresan a los míos.

—Abre —ordena y yo separo los labios para él, entonces nuestro beso se vuelve mucho más profundo. Mis manos comienzan a recorrerle la espalda, hacia arriba, hasta que entierro los dedos en su cabello, mis uñas rasgan su cuero cabelludo, con lo que le hago entender mi silenciosa necesidad creciente.

Él gime contra mi boca y me lleva a la sala. En el camino tira algo en el pasillo, pero ni siquiera el escándalo de algo hecho trizas en el piso nos detiene. En todo caso, su urgencia incrementa.

Sus manos se mueven por debajo de mi vestido hasta que me está agarrando las nalgas sin nada de por medio.

—Mierda —gime contra mi boca—. No sabes cuánto tiempo llevo queriendo esto, no he podido dejar de pensar en el masaje que te di. Nena, he querido deslizar mis manos por debajo de tu camisón más tiempo del que imaginas. Sabías perfectamente lo que me estabas provocando cuando te pusiste ese sexy *babydoll*, ¿verdad?

Asiento y mis mejillas se encienden.

—Trataba de seducirte, pero supongo que no soy muy buena para eso.

Me coloca en nuestra cama y se acomoda entre mis piernas abiertas.

—Eres mucho mejor de lo que te dejé ver, Cupcake. Prácticamente, siempre lo tengo duro cuando estoy contigo. No eres la única que piensa de más las cosas, Rave. Eres la mujer más importante de mi vida y no hay forma de que yo hiciera algo que te alterara. Suficiente fue que hiciera que te casaras conmigo, no me atrevía a pedirte nada más, pero eso no quiere decir que no lo quisiera.

Se pone encima de mí, sus labios justo arriba de los míos.

—Déjame mostrarte lo que significa ser mi esposa, Raven. —Me muerde el labio inferior, provocándome, y lo chupa, hasta que de nuevo me está besando—. No tienes idea de cuántas veces soñé con tus labios, nena.

—Ares —suelto con mi voz llena de deseo—, por favor.

Sonríe y se aparta un poco para verme a los ojos.

—Dime qué quieres.

Mis manos se mueven hacia su camisa y le desabrocho el primer botón con dedos temblorosos.

—Quiero que hagas realidad mis fantasías —susurro—. Quiero que estés desesperado por mí.

Suelta una risa mientras le sigo desabotonando la camisa.

—No sé si pueda estar más desesperado…

Su camisa se abre y recorro su pecho con los dedos. Él inhala profundamente, como si mi tacto lo afectara, como siempre esperé que fuera, y es irreal.

—Raven —susurra y me jala la ropa, ambos impacientes. Levanto los brazos para él y me quita el vestido; me quedo acostada en su cama con nada más que mi diminuta ropa interior de encaje—. Carajo, cuando sí usas calzones, son unos tremendamente sexys, nena.

Se inclina y hunde una mano en mi cabello, me ladea la cabeza para que mi cuello se estire y planta sus labios justo debajo de mi oreja, con lo que me provoca escalofríos.

—Mi amor —murmura—, quiero descubrir cómo te ves con mi nombre en tus labios y mi pene completamente dentro de ti. No tienes idea de cómo me mató tener que salirme cuando apenas te había metido la puntita.

Meto los dedos en su cabello y aprieto.

—Entonces deja de provocarme y hazlo —le ruego.

Los ojos de Ares destellan fuego cuando se estira hacia mí.

—No tienes idea cuánto tiempo he querido que estés desnuda en mi cama, cada noche ha sido una tortura, nena. —Me desabrocha el brasier y respira con fuerza cuando lo quita—. ¿Tienes idea de cuántas veces he repasado en mi cabeza la noche en que te sentaste encima de mí? Carajo, tuve que hacer uso de todas mis fuerzas para no tocarte.

Por un momento me invade la vergüenza, pero me la quita con un solo beso.

—Yo también te quiero desnudo —le digo—. ¿Recuerdas la noche en que me pediste que te quitara la pijama?

Estuve tan tentada a quitarte mucho más que eso, pero no me atreví.

Me sonríe de oreja a oreja y coloca mis manos en su cintura.

—Desvísteme, nena.

Hago lo que me pide con la misma impaciencia que él mostró antes y se ríe cuando su pene sale disparado.

—Me toca —dice gruñendo.

Me recuesta y envuelve los dedos alrededor del pequeño encaje que aún tengo puesto. No deja de verme a los ojos cuando lo baja por mis piernas y mi vulva queda expuesta.

—Mierda —gime—, no creo que pueda aguantar un solo segundo más.

—Ni yo, esposo, así que ven acá.

Él jadea y coloca su pene contra mí.

—Repite lo que dijiste —ordena.

—¿Qué? —pregunto mientras él mete la punta—, ¿esposo?

Ares gime y no puedo evitar soltar una risita, pero me quita la sonrisa de la boca cuando me lo mete más, para darme lo que he estado soñando.

—Ay, Dios.

Me embiste por completo y se detiene, con sus ojos puestos en los míos.

—Mierda, Raven, esto es… No estoy seguro de aguantar mucho cuando se siente tan rico.

Me muerdo un labio sin atreverme a admitir que me duele un poquito. Es más grande de lo que recordaba y necesito un momento para ajustarme a su tamaño.

—¿Qué pasa, amor?

Meneo la cabeza y lo jalo hacia mí, con mis labios contra los suyos. Ares me besa mientras se mueve lentamente y me pierdo en él. Se apoya contra sus antebrazos y menea las caderas para cogerme despacio.

—Más —le pido gimiendo.

Me sonríe.

—Pensé que nunca lo pedirías, nena.

Hunde una mano en mi cabello y con la otra me toma del cuello, sin apartar sus ojos de los míos. Se sale casi por completo, tan solo para embestirme con más fuerza esta vez.

—Ares —susurro.

Su respuesta es embestirme con más fuerza todavía, sus movimientos se hacen más toscos.

—Mírate —me dice y me inclina la cabeza para alcanzar mi cuello. Me chupa la piel y me deja una marca—. Mira cómo recibes mi pene, nena. Qué vista más excitante.

Se sale de mí, por lo que suelto un gemido de decepción, pero Ares medio sonríe porque ahora se arrodilla entre mis piernas, luego me toma de estas y me jala hacia él bruscamente, para levantarme en cierto ángulo.

—Quiero ver cómo tu vagina hambrienta se come mi pene, nena. Tengo que verte toda.

Toma su pene y lentamente me lo vuelve a meter; su mirada está tan hambrienta como mi vagina.

—Carajo —gime.

Sin duda me veo hecha un desastre, mi cuerpo entero está expuesto frente a él y mi cabello está desparramado en todas nuestras almohadas.

—Raven, eres cada uno de mis sueños hecho realidad.

Se aferra a mis caderas con una mano mientras me embiste y mete la otra entre mis piernas.

—Ares —gimo cuando me frota el clítoris sin piedad. Su pulgar traza círculos de esa manera que sabe que me vuelve loca, igual que como me hizo el masaje y, en segundos, me tiene al borde.

—Estás tan malditamente húmeda para mí, Raven. Quiero que te vengas con mi pene hundido en ti. Quiero ver cómo te dejas ir para mí.

Me muerdo un labio conforme él acelera el ritmo, me toma con más fuerza y mueve los dedos más rápido.

—Ares, ya no aguanto —le advierto.

—No quiero que te aguantes, déjate ir, nena. Quiero que te vengas para mí.

Y eso hago. Mis ojos se cierran cuando mis músculos se contraen y me invade un poderoso orgasmo. Saber que me está viendo lo hace más intenso todavía.

—Maldita sea —gime mientras se sigue moviendo con más fuerza y más rápido. Se muerde un labio cuando se viene, unos cuantos segundos después de mí. Saber que yo le provoqué eso es increíble.

Se acomoda encima de mí y planta el rostro en mi cuello. Su respiración es agitada.

—Mejor que cualquiera de mis fantasías —dice jadeando—. Acabo de tomarte y ya quiero más.

Sonrío y lo abrazo, con mi corazón a toda velocidad. Ares me besa el cuello una y otra vez y, por primera vez desde que nos casamos, tengo una sensación de permanencia. Esto entre nosotros… ya no hay vuelta atrás.

Treinta y ocho

Raven

De camino a la casa principal, reviso los comentarios de la última campaña que publiqué y frunzo las cejas. Es una foto muy sencilla de mí con una botella de perfume, pero tiene algunos comentarios extraños. O, más bien, los comentarios son normales, pero los nombres de los usuarios son extremadamente raros.

Quierobesarleelpiearaven: ¿el perfume es tan dulce como tú?

Fandelhoyueloenlaespaldaderaven: Me encanta tu sonrisa en esta foto. ¿Qué se necesita para que me mires tal como miras esa botella de perfume?

Obsesionadoconlasonrisaderaven: ¿Sabes?, quiero estar en tus fotos también. Nunca había estado celoso de una botella de perfume, hasta hoy. Soy un tonto por tu culpa.

Quierolamerlarodilladeraven: Quiero cogerte mientras no traes puesto nada más que ese perfume, Rave. Solo tú en tu cama, mi cara entre tus piernas y el sutil aroma del perfume en el aire.

Esposoderave2409: ¿El perfume huele igual que tú? Si sí, voy a comprar todo el inventario para tener una parte de ti cuando no estás conmigo... y para que nadie más pueda hacerlo.

Raveneslareinadeloscupcakes: Si este fuera tu aroma característico, estoy seguro de que olería a sol y a cupcakes.

Ravenesmicupcake: Eres tan hermosa que me duele. Voy a establecer esta foto como el fondo de mi teléfono para verte sonriéndome así todo el día.

Ravenesmiesposaalejense: Me estoy quedando sin paciencia. Quiero que todos sepan que eres mía.

Suelto una carcajada y abro mi app de mensajes.

Raven: Creo que mi favorito es el de «quiero lamer la rodilla de Raven». Es... extrañamente único.

Ares: ¿Este es uno de esos momentos de honestidad? Si no, mi declaración oficial es que yo no fui.

Raven: Qué mal, porque uno de los comentarios me intrigó. Era algo como: «Quiero cogerte mientras no traes puesto nada más que ese perfume, Rave. Solo tú en tu cama, mi cara entre tus piernas y el sutil aroma del perfume en el aire».

Raven: Pero si no fuiste tú entonces, qué mal. Supongo que no hay razón para que lleve una botella de perfume a casa.

Ares: Sí fui yo. Todos. Lo confieso.

Suelto otra carcajada y sacudo la cabeza.

—Vaya, hace mucho tiempo que no te reías así.

Levanto la mirada y Sierra me está sonriendo. Entrelaza su brazo con el mío y me lleva. La abuela nos convocó, lo cual no está del todo fuera de lo normal, pero esta vez me siento nerviosa. Es la primera vez que la veo como esposa de Ares. Tal como lo prometió, nos dio un mes para que estuviéramos solos, juntos, pero ni un solo día más.

—Y bien —dice Sierra moviendo las cejas—, ¿cómo va todo? ¿Ya lograste que el baboso de mi hermano se enamore de ti?

Me río y meneo la cabeza.

—Solo ha pasado un mes, Ser.

Ella alza los hombros.

—¿Al menos ya te lo cogiste? Esa es probablemente la manera más fácil de llegar a su corazón.

Se me encienden las mejillas cuando me acuerdo de cómo se sintió dentro de mí y la manera en que me tocó.

—¡Ay, por Dios, sí lo hiciste!

Le suelto una mirada de advertencia.

—¿De verdad quieres que te cuente cómo me acosté con tu hermano?

Pone los ojos en blanco.

—Ni de broma, no te pedí detalles, solo quería saber si ya lo habían hecho o no. ¿Cómo podríamos llamarle? ¿Operación Trampa de Luna de Miel?

Me río y niego con la cabeza.

—Esta se llama Operación Felices Para Siempre.

—Awwww —me dice con ternura—, me encanta. Mírate, Rave, toda romántica y así. ¿Finalmente le encontraste el encanto?

Alzo los hombros. No voy a admitir frente a ella que sí; Sierra es la persona más romántica que conozco y cuando no se está partiendo el trasero para ser la mejor CEO, está leyendo novelas o viendo comedias románticas en la tele. Y por eso tiene un estándar altísimo acerca del amor, y cree que todos deberíamos aspirar a eso. Me pregunto cuánto tiempo le tomará darse cuenta de que los hombres de la ficción que tanto adora fueron escritos por mujeres.

—¡Chicas!

Ambas sonreímos hacia la abuela, que se abre de brazos.

—¡Yo primero! —grito y me echo a correr, para llegar antes que Sierra a los brazos de la abuela, que ríe y me da un abrazo apretado.

—Ash —se queja Sierra—, ya ni siquiera te puedo acusar de ladrona de abuelas porque ahora también es tuya.

Sonrío de oreja a oreja y me aparto de la abuela, que nos lleva a la sala y, esta vez, Sierra es quien se adelanta. Toma el plato de galletas que nos estaba esperando y, sin vacilar un solo momento, echa todas las galletas en su bolso.

La miro sin poder creerlo.

—¿Es en serio?

Me barre con la mirada, victoriosa, con una sonrisa de triunfo.

—Sí, lo hice y qué.

La abuela coloca su mano en mi cintura y se inclina para hablarme al oído.

—Te escondí unas galletas, luego te las mando.

—¿Qué cuchichean? —Se entromete Sierra de inmediato, entrecerrando los ojos.

—Siéntense —nos pide la abuela y nos da una caja a cada una—. Supongo que aún es muy pronto para darte el tuyo, Sierra, pero te conozco y no quería que molestaras a Raven por el suyo, así que te lo voy a dar. Abran sus regalos.

Ambas abrimos nuestras cajas y ahogamos un grito al mismo tiempo. Cada una tiene un juego de joyería que forma parte de las invaluables reliquias de la familia Windsor. Son piezas icónicas que con frecuencia se prestan a museos. Jamás pensé que yo sería dueña de uno.

—Tú, mi querida y dulce Raven, vas a heredar todas las joyas de la familia Windsor. Vas a ser la siguiente matriarca de esta familia y no hay nadie más que yo preferiría como la cabeza de los Windsor. —Luego se dirige a Sierra—: Y tú, sin duda, te convertirás en la matriarca de la familia con la que te cases.

Sierra sonríe de oreja a oreja.

—¿Quieres darme una pista de quién elegiste para mí?

Al igual que sus hermanos, Sierra siempre ha sabido que tendrá que casarse con quien su abuela escoja. Aunque, a diferencia de sus hermanos, Sierra no se opone del todo, supongo que es gracias a sus novelas románticas.

—Todavía no estás lista —dice la abuela—. Es más, creo que yo tampoco lo estoy. ¿Quieres dejar a tu abuela tan pronto?

Sierra niega con la cabeza, entonces va a sentarse junto a la abuela, y le pasa un brazo por encima. Yo miro con el corazón pleno cómo la abuela le da un beso en la cabeza. Esto es lo que siempre he querido: ser parte de esta familia. De verdad.

—Dime, Raven, ¿cómo te ha tratado el matrimonio hasta ahora?

—Ah —responde Sierra—, yo diría que la está tratando demasiado bien.

Le lanzo una mirada de advertencia con los ojos bien abiertos, pero la sonrisa de la abuela me deja ver que definitivamente entendió la indirecta de Sierra.

—Me ha ido bien, gracias por preguntar, abuela.

Ella asiente.

—Tuvieron un mes sin interrupciones ni obligaciones familiares, pero su tiempo se terminó. Deben anunciar formalmente su matrimonio, lo cual provocará más atención de los medios. Y debido a tu trabajo, creo que estás más que preparada para lidiar con eso. Y con los medios vendrán también compromisos, tendrán que asistir a muchos eventos en representación de los Windsor, aunque sea solo para hacer acto de presencia rápidamente. Sé lo mucho que trabajas, Raven, pero tu agenda está a punto de ocuparse todavía más. A partir de ahora, no voy a permitir siquiera que faltes a nuestras cenas familiares semanales, y mucho menos a los demás eventos. La reputación de la familia es importante y muchos de nuestros negocios han prosperado gracias a nuestra red, debemos mantener eso.

—Lo sé, abuela —le confirmo—. Voy a estar bien, lo prometo. He asistido a tantos eventos de caridad contigo que no me preocupa en absoluto.

La abuela asiente.

—A mí tampoco. Ares y tú hacen una gran pareja.

Luego vacila un momento, como si hubiera algo que quiere preguntar, pero parece que lo analiza mejor y sacude la cabeza.

—Ponte estas joyas en el próximo evento al que asistan —dice, sonriendo—, dará un mensaje contundente a todos los que nos conozcan.

Me quedo viendo el collar de diamantes y me revolotean mariposas en el estómago. Hasta ahora, Ares y yo hemos existido dentro de nuestra propia burbuja. ¿Cómo será caminar tomada de su brazo, que todos me conozcan como su esposa?

Me muerdo un labio, nerviosa. El primer evento que tenemos programado es el estreno de una película… una en la que Hannah es la protagonista estrella. No tengo nada de ganas de ir, pero creo que estoy lista.

Treinta y nueve

Ares

Me quedo viendo los anillos en mis manos con la sonrisa más traviesa. Cuando Hannah eligió nuestras argollas de matrimonio, tuve una sensación pesada, pero ahora que veo los anillos que escogió Raven, me invade una satisfacción casi enfermiza.

Ya quiero que vea mi anillo en su dedo. Es tan grande como quería, y no deja duda alguna de lo que significa. La marcará como mía tal como quiero; a cambio, yo usaré felizmente el anillo con la pluma grabada.

—¿Rave?

Doy un pisotón impaciente al sentarme en nuestra cama, mientras espero que salga de la regadera. Estoy tentado a unirme a ella, pero no puedo esperar un momento más para ponerle el anillo, y el baño no es el lugar apropiado.

Cuando recién nos casamos, no estaba seguro de cómo se vería la relación entre nosotros, y tampoco tenía la intención de que fuéramos más que amigos. ¿En qué momento cambió todo eso? En unas cuantas semanas, se ha vuelto mi esposa en todos los aspectos que importan.

Cada noche con ella es absolutamente increíble. La manera en que me desea es… irreal. Nunca había estado tan impaciente y desesperado, siempre quiero más. Me descubro a punto de faltar al trabajo para poder quedarme en la cama como siempre soñé pero, para mi desgracia, Raven está aún más ocupada que yo en mis peores momentos.

Mi corazón se acelera cuando sale del baño con tan solo una toalla diminuta.

—Diablos —exclamo.

Raven se sonroja y tan solo con ver sus mejillas rosadas el deseo me invade. Durante demasiado tiempo me mantuve alejado de ella bajo la excusa de querer darle su espacio, pero en parte era porque sabía que no podría resistirme a ella. Era la única mujer a la que no debía desear y la única a la que quería con tanta desesperación.

Me levanto y me dirijo hacia ella con una mirada intensa. Ella me sonríe, como si supiera exactamente lo que me provoca ahí parada con apenas una toalla, y suelta una risita al dar un paso atrás, hasta que queda arrinconada contra la pared.

—Es absurdo lo bella que eres —murmuro y coloco un brazo a cada lado de ella para arrinconarla más.

Raven recorre con la vista el traje que tengo puesto, suspira y se aferra a las solapas del saco.

—Qué mal que estés ocultando mis partes favoritas de tu cuerpo.

Me acaricia el pecho. Yo tomo su mano y la dejo quieta sobre mi corazón.

—¿Conque tus partes favoritas? Si mi pene no es tu parte favorita, entonces no estoy haciendo un buen trabajo. Te prometo que estoy a punto de remediarlo.

Me sonríe y sus ojos destellan maravillados. Supongo que esto es tan irreal para ella como lo es para mí. No se suponía que termináramos juntos. Y tampoco que nos acopláramos tan perfectamente.

—Te voy a hacer otra promesa, Raven. —Levanto su mano y tomo el anillo que ella diseñó, lo coloco en la punta de su dedo y me detengo para mirarla a los ojos—. Tú y yo comenzamos nuestro matrimonio bajo las peores circunstancias posibles. Incluso ahora, se siente como si muchas cosas se interpusieran entre nosotros, como si las probabilidades estuvieran en nuestra contra. No sé qué nos depara el futuro, Rave, pero sí te voy a prometer esto: por el resto de nuestro matrimonio, tú serás todo para mí. Serás mi prioridad por encima de todo lo demás, y haré todo lo que esté a mi alcance para asegurar que nunca sientas que tuviste que sacrificar algo para casarte conmigo. Sé que el camino que elegimos no es fácil, pero no puedo pensar en una mejor compañera para este viaje que tú.

Raven me sonríe con los ojos llenos de lágrimas. Mis manos tiemblan cuando deslizo el anillo por su dedo. Nunca estuve tan nervioso como ahora cuando le pedí matrimonio a Hannah, eso fue solo una formalidad, pero esto… Este es un momento real entre nosotros, uno que nunca pensé que tendríamos.

Luego, con expresión tímida, le paso a Raven el anillo que diseñó para mí.

—¿Quieres ponérmelo o yo lo hago?

Ella niega con la cabeza y toma mi mano, me pone el anillo en la punta del dedo, imitando mis movimientos anteriores.

—Ares —me dice con voz temblorosa—, nunca debiste ser mío, pero ahora que lo eres, y te prometo que voy a dar todo de mí en este matrimonio. Para ambos ha sido extraño y sé que aún nos estamos acoplando a estar juntos. Tienes razón al decir que todo esto sigue siendo muy incierto, pero te voy a prometer esto: por el resto de nuestras vidas, te seré fiel en todos los aspectos. Tú lo serás todo para mí, y yo haré todo lo que esté a mi alcance para ser la mejor esposa que hubieras querido.

Desliza la argolla por mi dedo, también con mano temblorosa. Nuestra boda fue una farsa, pero este momento entre nosotros es lo más real que hemos tenido.

—¿De verdad estamos haciendo esto? —susurra.

Asiento y pego mi frente a la suya.

—Ya lo hicimos, Rave. Llevamos un mes casados, es hora de que enfrentemos los hechos y trabajemos hacia un futuro juntos.

—¿De verdad ves un futuro conmigo, Ares? Cuando recién nos casamos, tú… bueno, comentaste que me dejarías a los tres años. ¿Todavía quieres eso? Necesito saber. No puedo… no quiero salir lastimada.

Coloco mis manos sobre sus mejillas y la miro a los ojos, mientras repaso sus labios con mi pulgar.

—Nunca te dejaré ir, Raven, al diablo con lo que dije. Fui un completo imbécil que no se dio cuenta de que había encontrado oro molido. Eres mi esposa, para bien y para mal. Tú y solo tú, por el resto de mi vida.

Ella solloza, luego sonríe con los ojos llenos de lágrimas.

—Prométemelo. Me dijiste que nunca rompes una promesa, así que prométeme que serás mío por el resto de nuestras vidas, sin importar lo que pase.

Pego mi frente con la suya y respiro entrecortadamente.

—Soy tuyo, Raven Windsor. Para siempre, lo prometo.

Le pellizco la barbilla, acerco su rostro al mío y me agacho para tomar sus labios en un beso largo y sin prisas. Ella coloca los brazos sobre mis hombros y yo pego todo mi cuerpo al suyo, besándola más profundamente. Diablos, ¿cuántas veces fantaseé besarla así cuando no debía? Poder tomar sus labios con tanta libertad me parece irreal.

—Mañana —murmuro contra sus labios—. Vamos a anunciar nuestro matrimonio mañana.

Sé que hacer esto implica que todos los ojos estarán sobre nosotros, y que eso va a alterar a Hannah, pero a la mierda con todo. Necesito que el mundo sepa que Raven es mía.

Cuarenta

Raven

Sonrío hacia mi teléfono mientras escribo el mensaje que acompañará la foto de nuestra boda que estoy a punto de publicar. Esto es lo único que nunca pensé que tendría con Ares, pero es algo que siempre he querido.

Algo ha cambiado desde que nos casamos. Solía haber una barrera invisible entre nosotros, pero que desapareció en cuanto crucé ese altar.

Esta versión de él fue de la que me enamoré hace tantos años. Finalmente siento que está a mi alcance y no hay forma de que yo permita que esta oportunidad se me escape. Amo a mi hermana con todo mi corazón, pero no voy a sacrificar un momento más de mi propia felicidad por ella, no cuando lo tuvo todo y decidió dejarlo ir.

Me sonrío a mí misma cuando publico la foto segundos después de que se transmita el anuncio de Ares. La foto que elegí es una de Ares besándome el día de nuestra boda. Sin duda se hará viral en poco tiempo. Tal vez sea jugar sucio, una manera de incrementar la distancia entre Hannah y él, pero no me importa, basta de poner a los demás por encima de mí.

Segundos después, la puerta de mi camerino se abre con tanta fuerza que se azota contra la pared. Mi agente entra bruscamente con una expresión de angustia.

—¡¿Qué carajos es esto?! —pregunta John, con tono alterado. Levanta el teléfono para mostrarme la foto que acabo de publicar—. ¿Te casaste, carajo? ¿Con Ares Windsor? ¿Te casaste con el más grande magnate de los medios y ni siquiera me avisaste? ¿Qué carajos, Rave?

Debí prever su reacción, pero estas últimas semanas he estado muy embelesada y no quería salirme de la burbuja en la que estábamos Ares y yo, me daba mucho miedo despertarme y darme cuenta de que todo fue un sueño.

—¡Sorpresa!

John me fulmina con la mirada, sus brillantes ojos azules están llenos de furia y dolor, lo cual me pega directo en el pecho; el remordimiento me quita toda intención de hacerme la graciosa.

—Perdóname —le digo—. No es que no hubiera querido invitarte —le prometo—, pero es que la lista de invitados se redujo lo más posible. Nuestras familias son amigos de antaño y, qué te puedo decir, mi madre pulió la lista por mí. He estado tan ocupada con mi trabajo que... perdón.

Aparta la mirada y niega con la cabeza.

—Lo entiendo. —Su tono es opuesto a sus palabras.

¿Cómo se supone que explique que lo habría invitado si se hubiera tratado de mi boda?

—Pero yo ni siquiera sabía que estabas saliendo con él, Raven. ¿Cómo pasó? ¿Cómo y por qué ocultaste una relación con Ares Windsor, ni más ni menos?

Esto es justo lo que temía. Quienes me conocen lo suficiente saben que llevo un buen rato soltera.

Me libro de tener que responderle cuando se voltea para abrir la puerta de mi camerino. Ahogo un grito cuando Ares entra, rodeado de seis guardaespaldas.

—Raven —me dice y camina hacia mí. Sus manos me rodean la cintura y me acerca a él, para darme un beso como si estuviéramos solos en la habitación, tomándose su tiempo, provocándome hasta dejarme sin aliento—, me encantó la foto que publicaste —susurra—. Pensé que ibas a escoger una general de la boda o tal vez una de años recientes, pero la que elegiste no dejó dudas.

Me enderezo, aún en sus brazos, para mirarlo; de mi corazón emana amor puro.

—Estoy orgullosa de ser tu esposa —susurro—. ¿Por qué no hubiera querido presumirte?

Se agacha y con sus labios me roza la oreja.

—Me alegraste el día —murmura—. Tendré que darte un premio más tarde.

Mis mejillas se encienden y me aparto de él un poco, de pronto consciente de nuestro alrededor. Me toma un momento darme cuenta de que los guardaespaldas de Ares nos están dando la espalda, pero John nos mira con una expresión que simplemente no puedo descifrar.

Ares se aleja un paso y coloca una mano encima de mi nombro, mientras extiende la otra hacia John.

—Te he visto por ahí, pero nunca nos presentaron formalmente. Soy Ares Windsor, esposo de Raven.

Estrechan manos y algo en la forma en que John mira a Ares no me gusta. Por lo general, las personas de la industria están más que entusiasmadas de conocerlo, pero John no se ve así.

—También soy tu nuevo jefe —dice, mientras quita la mano—. Esta agencia es tan apropiada para mi organización, que la compré.

Levanto la vista, conmocionada.

—¿Que hiciste qué?

Ares alza los hombros y se inclina hacia mí.

—Pensé que sería bueno para nosotros si nos volvíamos dueños de la empresa para la que trabajas. Puede ser tuya si quieres, te la endoso, con dos condiciones.

—¿Cuáles?

Sonríe y con los labios me roza la oreja.

—No más campañas con otros hombres y ya no tienes permiso de trabajar horas extras.

Lo miro sin poder creerlo, boquiabierta.

—¿Compraste una agencia de modelaje entera porque no te gusta que tenga sesiones de fotos con otros hombres?

Ares alza las cejas.

—¿Y qué? Soy tu esposo. Las únicas manos que pueden tocar tu cuerpo son las mías. No podía pedirte que violaras tus contratos vigentes, así que compré la empresa y cancelé cada contrato que requería que fueras lo más remotamente íntima con otro hombre.

—La multa por cancelar cualquier contrato mío es de millones, Ares. ¿Estás loco?

Hace una pausa, pero luego sonríe.

—Mi amor, creo que no te das cuenta de que tu anillo de bodas vale mucho más que las multas que pagué. De cualquier forma, no importa. No hay nada que no haría por ti.

John carraspea y ambos nos tensamos cuando de pronto nos acordamos de su presencia.

—Señor Windsor —dice con tono áspero—, Raven tiene una sesión de fotos en unos minutos, tenemos que irnos.

Ares se aferra a mí con fuerza y niega con la cabeza.

—Se canceló. Me la llevo a casa. —Voltea hacia mí y sonríe a modo de disculpa—. Los medios atestaron el edificio, mi amor. —Luego señala con la cabeza al guardaespaldas detrás de él—. Ellos nos van a llevar a casa sanos y salvos. En cuanto atravesemos las rejas de la mansión Windsor, estaremos fuera de riesgo. Hasta entonces, los vamos a necesitar. —Hace una pausa—. Las próximas semanas van a ser un poco difíciles porque los medios van a intentar averiguar lo más que puedan sobre nosotros. Windsor Media está monitoreando todas las noticias que se publiquen sobre nosotros, y tengo un equipo legal listo para reaccionar si es necesario.

Asiento y le sonrío.

—No te preocupes, estoy acostumbrada a lidiar con la prensa —respondo, a pesar de que mi cuerpo entero se estresa. Hasta ahora he tenido la suerte de no terminar en el radar de los medios pero, como la nueva señora Windsor, esos días de calma ciertamente se han ido.

Cuarenta y uno

Raven

Apago mi teléfono y suspiro. No ha dejado de zumbar desde que nuestro anuncio se publicó y, aunque la atención de los medios fue emocionante al inicio, rápidamente se volvió extenuante. De inmediato la mayoría de las páginas de chismes comenzaron a indagar acerca de nuestra relación, pero claro que sobra decir que no han podido encontrar nada. ¿Cómo podrían?, nuestra relación ni siquiera existía antes del día de la boda.

Me preocupa que si investigan de más encuentren rastros de la relación entre Hannah y Ares, lo cual sin duda sería vergonzoso para los tres. No quiero que nadie se entere de que lo nuestro no es real.

Me muerdo un labio mientras escombro entre nuestro vestidor, porque necesito distraerme. Ares sale del baño justo cuando saco mi confiable cinta métrica de una de las cajas. Sus ojos se abren al máximo cuando me ve agachada, con las manos y rodillas sobre el piso. La manera en que se muerde un labio me provoca un pinchazo de deseo por todo el cuerpo. No trae más que una toalla blanca a la altura de las caderas y le gotea agua por el pecho.

—Ares —le digo con voz más ronca de lo que quería—, no te vistas.

El deseo destella en sus ojos y sonríe con travesura.

Alzo la cinta métrica y le sonrío.

—Quiero medirte. Tengo algo en mente que quiero diseñar para nuestro primer evento juntos.

Se soba el cuello con mirada fogosa.

—¿Quieres medirme justo ahora?

Asiento.

—Sí, prefiero tener las medidas exactas. No es igual que cuando mides por encima de la ropa, ¿sabes?

—Está bien. —Me hace una seña para que me acerque y yo lo hago, nerviosa. No había tenido tanta iniciativa desde la última vez que lo intenté. Cada vez que nos acostamos, Ares es quien tiene la iniciativa. Es tonto, pero una parte de mí sigue asustada de que me vuelva a rechazar. A decir verdad, sé que no lo hará, pero de alguna manera mi corazón no ha sanado el dolor que me causó.

—Alza los brazos —le pido. Las manos me tiemblan al rodear su brazo con la cinta, apenas puedo pensar con claridad. Necesitaba una distracción, ¿no?, pues ya tengo una.

Puedo sentir su mirada quemándome la piel y alzo la vista, nerviosa, me está observando fijamente con ojos de deseo. De por sí es sexy como el pecado en todo momento, pero justo ahora, parada frente a él en toalla… Es delicioso.

Pego la palma de mi mano sobre su pecho y le sonrío.

—¿Cuáles son tus colores favoritos?

Se estira y me acomoda el cabello detrás de la oreja, baja la mirada hacia mi pecho y la deja ahí.

—Lo que hagas para mí será increíble, estoy seguro.

Estiro la cinta métrica a través de su torso y me acerco para leer la medida, y al hacerlo rozo mi cuerpo contra él. Ares inhala con fuerza y carraspea incómodo, lo cual me hace sonreír.

—Ay, olvidé tu cuello. —Me paro de puntitas y pego los senos contra su pecho para rodear su cuello con la cinta y rozar mis labios contra su mandíbula. Él suelta un quejido leve y el deseo me invade cuando siento que él se tensa contra mí.

Levanta la mano, la mete en mi cabello y cierra el puño con fuerza para mantener mi cabeza en esa posición.

—¿Así es como siempre tomas medidas, esposa? —pregunta, furioso.

Me aparto un poco para verlo a la cara y negar con la cabeza.

—No. Yo nunca tomo medidas, pero quería hacerlo contigo.

—Mmm —gruñe—. Muy bien. Conmigo y nadie más, Raven.

Asiento, nerviosa, mientras dejo que mi mano baje a través de su cuerpo. Su rostro está tan cerca del mío… ¿Debería dejar la farsa y simplemente besarlo? Sus ojos se posan en mi boca y ladeo la cabeza, esperando que haga algo al respecto.

—¿Qué vas a medir ahora? —pregunta.

Suspiro y me alejo un paso; me rehúso a ceder.

—Los muslos —le contesto y me hinco frente a él.

Contengo la sonrisa cuando veo que su toalla se levanta, tan solo porque tomo unas medidas. Levanto la vista hacia él, pero solo me mira provocativamente, sin una pizca de vergüenza.

Deslizo mi cinta métrica por debajo de su toalla y la subo fingiendo que voy a medirle la parte alta de la pierna, pero a propósito la desenredo con la intención de que se le caiga.

—Raven —me advierte.

Alzo la vista inocentemente.

—¿Pasa algo?

Mis manos se mueven a través de sus muslos, lo toco, lo provoco, finjo que estoy calculando la mejor manera de medirlo. Lleva su mano hacia mi cabello justo cuando la toalla termina de desenredarse y cae al piso. Y entonces su pene queda expuesto, a unos cuantos centímetros de mi cara. Me acerco y me muerdo el labio con fuerza, mientras la excitación me invade el cuerpo.

Ares cierra el puño entre mi cabello y me obliga a levantar el rostro hacia él.

—¿Qué estás haciendo, esposa?

Le sonrío, nerviosa.

—¿Midiéndote?

—¿Es todo lo que estás haciendo?

Miro de reojo su pene erecto, sonrío con travesura y suelto la cinta métrica. Me inclino hacia su otro muslo y al hacerlo le rozo con los labios la punta del pene. Ares aprieta los dientes y su mirada está llena de deseo. Yo aprieto los muslos, excitada.

—¿Preferirías que estuviera haciendo algo más?

Con la mano que tiene libre se detiene la base del pene.

—Si me entero de que alguna vez has medido a otro hombre así, voy a desatar un infierno —me advierte.

Aprieta el puño entre mi cabello aún más y me acerca la cara a su pene, hasta que mis labios rozan la punta.

Abro la boca y dejo que mi lengua roce la orilla, con lo cual él suelta un sonoro gemido.

—Raven —gime mientras sostiene mi cabeza en su lugar.

Lo miro a los ojos mientras cierro la boca en la punta de su pene y se lo chupo con fuerza. Él me mira y, poco a poco, me empuja la cabeza un poco más.

Yo gimo y él empuja un poco más, hasta que me llega al fondo de la garganta. Luego se sale, tan solo para volver a hacerlo y mostrarme el ritmo con el que quiere que se lo chupe, tal como yo quería.

—Mírate nada más —dice jadeando—. Mira cómo me lo chupas, nena. Eres mi zorrita perfecta. Todo el mundo cree que eres dulce e inocente. ¿Qué dirían si supieran cuánto te gusta que te lo meta por la boca?

Vuelve a apretar el puño entre mi cabello y me embiste la boca con más fuerza.

—Desliza tu mano por todo tu cuerpo hasta tu vagina —me ordena y lo obedezco—. ¿Estás húmeda para mí, bebé?

Asiento sin quitar la boca de su pene.

—Dedéate para mí, Raven. Quiero ver cómo te frotas mientras te cojo por tu boquita caliente.

Se lo chupo con más fuerza; él gime y me aprieta aún más el cabello.

—A menos que quieras que me venga por toda tu garganta, te aconsejo que vayas más despacio, esposita.

Me río y paso la lengua alrededor de su pene, para provocarlo más. Tal vez me está dando por la boca, pero está a mi merced.

—Carajo, Raven. Nena, tu boca se siente riquísima.

Miro cómo él se va soltando más y más, sus movimientos son más rápidos, más bruscos. Me encanta lo poderosa que me hace sentir. Tal vez sea yo quien está de rodillas, pero él es quien está desesperado.

Cuando estoy segura de que está a punto de venirse, alguien toca a la puerta con desesperación; ambos nos separamos de un brinco, aturdidos.

—¡Ares!

El sonido de la voz de Hannah en la puerta de la entrada nos deja congelados, pero mi estómago da un vuelco. Sabía que al hacer el anuncio oficial Hannah vendría corriendo, aunque una parte de mí tenía la esperanza de que no fuera así.

—Vístete —me dice y se apresura a ponerse la ropa. Me le quedo viendo, aún hincada en el piso y con un vestido al que no podría resistirse. Cruza miradas conmigo y en sus ojos solo veo culpa.

Se hinca frente a mí, coloca ambas manos en mis mejillas y me mira a los ojos.

—Raven —susurra.

Yo niego con la cabeza y aparto la mirada.

—Solo vete —susurro—. Ve con ella, como siempre lo haces.

Me alejo de él, me voy al baño y cierro la puerta. Entonces me hundo en el piso y me abrazo las rodillas. Aún no logro que duela menos. A pesar de las promesas y del sexo, él sigue corriendo a ella en cuanto oye su voz.

Cuarenta y dos

Ares

«Ve con ella como siempre lo haces». Las palabras de Raven resuenan en mi cabeza mientras camino hacia la sala. ¿Cómo le quito sus inseguridades? No puedo borrarle años de recuerdos de Hannah conmigo.

—¡Ares!

Se me hiela la sangre al oír la voz de Hannah y siento cómo una especie de culpa se asienta en el fondo de mi estómago. Ella es la mujer que siempre he amado y, sin embargo, ya no puedo verla sin pensar en Raven.

—Hannah, ¿qué haces aquí?

Me mira con los ojos llenos de lágrimas y la expresión genuina de un corazón roto, al mismo tiempo que me muestra su teléfono.

—¿Qué es eso? ¿La besaste?

Veo la foto que Raven publicó de nosotros y recuerdo el momento vívidamente. Todo en nuestra boda fue falso, excepto ese momento, que fue real y nuestro.

Una lágrima resbala por la mejilla de Hannah; yo camino hacia ella sin saber bien qué hacer. Ella y yo compartimos una historia, y no quiero lastimarla innecesariamente.

—Han —digo en voz baja—, no llores, por favor. Fue el día de nuestra boda, Hannah.

—¿Por qué? —pregunta con voz destrozada—. ¿Por qué tenías que hacer que todo entre ustedes pareciera tan real? ¿Por qué no pudiste simplemente decirle a todo mundo que es un matrimonio por conveniencia, un acuerdo de negocios?

Vacilo por un momento, preguntándome cómo lidiar con ella de la mejor manera.

—Tú sabes tan bien como yo que la abuela insiste en que le demos a nuestro matrimonio una oportunidad genuina.

—Ares —suplica—, por favor no me digas que le estás dando una oportunidad genuina a tu matrimonio con ella. Ustedes dos no… no pueden…

Entonces me acuerdo de cómo hace solo unos momentos estaba embistiendo la boca de Raven con mi pene y la culpa me invade. La deseaba con tanta desesperación… Nunca había deseado a alguien tanto, ni siquiera a Hannah.

—Si haces esto, tú y yo jamás podremos regresar. Ares, por favor, por favor no hagas algo de lo cual ya no podremos recuperarnos. ¡Por favor!

Me le quedo viendo, sintiéndome más conflictuado que antes. Nunca pensé que compartiría mi vida con alguien que no fuera ella, e incluso cuando me casé con Raven, pensé que nuestro matrimonio funcionaría más bien como si fuéramos *roomates.* ¿Cómo es que eso cambió tan pronto?

—Hannah, ella es mi esposa. Tú sabías exactamente lo que estabas haciendo cuando me plantaste en el altar. Nos abandonaste, así que no tienes derecho a decirme lo que puedo o no hacer con la mujer con quien me casé.

Sus ojos destellan rabia, y lágrimas frescas le llenan los ojos.

—¿Te estás acostando con mi hermana? —pregunta, su voz está llena de veneno—. ¿Tienen algo que me están ocultando? Siempre pensé que ustedes se llevaban demasiado bien, pero yo confiaba en ti. ¿La deseaste durante todo este tiempo?

Me le quedo viendo, sin saber qué decir o hacer. No quiero lastimarla, pero tampoco puedo mentirle. Entre Raven y yo las cosas no son blanco y negro como a Hannah le gustaría.

—Francamente, eso ya no te incumbe. Tú y yo ya no podemos ser más que amigos y no puedes hacer esto. No puedes llegar a mi casa sin avisar y alterarte simplemente porque mi esposa y yo estamos juntos.

—¡Deja de llamarla tu esposa! —grita furiosa.

—¡Eso es ella, Hannah!

De sus mejillas resbalan grandes lágrimas, su rostro está lleno de resentimiento. A lo largo de los años, me he vuelto inmune a sus lágrimas; sin embargo, estas sí me llegan al corazón.

—Carajo —digo en voz baja. Entonces, tomo sus mejillas y le limpio las lágrimas con los pulgares—. Han, por favor… perdóname. Es solo que… yo también estoy exhausto, maldita sea. Siento como si estuviera atrapado y, sin importar lo que haga, voy a decepcionar a alguien.

—Ten. —Me tenso al oír la voz de Raven, su tono cortante. Mierda. ¡Mierda! Mierda. ¡Mierda!

Me alejo de Hannah para ver a mi esposa, pero ella evita mirarme. Su cuerpo está tenso y claramente me doy cuenta de que está furiosa. Le extiende un pañuelo a Hannah, quien se lo arrebata de las manos con furia.

—¡¿Cómo pudiste?! —grita—. ¡¿Cómo pudiste publicar algo así, Raven?! Lo hiciste a propósito, maldita perra. Estás tratando de separarnos, ¿verdad?

Raven se endereza con expresión fría y mira a su hermana fijamente.

—¿Dices que estoy tratando de separarte de «mi esposo»?

Bueno, pues sí, carajo.

—No creas que nunca me di cuenta de cómo lo mirabas, Raven. La única razón por la que no dije nada fue porque yo sabía que él nunca iba a desearte, no cuando podía tenerme a mí, y lo sabes bien. Llámalo tu esposo cuantas veces quieras, pero él nunca será verdaderamente tuyo. Carajo, puedes cogértelo si quieres, pero él siempre me va a amar a mí. Siempre a mí.

—¡Hannah! —grito con furia, incapaz de soportar el dolor en los ojos de Raven.

Ella sonríe y alza los hombros.

—Es la verdad. ¿O puedes negarlo, Ares? Dime que ya no me amas.

—Tienes que irte.

Ella abre los ojos al máximo.

—¡¿Qué?!

—No me obligues a repetirlo. Te pedí que respetaras mi matrimonio, Hannah. Después de lo que nos hiciste pasar, es lo único que te he pedido. Estás olvidando que Raven fue quien pagó el precio de tus decisiones. Ella se merece algo mejor, de parte de ambos.

Sus ojos se llenan de culpa y aparta la mirada.

—Yo solo…

—Tienes que irte —repito, con voz más tranquila esta vez.

Parece arrepentida y asiente. Luego mira a Raven, quien está viendo hacia la pared con el cuerpo tenso.

—Rave, perdóname, ya sabes cómo soy, ¿cierto? Dejo que mis emociones me sobrepasen y estaba celosa. Sé que tú no me harías eso, pero no podía verlo con claridad. Perdóname, Rave.

Raven asiente, pero no voltea a verla. Hannah me mira con cara de disculpa, yo niego con la cabeza, como si en silencio le suplicara que simplemente se vaya. Ella suspira y se aleja; unos momentos después, se oye cómo se cierra la puerta.

—Raven —digo en voz baja—, perdóname. Ella no debió decir nada de eso. Creo que le está costando mucho trabajo asimilar lo que está pasando, pero sabes que tiene las mejores intenciones, ¿verdad? Es solo que se siente lastimada y se está desquitando.

Raven voltea a verme y mi corazón se hace pedazos cuando veo las lágrimas en sus ojos. Ella rara vez llora, puedo contar con los dedos de una mano las veces que la he visto llorar. Hannah es quien suele explotar en llanto por lo más mínimo, pero Raven, jamás. Una lágrima resbala de su mejilla y mi corazón se encoge, adolorido.

—No lo hagas —contesta con voz destrozada—. No la defiendas así, Ares. Me mata que lo hagas, ¿no te das cuenta? Te la pasas prometiéndome que me vas a dar todo de ti, pero en cuanto oyes su voz, corres a ella. —Se pasa una mano por el cabello; su mirada es de furia—. Y luego simplemente te quedas parado sin hacer nada cuando ella me dice que nunca serás mío, ni siquiera te molestaste en negarlo. ¿Cómo se supone que te crea cuando tus acciones demuestran lo contrario? Ella no es quien me preocupa, eres tú. Tú eres quien me hace sentir como si una parte tuya realmente siguiera amándola, y no puedo soportarlo. La forma en la que acabas de comportarte me hace sentir como si realmente yo no te importara.

Camino hacia ella para tomarla de los hombros, invadido por una sensación desesperada. Nunca había sentido con tanta intensidad la necesidad de quitarle el dolor a alguien.

—Raven, tú sabes que no la amo. —Aprieto sus hombros—. Y claro que me importas. Desde antes de que nos casáramos tú eras mi mundo, Raven. Siempre has sido una de mis mejores amigas.

Levanta la vista y me mira fijamente; su tormento se mezcla con rabia.

—¿Me estabas viendo como tu amiga cuando te hacía sexo oral justo hace un momento, Ares?

—Mierda, Raven, sabes que eso no es lo que quise decir.

Me empuja y se aleja, pero se detiene en la puerta.

—Dijiste que te sentías atrapado en este matrimonio, pero ¿cómo crees que me siento yo? Me obligaron a casarme con quien no tengo ni la más mínima oportunidad, alguien que nunca podrá verme sin pensar en mi hermana. ¿Alguna vez te has puesto a pensar qué hubiera querido yo de un matrimonio? Yo también quiero ser feliz, Ares. Y ahora puedo ver que tú nunca me darás eso, sin importar lo que haga. Yo nunca seré ella. Cuando tienes que elegir entre lastimarla a ella o a mí, siempre me elegirás a mí. Nunca seré tu prioridad, no realmente.

Aprieta los dientes y otra lágrima resbala por su hermoso rostro. Luego se aleja y cierra la puerta con cuidado. Raven siempre ha sido una tormenta silenciosa, inesperada pero poderosa y, a pesar de lo que ella crea, yo nunca tuve una oportunidad con ella.

Cuarenta y tres

Raven

—Hoy no ha sido tu mejor día —dice John—, tus expresiones faciales no eran las mejores en la sesión de esta mañana. ¿Estás segura de que puedes con la pasarela?

Asiento mientras jugueteo con el dobladillo de mi bata. Durante todo el día mis pensamientos han estado repasando las palabras de Ares. Escucharlo decir que se sentía atrapado me rompió el corazón. La situación no es la ideal para ninguno de los dos, pero yo pensé que... Pensé que empezaba a sentir algo por mí, pero ahora ya no estoy tan segura.

Cuando me llevó a Castello Designs y luego a Laurier, pensé que estábamos progresando. Ahora me pregunto si Hannah tendrá razón y él solo estaba tratando de hacer lo correcto. Lo que Ares considera como hacer lo correcto no es lo mismo que su corazón desea.

—Sí, estoy bien —respondo, tratando de aclarar mi mente lo más que puedo, aunque sé que no lo lograré porque el dolor, la vergüenza y el resentimiento me están ganando. Cada vez que pienso en cómo le medí el cuerpo, en los atuendos que me usé para estar en casa... Diablos. Tal vez debí creerle ese día en que me senté encima de él, cuando me dijo que nunca iba a desearme. Tal vez puedo lograr que su cuerpo reaccione a mí, pero nunca va a desearme de la misma manera como a Hannah. Los recuerdos de todo lo que he hecho e intentado me dan asco. Nunca he sido esta persona, nunca he forzado a nadie a quererme; sin embargo, eso es exactamente lo que he hecho con Ares. La esperanza me animó a atreverme hasta el grado de sacrificar mi dignidad. ¿Y para qué?

—No estás bien, Raven. —John me pone una mano sobre el hombro y me mira con genuina preocupación—. ¿Estás abrumada por el trabajo? ¿Te he agendado demasiados eventos? ¿O es algo más? ¿Se trata de Windsor? Él nos ha dado el control absoluto de tu agenda con unas pocas limitaciones, pero necesitas decirme si te está presionando en privado.

Lo miro a los ojos, sin saber qué decir. Ha pasado mucho tiempo desde que he buscado el apoyo de alguien. Las ganas de pedirle que me abrace y me deje llorar hasta que el corazón deje de dolerme me abruman.

—Es solo que no dormí bien —respondo un momento después, bajo la vista hacia el nudo de mi bata y lo desamarro. El diseñador está a punto de llegar para vestirme.

—¿Estás bien, Rave? Me preocupas. ¿Ares Windsor te hizo algo?

Me obligo a sonreír y niego con la cabeza.

—Discutimos, pero nada más. Supongo que así es el matrimonio, ¿cierto? No siempre puede ser perfecto.

John comienza a hablar, pero se calla cuando de pronto se abre la puerta. Ambos volteamos, esperando a que entre el diseñador con el vestido que debo ponerme, pero no es él, es Ares. Se detiene cuando me ve, ambos tenemos ojeras.

Sus ojos bajan hacia mi pecho expuesto y se pone furioso. Con pasos firmes y presurosos, se acerca a mí y se quita el saco.

—Raven. —Pronuncia mi nombre como una especie de advertencia, me coloca el saco sobre los hombros y me jala hacia él.

Fulmina con la mirada a John, apretando los dientes.

—Discúlpanos, por favor, necesito un momento a solas con mi esposa.

John me mira y yo asiento. Duda un momento, pero al final se aleja y cierra la puerta.

—Raven —repite, esta vez con tono más calmado—. ¿Qué fue eso? ¿Por qué estás medio desnuda frente a él? ¿Hay algo entre ustedes?

Lo miro a los ojos con el corazón apesadumbrado. Lo he amado desde que tengo memoria; sin embargo, aunque estoy casada con él, mi hermana sigue interponiéndose entre nosotros.

—¿Eso importa?

Su mirada se endurece y me jala hacia él aún más.

—Claro que importa. Cuando nos casamos, nos prometimos fidelidad, Raven.

Le rodeo el cuello con los brazos y en el proceso se cae el saco al piso, por lo que me quedo frente a él con nada más que una bata abierta.

—Yo no te he sido infiel, Ares, nunca lo haría. No soy ese tipo de persona.

Me mira como si estuviera tratando de evaluar mi sinceridad.

—¿Ustedes comparten algún tipo de pasado?

Aparto la mirada y sin querer exhalo con fuerza.

—Nada parecido a lo que tú y Hannah comparten.

Él baja las manos hacia mi cintura y aprieta.

—Rave —susurra y pega su frente a la mía. Luego respira entrecortadamente y mi corazón flaquea—. Lamento mucho lo de ayer, de verdad.

Lo empujo, pero él se rehúsa a soltarme.

—Escúchame —suplica—. Has ignorado mis llamadas todo el día. No lo soporto, nena. No quiero que nuestro matrimonio sea así, ¿okey? ¿No prometimos que íbamos a comunicarnos? De por sí nuestra situación no es convencional… lo último que quiero es complicar las cosas todavía más. Escúchame, por favor.

—Está bien —accedo, aunque no estoy segura de que lo que vaya a decirme disminuya mi dolor.

—Ella nunca debió ir a nuestra casa y yo nunca debí decir lo que dije. No me siento atrapado, Raven. No contigo. La situación es complicada, y siento que o estoy lastimando a Hannah o te estoy lastimando a ti. Eso fue lo que quise decir, nada más. Ni por un segundo quise decir que me sentía atrapado en este matrimonio contigo, ¿entiendes? Nunca me he sentido más feliz, Rave. Solo sé que lastimar a Hannah añadirá más presión en tu relación con ella. No quiero ser la razón por la que te pelees con tu hermana, nena. Yo solo… solo quiero que seas feliz.

Asiento, sin estar segura de cómo interpretar sus palabras.

—Lo entiendo, Ares. Aunque no estoy segura de que importe, porque ¿qué estamos haciendo?

—Me dijiste que tú también querías ser feliz, y te juro que voy a hacer todo lo posible por darte eso, si me das una oportunidad. ¿Sí, Raven? ¿Me vas a dar una oportunidad?

Mi corazón da un brinco cuando nuestras miradas se encuentran y veo en sus ojos completa sinceridad.

—¿Eso qué significa, Ares?

Me toma de las mejillas y su pulgar me roza los labios con ternura.

—Eso significa que quiero más que solo tu cuerpo. Quiero que me des la oportunidad de demostrarte que de verdad quiero todo contigo, el pasado puede irse al carajo. Quiero que me des la oportunidad de ganarme tu corazón —susurra—. Porque con cada día que pasa, tú te estás robando un poquito más del mío.

Cuarenta y cuatro

Ares

Miro mi teléfono, ignoro los mensajes de Hannah y entro a casa. Desde que le pedí que se fuera, ha estado enviándome mensajes sin cesar, que porque quiere que hablemos. Supongo que ya se dio cuenta de que la relación entre nosotros terminó definitivamente.

Me pregunto qué pensaba. ¿De verdad creyó que nada cambiaría entre nosotros, a pesar de haberme casado con Raven? La creo bastante capaz, siempre ha sido muy egocéntrica, es solo que yo no me había dado cuenta, o tal vez sí, pero decidí ignorarlo.

Me detengo en la entrada de la sala, para observar a Raven. Se encuentra sentada en el sofá con la tableta sobre las rodillas; está dibujando algo que de seguro es más que sorprendente. Mierda, ella de verdad es muy hermosa, y esos *babydoll* que le gusta usar son tortura pura. Esta noche tiene puesto uno rojo que contrasta hermosamente con su piel.

En sus ojos había algo cuando me dijo que nunca tendría una oportunidad conmigo. Algo que no me atrevo a definir, pero que me enciende el corazón. Tengo la sensación de que mi esposa sabe perfectamente lo que me provoca. Esto siempre existió entre nosotros.

Entro a la sala y ella levanta la mirada. Sonríe. Luego su mirada me recorre el cuerpo despacio, y yo contengo una sonrisa. Me encanta que ya no le importa mirarme descaradamente.

—Ya llegaste.

Asiento y me siento junto a ella para echar un vistazo a lo que está dibujando. De verdad es muy talentosa, y no puedo esperar a ver las maravillas que creará.

—¿Cómo estuvo tu día? —pregunto con voz tranquila. Nunca tuve esto con Hannah, nunca nos sentábamos juntos solo para hablar de nuestros días. Creo que realmente nunca quisimos saber qué pasaba en la vida del otro… preguntarlo se volvió tan solo una cortesía. Con Raven es diferente: quiero saber qué la emociona, qué la inspira. Quiero oír acerca de cada cosa que la hizo sonreír durante el día. Es extraño.

—La sesión de hoy se prolongó mucho más de lo previsto, así que todas mis citas se atrasaron. Pero estoy contenta porque mi colección nueva está avanzando. Ahora estoy organizando a algunos de mis amigos para que modelen para mí. La campaña de *marketing* que tengo en mente va a ser genial.

Me aflojo la corbata un poco, con la esperanza de que ella se acerca y me la quite. Sus ojos siguen mis manos, pero no se me acerca. Últimamente ha estado distante conmigo, y me sorprende lo mucho que extraño cuando se pone juguetona. Pero yo tengo la culpa, nunca debí decir lo que dije.

—¿Y qué tal tu día? —me pregunta y regresa la mirada a su tableta para seguir dibujando. Nunca me voy a cansar de que me haga esa pregunta. Hannah nunca la hacía. Nosotros solo hablábamos de su trabajo o nuestra boda. Las únicas veces que me preguntaba cómo me había ido era cuando estaba trabajando en algo para ella.

Observo cómo dibuja mientras le hablo de mis reuniones aburridas y de lo que he preparado para la fusión. De vez en cuando ella alza la mirada y asiente a lo que le cuento.

Qué velada más tranquila. Nunca supe que ansiaba esto. Me acerco a Raven, hasta que su muslo roza el mío. Este camisón casi no le tapa nada, y su cuerpo es una verdadera belleza.

Raven me mira y se abre los ojos cuando se da cuenta de lo cerca que estoy. Entonces me mira los labios, pero luego se aleja de mí y pone su distancia. Desde que Hannah se apareció en nuestra casa, furiosa por las fotos de la boda que publicamos, Raven ha estado distante. Es como si nuestro progreso de semanas hubiera desaparecido.

Me levanto, suspirando, perdido en mis pensamientos mientras camino hacia el vestidor. Mis ojos se quedan viendo los pants grises y entonces recuerdo la noche en que Raven se sentó encima de mí y me dijo lo mucho que le gusta cómo me veo con ellos. Sonrío por dentro, me quito el traje y me pongo los pants, pero me dejo el torso desnudo.

Cuando le pedí que me diera una oportunidad, ella me dijo que sí, pero no lo ha hecho. Ha estado alerta, temerosa de salir lastimada. No puedo quitarle todos sus miedos de tajo, solo el tiempo podrá; pero lo que sí puedo hacer es demostrarle lo mucho que la deseo.

Cuando entro a la sala, ella levanta la vista de su tableta, me mira, aparta la mirada enseguida, pero luego vuelve a mirarme. Sus pupilas se dilatan cuando se quedan fijas en mis pants. Qué infierno, tal vez no fue la mejor decisión porque, si sigue viéndome así, soy yo quien terminará seducido.

Cuando me siento junto a ella, vuelve en sí, con las mejillas hermosamente sonrojadas. No hay nada inocente en su expresión y me encanta.

—Enséñame en qué trabajas —le digo acercándome; mi barbilla termina sobre su hombro. Sonrío cuando deslizo un brazo alrededor de su cintura, para acercarla.

—Ares —murmura.

Contengo la sonrisa y la miro inocentemente.

—Oye, ¿crees que puedas dibujarme?

—¿Dibujarte?

Señalo su tableta con la cabeza.

—Sí. ¿Podrías?

Ella se sonroja, pero asiente.

Le pongo las manos en la cintura para levantarla, hasta que la tengo encima de mí como aquella noche. Si pudiera volver a esa noche, le daría lo que quería.

—¡Ares!

Sonrío y me aferro aún más a su cintura.

—Dibújame un retrato, Rave. Quiero ver cómo me ven tus ojos.

—No necesito estar encima de ti para hacerlo.

Evito sonreír y simplemente alzo los hombros.

—Así es más fácil que veas los contornos de mi rostro. —«¿Los contornos de mi rostro?» ¿Qué estupideces estoy escupiendo?

Raven asiente y se acomoda, se aleja un poco más, hasta que su trasero termina encima de mis rodillas. Toma su tableta y me mira, aún con las mejillas encendidas. Se ve tan hermosa sentada así como está, con las piernas abiertas, que me dejan ver que trae ropa interior a juego, con su cabello largo que cae tan lindo sobre su cuerpo. Mierda, el pene se me pone duro tan solo de verla, y estos pants no me ayudan a esconder mi deseo.

Me le quedo viendo a mi esposa mientras ella se enfoca en mi rostro, absorta en su dibujo, lo cual me permite examinar su cuerpo con detenimiento. Es la mismísima perfección, y no nada más su cuerpo, sino todo sobre ella. ¿Cómo sería si de verdad le diéramos una oportunidad a este matrimonio? Hasta que ella pronunció esas palabras, ni siquiera se me había ocurrido que podría hacerlo, que ella genuinamente quisiera casarse conmigo. Todo este tiempo ella creía que no tenía la más mínima oportunidad conmigo, cuando soy yo quien no la merece.

Dejo que mis manos bajen por su cintura hasta sus nalgas, mis dedos masajean provocativamente. Sus labios se abren y me mira fijamente, desarmada. Algo destella en sus ojos, y sonrío cuando me doy cuenta de que es deseo.

La mirada de Raven me recorre el cuerpo y se detiene en mi pene erecto. No estoy seguro de qué esperar, pero definitivamente no quería ver el dolor que destelló en sus ojos.

—¿Un momento de sinceridad? —susurra—. Estar en esta posición me recuerda cuando me senté encima de ti, borracha, y lo único en lo que puedo pensar es en cómo me decías que nunca me desearías. Creo que nunca te lo dije, pero oírte de verdad me rompió el corazón. Ese recuerdo aún me atormenta y, aunque las cosas entre nosotros ahora son diferentes, me duele el corazón cada vez que pienso en eso. De vez en cuando me descubro pensando si esa será la verdad, si todo lo que tenemos se basa en una mentira.

Mierda, sabía que mis mentiras de esa noche regresarían para atormentarme.

Respiro profundamente, le quito la tableta de las manos y la lanzo al sofá.

—¿Me dejas contarte un secreto, Rave?

Ella asiente, dudosa.

—Por alguna razón u otra, a veces sin que lo pida, docenas de mujeres se han sentado encima de mí a lo largo de los años. Pero tú eres la única con quien reacciono así, no es algo que siempre pase, nena. Es una reacción a ti, específicamente. Es solo que esa vez no podía admitirlo, así que mentí. Te mentí a ti y me mentí a mí mismo.

Con delicadeza tomo su rostro entre mis manos y mi pulgar le roza el labio.

—Déjame decirte otro secreto, esposa. Me pareces irresistible. Las cosas que quisiera hacerte… mierda.

Me mira con tanta incredulidad en los ojos que no puedo evitar querer eliminar todo eso. Le aprieto las nalgas y la acerco a mí, hasta que queda sentada encima de mi pene, con nuestras posiciones exactamente iguales a las de aquella noche.

—¿Tienes idea de lo mucho que quería cogerte esa noche, Rave? Eres la mujer más bella que he visto y estabas sentada encima de mí, desnuda. Pude haberte hecho mía, tu vagina estaba desnuda y tus senos estaban contra mi pecho. ¿Sabes cuántas veces repasé esa noche en mi mente?

Muevo las caderas para empujar mi pene contra ella.

—En mis fantasías tú me cogías en esta posición, los pechos te rebotaban mientras me cogías diciendo mi nombre.

Deslizo una mano hacia su cabello y la acerco a mí, mis labios rozan los suyos.

—Incluso entonces, te deseaba solo a ti —susurro, antes de besarla. Aprieto el puño en su cabello y ella gime, mientras empuja sus caderas. Me está volviendo loco, carajo.

Bajo mi mano por su cuerpo hasta que las puntas de mis dedos repasan el encaje que le cubre la vulva. Ella me gime en la boca, y yo me río al mismo tiempo que hago la tela a un lado.

—Estás húmeda —gimo—, siempre estás bien húmeda para mí, nena. Me encanta eso de ti. —Le meto un dedo mientras que presiono su clítoris con el pulgar, y ella me besa con más fuerza. La manera en que mueve las caderas… Carajo, está montando mi mano como me gustaría que me montara el pene.

—Ares —gime—, te necesito.

Sonrío, contento, me bajo los pants y mi pene queda expuesto.

—Entonces toma lo que quieras, nena, soy tuyo.

Ella se levanta y toma mi pene. Sus ojos se posan en los míos cuando se hunde en mí. Aprieto los dientes y le agarro la nuca mientras mi pene desaparece en su vagina.

—Estoy jodidamente obsesionado contigo —admito—. Soy un adicto, Raven. Cada caricia, cada beso, cada cosa que me haces me hace más adicto. Eres un hábito del que nunca quiero deshacerme.

Ella mueve las caderas y yo presiono su clítoris aún más, asegurándome de que mis dedos lo rocen cada vez que ella se mueve. Así, mientras más me tenga al borde, más se acercará a tener un orgasmo.

—Prométemelo, Ares. Prométeme que siempre serás mío.

La agarro del cabello para acercarla a mí y rozo mis labios contra los suyos.

—Soy tuyo, Raven Windsor, para siempre. Lo prometo.

Ella sonríe contra mis labios y me monta el pene con más fuerza. Todas mis fantasías se están volviendo realidad.

—Eres una visión, maldita sea —digo gimiendo. Ver cómo me monta, con el cabello todo despeinado y sus labios hinchados por mis besos. Carajo, podría venirme nada más de verla así.

—Mi esposa —susurro y entonces la embisto para encontrarla a mitad del camino. Sus labios encuentran los míos y la embisto con más fuerza; entonces gime directo en mi boca. Nunca me voy a cansar de ver cómo se acerca más y más al éxtasis ante mí.

—Ares —dice jadeando, y justo entonces sus músculos se contraen alrededor de mi pene. Se viene para mi deleite y me lleva al éxtasis junto con ella.

—Carajo —digo jadeando contra sus labios y eyaculo dentro de ella. Nunca voy a cansarme—. Raven —susurro—, eres todo lo que quiero.

Ella se aleja un poco para verme; en su rostro hay una sonrisa dulce. Me toma de las mejillas y me da un beso en la punta de la nariz, lo cual me hace reír. A veces hace las cosas más tiernas y, con un carajo, eso provoca que me enamore todavía más de ella.

—Tú siempre has sido todo lo que yo quiero, Ares Windsor.

Miro a mi esposa a los ojos, y me siento más feliz que nunca en la vida. Raven es todo lo que siempre he querido, y voy a asegurarme de que nunca tenga dudas sobre eso.

Cuarenta y cinco

Ares

Me recargo en el respaldo de mi silla, sonriendo de oreja a oreja al pensar en la sonrisa de Raven, adormilada, cuando la dejé en la cama esta mañana. Se veía tan hermosa y satisfecha. Nunca voy a dejar de ansiar esa sonrisa. Estoy bastante seguro de que está grabada en mi mente por el resto de nuestras vidas. Ahora mi misión es replicarla todos los días a partir de hoy, y voy a empezar ahora mismo.

Tomo el teléfono con una sonrisa traviesa en la cara. El corazón me retumba un poco más rápido y fuerte. Nadie más que ella tiene este efecto en mí. Nadie me había hecho sentir tan alegre por algo tan simple.

Ares: Ya te extraño, Cupcake.

Dudo por un momento, pero le envío la foto que en secreto le tomé esta mañana. Tiene los ojos cerrados, el cabello desparramado por las almohadas y sus hombros expuestos arropada en las sábanas. En su rostro hay una leve sonrisa y algo en la foto se siente perfectamente íntimo.

Ares: Anoche fue increíble, pero qué loco que de verdad creo que nada será mejor que despertar contigo en mis brazos.

—¿Ares?

Alzo la vista y veo a mi asistente con expresión un poco aturdida porque me descubrió sonriendo ante mi teléfono como cualquier adolescente bobo y cursi. Maldición.

—¿Qué pasa? —pregunto molesto.

Dom me lanza una sonrisa nerviosa.

—Hannah te está esperando.

¿Hannah? ¿Qué diablos hace aquí? No he hablado con ella desde que fue a la casa. Siento un pinchazo de culpa en el estómago. Haberme acostado con Raven marcó el final entre Hannah y yo. Claro que estuvimos juntos por mucho tiempo antes de que Raven cruzara el altar; una parte de mí lo sabe, pero ¿lo sabe Hannah?

—Dile que se vaya.

Dom vacila.

—Dice que vino a hablar de la fusión.

Me apoyo en el respaldo de mi silla, suspiro y miro el techo.

—Puras mentiras, su madre es quien está liderando la fusión y no hay forma de que ella ceda el control a cualquiera de sus hijas. No hasta que endose formalmente sus acciones. Pídele a uno de los miembros del consejo que hable con ella, no tengo por qué ser yo necesariamente. Puedes entrar a esa junta e informarme más tarde. A partir de ahora, por favor, reduce al mínimo mis interacciones con ella a solo lo estrictamente necesario.

Dom asiente y se da la vuelta, pero la puerta se abre antes de que él pueda tomar la manija. Hannah entra, portando su sonrisa típica de estrella de cine. No hace mucho, ese gesto me habría hecho sonreírle de vuelta, pero ahora solo hace que extrañe a Raven, sus risitas sinceras, su autenticidad.

—Ares —saluda al entrar.

Suspiro y hago una señal con la mano para pedirle a Dom que nos deje a solas. Él me sonríe como para consolarme y luego se sale por la puerta, entonces me quedo solo con ella.

—Hannah —contesto y apago el teléfono—. ¿Qué te trae por aquí?

Ella pone los ojos en blanco, rodea mi escritorio y se sienta en la orilla.

—No seas así —me ruega, con tono juguetón—. ¿Todavía sigues enojado conmigo?

—Si no viniste a hablar de negocios, te voy a pedir que te retires.

—Ares. —El resentimiento en su voz me obliga a alzar la mirada; en cuanto nuestras miradas se cruzan, siento cómo flaqueo. Se ve tan herida, tan abatida.

—Hannah —digo en voz baja—. Mi intención no es lastimarte, pero marqué mis límites claramente. Las cosas entre nosotros ya no pueden seguir como antes. No hay vuelta atrás, ya no estamos juntos y ambos lo sabemos. Hemos estado en negación, fingiendo que dentro de tres años podremos regresar a donde nos quedamos como si nada, pero las cosas no funcionan así, no es tan simple. Ahora no eres más que la hermana de mi esposa, Han, ya nunca serás algo más.

El tormento en su expresión me pega justo en el corazón. Se le llenan los ojos de lágrimas y yo aparto la mirada.

—Ares —me ruega—, no digas eso. Desde siempre solo hemos sido tú y yo, esto es solo una leve desviación. Estás confundido porque estás viviendo con Raven, y todo el mundo está viendo este romance de fantasía que simplemente no existe. La historia que tú y yo compartimos no se puede remplazar, Ares.

Se limpia las lágrimas, pero no dejan de caer. Han pasado años y, a pesar de nuestra «historia», aún no puedo distinguir si son lágrimas de verdad. No me afectan como las de Raven.

—La última vez que te pregunté, te rehusaste a contestar si te estabas acostando con mi hermana.

Me congelo y entonces siento cómo una culpa genuina comienza a pelear contra la vergüenza para ver quién domina mis pensamientos en este momento. Mierda.

—¿Y bien, Ares?

La miro a los ojos.

—Sí —contesto simplemente. No tiene caso esconderlo. No puedo permitir que ella se aferre ni a una pizca de esperanza, eso lastimaría a mi esposa, y no puedo dejar que eso suceda.

Por una fracción de segundo las pupilas de Hannah se dilatan y algo en su expresión me desgarra las entrañas. Tal vez ninguna de las lágrimas que había derramado hasta ahora eran reales, pero estas ciertamente lo son.

—¿Q-qué?

Aparto la mirada sin ser capaz de darle el consuelo que necesita de mí. No puedo seguir alentándola a cruzar los límites que he marcado entre nosotros. No es justo para Raven, y tampoco para ella.

—Lo siento, Hannah, pero es mi esposa.

Se tapa la cara con las manos y, deshecha, comienza a sollozar a todo pulmón hasta que se le desgarra la garganta. En otro momento, habría sido yo quien la consolara con un abrazo; una parte de mí aún quiere hacerlo, debido al pasado que compartimos, tal vez, pero la otra parte sabe que esto tiene que terminar aquí.

—¡¿Có-cómo pudiste?! —La manera en que se le quiebra la voz y tartamudea es prueba de que se siente devastada, y me mata haber sido yo quien la dejó así. Pero, a pesar de eso, prefiero verla llorar a ella que a mi esposa.

—Hannah, lo siento. Tú y yo sabíamos que habíamos terminado en cuanto te subiste a ese vuelo. Sabías cuáles serían las consecuencias, pero fuiste lo suficientemente egoísta como para pensar que te saldrías con la tuya. Sí, me mata verte deshecha, pero ¿sabes qué es lo que más me duele? Que hayas hecho a un lado todo lo que pudimos tener. Que estés en mi oficina ahora mismo, aferrándote a algo que tú me obligaste a soltar. Tú hiciste esto, destruiste tres vidas con tus acciones, ¿y ahora estás molesta porque Raven y yo nos las arreglamos para construir algo con los pedazos que quedaron? ¿Te parece justo, Han? ¿Crees que eso es justo para mí? ¿Para ella?

Me mira y es como si, finalmente, de verdad me viera y me escuchara.

—Ares —suplica—, no puedo perderte.

Aparto la mirada y me quedo viendo a la ventana, con un hueco en el corazón.

—Ya me perdiste, Hannah.

Se acerca a mí y me toma del brazo.

—La cagué —exclama con voz afligida—. La cagué y te lastimé, sé que lo hice. Por favor, Ares… dime qué hacer. Dime cómo puedo salvar lo que teníamos, haré lo que sea para demostrarte lo mucho que te amo.

Sacudo la cabeza.

—Hay una cosa que me gustaría que hicieras por mí, Han.

Me mira y en sus ojos destella una chispa de esperanza.

—Necesito que sigas adelante con tu vida.

Ella respira profundamente, de nuevo se le llenan los ojos con lágrimas frescas.

—Estás confundido —responde y ahora en su mirada veo un resplandor malicioso—, tal vez enculado. Después de todo, ha pasado demasiado tiempo desde que estuviste con alguien que no fuera yo. Lo entiendo, en serio. Puedo hacerme de la vista gorda, Ares. Veo eso a mi alrededor todo el tiempo. Te puedo perdonar lo que sea, incluso si se trata de mi hermana, voy a dejarlo pasar. Cógetela tres años seguidos si quieres, siempre y cuando regreses conmigo, es todo lo que te pido, Ares. Solo regresa conmigo, por favor.

Me levanto de la silla y me alejo.

—Necesito que te vayas, Hannah. Después de todo, es lo que haces mejor.

Ella se congela, al parecer conmocionada. Supongo que nunca le había hablado tan bruscamente. Siempre supe que tenía que casarme con ella, así que cedía de inmediato, sin importar lo que ella quisiera o hiciera. Siempre hice todo por llevar la fiesta en paz, tal vez eso la hizo estar tan convencida de que podía pisotearnos a mí y a Raven como lo hizo, pero ya no voy a permitir que sea así.

—¿No? —pregunto cuando se me queda viendo y no se mueve—. Entonces, por primera vez vas a ver cómo yo me alejo de ti, de lo que hubo entre nosotros, para siempre.

Respiro profundamente y me salgo azotando la puerta de mi oficina.

Cuarenta y seis

Raven

Ares me aprieta la mano cuando la limusina se acerca al cine donde será la premier de la última película de Hannah. Esta es la primera vez que los tres estaremos en un evento público y que él y yo asistiremos como pareja recién casada. Siento tanta presión, hay tantas cosas que podrían salir mal… Hasta ahora, hemos estado a salvo de los medios en gran medida, pero esta noche no podremos escapar de ellos.

Y tampoco podremos escapar de Hannah.

—Cupcake —dice Ares mientras lleva mi mano hacia sus labios—, ¿cómo te sientes?

Volteo hacia él y meneo la cabeza.

—Nerviosa.

Él asiente, comprensivo, y me besa el dorso de la mano.

—Esta noche te ves increíble —murmura, y con la vista recorre el vestido rojo de noche que tengo puesto. Se ajusta perfectamente a mi figura y tiene un gran escote en V. Llama mucho la atención, pero al mismo tiempo es muy elegante, además es uno de mis diseños favoritos hasta ahora.

—Raven, todo va a estar bien. No me voy a alejar de

ti ni un instante, y si en algún momento te abrumas, nos regresamos a casa y ya.

Asiento e intento con todas mis fuerzas calmarme. Desde hace años no vengo a estos eventos con Hannah, pero aún recuerdo cómo son. Recuerdo todas las fotos que Ares se toma con el elenco, con ella… Siempre odié lo íntimos que se veían y cómo ella se inclinaba hacia él, mientras la mano de Ares la tomaba con fuerza de la cintura. Él la miraba como si fuera la única chica presente, y ella le sonreía como la estrella que es. Me dolía verlos juntos entonces, pero ahora va a doler todavía más.

—Ya llegamos —me avisa con una sonrisa tierna—. No puedo esperar a presumirte con el mundo entero, señora Windsor. Estoy a punto de caminar por la alfombra roja con nuestras manos entrelazadas y no quedará duda de quién eres y lo que significas para mí, ¿me oyes? Solo hay una señora Windsor, Raven, y esa eres tú.

Asiento, agradecida por sus intentos de calmar mis nervios. Ni siquiera tengo que contarle mis inseguridades. Él las entiende y las disipa antes de que siquiera pueda expresárselas.

El guardaespaldas sentado adelante voltea hacia nosotros con una expresión de disculpa.

—Nos acaban de informar que esperemos un momento. Hannah Du Pont está a punto de hacer su entrada.

Ares suelta una carcajada siniestra.

—Yo no espero a nadie más que a mi esposa. Diles a los organizadores que haremos nuestra entrada ahora mismo. —Entonces me mira y sonríe—: Anda, vamos a robarnos el espectáculo.

Sin pensarlo dos veces, sale del auto y los flashes de las cámaras comienzan a resplandecer, me deslumbran aun a través de las ventanas polarizadas del auto. Ares rodea la limusina para abrir la puerta y ofrecerme una mano, sonriendo con travesura.

Tomo su mano y le regreso la sonrisa.

—Esto —me dice, mientras me ayuda a salir—, esto es lo que siempre quise, Raven. Tú. Eres quien ha hecho mis sueños realidad.

Sonrío y sacudo la cabeza.

—Te estás esforzando de más para darme confianza. ¿Tan obvias son mis inseguridades?

Caminamos por la alfombra roja, todas las cámaras resplandecen y la multitud nos lanza preguntas a las que no hacemos caso.

—No —responde Ares—. No lo son más que para mí. Luces confiada y radiante, como siempre, pero yo puedo ver más allá. Me doy cuenta de cómo jugueteas con tu anillo de bodas, de los momentos en que te quedas absorta porque comienzas a dudar. Me doy cuenta de cada pequeño detalle de ti, Raven. Y tenlo por seguro, mi amada esposa, no tienes nada de qué preocuparte.

Asiento, ya más calmada, cuando llegamos al final de la alfombra roja, donde unos cuantos reporteros y fotógrafos exclusivos nos esperan. Nos acercamos al fondo de flores que colocaron para el evento y él me toma de la cintura, un tanto posesivo.

—Felicidades por su boda —comenta una de las reporteras—. A muchos de nosotros nos tomó por sorpresa, ¿cómo lograron ocultar su relación tan bien?

Ares me sonríe un momento, y luego, a la reportera.

—¿La ocultamos? ¿O tal vez ustedes fallaron en darse cuenta? Mi esposa y mi hermana han sido mejores amigas desde que eran niñas, por lo que durante años Raven ha visitado la mansión Windsor al menos una vez por semana, también ha asistido a cada gran evento de los Windsor a lo largo de los años, y con frecuencia se le ve con mi abuela, ¿o no? Es solo que ustedes no ataron cabos…

La reportera se pone nerviosa y se aclara la garganta antes de pasar a la siguiente pregunta.

—El collar de diamantes que traes puesto, Raven, ¿es una reliquia Windsor? Se dice que lo confeccionó la familia Laurier hace cientos de años…

Me llevo una mano al collar y sonrío.

—Sí, lo es. La abuela de Ares me lo regaló.

La reportera suelta una risita.

—Dicen que cuando una novia Windsor trae puesta una reliquia de la familia significa que tiene la aprobación de la matriarca, ¿dirías que es así?

Me rio y entrecierro los ojos de manera juguetona hacia la reportera. Ella sabe tan bien como yo que los Windsor mantienen a salvo los secretos de la familia con actitud férrea.

—Lo único que te puedo decir es que siempre he querido a la abuela de Ares como si fuera mía, y estoy más que agradecida de recibir su amor a cambio. Desde antes de casarme con Ares, ella y yo teníamos muy buena relación.

Ella asiente ante mi respuesta neutral y voltea hacia Ares.

—¿Podría decirnos, señor Windsor? ¿Qué parte de Raven fue hizo que se enamorara de ella, además de su obvio atractivo físico?

Él me mira con la sonrisa más embelesada, y el corazón se me acelera cuando voltea hacia la reportera con una sonrisa tan amplia como la mía.

—Es la mujer más inteligente, dulce, fiel y trabajadora que conozco. Nunca, ni una vez me ha decepcionado, y siempre me ha apoyado a lo largo de los años, sin importar lo que le pidiera. Raven no es nada más mi esposa, lo es todo para mí. Tal vez sea la mejor amiga de mi hermana, pero también es la mía. Me enamoré de su corazón incluso antes de enamorarme de cualquier otra parte de ella.

La reportera se queda tan cautivada como probablemente yo lo estoy, y sonríe ampliamente cuando se dirige a mí:

—¿Y qué hay de ti, Raven? ¿Qué es lo que amas de Ares Windsor?

Le sonrío de oreja a oreja y alzo los hombros.

—¿Yo? Ay, yo me casé con él nada más por su atractivo físico.

Ella y Ares se carcajean, luego él menea la cabeza.

—Hablando de atractivo físico —dice—, ¿qué piensas del vestido de mi esposa? Ella misma lo diseñó, y también diseñó mi traje.

La reportera lo toma como la señal para preguntar acerca de mi empresa, y yo no puedo evitar soltar una risita. Él es muy obvio al promover mi negocio. Es absurdo, pero también increíblemente encantador.

—¡Ares, Raven!

Ambos nos tensamos cuando oímos la voz de Hannah detrás de nosotros. Ella sonríe luminosamente al caminar hacia nosotros, aunque su sonrisa se quiebra por un segundo cuando ve la manera en que Ares me sostiene. Cuando ve el collar que traigo puesto sus ojos destellan rabia, pero enseguida se compone y vuelve a sonreír.

Todas las cámaras voltean hacia nosotros y tengo que hacer uso de todas mis fuerzas para proyectar una expresión agradable.

—¡Hannah! —exclama la reportera—. Felicidades por el lanzamiento de *Cloudy Skies*. Ya quiero verla; sin duda tu actuación será fenomenal, como siempre.

Ella sonríe de oreja a oreja como agradecimiento.

—Durante años hubo rumores de ti y Ares, cuando en realidad estaba saliendo con tu hermana. ¿Eso fue difícil para ti? Sé que negaste los rumores múltiples veces, pero la gente nunca dejó de hablar. ¿Estuviste tentada a delatar sus secretos y admitir que estaban juntos?

Se le congela la sonrisa.

—Como sabes, rara vez hablo de mi vida privada. Te pido, por favor, que las preguntas que se hagan estén relacionadas con la película de esta noche.

La reportera asiente y voltea hacia mí.

—Como es muy raro verlos a los tres juntos, ¿les tomamos una foto?

Hannah sonríe y se acerca al otro costado de Ares, le abraza la cintura y apoya la cabeza en su hombro. Sin querer, me tenso, aun cuando estoy sonriendo de oreja a oreja ante las cámaras. Para mi alivio, Ares no la abraza, en vez de eso, se inclina un poco más hacia mí.

No soy una persona insegura; sin embargo, Hannah hace que me convierta en una especie de monstruo celoso. No la quiero cerca de Ares. No quiero que me recuerden cómo me casé ni la historia que ellos comparten. ¿Cómo equilibro el querer apoyar a mi hermana con el descontento que siento al pensar en ella con Ares?

—Señor y señora Windsor —dice la reportera con cara de súplica—, ¿y si nos regalan un beso para las cámaras?

A Hannah se le cae la cara por un momento, pero Ares sonríe contento, me toma de las mejillas y se acerca; su pulgar me roza un labio un momento antes de que se agache y me bese, lenta y profundamente. La gente alrededor se pone como loca, pero a él no le importa, solo sigue besándome, como si el mundo entero no estuviera viendo… como si Hannah no estuviera viendo.

Para cuando se separa de mí, estoy jadeando y desesperada por más.

—Vamos —me susurra—, terminemos con esto.

Cuarenta y siete

Ares

Raven casi no ha hablado conmigo desde que llegamos, y eso me preocupa. Ha estado sonriendo para los fotógrafos y respondido cada una de las preguntas que le han hecho con humor y gracia, pero ha estado distante, aunque no me ha soltado la mano, a menos que fuera necesario.

Mi corazón se acelera cuando nos vamos al palco privado donde veremos la proyección. No recuerdo alguna vez estar tan ansioso por el bienestar de alguien. Nunca me preocupé mucho por Hannah, ni siquiera cuando se ponía celosa de cualquiera de las otras actrices que estaban bajo mi gestión, porque siempre supe que no tenía de qué preocuparse y nunca tuve nada de qué sentirme culpable.

Con Raven es distinto. Necesito que esté bien, independientemente de si sus preocupaciones tienen fundamento o no.

Nos sentamos y yo levanto nuestras manos entrelazadas hacia mis labios y le doy un beso tierno en el dorso de la mano. Ella voltea hacia mí y la expresión en sus ojos me pega directo al corazón. Se ve lastimada y tan triste, pero no tengo idea de por qué. Lo único que sé es que seguramente yo soy la razón de su dolor.

Le aprieto la mano y me inclino hacia ella para besarle el hombro y luego posar los labios justo debajo de su oreja.

—¿Qué pasa, nena? Dame un momento de sinceridad, dime por qué tus hermosos ojos están tan tristes.

Ella voltea y su nariz roza la mía. Esbozo una leve sonrisa, ladeo la cabeza y le robo un beso. Esperaba que me besara de vuelta pero, en vez de eso, se aparta.

Frunzo las cejas y ella niega con la cabeza.

—Raven —murmuro, y con delicadeza la tomo de la barbilla para que me mire a los ojos—, ¿qué pasa?

Sus pupilas se dilatan cuando ve detrás de mí; sin duda Hannah se acaba de sentar a mi lado, pero no me importa. Lo único que me importa es el dolor en los ojos de mi esposa.

—Ares —susurra con voz entrecortada. Se acerca, sus labios me rozan la oreja—. Es solo que… no quiero lastimarla. Es mi hermana, Ares, y sí, no ha sido de lo más linda últimamente, pero la quiero. Recuerdo cómo se sentía verlos juntos en este tipo de eventos y no quiero que ella se sienta igual. Pero, al mismo tiempo, me dan celos por la manera en que se te queda viendo, las fotos que les tomaron juntos, las entrevistas. Estoy tan, tan celosa y me odio por eso.

Abro los ojos al máximo y ella se aleja, con las mejillas encendidas. Maldición. Esta mujer… Pensé que quería que le dejara claro a Hannah que soy suyo, que nuestro matrimonio no es la farsa que ella esperaba que fuera. Estaba tan seguro de que Raven quería marcar su territorio pero, hela aquí, sufriendo en silencio porque no quiere lastimar a su hermana.

Diablos, creo que ya caí redondito. Creo que me estoy enamorando de mi esposa. Es más, creo que tal vez he estado enamorado de ella mucho más tiempo del que quisiera admitir.

Comienza la película, pero yo solo puedo enfocarme en Raven, que mira al frente, con la espalda recta, pero, maldición, yo estoy embelesado con ella. Se ve hermosa con ese vestido, me encanta cada segundo que la veo así, y al mismo tiempo ya quisiera llegar a casa para cogérmela y así disipar todas sus inseguridades.

Hannah se inclina hacia mí y sonríe.

—¿Te acuerdas de esta escena? —susurra, con el volumen exacto para que Raven también la escuche—. Tomaste un vuelo para visitarme en el set y ver cómo la filmábamos. Después fuimos a aquel viñedo que nos dio la idea de casarnos en uno. —Raven se tensa y yo le aprieto la mano—. Todavía recuerdo cómo me recostaste en aquel prado que nos encontramos cuando recorríamos la zona.

Raven se muerde un labio y zafa su mano de la mía; yo aprieto la quijada y volteo hacia Hannah con furia.

—Basta —susurro con molestia.

Hannah me sonríe provocativamente.

—No finjas que no te acuerdas. Yo todavía recuerdo lo impaciente que estabas. Deberíamos regresar a ese viñedo y recrear algunas de esas escenas.

La miro sin poder creer lo que está haciendo. Mi esposa, que tiene todo derecho sobre mí, está sentada a un lado, callada, porque no quiere lastimar a su hermana.

Y mientras tanto, Hannah hace comentarios hirientes a propósito para darle directo en el corazón.

—Ten un poco de maldito respeto —le advierto—. ¿Necesito recordarte que estoy casado? Y con tu hermana, ni más ni menos.

Ella alza los hombros.

—Es tan solo un pedazo de papel, me importa una mierda, Ares. Ambos sabemos que en cuanto tú y yo estemos solos en un cuarto, te vas a olvidar de que estás casado, siempre es así.

Raven respira profundamente, la miro de reojo y veo que está conteniendo las lágrimas. Sigue mirando al frente, su expresión es completamente neutral, pero no puede ocultarme su dolor. Mierda.

Me levanto y las pocas personas que están en nuestro palco alzan la vista, sorprendidos.

—Váyanse —digo, así nada más—. Mi secretario les encontrará lugares desde donde podrán ver la película.

Todos se levantan, contrariados, pero saben muy bien que no les conviene protestar. Se van en silencio siguiendo a Dom, pero Hannah se queda en su lugar.

—Vete —le digo.

—¿Yo?

—¿Vas a salir caminando tú sola o necesitas la ayuda de mis guardaespaldas?

Se levanta, abriendo los ojos al máximo.

—¿Es en serio? No me puedes sacar.

—Mírame.

Hago una señal a uno de mis guardaespaldas y Hannah se queda pasmada un momento.

—¿Estás demente? —pregunta—. ¡Soy la protagonista de la película!

Alzo los hombros.

—Pues entonces te recomiendo enfáticamente que veas tu película desde otro lugar, porque no la vas a ver aquí, conmigo y mi esposa.

Raven se levanta y me pone una mano en el brazo.

—Ares —dice en voz baja—, ya déjalo.

La miro y le rodeo la cintura con el brazo.

—No —contesto y volteo hacia Hannah—: Fuera.

Hannah aprieta los dientes y sus ojos destellan furia.

—Te vas a arrepentir de tratarme así, Ares. Siempre tuvimos nuestros altibajos y esto no es diferente. No te pases, porque te prometo que te vas a arrepentir.

Y entonces se sale, con mis guardaespaldas siguiéndola de cerca.

—No debiste hacer eso —comenta Raven, los ojos llenos de preocupación—. Lo último que queremos es hacer un escándalo. Al rato vamos a ver en las noticias reporteros diciendo que hubo un pleito familiar entre los tres. Tal vez no sea fácil, pero nos conviene mantenernos en calma.

Volteo hacia Raven y tomo su rostro entre mis manos, con el corazón acelerado.

—Estás loca si crees que me voy a quedar de brazos cruzados mientras tú te tragas las lágrimas. Eres mi esposa, Raven. Ella no es más que tu hermana para mí. Me importa una mierda mi pasado con ella y tampoco quiero escuchar sobre eso. Y ciertamente no me voy a quedar aquí sentado y dejar que te lastime, porque ambos sabemos que eso era exactamente lo que intentaba.

Le levanto la barbilla para verla directamente.

—Tú eres mi esposa, no eres alguien a quien cualquiera pueda ofender o lastimar, mucho menos estando yo presente. —Entierro los dedos en su cabello y aprieto para acercarla a mí con brusquedad—. ¿Cuándo vas a entender que eres la dueña de mi corazón?

Ella abre los ojos al máximo y en su mirada veo que no me cree. Sí, supongo que nunca he admitido por completo que me estoy enamorando de ella muy rápido y, tal cual, de bruces. Le acaricio la cabeza y luego la agarro de un mechón de cabello. Acerco su rostro al mío y me inclino para besarla de manera brusca y castigadora. Raven gime contra mis labios y desliza sus manos por mi pecho, hasta que me abraza del cuello.

Le alzo el vestido y la subo de las piernas, para que con ellas me abrace la cintura mientras yo la beso más profundamente.

—Que lograra lastimarte me hace sentir como si te hubiera fallado. —La empujo contra la pared, con el sonido de la película de Hannah al fondo. Cualquiera podría vernos con tan solo con alzar la mirada al palco, pero al diablo con eso—. Al carajo lo que dijo. A la mierda el pasado. Soy tuyo, Raven, nunca te voy a dejar, sin importar lo que pase.

Bajo los labios hacia su cuello, le rozo la piel con los dientes y chupo para marcarla como mía.

—Estoy obsesionado contigo —admito—, con todo lo que haces, hasta lo más mínimo, cada sonrisa, casa suspiro que deja tus labios. Todo.

Meto la mano por debajo de su vestido y sonrío cuando me doy cuenta de que no trae ropa interior.

—Esto —y suelto un gemido contra sus labios—, me encanta esto de ti. Siempre estás deseosa de mí tanto como yo estoy de ti.

Paso los dedos por los labios de su vagina y mi pene palpita cuando le meto dos dedos con facilidad.

—Siempre estás tan húmeda para mí, nena. Dime, amor mío, ¿siempre me has deseado así?

Me mira con ojos llenos de deseo.

—Siempre.

Sus manos suben por mi cuello y entierra los dedos en mi cabello. Con un carajo, tan solo con que me toque un poco, me pone el corazón a mil por hora. Impaciente, me desabrocho el cinturón para liberar a mi pene y lo deslizo dentro de ella con ansias.

—Me encanta todo de ti —susurro mientras acomodo el pene empujando solo la punta. Raven gime y le tapo la boca con la mano—. Me encanta tu sonrisa. —Y se lo meto hasta la mitad; ella cierra los ojos y aprieta las piernas contra mí. Trata de montarme, para que entre todo, pero yo la detengo con fuerza y no le doy lo que quiere—. Me encantan tus gemidos. —Empujo un poco más y le rozo el labio con el pulgar. Ella abre la boca y le meto dos dedos. Casi pierdo todo control cuando me los chupa mientras me mira fijamente, como si quisiera tener mi pene en su boca. Entonces se lo meto por completo, casi a punto de venirme—. Me encanta tu corazón —susurro y le agarro las nalgas, para sacárselo casi todo—. Maldita sea, Raven, creo que te amo. —Entonces la embisto con fuerza y ella suelta un gritito.

—Ares, ay Dios —gime.

Me río y pego mis labios contra los suyos, la beso y me trago sus jadeos mientras me la cojo lenta y profundamente.

Recargo mi frente contra la suya y mi respiración se corta.

—Sí, nena, creo que estoy enamorado de ti.

—Ares —gime y nuestras miradas se cruzan. Sus ojos tienen una mezcla de lujuria y esperanza cautelosa; nunca se ha visto tan hermosa—. Dilo otra vez.

Se lo saco casi por completo y la sostengo con fuerza, mientras la miro fijamente.

—Te amo, Raven. Te amo.

Esta vez, se lo meto lentamente, centímetro a centímetro, hasta que estoy por completo dentro, con mis ojos fijos en ella todo el tiempo. Mi mano derecha se mueve entre nosotros, hasta que trazo círculos en su clítoris.

—Me encanta cómo separas los labios un poquito cuando mi pulgar te roza el clítoris, cómo empiezas a jadear para mí y tus ojos me suplican en silencio. Hacer que te vengas es uno de mis pasatiempos favoritos, nena.

Ella se muerde un labio mientras yo la froto con más fuerza y brusquedad, impaciente. Y durante todo este tiempo, sigo embistiéndola lentamente, y el mundo entero se desvanece. Me importa un carajo que haya cientos de personas viendo una película justo debajo del palco. Lo único que yo puedo ver es a mi esposa.

—Creo que soy adicto a tu vagina.

—Creo que soy adicta a ti —susurra.

Le acaricio el clítoris más fuerte y la llevo al límite.

—Te voy a enviciar, nena. Voy a seguir alimentando tu adicción, para que nunca me dejes.

Miro cómo su respiración se acelera y yo aumento el ritmo, la embisto con más fuerza, muevo mis dedos más rápido, hasta que se deja llevar por el éxtasis para mi deleite.

—Ares —dice gimiendo. Le tapo la boca con la mano mientras se viene, con mi nombre en sus labios. Sí, no hay vuelta atrás, estoy completamente enamorado de ella. La empujo contra la pared con más fuerza, y entonces cogemos con embistes rápidos y bruscos. Raven me toma por completo y yo me vengo segundos después que ella. Luego apoyo mi frente en la suya.

—Ares —susurra con voz ronca—. Yo también te amo.

Cuarenta y ocho

Raven

Me muerdo el labio al ver los mensajes de texto que Ares me ha enviado toda la mañana. Debería estar terminando la alineación para mi próximo desfile de modas, pero me la paso soñando despierta con mi esposo. Estar con él ha sido mejor de lo que alguna vez soñé. Todo lo que creí que nunca tendría ahora está a mi alcance.

Eso hace que me pregunte si mis sospechas acerca de Hannah y Ares eran ciertas. Él nunca parecía feliz con ella, al menos no como es con su familia. Creí que solo eran mis fantasías y deseos, pero tal vez no era así.

Cuando él me rechazó, pensé que era por nosotros. Estaba segura de que no volvería a tener una oportunidad y que tendría que atestiguar el felices por siempre de él con mi hermana. Nunca imaginé que ese tan solo sería el inicio de nuestra historia.

Ares: ¿Sabes qué es lo mejor de que tu esposa sea una supermodelo?

Raven: ¿Entrenar juntos?

Ares: El entrenamiento de anoche definitivamente fue intenso…

Ares: Pero no, esa no es la mejor parte, sino todas las fotos tuyas en ropa interior que no tengo que tomarte a escondidas.

Raven: Sí sabes que cualquiera puede ver esas fotos, ¿cierto?

Ares: Diablos, Rave, no me recuerdes a todos esos pervertidos que te atosigan todo el tiempo. Me fastidia que incluso pienses en ellos. Por lo visto no te cogí lo suficientemente duro anoche, ¿verdad? Tendré que asegurarme de que no puedas pensar en nadie más que en mí para cuando amanezca mañana.

No puedo evitar reírme. Ares siempre ha parecido tan ecuánime, así que ver cómo pierde los estribos por mí es… extrañamente conmovedor. Me encanta cómo se la pasa publicando fotos de nosotros cada vez que enfurece porque yo aparezco en un evento con otro hombre. Me está dando la libertad de seguir con mi carrera sin que me sienta culpable, pero se la pasa recordándole al mundo que soy suya de las maneras más tiernas posibles.

Raven: Los pervertidos van a seguir atosigando, mi amor. Aunque aún no estoy convencida de que la mitad de esas cuentas no son de admiradores secretos que tú creaste para espiarme…

Ares: Para ser justos, es una muy buena idea. Debería

hacer unas cuantas más y agotarlas todas. Ya vuelvo, hay algo muy importante que quiero hacer.

Se me sale una risita y aprieto los labios. Está loco, pero es exactamente el chico del que alguna vez me enamoré, ese que con el paso de los años pensé que había perdido.

—¿Raven?

Me enderezo al oír la voz de Hannah y se me derrite la sonrisa. Entra a mi oficina con una expresión indescifrable. No me había buscado desde que me pidió que hablara con Ares de parte de ella, pero debí saber que el estreno de su película la haría regresar conmigo. No es como si yo lo hubiera querido, pero, para ella, lo de esa noche fue una declaración de guerra. Para Hannah todo es una batalla, todo el tiempo.

—¿Qué se te ofrece, Han? ¿Necesitas un vestido para algún evento?

Se sienta frente a mí y se me queda viendo. Su expresión es gélida.

—¿Por qué actúas como si yo solo viniera a verte cuando necesito algo? No hay nadie más aquí, Raven. No necesitas fingir que eres la chica buena, la hermana agraviada.

Me tenso al contener el dolor que me causan sus palabras.

—Disculpa, ¿qué?

Ella se cruza de brazos.

—¿Por eso te cogiste a mi prometido, porque querías venganza por la manera como te traté todos estos años?

—Yo… yo… —Me aclaro la garganta y me abrazo. Mi corazón se acelera.

—¿Por qué decidiste aparecerte, Raven? ¿Por qué decidiste presentarte el día de mi boda? Tú sabes tan bien como yo que la abuela Anne nunca habría dejado que tu empresa fracasara, aun cuando mamá y papá te quitaran el financiamiento. Nunca tuviste nada que perder. Si te hubieras mantenido al margen, ellos no habrían tenido más opción que reagendar la boda. ¿Por qué me hiciste esto?

Aparto la mirada, sin estar segura de qué decir. Sabía que íbamos a tener esta conversación en algún momento, y la he imaginado tantas veces… pero ahora que estamos aquí, no encuentro las palabras que necesito.

—Tú sabes tan bien como yo que Ares valora el deber y la lealtad por encima de todo lo demás. ¿Crees que se enamoró de ti tan pronto? ¿Así de la nada? ¿Después de todos los años que pasó conmigo? ¿O crees que tal vez está haciendo lo mejor posible de una situación difícil y, nada más para aprovechar, está teniendo sexo mientras tanto? Tú eres su esposa ahora, así que siente que tiene que hacerte feliz, sin importar lo que eso signifique para su propia felicidad. Él va a fingir hasta el último y más amargo momento si eso hace feliz a su familia, lo cual, en su mente, ahora te incluye a ti. —Se ríe—. ¿Sabes por qué tú y yo nos distanciamos, Raven? Porque siempre me di cuenta de cómo mirabas a Ares. ¿Qué clase de mujer desea al prometido de su hermana? Siempre sentí mucho asco de eso. ¿Sabes que Ares y yo solíamos hacer bromas sobre tu *crush* con él? Él pensaba que era muy infantil, pero tierno. Nunca, jamás te vio como mujer. Pero déjame adivinar… ¿lograste que cediera seduciéndolo?

Y entonces pienso en las diferentes prendas que me puse para andar por la casa en un intento de hacer que él me viera, así como en las cosas que dije e hice.

—Hannah —digo en voz muy baja—, ¿qué es lo que quieres?, ¿ya qué importa? Ahora estoy casada con Ares.

Ella sonríe y se lleva una mano al pecho, luego juguetea un anillo en su dedo. La sangre se me hiela cuando reconozco la joya que trae puesta. Es la argolla de bodas que ella eligió, la que Ares me puso el día en que nos casamos.

—No por mucho tiempo —me contesta—. Tal vez tú estés casada con él ahora, pero una vez que su deber contigo termine, regresará conmigo. Siempre seré la que él quiere de verdad, la que él hubiera querido que cruzara ese altar. Y tú, mi querida hermana, tú siempre serás mi reemplazo, la persona con la que lo obligaron a conformarse. Tú anduviste persiguiéndolo incluso sabiendo el daño que ibas a causar, pero no te diste cuenta del daño que, a la larga, te causaría a ti. Hagas lo que hagas, nunca vas a ser yo, Raven. Con el tiempo, no solo vas a perder a Ares, también me perderás a mí. Espero que tu matrimonio haya valido la pena, porque te va a costar todo.

Me muerdo un labio en un esfuerzo por controlar mis emociones.

—¿De dónde sacaste ese anillo?

Ella sonríe con malicia.

—Como dije… siempre seré la que él quiere. Él nunca permitirá que te quedes con lo que es mío, al menos no por mucho tiempo.

—¿Ares te lo dio?

Asiente.

—Sí. Le dije que quería mi anillo de regreso, así que él me aseguró que te conseguiría uno nuevo. Nos tomó tanto tiempo escoger los nuestros… No puedo imaginar lo difícil que debió ser para él ver este anillo en tu dedo.

¿Sabes?, no creí que fuera a dármelo tan fácilmente. Pensé que estaría enojado y resentido, pero es el mismo Ares que siempre he conocido y amado. Él nunca me negará nada, aunque tenga que quitárselo a su supuesta esposa… Claro que, eso ya lo sabes, ¿no? Tú mejor que nadie sabes que él me ama con todo su ser. Después de un amor como ese, ¿qué tanto le puede quedar? ¿Cómo podría alguien más estar a la altura?

Se levanta y me lanza una mirada severa.

—Nunca te voy a perdonar lo que hiciste, Raven. Tal vez creas que las cosas van bien con Ares, y que tomaste la decisión correcta con lo que hiciste, pero escúchame bien: llegará el día en que te arrepientas de haberte casado, y él va a regresar conmigo, siempre lo hace.

Mientras Hannah sale de mi oficina, yo me quedo mordiéndome un labio con fuerza, dejando que su veneno se asiente en lo profundo de mi alma y contamine cada pedacito de esperanza al que me había aferrado.

Cuarenta y nueve

Raven

Me quedo viendo la casa tratando de juntar las fuerzas para entrar. No debí dejar que las palabras de Hannah me molestaran, pero lo hicieron. Me llegaron al tuétano, porque tiene razón.

Sabía perfectamente bien lo que estaba haciendo cuando elegí tomar su lugar. De haber permanecido al margen, la abuela Anne le habría dado otra oportunidad a Hannah, sin duda. Fui egoísta y decidí arriesgarme. ¿Acaso tomé la decisión equivocada?

Inhalo profundamente y recobro la calma para entrar a casa. Tengo miedo de confrontar a Ares, porque sé que tal vez exista una mínima posibilidad de que al hacerlo descubra que las palabras de Hannah tienen algo de cierto. Siento que he construido una casa de barajas y que en cualquier momento todo va a colapsar en mi contra.

—¿Raven? —Ares me mira claramente preocupado—. Hoy llegaste muy tarde. Te he estado llamando. ¿Dónde estabas?

Me obligo a sonreír y niego con la cabeza.

—Me quedé trabajando hasta tarde —explico, luego titubeo—. Me duele la cabeza, Ares. Me voy a dormir.

Él se me acerca, me toma de los hombros y examina mi rostro. Me duele el corazón cuando me quita un mechón de cabello de la cara con toda la ternura del mundo. ¿Acaso algo de esto es real? ¿Está fingiendo porque cree que es lo correcto? ¿Solo soy una obligación para él?

Me muerdo un labio con brusquedad, pero no logro contener las lágrimas. Aparto la mirada cuando se resbala una por mi mejilla. Pensé que Ares se iba a alterar o a exigir una explicación de mi agonía, pero solo me abraza y me acaricia el cabello. Rompo en llanto y hundo la cara en su cuello.

Comienzo a sollozar y él me abraza con más fuerza, como si tratara de darme la contención que yo no logro darme.

—Cupcake, me estás rompiendo el corazón. Soy inmune a las lágrimas de cualquiera, excepto las tuyas. Estoy a punto de hincarme y rogarte que me digas qué puedo hacer para que todo esté bien.

Niego con la cabeza sin saber qué decirle. Aunque lo intentara, dudo que pueda sacar las palabras. ¿Cómo le explico que miles de miedos me consumieron? ¿Cómo le explico que una culpa que nunca había sentido me está carcomiendo el alma y que, a pesar de eso, volvería a hacer todo eso si así pudiera tener lo que tengo justo ahora con él?

Ares se agacha y me carga en sus brazos. Sus pasos resuenan por el pasillo mientras me lleva a nuestra recámara. Se sienta en la orilla de la cama y me acomoda en sus piernas, luego empieza a sobarme la espalda para consolarme. Y todo eso solo logra que mi corazón se rompa aún más.

—Raven —susurra y se escucha abatido.

Me siento sobre su regazo y me limpio las lágrimas lo mejor que puedo. No puedo seguir escondiéndome. No puedo seguir ahogándome en mi dolor, no cuando todo esto es por mi hermana.

—Hannah fue a verme a la oficina. —Él se tensa y aprieta la mandíbula, pero no logro descifrar su expresión—. Ares, ¿tú…? ¿Le diste mi argolla de matrimonio?

Sus pupilas se dilatan, luego me toma de las mejillas con ternura.

—Nena —susurra—, te juro que no es nada de lo que te estás imaginando. Ella me la pidió y se la di porque no quería que fuera un recordatorio constante para ti. Además, sinceramente, Rave, no quería quedarme con algo así. También le mandé la mía, porque no necesito quedarme con ninguna.

Me acaricia la mejilla con el dorso de la mano y una expresión suplicante, como si necesitara que le creyera.

—Me está matando —respondo en voz baja. Levanto el brazo y le paso un dedo por la sien, demasiado asustada para preguntar lo que necesito saber—. Esta culpa, este dolor… es demasiado, Ares. ¿Tomé la decisión equivocada? ¿Una parte de ti me detesta por haber cruzado ese altar en vez de alejarme? ¿Estás resentido conmigo por interponerme entre tú y Hannah?

Abre la boca para responder, pero le pongo mi dedo índice sobre los labios para acallarlo.

—No —susurro—. No tengo el valor para escuchar tus respuestas, Ares. Prefiero que mis miedos me coman viva a oírte confirmar las insinuaciones de Hannah. No creo poder sobrevivir a escucharte decir que una pequeña parte de ti aún la ama. Tengo miedo de que sientas lástima por mí y me digas todo lo que quiero oír sin sentirlo genuinamente. Me aterra que todo entre nosotros sea nada más una obligación para ti. No sobreviviré a que me deseches por ella.

Quito el dedo y nuevas lágrimas bajan por mis mejillas. Ares suspira y me toma de las muñecas con fuerza, luego las baja hacia mi espalda.

—¿Ya terminaste de hablar, mi amor? Espero que sí porque ahora es mi turno.

Abro los ojos al máximo, y él sonríe a pesar de los indicios de dolor y pena en sus ojos.

—Tú, Raven Windsor, eres lo que menos esperaba en mi vida y lo mejor que me ha pasado. Antes de ti, yo no estaba viviendo realmente. Me vuelves loco en el mejor de los sentidos. Me haces reír todos los días y tú, mi hermosa esposa, me haces sentir cosas que nunca había sentido. ¿Sabes?, pensé que sabía lo que era el amor, que significaba compromiso, no ser egoísta y ser paciente. Pero ahora en realidad lo sé: el amor verdadero es enloquecedor, te consume por completo, y, maldita sea, es egoísta, Raven. Es impaciencia y contar los minutos para llegar a casa. Es ser ruin con todos los hombres que te envían mensajes privados en redes sociales y es cogerte salvajemente en nuestro sofá nuevo porque te necesito con una intensidad que va más allá de lo físico. Es decorar nuestro hogar juntos y que los detalles realmente importen, porque quiero que nuestro hogar sea nuestro. Es discutir contigo cuando normalmente dejaría ir algo, porque cuando se trata de ti realmente me importa cada maldito detalle. Eso, señora Windsor, es amor. O, al menos, eso es lo que creo, porque entonces ¿cómo definir lo que siento? Eres todo lo que no sabía que necesitaba, y ahora que te he tenido, no puedo volver a mi vida antes de ti. Nunca, sin importar lo que pase.

Me le quedo viendo, sin palabras, y él sonríe.

—Sí —susurra—. Yo tampoco lo vi venir, pero aquí estamos, nena. Tú y yo. En este matrimonio, solo estamos tú y yo, Raven. No hay espacio para nadie más, así que deja de darle entrada a Hannah. Sé que duele y que la amas. No es fácil decidir cómo mantenerla en nuestras vidas cuando cada vez que la vemos nos confronta con un pasado que ambos desearíamos que no existiera. Yo siento la misma culpa que tú, pero no nos toca a nosotros cargar con ella. Tú y yo no hicimos nada malo, ¿me oyes?

Asiento y lo abrazo del cuello. Se me atoran las palabras en la garganta. No tiene idea de cuánto tiempo he querido oír esas palabras ni lo mucho que significan para mí.

Otra lágrima resbala por mi mejilla; Ares la enjuga con su pulgar. Me toma de las mejillas y se acerca, me besa con ternura, suavemente, con lo que confirma cada palabra que acaba de decirme.

Cincuenta

Ares

Sonrío por dentro cuando leo el encabezado de *The Herald*. Por lo general, tan solo el nombre de este maldito periódico de chismes me enfurece. Sus titulares siempre son sensacionalistas e irritantes en exceso, pero hoy hicieron un gran trabajo.

¡Reportan que los anillos de matrimonio de Raven y Ares Windsor costaron MILLONES!

Parece que nada es imposible para el 1% de la población privilegiada. Nos han informado que los anillos que el inalcanzable maestro joyero Richard Laurier diseñó para Ares y Raven fueron confeccionados a mano. Nuestras fuentes descubrieron que los anillos de la pareja se inspiraron en los dibujos de la famosa modelo. Los diseños de Laurier son exclusivos y cotizados, y se reservan más que nada para la realeza. Sabemos de buena fuente que el joyero ha rechazado solicitudes de muchas celebridades, pero por lo visto hizo una excepción con los Windsor.

En fotos recientes, el anillo de Raven revela que es de al menos 15 quilates. Según nuestras estimaciones, debe de valer unos 25 millones. Mientras tanto, su esposo, magnate de los medios, parece lucir un anillo con una pluma grabada, sin duda un homenaje al nombre de su esposa. Un movimiento osado para una pareja que es tan discreta con respecto a su relación, pero que, sin embargo, se alinea a la perfección con lo que se esperaría de los Windsor.

En los próximos días esperamos darles más noticias sobre la pareja que sigue evadiendo nuestras cámaras con tanta facilidad. Manténganse al tanto y, recuerden, ¡lo leyeron aquí primero!

Sonrío al ver la tierna foto de Raven y yo, mi brazo rodeándole el hombro mientras salimos de su oficina. Hannah está demente si cree que puede salirse con la suya y lastimar a Raven como lo hizo. He sido paciente y no he dicho nada, en parte por respeto a nuestro pasado y a su relación con Raven, y también en parte por la culpa que siento cada vez que Raven me acelera el corazón. Pero esto termina aquí, puedo hacerme de la vista gorda con muchas cosas, pero con las lágrimas en mi esposa, definitivamente no.

Hannah quería con desesperación que Laurier diseñara nuestros anillos, pero yo siempre me negué. Ni siquiera sé por qué, tal vez porque mi abuela siempre insistió que solo lo contactáramos para piezas complejas que fueran reliquias familiares. No sé… Y sin embargo, no lo dudé dos veces cuando Raven insinuó que no le gustaba su anillo. Sé que esto lastimará a Hannah, pero no voy a seguir considerándola, ya no. Basta de seguir manteniendo la calma.

Raven no lo sabe, pero he controlado con mano de fierro la prensa sobre nosotros. Cada indicio de rumor sobre Hannah y yo se ha eliminado antes de que viera la luz, pero tendré que ser aún más cuidadoso. La información en internet es más difícil de controlar. Los periódicos y las revistas son fáciles, pero todo se mueve más rápido en internet, demasiado como para poder enterrar completamente las historias.

Hannah no está acostumbrada a no salirse con la suya, y creo que al fin comienza a darse cuenta de que lo nuestro de verdad terminó. No va a asimilar bien que Raven y yo seamos felices juntos. Como sea, eso nunca fue parte de sus planes. Sería tan fácil destruir su carrera y sacarla de nuestras vidas, pero sé que Raven nunca lo permitiría. Ella siempre quiso a Hannah de una manera que jamás se mereció. No puedo arriesgarme a incrementar la culpa de Raven.

Afortunadamente, lo que le dije a Raven volvió a darle la confianza que necesitaba con respecto a nuestra relación, pero sospecho que su tristeza proviene de saber que las cosas nunca volverán a ser iguales entre ella y su hermana. En todo el tiempo que tengo de conocer a Raven, siempre ha excusado a Hannah. Creo que al fin comienza a darse cuenta de que esta vez, la única forma de hacer feliz a su hermana es sacrificando su propia felicidad.

Mi cara expresa mi mejor sonrisa inocente cuando entro a casa; el sonido de la dulce voz de Raven me da la bienvenida. Está cantando una canción de pop que no conozco. Desde la discusión con Hannah no ha sido la misma, pero parece que hoy se siente mejor. No dudo que haya visto el artículo de *The Herald*, porque me aseguré de que se volviera el *trending topic* por todos lados.

Me detengo en el marco de la puerta de la cocina y la observo. Trae un camisón largo color crema y, diablos, es demasiado tentador.

Es extraño, porque la he visto modelar en la pasarela tan solo en ropa interior; sin embargo, esto es mucho más sexy. Fuera del trabajo, siempre se ha vestido tan profesionalmente que es muy atractivo ver este lado suyo... esta parte que solo me pertenece a mí. Nadie más que yo puede ver a mi esposa así: con un chongo en la cabeza, sin maquillaje y el cuerpo expuesto para mí.

—Hola, nena —saludo y me acerco. Ella me sonríe y levanta la cara para un besito de piquito—. ¿Qué haces? —pregunto y me asomo por encima de su hombro.

Ella voltea y su cuerpo roza con el mío. Debería dar un paso atrás, pero me encanta tenerla tan cerca. Me fascina ver cómo sus pupilas se dilatan muy discretamente, y cómo su mirada baja hacia mis labios por un segundo antes de apartar la mirada.

—Estoy horneando pan para los dos.

Sonrío y le abrazo la cintura, lo cual la sobresalta.

—¿Me vas a poner a dieta, esposa? ¿No estás satisfecha con cómo se ve mi abdomen?

Me sonríe y sus ojos me recorren el cuerpo.

—No estoy segura. ¿Qué tal si te quitas la camisa y me lo muestras?

Sonrío y me pongo las manos en la camisa.

—¿Crees que no lo haré?

—¿Te atreves? Yo estoy constantemente rodeada por modelos hombres extremdamente sexys. ¿Puedes competir con ellos?

Me quedo boquiabierto. Entonces la miro fijamente entrecerrando los ojos mientras me desabotono la camisa.

—Tú dime, Rave. —Mi camisa se abre y la manera en que sus ojos se quedan fijos en mi pecho me brinda cierta sensación de satisfacción—. ¿Puedo competir?

Ella me toca el pecho y deja que sus dedos me recorran el torso, cada curva de mi abdomen. En cuanto me toca, una explosión de deseo despierta a mi pene, así que respiro profundamente para calmarme. Pero es que en ese camisón se ve… increíble, maldita sea.

—Sí —contesta como jalando aire—. Sí puedes competir.

Sonrío y la levanto hasta la barra de la cocina. Le abro las piernas para pararme entre ellas.

—¿Conque «sí»? Eso no suena tan convincente. ¿Qué tal si te muestro el resto de mi cuerpo?

—Me parece una buena idea. Así puedo evaluar tu cuerpo y todo lo demás, ya sabes…

Se me sale una risita cuando ella toma las solapas del saco, y me mira directo a los ojos mientras me lo quita.

—Ares —murmura—, ¿lo dijiste en serio?, ¿cuando dijiste que me amabas? ¿Fue en serio?

Le sonrío, a pesar del dolor. Ojalá pudiera sacar el fondo de mi corazón para mostrarle que está lleno únicamente de ella.

—Cada una de mis palabras, Raven. Tal vez sea demasiado pronto, demasiado rápido. O tal vez… tal vez esto se ha estado formando desde hace años, pero ninguno de los dos teníamos el valor de admitirlo. Apenas me atrevo a decir las palabras, pero es la verdad. Estoy enamorado de ti, Raven Windsor. Diablos, si realmente soy sincero conmigo mismo, me enamoré de ti mucho antes de que dijeras «sí, acepto».

Me mira fijamente, con los ojos bien abiertos y las mejillas ligeramente sonrojadas.

—Ares —susurra—, te amo.

Carajo, me envuelve un remolino de emociones que nunca había sentido y que prácticamente me tumban de rodillas. Nunca voy a cansarme de oírla decir eso. Meto la mano en su cabello y la jalo hacia mí, mis labios encuentran los suyos con una nueva urgencia. Nunca deseé tanto a alguien ni quise marcarla como mía.

—Maldición, estoy obsesionado contigo —digo contra sus labios—. Con cada parte de ti. —Ella gime y envuelve mis caderas con las piernas, su cuerpo pegado al mío—. Y, nena, amo todo lo que eres, hasta el fondo de tu alma. Te amo, Raven.

Ella se endereza para mirarme. Puedo detectar en sus ojos que no me cree, pero no importa. Voy a pasar el resto de nuestras vidas demostrándoselo.

Cincuenta y uno

Raven

—Ha pasado bastante tiempo desde que la abuela nos convocó a todos con tanta urgencia —comenta Sierra mientras caminamos hacia la casa principal—. La última vez que lo hizo fue para anunciar tu boda.

—¿Tienes idea de qué nos va a decir?

Sierra niega con la cabeza.

—Ni idea. Les pregunté a mis hermanos, pero tampoco saben nada.

Mi teléfono comienza a sonar y me quejo al ver quién llama. Sin duda mi madre está llamando por algo relacionado con Hannah y no quiero oírlo.

—¿Quién es? —pregunta mi amiga y se asoma a mi teléfono. Voltea los ojos cuando ve que es mi madre y rechaza la llamada en mi lugar, pero mi madre vuelve a llamar enseguida. Es tan insistente… Si no contesto, simplemente seguirá llamando hasta el cansancio.

—¿Mamá?

—Raven, cariño, llevo horas tratando de comunicarme contigo.

Por lo general le invento una excusa, pero hoy no tengo energía.

—¿Qué pasa, mamá? —No me agrada que me llame «cariño» cuando en cada conversación que hemos tenido desde que me casé su actitud ha sido bastante hostil.

Ella vacila un momento.

—Supe que Hannah y tú se pelearon. Ella está extremadamente alterada. ¿Cómo que tú y Ares «están juntos»?

Aprieto los dientes por un momento y respiro para calmarme.

—¿Eso te dijo? Supongo que le contestaste que aceptara el hecho de que ella lo abandonó. ¿Le recordaste que soy yo quien está casada con Ares? ¿Qué es exactamente lo que le sorprende de que yo esté con mi propio marido? Seguro que no está pensando en nada inmoral. Sin duda la educaste bien, ¿no?

Sierra se queda boquiabierta, pero luego sonríe con travesura, asintiendo para sí. Yo pongo los ojos en blanco y sigo caminando.

Mi mamá se queda callada un momento, pero luego carraspea.

—Ares y tú vendrán al festejo del cumpleaños sesenta de tu padre, ¿verdad? ¿Van a pasar el fin de semana con nosotros?

Me quedo pensando. Cuando Ares y yo accedimos a ir al festejo juntos, acabábamos de casarnos, las cosas no estaban tan complicadas. No estoy segura de que sea buena idea que estemos cerca de Hannah un fin de semana entero. No quiero arruinarle la fiesta a mi papá, porque es seguro que pelearemos.

—Sí —contesto, resignada. No puedo seguir huyendo de mi familia. En algún momento tendremos que aprender a coexistir.

—Te voy a pedir que te comportes. Trata de no alterar a tu hermana, ¿sí? Últimamente la ha pasado mal; esto ha afectado su salud y estoy preocupada.

Siento una rabia en lo profundo de mi ser; aprieto el teléfono con fuerza.

—Claro —le prometo—. Espero que le hayas dicho lo mismo a ella, mamá. Yo no voy a provocarla, pero no esperes que tolere su comportamiento tóxico ni por un segundo, porque no lo haré.

—¿Tóxico? —repite mi madre, ofendida.

—Ni te molestes en negarlo —le advierto—. No tengo el tiempo ni la paciencia para lidiar con cualquiera de las excusas que inventas por ella. Nos vemos el fin de semana, iré con mi esposo.

—¡Raven!

—Tengo que irme, mamá, luego hablamos.

Cuelgo y guardo mi teléfono sin ponerle atención a las miradas alegres que me lanza Sierra.

—Caray, amiga —dice, sonriendo de oreja a oreja—. Ya era hora.

Alzo los hombros.

—He intentado ser linda, Sierra. He sido amable y paciente, he tomado en cuenta los sentimientos de todos, excepto los míos. Ya basta.

Me toma la mano y entrelaza nuestros dedos, con una sonrisa de orgullo en el rostro.

—Estás hecha de acero y, sin embargo, siempre eres muy maleable cuando se trata de tu familia. Están demasiado acostumbrados a que cedas con tal de llevar la fiesta en paz, pero es hora de que te pongas primero. Ya no estás sola, Rave. Nunca lo estuviste, pero oficialmente ya eres una Windsor, ahora somos tu familia.

Le sonrío.

—Estoy de acuerdo contigo, bonita.

Ella sonríe contenta.

—Sé que lo estás, pero te lo voy a repetir hasta que te lo tomes en serio.

Le aprieto la mano como agradecimiento y damos vuelta hacia la sala de la abuela, donde los demás ya nos esperan.

La mirada de Ares se posa en nuestras manos entrelazadas y entrecierra los ojos.

—Suelta a mi esposa —advierte con firmeza.

Sierra lo barre con la mirada.

—Era mía antes de que fuera tuya. ¿Quieres pelear conmigo, hermano? ¿A quién crees que favorecerá Raven?

Zafo mi mano de la suya y meneo la cabeza mientras me acerco a Ares, quien de inmediato me toma de ambas manos y me sostiene así para luego mirar con burla a su hermana.

—Par de infantiles —les digo y recorro el lugar con la vista. Aún falta Luca y, por supuesto, Dion, que está en Londres.

Ares me abraza la cintura y se agacha.

—Sabes que esto es tu culpa, ¿verdad? Tú provocas que me ponga todo infantil.

Lo miro a los ojos y sonrío.

—Y ese es mi más grande logro.

—Ash, ustedes son la pareja más asquerosamente tierna —se queja Lex.

Zane sonríe cuando Luca entra con Valentina, su secretaria, y los saluda con la mano cuando entran al comedor. Vale me sonríe y se apresura hacia mí.

—¡Rave!

Le doy un abrazo apretado y luego me aparto para ver su atuendo.

—Me encanta cómo se te ve este vestido.

Ella me sonríe.

—Solo me pongo lo mejor de lo mejor, y esta diseñadora es la mejor de todos.

Me río y ella da una vueltecita para modelar el vestido que diseñé para ella, y una punzada de orgullo me brinca en el pecho.

—Niños —llama la abuela, y nos mira a todos—. Como seguramente ya adivinaron, tengo algo que anunciarles.

Todos nos ponemos tensos; sabemos que, sea lo que sea, nos afectará por igual. La abuela sonríe, aunque su mirada se posa en Valentina y Luca por un momento.

—Luca —dice, entonces él se endereza y asiente—, ya se decidió con quién te vas a comprometer.

Tanto Valentina como Luca se ponen muy tensos, y yo los miro con curiosidad. Su relación siempre me ha intrigado. La abuela asignó a Valentina como su secretaria, y él siempre la odió por eso; sin embargo, es en quien más se apoya. Durante años, estuve segura de que el amor florecería entre ellos, pero nunca sucedió.

—¿Con quién? —pregunta, resignado.

—Natalia Ivanov, hija de Nikolai Ivanov y heredera de un imperio petrolero. Esa es una industria a la que aún no pertenecemos, y esta será nuestra manera de incursionar.

—¿Natalia Ivanov? —repite—. ¿A la que le encanta estar en boca de todos los miembros de la alta sociedad? Es una consentida y materialista con la cabeza hueca.

La abuela entrecierra los ojos.

—Es tu futura prometida. Es una chica dulce, Luca, ya verás.

Él aprieta los dientes y se voltea sin decir otra palabra. Sus pasos resuenan sobre el piso de mármol cuando se aleja y azota la puerta detrás de él. Valentina se queda mirando, duda por un momento, pero después se va detrás de él. La abuela los mira y sonríe. Algo sobre esa sonrisa no me cuadra del todo. ¿Acaso…? ¿Acaso está jugando? No creo, ¿o sí?

—Bien —dice, suspirando—, eso resultó tan bien como esperaba.

—¿Ivanov? —pregunta Zane—, ¿en serio, abuela? ¿Sabes?, él tiene razón. Esa chica siempre está haciendo berrinches en público y ocasionando dramas innecesarios. De ninguna manera es apta para convertirse en una Windsor.

Lexington asiente.

—Es una terrible pareja para Luca —concuerda—. Él no tiene la paciencia para ese tipo de comportamientos.

—Sí, abuela —interviene Sierra—. Esta no es una buena idea.

La abuela simplemente sonríe y levanta una mano.

—Me tomé la libertad de pedir que sirvieran la cena —anuncia—. No hablemos más de esto. Mejor, comamos.

Todos intercambiamos miradas, ninguno está seguro de qué decir o hacer.

—¿No te preocupa? —le pregunto a Ares. Él me sonríe y niega con la cabeza—. No —murmura—, la abuela sabe qué es lo mejor.

La manera en que me mira hace que me revoloteen mariposas en el estómago, y no puedo evitar sonrojarme y devolverle la sonrisa.

Sí, en verdad la abuela tuvo razón acerca de nosotros. Esperemos que Luca tenga la misma suerte.

Cincuenta y dos

Raven

—Pareces nerviosa —comenta Ares cuando se estaciona frente a la casa de mis padres. Asiento y volteo hacia él.

—¿Un momento de honestidad? —susurro—. Tengo miedo de confrontar a Hannah y la idea de estar rodeada de mi familia durante un fin de semana entero me genera ansiedad. Cada vez que estoy aquí siento que no soy suficiente. Además, la casa… está llena de recuerdos tuyos con ella.

Ares se acerca y me toma de las mejillas, su pulgar me roza los labios.

—Vamos a reescribir esos recuerdos —me promete—. Aunque, ¿sabes?, Cupcake, si no quieres ir, no tenemos que hacerlo.

Frunzo las cejas, sorprendida.

—Para ti, la familia lo es todo.

Él me mira con una expresión de tristeza que trata de enterrar detrás de una sonrisa.

—Eso es porque yo soy todo para la mía.

El dolor me deja sin palabras un momento; él aparta la mirada.

—Te amo —susurra—. Te amo con todo mi corazón, Raven, y no puedo soportar ver cómo ellos no son considerados contigo. Son tu familia, y siempre respetaré y honraré tus deseos con respecto a ellos, pero debes saber que no concuerdo con la manera en que permites que te traten.

Pongo mi dedo índice en su barbilla y me inclino para besarlo, y de paso pedir prestadas un poco de sus fuerzas.

—Voy a estar bien —susurro contra sus labios—, porque tú estarás ahí para mí. —Asiento—. Siempre. Y, ¿Ares? —Él ladea la cabeza, inquisitivo—. ¿Puedo pedirte que me prometas algo? Este fin de semana… ¿podrías poner a mi padre en primer lugar? Quiero mantener las cosas tranquilas en medida de lo posible. Él debería poder disfrutar de su cumpleaños.

Él duda por un momento, pero al final asiente.

—Te lo prometo —dice, aunque en su tono se oye un poco de renuencia—. Seguiré tu ejemplo, Rave. Es tu familia y tu decisión.

Me sonríe, pero noto que está preocupado, aunque intenta ocultarlo.

—¿Lista? —me pregunta, con tono tierno y paciente, como si estuviera dispuesto a quedarse aquí sentado toda la noche si yo lo quisiera.

—Lista —contesto y asiento.

Ares sale del auto y lo rodea; me ofrece su mano para caminar juntos a la entrada. Y entonces sí me pongo nerviosa, y me muerdo un labio. Visitar la casa de mis padres debería ser algo que me ilusione; sin embargo, siempre que atravieso la puerta es con pesadumbre.

—¡Ares! —saluda mi papá con una sonrisa en la cara. Baja la mirada hacia nuestras manos entrelazadas y aparta la mirada, incómodo, luego le da unas palmaditas en el hombro—. Reservé una botella de whiskey solo para nosotros, hijo.

Papá se agacha y me besa la frente, luego se acerca a mi oído.

—También escondí en tu recámara unos de esos panquecitos que te gustan, cariño.

Suelto una risita, conmovida. Esta es la razón por la que sigo viniendo, porque lo bueno siempre supera lo malo.

—Gracias, papá.

—Ares, Hannah. —Levanto la vista hacia mi mamá, que se queda congelada un momento, luego se tapa los labios con la mano—. Perdón, Raven. Estoy tan acostumbrada a mencionar esos nombres juntos. —Niega con la cabeza mientras se acerca a nosotros—. Me alegra que hayan venido —dice, aunque no parece verdad. Su sonrisa es mucho más genuina cuando voltea hacia Ares—. Te preparé el cuarto de visitas, Ares.

Él me rodea la cintura y me acerca a él.

—No lo necesito —dice con confianza—. Compartiré cuarto con mi esposa.

Los ojos de mi madre de inmediato se van a su mano, luego aparta la mirada, evidentemente incómoda.

—¿No te parece que eso es un tanto... desconsiderado?

Ares la mira fijamente.

—¿Desconsiderado? ¿Qué? ¿Pasar un fin de semana en la misma casa que la mujer que me abandonó en el altar? No, para nada. —Luego voltea hacia mí—: No te importa, ¿verdad? Si fuera así, no estaríamos aquí.

Me muerdo para no sonreír por la manera en que aparentó malinterpretarla, y muy sutilmente sacudo la cabeza. Lo amo por eso, pero no necesito que pelee mis batallas por mí, y tampoco necesito que me recuerde la historia que hubo entre ellos más de lo yo misma la recuerdo.

—Ven —le digo—, vamos a acomodar nuestras cosas arriba.

Mi mamá nos mira subir las escaleras y no puedo evitar sentirme inquieta. Desde hace años no me siento en casa aquí, pero nunca me había sentido tan fuera de lugar.

Ares se detiene en el marco de la puerta de mi recámara y sonríe.

—¡Oye, yo te compré ese cojín de panquecito! —Entra y mira alrededor, asombrado, y yo me siento en la cama para ver mi cuarto con ojos frescos.

—Se me olvida que no habías entrado a mi cuarto en años, si es que alguna vez lo hiciste.

Ares se detiene y en sus ojos noto un poco de remordimiento. Se acerca a mí, se hinca y me mira fijamente.

—Dime, Cupcake, ¿hay algo que pueda hacer para que este fin de semana sea más tolerable para ti?

Lo miro a los ojos y suspiro.

—¿No debería ser yo quien te pregunte eso? Estar aquí, con Hannah tan cerca, ¿también es difícil para ti?

—Debería serlo, ¿no? —me pregunta—. Pero es así, no me afecta en lo absoluto. —Se acerca a mí y entierra una mano en mi cabello para jalarme más hacia él y rozar mis labios—. ¿Cómo podría afectarme, si te tengo a ti? —Entonces me besa de una manera tosca y demandante. Y con eso hace que desaparezcanmis preocupaciones.

—¡Raven! —grita mi madre, escaleras abajo.

Suelto un quejido cuando Ares se aparta y pega mi frente con la suya.

—Vamos —le digo—, más vale que bajemos.

Me da otro besito en los labios, luego se levanta y me ayuda a hacer lo mismo. Tal vez este fin de semana sea tolerable después de todo.

Ares me sigue y la puerta de la entrada se abre justo cuando llegamos al final de las escaleras. Hannah entra y se detiene cuando ve a Ares. Sus ojos destellan agonía por un momento, y eso me estruja el pecho. Así solía ser exactamente para mí, detestaba venir aquí porque no podía soportar verla con él. Lo último que quiero es provocar que ella se sienta el dolor que yo experimentaba, nadie tendría por qué pasar por eso.

—¡Raven! —vuelve a gritar mi mamá.

Respiro profundamente y me dirijo a la cocina, con mi cabeza pensando en Hannah y Ares. Sin duda ella intentará llamar su atención y eso me incomoda. ¿Así será por el resto de nuestras vidas? ¿Habrá una adversidad con mi hermana para siempre? Tal vez Ares y yo estemos bien por ahora, pero esta situación de verdad es agotadora para todos.

Mi mamá me sonríe y apunta hacia el fregadero.

—¿Podrías ayudarme a llenar el lavavajillas?

Asiento y me pongo a trabajar en silencio. Espero pacientemente, sé que no me habría pedido esto si no quisiera hablarme de algo.

—Rave —comienza al fin—, ¿no crees que sería bueno para Ares y Hannah hablar sobre sus problemas? La manera en que terminaron fue muy desastrosa y nos afectó a todos. En verdad me gustaría regresar a cuando había armonía en nuestro hogar.

Armonía… Supongo que eso es lo que todos experimentaron en ese entonces, excepto yo. Para mí, este hogar siempre estuvo lleno de anhelo. Anhelo por pertenecer, por que me amaran, primero mis padres, luego Ares. Este es el hogar que siempre me dejó sintiéndome inadecuada, que me dejó sin nada, al grado de que me perdí.

Me quedo callada y mi mamá se me queda viendo. La verdad es que no tengo una respuesta para ella. Sí, sería bueno tener armonía, pero ¿para quién? En esta situación, alguien saldrá herido de un modo u otro, y, por primera vez, no permitiré que ese alguien sea yo.

—Ah —dice mamá—, qué bien, están hablando.

Me pongo tensa y sigo su mirada. La ventana de la cocina da a la terraza, donde están Hannah y Ares, perdidos en su conversación. La manera en que él la mira me enferma, conozco esa media sonrisa, así es como siempre la miró, como si todo lo que ella hiciera le pareciera encantador.

Trato de ser fuerte, pero mirarlos juntos desde aquí, cuando ellos creen que nadie los ve, me llena de inseguridad. Él fue tan asertivo en fijar límites entre ellos ese día en el palco de cine, pero ¿fue solo porque yo estaba ahí? ¿Fue porque él consideró que era lo que tenía que hacer?

Me muerdo un labio con fuerza, molesta conmigo misma por dudar de Ares. Esto es lo que esta casa me provoca: inseguridad y dolor. No importa cuánto crezca como persona, cada vez que vengo, siento como si retrocediera.

Aprieto los dientes y me lavo las manos. Dejo la mitad de los platos en el fregadero y salgo de la cocina.

—¡Raven! —grita mi mamá, enojada. La ignoro y voy a la terraza; Ares y Hannah están en el rincón junto al columpio.

Ambos me miran y Hannah se tensa.

—Raven —dice, forzando una sonrisa. Me duele ver en qué se ha convertido nuestra relación. Cuando la miro, ya no veo a mi hermana.

Dejo que mis ojos la recorran tranquilamente, aunque me detengo en su mano un momento.

—¿Ya no usas el anillo que te dio Ares?

Ella abre los ojos y le lanza una mirada furtiva, luego me mira a mí.

—No, lo guardé en un lugar seguro. No quería arriesgarme a que me preguntaran sobre él.

Ares toma mi mano, me besa el dorso y la deja en cierto ángulo para que mi anillo brille con la luz apropiada.

—Úsalo si quieres —dice—. Es una pieza de joyería relativamente simple. No es nada más que una reliquia del pasado.

Hannah carraspea y se queda mirando mi anillo por un momento, luego baja la mirada al piso, y yo siento que me desgarro por dentro. No quiero lastimarla a propósito, pero quiero sentir esa confianza que me da Ares cuando me toca.

—¿Saben? —comenta ella—, esta noche es la primera en años que los tres vamos a dormir aquí. Deberíamos sacar los juegos de mesa o algo.

Ares me envuelve cálidamente entre sus brazos y niega con la cabeza.

—Tal vez en otra ocasión —le contesta, luego me dice—: Estoy bastante cansado. —Y sonríe con tal travesura que seguramente es todo lo contrario, y sospecho que Hannah se da cuenta—. ¿Y si nos vamos a dormir?

Cincuenta y tres

Ares

—Has estado callada durante toda la noche —murmuro al salir del baño de Raven. Me apoyo contra la pared y miro a mi esposa: no trae más que una toalla, y está sentada frente a su tocador con una expresión neutra. Ha estado peinándose el cabello varios minutos, cuando por lo general solo lo hace por un momento. Estoy casi seguro de lo que está pasando por su cabeza.

Me mira a través del espejo y se obliga a sonreír. Luego deja el cepillo, pero no hace ningún movimiento para acercarse a mí; en vez de eso, su mirada vuelve a buscar su reflejo y la manera en que se mira me rompe el corazón.

Ella y yo hemos estado viviendo en un ambiente muy compresivo para nuestro matrimonio. Todos han actuado como si mi pasado con Hannah no existiera, y el hecho de que muy pocas personas supieran de esa relación me facilitó mucho vivir bajo esta apariencia.

Sabía que este sería un viaje difícil, pero ha sido mucho peor de lo que esperaba. Debí esforzarme más para hacer que se sintiera mejor, pero no hay nada que pudiera hacer sin romper la promesa que le hice. Me pidió mantener las cosas en calma y que pusiera a su padre en primer lugar, y me he esmerado en hacer eso lo más que pude, pero no debí.

—Raven.

Me acerco a ella y la tomo de la mano, luego, de un solo movimiento hago que se levante. Ella jadea y choca conmigo; y la envuelvo en mis brazos, sonriendo.

—Ares —dice en voz baja, y me llena de angustia. La siento tensa contra mí y eso me duele. No está comportándose como ella misma aquí, y quisiera simplemente llevármela a casa.

—Cupcake —susurro y me agacho para rozar mis labios con los suyos. Ella se tensa y me siento completamente derrotado. Por lo general sonríe, se para de puntitas y me besa de esa manera que sabe que me vuelve loco. Pero aquí, ahora, evita que la toque.

Dejo que mis dedos le recorran la espalda, hasta que los meto en su cabello y aprieto con fuerza. Obligo a mi esposa a verme a los ojos, pero ella me desafía desviando la mirada.

—Nena, mírame.

Raven respira entrecortadamente y pestañea un momento, luego me mira con los ojos llenos de lágrimas. Mierda.

—Ares —susurra, con una súplica en los labios—, por favor, detente. No puedo hacer esto esta noche. No puedo seguir fingiendo.

—Dejamos de fingir hace mucho, Raven, y lo sabes.

Ella me mira a los ojos y mi hermosa y fuerte esposa se ve… destrozada.

—¿De verdad? —me pregunta—. ¿O solo nos estamos engañando? Incluso mi madre está tratando de que regresen. Es extenuante, Ares. —Aparta la mirada y me empuja del pecho, pero no hay forma de que la suelte. No ahora, no así—. Hace rato, Hannah mencionó que esta sería la primera vez en años que los tres pasamos la noche en esta casa, ¿cierto? ¿Sabes por qué, Ares?

Niego con la cabeza, sin poder quitarle los ojos de encima. Mi corazón se acelera y una profunda sensación de pánico me invade. Aunque la tengo en mis brazos, siento que la estoy perdiendo.

Me mira a los ojos y se le resbala una lágrima por la mejilla, que yo enjugo con el pulgar.

—Es porque yo podía oírlos —murmura—. La pared de mi cama es la misma donde Hannah tiene su cama. Cada vez que ustedes pasaban la noche aquí, yo podía oírlos. Podía escuchar cómo ella jadeaba tu nombre, lo mucho que la deseabas, lo amoroso que eras con ella. —Mierda. Mierda. Mierda—. ¿Sabes?, pensé que ya no me importaba, pero los recuerdos siguen invadiéndome y siguen doliéndome, Ares. Pensé que sería capaz de lidiar con el dolor, pero verte con ella esta noche... Yo...

Raven vuelve a empujarme del pecho, y yo me aferro a su cabello, le inclino la cabeza hacia mí y bajo mis labios hacia los suyos. Ella inhala entrecortadamente cuando mis labios la rozan y la beso con ternura, tomándome mi tiempo, como para consolarla de la única manera que conozco.

Me rodea el cuello con sus brazos y yo me pego a ella para ahondar nuestro beso; mi lengua le roza los labios como pidiéndole más. Raven abre la boca y me tomo mi tiempo, la provoco, para demostrarle que ella es la única a quien deseo.

A la distancia se oye que cierran una puerta y eso hace que yo la aleje; entonces, la pasión que encendí en ella se apaga y da un paso hacia atrás al tiempo que dirige su mirada a la pared de su cama. Supongo que Hannah acaba de entrar a su recámara, pero no voy a dejar que eso me desanime. La ferocidad con la que quiero consolar a mi esposa me sorprende incluso a mí. No estoy para nada preocupado por Hannah; solo puedo pensar en Raven.

—No —le digo, la jalo de nuevo hacia mí y pego mi frente con la de ella—. No te voy a soltar. Perdóname, nena, de verdad que lo siento. No puedo borrar esos recuerdos, pero te juro que no me interesan como me importa el presente y, si tú me dejas, voy a tratar de reescribir esos recuerdos, ¿sí? ¿No fue eso lo que te prometí en el auto? A la mierda el pasado, Cupcake. Todo lo que me importa es nosotros, tú y yo aquí y ahora.

Ella se separa un poco para verme a los ojos y examina mi mirada. Me observa con tanta inquietud, y lo único que yo quiero es disipar todas sus dudas.

Le sonrío y jalo su toalla, que cae al piso y entonces doy un paso hacia ella. Me mira con los abiertos ojos al máximo, y camina hacia atrás, hasta que se topa con la cama. Sonrío con travesura y le doy un empujoncito en los hombros. Raven cae en la cama, mirándome fijamente.

—Ares —susurra como advirtiéndome.

Yo sonrío, me quito la toalla, me agarro el pene y comienzo a masturbarme.

—Tan solo verte me lo pone duro, nena. No tienes idea de lo que me provocas, ¿verdad?

Pongo la rodilla entre sus piernas y me agacho, levanto una de sus piernas hacia mis labios y le beso la piel. Raven ahoga un jadeo y ese sonido me parece malditamente dulce.

Le dejo un rastro de besos en la entrepierna e inhalo hasta llegar a su vagina.

—Hueles a panquecitos.

Ella se ríe y es la primera vez en toda la noche que lo hace genuinamente.

—Es mi jabón.

La miro y le beso la vagina con fuerza, y me encanta ver cómo se muerde el labio.

—Ya estás lista para mí, ¿verdad, nena?

Le abro más las piernas y subo y bajo mi lengua sobre su clítoris. Raven se tapa la boca con la mano y entierra la otra en mi cabello.

—Ares —gime—, te necesito más cerca esta noche.

Sonrío, le beso el vientre, luego el hueso de la cadera y voy subiendo poco a poco, hasta llegar a sus senos.

—¿Sí? Dime qué quieres, Raven.

—Quiero que me cojas, Ares. Necesito que me cojas duro y bruscamente. Haz que no pueda pensar en nada más.

Sonrío y comienzo a chuparle un pezón. Sus palabras son música para mis oídos.

Me subo y empujo mi pene contra ella. Raven levanta las caderas para dejarme entrar. Yo me río.

—¿Tanto deseas mi pene, nena?

Ella asiente y sus manos se meten en mi cabello. La embisto lentamente, disfrutando cómo abre la boca y veo éxtasis en su mirada.

—Ares —gime, antes de taparse la boca con la mano.

—Naah —susurro—, nada de eso, esta noche haré que grites mi nombre, bebé.

Ella niega con la cabeza y yo me río. Incluso ahora está considerando a los demás. Pero no, al diablo con eso.

Me salgo de ella casi por completo y sonrío cuando vuelvo a embestirla con fuerza, como le gusta. Ella jadea contra su mano mientras su cama pega contra la pared y yo necesito más. La miro de cerca cuando vuelvo a hacerlo; me encanta cómo Raven trata de controlarse, pero el placer puede más que ella.

—¿Sabes qué? —susurro y me salgo. Ella se queja y yo me río. Luego la volteo—. Ponte de manos y rodillas para mí, Cupcake.

Ella hace lo que le pido y yo me agacho, disfrutando cómo su vagina está completamente expuesta para mí.

—Siempre he querido tenerte así —gimo y de inmediato la agarro de las nalgas y aprieto un poco. Bajo los labios para saborearla, le lamo el clítoris para excitarla. La manera en que jadea es magia. Sonrío, le meto dos dedos y sigo torturando su clítoris, disfrutando sus jadeos, que suben de volumen cuando llego a su zona G. Tengo toda la intención de borrar cada mal recuerdo que tenga. Cuando vuelva a entrar a este cuarto, quiero que se acuerde de cómo la hice jadear mi nombre y nada más.

Los jadeos de Raven se hacen más rápidos y sonoros, yo acelero el ritmo, y le chupo el clítoris cuando me doy cuenta de que está a punto de venirse. Eso es lo que la excita más, y entonces se viene en mi lengua y con mi nombre en sus labios.

Me quito y me levanto, luego la cargo y la pongo contra la pared; ella me abraza con las piernas.

—Te necesito, Raven —le digo mientras acomodo mi pene para penetrarla.

La embisto con fuerza; el ruido que estamos haciendo rompe por completo el silencio en la habitación.

—Ay, Dios, Ares —gime y aprieta las piernas contra mi cintura.

Me aferro a sus labios con brusquedad mientras la penetro duro y rápido, haciendo que tome todo de mí.

—Está tan dentro —jadea.

—No —le digo—, tú puedes, nena, mira lo bien que recibes mi pene.

—Ay, Dios —susurra y echa la cabeza hacia atrás.

Sonrío y me agacho para besarle el cuello, con lo cual me gano otro gemido suyo. Le chupo el cuello y le dejo una pequeña marca.

—Cuando gimes así no me puedo resistir, nena. Me vuelves loco, carajo. —Me enderezo un poco para observarla: el deseo en sus ojos, la manera en que abre un poco la boca y dilata las pupilas…—. Eres la cosa más sexy que he visto en la vida y siempre voy a desear más de ti.

—Ares —gime y la penetro más duro, la tomo con brusquedad, sin piedad, sin que me importe el ruido que estamos haciendo. El ángulo en el que la tengo logra que alcance su zona G, y por cómo está gimiendo, sé que está a punto de terminar.

—Te amo —susurro—. Maldita sea, te amo con todo mi ser, Raven.

Ella me mira a los ojos con tanto amor que no puedo soportarlo.

—Yo te amo más, Ares.

—Mierda —gimo, sin poder aguantar más y me vengo muy dentro de ella, luego apoyo mi frente contra la suya—. Aún no termino contigo —le advierto—, de ninguna manera voy a dejarte dormir esta noche.

Ella suelta una risita, el primer sonido de felicidad que le escucho desde que llegamos a esta casa. Haré lo que sea para volver a provocarle un sonido así.

Cincuenta y cuatro

Ares

Le sonrío a uno de los primos de Raven mientras me cuenta todo sobre su supuestamente brillante idea para un programa de televisión que, según él, yo debería producir. No tengo el corazón para decirle que yo ni escribo ni dirijo los programas, y que solo soy el inversionista detrás de todo.

—Y entonces explota la nave espacial —continúa, imitando los ruidos a todo volumen en el jardín lleno de personas.

Asiento, sin ponerle mucha atención.

—Creo que ya existe algo similar, Nick. Estoy casi seguro de que lo que me estás describiendo es la trama de *La guerra de las galaxias,* con unos cambios aquí y allá.

—Sí, pero esta es mejor.

Hannah se acerca a mí y le voltea los ojos al primo.

—Deja de acosar a Ares —le reclama y me pasa una cerveza. Al ver las ojeras en sus ojos me pregunto si nos escuchó anoche. Aunque, dudo que me sonreiría así de haberlo hecho, claro que nadie actúa mejor que Hannah.

—Solo le estoy dando algunas buenas ideas. Me lo vas a agradecer cuando Raven y él se vuelvan asquerosamente ricos.

Hannah hace una mueca, y yo tomo un trago de mi cerveza.

—Mi esposa y yo ya somos ricos, amigo pero, de todos modos, tomo nota de tus ideas. Gracias.

Él asiente y se va, sin duda en busca de otra víctima para aburrirla con sus historias.

—No le hagas caso —comenta Hannah, y su brazo roza el mío.

Me alejo un paso y asiento, con mis ojos puestos en Raven.

—En serio lo nuestro ya terminó, ¿verdad? —me pregunta al mismo tiempo que sigue mi mirada.

—Sí —asiento.

Ella suspira y se pasa una mano por el cabello.

—Durante tanto tiempo estuve segura de que ibas a regresar conmigo dentro de tres años. Debí estar loca al creer que te mantendrías alejado de Raven todo este tiempo, que nada sucedería entre ustedes. Confiaba demasiado en los dos... Siempre supe que en secreto ella sentía algo por ti, pero tú... No pensé que correspondieras sus sentimientos. No imaginé que llegaría el momento en que la vieras como algo más que mi hermanita.

La miro con desagrado.

—Ella es mi esposa —le recuerdo—. Te comportas como si ella y yo te hubiéramos traicionado, cuando fuiste tú quien se alejó. No puedes estar resentida con nosotros por estar felices juntos, porque fuiste tú quien provocó que esto pasara.

—Siempre la has deseado, ¿verdad?

La miro, sorprendido.

—¿Qué?

Hannah resopla y aparta la mirada.

—Ni te molestes en negarlo. ¿Sabes cuántas veces te escuché gemir su nombre mientras dormías? ¿En serio creíste que no me daba cuenta de que soñabas con ella? —Se pasa la mano por el cabello—. Siendo completamente sincera, esa es una de las razones por la que no pude seguir con esto: siempre sentí que yo te arrebaté de Raven, porque supuestamente fue tu prometida en un inicio. Puedo darme cuenta, ¿sabes? Ahora puedo ver por qué tu abuela la eligió a ella y no a mí. Ustedes dos siempre han tenido una conexión que envidiaba. Aún la envidio.

Al otro lado del jardín, Raven cruza miradas conmigo, pero aparta se voltea casi enseguida.

—Siento que lo nuestro no funcionara —le digo—, pero no lamento haber seguido con mi vida y encontrar la felicidad que nosotros nunca habríamos tenido juntos. Espero que tú también encuentres la felicidad, Hannah.

—No lo haré —responde—, nadie me hace tan feliz como tú, Ares. A pesar de todo lo que ha pasado, a pesar de que estás casado con mi hermana, aún te quiero.

Miro cómo Raven entra a la casa, con los hombros caídos. ¿Qué pasa? ¿Por qué se ve tan alterada? ¿Fue algo que hice? Mierda, no debí hablar con Hannah para nada. Dejo la cerveza y la sigo.

—Discúlpame —le digo a Hannah.

—¡Ares! —grita, sorprendida, pero la ignoro. Necesito ir con mi Cupcake y descubrir qué le pasa.

Raven da la vuelta en la esquina y me apresuro hacia ella; la encuentro a punto de cerrar la puerta del baño de visitas, y me mira con los ojos abiertos al máximo.

—¿Ares?

Sonrío, entro al baño con ella y cierro la puerta.

—¿Qué estás ha…? —La agarro y la volteo contra la puerta. Le tomo el rostro e inclino su cabeza hacia mí y la beso. Raven gime y me pego hacia ella bruscamente, dejando que sienta mi pene, que rápidamente se está poniendo duro.

—No puedo quitarte los ojos de encima con este lindo vestido blanco —me quejo contra sus labios. Mi mano izquierda se desliza por debajo de su vestido y al mismo tiempo le inclino la cabeza para besarle el cuello justo debajo de la oreja.

—¿Conque hoy sí traes algo puesto?

Ella se ríe y comienza a recorrer mi cuerpo con las manos. Maldita sea, me encanta lo mucho que me desea.

—Me pareció lo apropiado —me contesta—, con eso de que estamos en casa de mis padres…

La volteo y hago que se mire al espejo que está arriba del lavabo, y me acomodo detrás de ella.

—Nena —le susurro al oído—, no hay nada apropiado en lo que estoy a punto de hacerte.

Le alzo el vestido y deslizo la mano por debajo de su ropa interior, disfrutando cómo su piel se siente. Se me sale una risita maliciosa cuando me doy cuenta de que ya está húmeda para mí.

—Eres una zorrita muy buena para mí, Raven. Siempre tan húmeda, tan deseosa.

Meto en su cabello la mano que tengo libre, y le inclino la cabeza para besarle cada parte del cuello que sé que es sensible mientras comienzo a estimular su vagina.

Luego le meto dos dedos mientras con el pulgar le aprieto el clítoris. Ella comienza a mover las caderas contra mí y me río cuando embiste mi mano.

—Mírate —susurro—, desesperada por que te lo meta en el baño de visitas de tus padres, con la casa repleta de gente. Pero a ti no te importa, ¿o sí? Como sea, te vas a venir para mi deleite.

Me río y saco los dedos.

—Ares —se queja y sus ojos destellan de impaciencia.

Me desabrocho el cinturón y los jeans con ansias. Mi pene está tan duro que duele tenerlo encerrado.

—Necesito tu vagina —le digo—, levántate el vestido.

Raven hace lo que le pido y yo le muevo a un lado su diminuta ropa interior, luego se lo meto de un solo movimiento rápido.

—Ay, Dios —gime a todo volumen. Eso es música para mis oídos: la manera en que jadea, en que me ve a través del espejo, es simplemente increíble.

Sonrío al mismo tiempo que la rodeo con el brazo para meter los dedos en su vagina y frotarle el clítoris mientras me la cojo por detrás.

—¿Tienes idea de lo sexy que te ves, nena? Es genial la manera en que mi pene entra y sale de tu vagina. Lo recibes como toda una niña buena, mi amor.

Aumento la intensidad con la que le froto el clítoris y Raven comienza a jadear más rápido, más fuerte. Cada vez tengo más sed de ella.

—Ares —suplica.

—Diablos, Raven, no puedo resistirme cuando gimes mi nombre así.

La embisto con más fuerza hasta llevarla al límite.

—Sí —gime—. ¡Ay, Dios, sí!

Por el espejo veo cómo se viene, hasta que cierra los ojos para dejar que el gozo la invada. Su vagina se contrae con tanta fuerza que no puedo evitar venirme junto con ella.

—Diablos, Raven —jadeo. Le hago la cabeza hacia atrás y la beso, sin querer salirme de ella todavía.

Raven se separa, toda sonrojada, luce tan sexy. Maldita sea, acabo de tenerla y ya quiero más.

Agarro su ropa interior y se la deslizo por las piernas hasta que cae al piso. Las levanto y luego me subo los pantalones. Ella mira cómo me llevo su ropa interior a la nariz e inhalo profundamente, para luego guardarlas en el bolsillo de mi saco.

—Vas a caminar sin ellas —le digo—. Y cada vez que sientas cómo tu flujo gotea por tus muslos, quiero que recuerdes lo mucho que te deseo. Nunca he deseado a nadie como te deseo a ti, Raven. Nunca he amado a nadie como te amo a ti. Eres todo para mí, sin importar lo que pase.

Le doy un beso en la mejilla y salgo del baño, dándole un momento para que se recomponga. No puedo borrar la sonrisa de mi cara al cerrar la puerta del baño.

Me invade tal éxtasis que ni siquiera el hecho de que Hannah esté parada justo a la vuelta arruina mi humor. Le sonrío y paso de largo, y para nada me afecta el tormento que veo en sus ojos.

Cincuenta y cinco

Raven

Me miro al espejo: tengo el labial todo corrido, el cabello revuelto y la ropa desarreglada. Me sentía tan aturdida al ver cómo Hannah lo seguía por todo el jardín, pero así de la nada Ares logró cambiarme el humor. Sabía exactamente lo que necesitaba sin que le dijera nada.

Me esmero en arreglarme pero, sin importar lo que haga, me veo como si me acabara de echar un rapidín con mi esposo. Supongo que es porque no puedo quitarme la sonrisa.

Es extraño, pero me siento un poco mareada al salir del baño, pero el humor me cambia de inmediato cuando me encuentro a Hannah apoyada contra la pared. Me ve con tanto odio en los ojos que me quedo congelada.

—No te bastó con robármelo, ¿verdad? Tenías que cogértelo toda la noche sabiendo que podía escucharlos. —Sacude una mano hacia mí—. ¿Y ahora esto? Tenías que robarte su atención cuando al fin teníamos una conversación tranquila. ¿Qué estás tratando de hacer? ¿Querías demostrarme lo mucho que te desea? ¿Quieres embarrarme en la cara que ya lo perdí?

Me apoyo contra la puerta del baño y hago un gesto de negación con la cabeza.

—No, Hannah, nunca te haría eso. Anoche traté de no hacer ruido, y ahora simplemente... bueno, no tuvo nada que ver contigo. Me metí al baño y Ares me siguió. Pudiste detenerlo si hubieras querido.

Ella se ríe sin humor.

—¿Es broma? Maldita perra. No entiendo por qué todos creen que eres dulce e inocente, cuando eres una maldita perra desgraciada.

Le sonrío, apenas capaz de contener mi enojo.

—Mmm, tal vez tengas razón. Después de todo, Ares me llama su zorrita. —Ella abre los ojos al máximo, como si no pudiera creer lo que acabo de decirle, y yo simplemente alzo los hombros—. Estoy harta de hacer lo que tú quieres. Durante años hiciste de mi vida un infierno y yo siempre cedí, porque las cosas siempre han sido así entre nosotras. Pero ya no, Hannah. Lo mejor que pudiste hacer por mí fue alejarte de Ares, pero al mismo tiempo también fue lo peor que me hiciste. Es vergonzosa tu increíble desconsideración hacia mi felicidad y mis planes. Ya no tengo esperanzas de que algún día seas la hermana mayor que yo tome como modelo a seguir.

Por un momento se ve lastimada, pero su dolor se convierte rápidamente en rabia.

—No me vengas con esas mierdas —contesta—. No trates de cambiar el tema y culparme a mí.

Me cruzo de brazos y me le quedo viendo.

—No me atrevería; después de todo, esa es tu especialidad.

Ella aprieta los dientes.

—Dime con toda sinceridad, Raven, ¿por qué tomaste mi lugar el día de la boda? Ambas sabemos que la abuela Anne habría permitido posponer la boda si no te hubieras presentado. A pesar de sus amenazas, no te habría obligado. Ella te ama demasiado como para hacerte eso.

Asiento.

—Lo sé.

Sus pupilas se dilatan.

—Entonces ¿por qué?

—Porque he estado enamorada de Ares desde hace años, desde que se mencionó por primera vez el compromiso entre nosotros. Mis sentimientos por él nunca aminoraron. Lo amé desde antes de que tú lo conocieras. Mi mayor arrepentimiento en la vida fue presentarlos. Así que, en cuanto se me presentó la oportunidad de remediar eso, la tomé. ¿Realmente puedes culparme por ir detrás de mis sueños al cruzar el altar, cuando tú perseguías los tuyos no presentándote?

—Me das asco —me dice y en sus ojos veo dolor genuino—. Todos estos años deseabas a mi prometido, pasabas tiempo con él fingiendo ser su amiga, cuando todo el tiempo lo deseabas. ¿Alguna vez fue más que eso? ¿Alguna vez ustedes cruzaron el límite?

Recuerdo la vez que me senté encima de él y traté de seducirlo.

—No —respondo—. Ares nunca cruzó el límite conmigo, ni una sola vez. —Aunque yo sí, yo sí lo hice. Me siento culpable de lo que me acusa, pero admitirlo ahora solo empeoraría aún más nuestra relación—. Hannah, ¿por qué sigues persiguiéndolo cuando fuiste tú quien lo plantó en el altar? ¿Por qué intentas interponerte entre nosotros aunque ya nos casamos? ¿De verdad no significo nada para ti? ¿De verdad no te importa mi felicidad?

Algo del veneno en sus ojos se disipa, pero aparta la mirada.

—Quiero que seas feliz, Raven, pero no con el hombre que amo. No con el hombre con quien planeé un futuro y con quien comparto un pasado.

Me le quedo viendo, con el corazón roto.

—Pero soy feliz, Hannah. Soy feliz con Ares y creo que él lo es conmigo. ¿No te das cuenta? —Me acomodo un mechón de cabello detrás de la oreja y respiro entrecortadamente—. En los últimos meses, tú y yo hemos destruido la de por sí frágil relación que teníamos, ¿y para qué? No lo voy a dejar, Hannah y, aunque lo intentara, él no me dejaría a mí. Me ama tanto como yo a él. ¿No te das cuenta?

—Te ama… —repite y enseguida suelta una risa hueca—. ¿De verdad te vas a parar aquí toda seria para decirme que se enamoró de ti después de cuatro o cinco meses de matrimonio? Eso es absurdo, es una crisis emocional, y voy a esperar a que se le pase, pero nunca será más que eso.

Respiro con dificultad y aparto la mirada.

—Tal vez tengas razón —admito—. Aun así, soy su esposa, y así será al menos por los próximos dos años y medio. Aunque ambas sabemos que será por mucho más que eso. Quiza tengas razón y lo que él siente por mí no es amor, pues por mí está bien, Hannah. Lo amo lo suficiente como para esperar hasta que corresponda a mi amor.

Se me queda viendo con incredulidad.

—Lo siento.

—No —contesta—, no lo sientes.

—Hannah —digo con voz afligida—, ¿me quieres en tu vida? Porque si seguimos así… si no lo superamos, no habrá vuelta atrás. Yo te quiero, Han, sabes que sí, pero no voy a seguir sacrificándome por ti.

Ella pone los ojos en blanco.

—Lo dices como si siempre hubieras tenido que hacerlo.

Le sonrío con el corazón apretujado.

—No estarías aquí si yo no me hubiera sacrificado por ti, así como yo no existiría sin ti. Ambas sabemos que nuestros padres me tuvieron solo porque necesitaban médula ósea para salvar tu vida. He pasado toda mi vida bajo tu sombra, Hannah, dándote todo lo que querías, apoyándote de todas las maneras posibles, aun si eso significaba que tenía que empequeñecerme y volverme invisible. Pero no más, ya no voy a dejar que te aproveches de mí, ya no voy a dejar que me presiones. Te amo, pero no puedo tenerte en mi vida si lo único que haces es lastimarme.

Hannah me mira y respira con dificultad.

—Tienes razón —admite—. Nunca voy a perdonarte por ir detrás de Ares como lo hiciste, Raven. Yo tampoco voy a renunciar a él. Si eso significa que tengo que sacrificar mi relación contigo, pues que así sea. Seamos realistas, de todos modos, ambas nos odiamos. La única razón por la que nos toleramos es porque tenemos que hacerlo.

Siento una punzada en el corazón y respiro profundamente. Siempre sospeché que Hannah me odiaba, aunque intenté con todas mis fuerzas convencerme de que todo estaba bien, de que mi propia hermana no podía sentir eso por mí.

—Yo sí te quise —acepto con la voz destrozada—. Estoy segura de que te quise desde que respiré por primera vez, y de que seguiré queriéndote hasta mi último aliento. Me duele en el alma que no sientas lo mismo, pero al menos ahora lo sé. —Me alejo y la miro, a punto de irme le digo—: Eres tóxica, Hannah. No solo para mí, sino también para ti misma. ¿Sabes?, no soy la única a la que estás perdiendo hoy. Cada día que pasa, también te pierdes a ti misma, pero ¿sabes qué?, no es mi obligación salvarte, ya no.

Me obligo a irme, sabiendo en el fondo que debí hacer esto hace mucho tiempo.

Cincuenta y seis

Ares

Me dejo caer en nuestro sofá nuevo; por primera vez me siento en mi propia casa en años. Nos tomó unos cuantos meses, pero hemos hecho de esta casa nuestro hogar, hasta en el más mínimo detalle. Pasar los fines de semana comprando cosas para decorar ha sido más divertido de lo que pensé, y estar con alguien que de verdad valora mi opinión y con quien no siempre tenemos que hacer exactamente lo que quiere es increíblemente refrescante.

Suspiro y me quedo viendo el reloj de la sala. Lo único que falta esta noche es Raven, ha estado trabajando hasta tarde toda la semana: cuando no tiene una sesión fotográfica de alguna campaña, está trabajando en sus diseños de moda, o acompañando a la abuela y a Sierra en sus numerosos eventos de caridad. Es la mujer más trabajadora que conozco y, carajo, estoy orgulloso de ella, aunque también la extraño.

Tomo el teléfono y entro a su Instagram para verla. Solo me toma tres segundos enfurecer ante todos los comentarios que le hacen los hombres en las fotos. Malditos, ¿qué no saben que está casada?

Aprieto los dientes y navego en mi cuenta; yo no la administro, y mi equipo solo publica acerca de las producciones cinematográficas que financiamos, y de vez en cuando, acerca de algún evento de la familia Windsor, como para darle un toque más humano. Pero nunca me ha interesado nada de eso, aunque trabajo en la industria de los medios, siempre me ha parecido que las redes sociales son tóxicas. Sin embargo, en últimas fechas… definitivamente mi interés por mis redes sociales ha crecido desde que me casé con Raven, y la prensa se ha aprovechado de eso, sin duda. Cada vez que publico una foto de nosotros, termina siendo viral.

Sonrío y subo una de mis fotos favoritas de mi esposa, es una de las primeras que le tomé, en la que está dormida, con los hombros expuestos. Claramente se trata de una foto después de que tuvimos sexo, pero no me importa; mi intención es clamar por todos los medios que es mía.

Sonrío cuando la subo a mis redes con una frase de solo dos palabras: «mi esposa».

Aún sigo riéndome cuando de pronto oigo que abren la puerta. Raven sonríe en cuanto me ve y me levanto para recibirla a medio pasillo y besarla con más brusquedad de la que hubiera querido. Me encanta cómo siempre me envuelve con sus brazos, sin importar dónde estamos o quién nos mira; la manera en que reacciona a mí nunca tiene que ver con quién está con nosotros.

—Hola. Oye, ¿por qué sonríes así?

—Revisa tu Instagram, te etiqueté en un *post*. —Sus ojos me examinan el rostro y luego ladea la cabeza con suspicacia.

Raven frunce las cejas, mete la mano en su bolso y, por un momento, me pregunto si me pasé al publicar esa foto. Pero entonces sonríe y se pone muy, muy roja.

—Ares —dice con voz ronca. Diablos, es tan sexy; hasta la manera en que dice mi nombre es la perfección absoluta—. Estás loco.

Alzo los hombros.

—Tal vez un poco.

Pero su sonrisa se disipa como siempre sucede cuando piensa en Hannah. Rave ha estado sintiéndose muy culpable, más que yo, y la última discusión con su hermana la dejó con el corazón roto. Fue mucho más fácil para mí ponerle un límite a Hannah de lo que ha sido para ella.

—Últimamente has trabajado demasiado, y sabes que es grave cuando yo lo digo.

Ella asiente y se soba un hombro.

—Lo sé —murmura.

La tomo de las mejillas con ternura y suspiro. Está trabajando de más en un intento por olvidar el dolor que Hannah le ocasiona. Eso es lo que yo siempre hacía, así que la entiendo, pero no es sano.

—Tengo algo para ti, acompáñame a la cocina.

Raven asiente.

—Solo déjame quitarme todo el maquillaje que me pusieron para la sesión de fotos. Dame un minuto y te veo en la cocina, ¿sí?

Le doy un beso en la frente y ella se va, aunque su lenguaje corporal me dice que está muy decaída. No puedo evitar sentirme culpable por mi papel en el quiebre de la relación con su hermana. ¿Cómo le quito las preocupaciones y el dolor? ¿Debimos mantener en secreto que nuestro matrimonio ya no es solo por conveniencia para que así Hannah tuviera más tiempo para asimilar nuestra separación? ¿Eso habría sido mejor?

Echo un vistazo a mi teléfono y abro mi bandeja de privados. Mis ojos recorren las docenas de mensajes sin leer de Hannah. ¿Debí intentar más que siguiéramos siendo amigos? No quiero ser la razón por la que Raven pierda a su hermana, ella ya ha renunciado a mucho por el bien de Hannah y el mío, y no entiendo cómo es que Hannah no lo ve. El hecho de que Raven encontrara un poco de felicidad a pesar de las decisiones de Hannah no invalida su sacrificio.

Tomo el panquecito que pedí que me enviaran desde París y lo coloco en la barra con una sonrisa en la cara. Raven entra unos momentos después, con el cabello húmedo y una bata de seda que no está bien amarrada. Me pregunto si algún día dejaré de embelesarme con ella. ¿Llegará el día en que la vea entrar a una habitación y mi cuerpo no reaccione?

—Ven acá. —Estiro la mano hacia ella, la toma y entrelazamos dedos.

—No has comido, ¿verdad?

Ella niega con la cabeza.

—¿Qué tanto tiempo entrenaste hoy?

—Como tres horas en total.

La abrazo de la cintura para levantarla y sentarla sobre la barra.

—Nena —susurro—, no puedes seguir haciendo esto. No es sano y yo no puedo verte así, te estás matando de hambre y de exceso de trabajo, ¿y para qué?

Menea la cabeza, me toma de las mejillas y me mira a los ojos.

—Lo sé —murmura—, tengo contratos que no quiero cancelar, Ares, porque todas estas empresas también son aliadas cuando saco al mercado una nueva línea de moda.

Pego la frente a su pecho y suspiro. Si le ruego que ponga pausa, ¿lo haría? ¿Acaso tengo derecho a pedirle algo así?

Ella me abraza del cuello y descansa la barbilla en mi cabeza.

—Pronto voy a renunciar al modelaje —responde y yo la miro fijamente. Sonríe y mete la mano en mi cabello—. He trabajado tanto porque era todo lo que tenía, era mi escape, Ares, pero ya no necesito hacerlo. Mi vida ya no está vacía y ya no anhelo la validación que mi carrera me daba. Ahora voy a dedicarme por completo a mi marca de ropa. Creo que también me interesaría entrar a Windsor Media, si no tienes inconveniente.

Sonrío de oreja a oreja.

—Me encantaría, tú y yo podemos hacer cosas increíbles juntos, Rave. También podríamos integrar tu marca de ropa al grupo Windsor para conseguir mejor financiamiento.

Ella asiente con dulzura y serenidad. Luego levanta la mano y lentamente recorre mi frente con su dedo, lo baja por mi nariz y hasta mis labios.

—¿Qué pasa? —me pregunta—. No te veo feliz. Si no quieres, no tengo que intervenir con Windsor Media, puedo hacer mis cosas aparte.

Le aprieto la cintura y niego con la cabeza.

—No, no es eso, para nada. No hay nada que me gustaría más que asociarme contigo, Rave. —Vacilo por un momento—. Es solo que… ¿recuerdas esa noche cuando te emborrachaste y fui por ti al bar? Esa noche me dijiste algo que no he podido sacar de mi mente; y también la noche en que te regalé la tableta dijiste que tu trabajo era tu escape. Claramente tratabas de olvidar a alguien y necesito saberlo: ¿ya olvidaste al tipo?

Ella abre los ojos y luego aparta la mirada.

—No —responde con una sonrisa agridulce. Luego me mira a los ojos, se acerca y, con el dorso de la mano, me acaricia la mejilla—. Creo que nunca voy a olvidarte, Ares.

¿Qué?

Raven se ríe e inclina la cabeza, y en su rostro veo vulnerabilidad.

—Siempre has sido tú. Tal vez está mal y raro, pero te he deseado desde mucho antes que fueras mío. Te amé mucho antes de que pronunciara «sí, acepto».

Le sujeto la barbilla y me acerco, desesperado por tocarla mientras la beso. Nunca he necesitado tanto que alguien sienta mi amor.

—Ares —gime y con las piernas abraza mi cintura y aprieta.

Yo me separo del beso y sonrío, luego le enseño el panquecito que le compré.

—Cómete esto —le pido, enseguida me hinco y pongo la cabeza en su entrepierna—. Tú comes —susurro mientras le abro la bata— mientras yo también lo hago.

Le beso la entrepierna, contento porque no tiene nada puesto debajo de la bata. Raven gime cuando le beso la vagina y sonrío, luego alzo la mirada y noto que ella me mira con fuego en los ojos.

—Si te comes hasta la última migaja, yo haré que te vengas. Mientras más te tardes en terminártelo, más tiempo te voy a torturar.

Me río, entonces ella mete la mano en mi cabello mientras con la otra se lleva el panquecito a la boca, y lo muerde al mismo tiempo que mi lengua se mete entre sus labios y se va directo a su clítoris. Estoy obsesionado con Raven, y cada día voy a asegurarme de que todo lo que hemos perdido en el camino haya valido la pena.

Cincuenta y siete

Ares

Me siento un poco renuente al entrar a casa de Zane. Si los chicos no me hubieran amenazado con sacarme del club de póquer si no me presentaba, me habría quedado en casa con mi esposa.

Por lo general nos reunimos una vez al mes para jugar y ponernos al día, pero me he ausentado desde que me casé con Raven. Es extraño lo mucho que me cuesta dejarla, aunque sea una sola noche. Quiero estar con ella cada segundo del día, y ni siquiera eso me resulta suficiente.

Me muerdo un labio, dudoso de si esta noche simplemente debería perder a propósito para poder regresar a casa con mi esposa cuanto antes, pero sospecho que mis hermanos se darían cuenta enseguida y jamás dejarían de molestarme por eso.

Me detengo a medio camino de la puerta de entrada y frunzo las cejas al ver que alguien sale de entre los árboles.

—¿Qué carajos haces, Xavier?

Miro cómo echa un vistazo alrededor antes de correr hacia mí.

—Uno debe ser extremadamente cuidadoso —dice sonriendo—. Si tu hermana me descubre aquí, soy hombre muerto. Últimamente ha estado muy rara, lo mejor es no provocarla en absoluto.

Sacudo la cabeza mientras nos dirigimos a la puerta de entrada. Xavier pone su dedo en el escáner y se abre la puerta. Sierra se pondría como loca si supiera que Xavier se lleva lo suficiente con nosotros como para que sus datos biométricos estén en nuestro sistema.

—En algún momento mi hermana va a enterarse de que todos sus hermanos son amigos tuyos y se va a armar un infierno. —Xavier pone cara de susto tan solo de pensarlo, y yo no puedo evitar reírme—. El maldito de Xavier Kingston, billonario, magnate de los bienes raíces, acobardado ante una chica.

Me lanza una mirada asesina.

—Tu hermana es una psicótica, *dude*. Si me encuentra aquí, sin duda se me lanza a la yugular. ¿Te dije que la semana pasada me mandó una maldita bomba de pescado?

Entramos a la sala de Zane, donde el resto de los chicos ya se instalaron. El único que falta es Luca.

—¿Qué carajos es una bomba de pescado?

—Me mandó una de esas bombas de humo que huelen a pescado podrido, toda mi maldita oficina apestó durante una semana entera.

Arqueo una ceja.

—¿Pues qué le hiciste?

Se pasa una mano por el cabello y menea la cabeza.

—Yo qué carajos sé. La recibí unos días después de la gala que organicé para reunir fondos para una causa caritativa.

Y entonces sonrío.

—¿A la que llevaste a una acompañante? Me ocasionaste una pesadilla de relaciones públicas con esa mierda. ¿Por qué carajos llevaste a esa chica si no querías que se hablara de eso en todas las publicaciones de chismes? Nunca llevas acompañante, Xav, debiste saber que, si lo hacías por primera vez, llamarías la atención.

Vacila y aparta la mirada, ante lo cual remueve mi curiosidad.

—Ella es especial para ti, ¿verdad? —Dejo de sonreír ante la idea. Mis hermanos y yo siempre hemos tenido la certeza de que el odio entre Xavier y Sierra era solo la delgada línea que disimulaba su amor, pero parece que nos equivocamos. Me aclaro la garganta y aparto la mirada.

Lexington se acerca a nosotros con cara de preocupación.

—¿Sierra sabe de esta chica? —pregunta.

Xavier frunce las cejas.

—Me vio con Valeria en la gala, pero no entiendo qué tiene que ver.

—Valeria —murmuro. Dice su nombre con tanta reverencia; con razón Sierra le envió una bomba apestosa.

Zane me mira y yo niego con la cabeza. Yo tampoco sé quién es Valeria, solo sé que la vi del brazo de Xavier hace dos semanas y ninguno de nosotros había oído hablar de ella.

—Bueno, ¿y quién es ella? —pregunta Zane—. Recuerdo que la vi y, eso sí, es hermosa.

Xavier voltea hacia Zane con una sonrisa helada.

—No te acerques a ella —le advierte—, conmigo no te metas, Zane. No quiero a ninguno de ustedes ni tantito cerca de ella.

—Mmm —comienza Zane—, ¿conque muy protector?

Lexington y yo intercambiamos miradas y decidimos dejarlo por la paz. Al final, la abuela es quien decidirá quién será la pareja de Sierra. Después de todo, tal vez eso sea lo mejor.

Me acerco a la mesa, tomo las cartas y comienzo a barajear, distraído. Tendré que comentarle esto a mi esposa, me pregunto cuál será su opinión. Sé que ella también creía que había algo entre Xavier y Sierra.

Entonces entra Luca, tambaleándose y con una botella de whiskey en la mano. No recuerdo cuándo fue la última vez que lo vi borracho, a él no le gusta perder el control, y beber en exceso es una de esas cosas que detesta.

—Luca —le grita Zane—, ¿estás bien?

Él azota la botella en la mesa de póquer y se sienta, luego suelta una risa hueca.

—Claro que estoy bien —dice, furioso—, ¿por qué no habría de estarlo? Puedo arreglármelas sin ella. No la necesito, carajo.

Lexington me mira con una cara llena de dudas, pero yo tampoco tengo idea de qué le pasa a Luca. Por lo general siempre estoy al día con las estupideces de mis hermanos, por si hay que prevenir algún escándalo, pero últimamente he estado preocupado por mi esposa.

—¿Es por lo de tu prometida? —pregunto, confundido.

Él me mira a los ojos.

—Ni siquiera puedo recordar el nombre de esa chica, maldita sea —suelta, lleno de rabia.

—Valentina —responde Xavier, con mirada intensa—. Esto es acerca de Valentina.

Luca alza la mirada, se ve atormentado.

—Ella me abandonó.

Lex frunce las cejas.

—¿Cómo que te abandonó? ¿Ustedes…? ¿Estaban saliendo o algo?

Luca agita una mano como señal de irritación.

—No, claro que no. ¡Es Valentina! Yo nunca me arriesgaría, no cuando no estoy seguro de si podré casarme con ella. Ella… renunció a su trabajo, *dude*.

Me siento junto a él y me dejo caer sobre el respaldo, asombrado.

—¿Estuvo contigo, cuánto, ocho años?

Él asiente.

—Sip, desde que ambos salimos de la universidad. Yo pensé que… no sé, hombre. No sé en qué estaba pensando.

Xavier comienza a limpiar la mesa, recogiendo las fichas de póquer, mientras Zane nos pasa un vaso y nos sirve de la botella de Luca.

—Vamos a necesitar hielo —afirma.

—Vamos a necesitar mucho más que eso —agrega Lex.

—¿Te dijo por qué renunció? —pregunta Xavier.

Luca suelta una risa amarga.

—Dijo que quería empezar desde cero y tener su propia vida. Siente que me ha dado demasiado y no quiere pasar los mejores años de su vida trabajando en exceso para alguien que no la aprecia. —Se pasa una mano por el cabello—. ¿Puedes creerlo? Le di una casa propia y un auto de la empresa, hasta tiene chofer y guardaespaldas. Ella es de los empleados mejor pagados de la empresa, *dude*. No hay nada que no le haya dado. ¿Cómo carajos se atreve a reclamarme que no la aprecio? —Se queda mirando al techo—. No lo entiendo. Le pedí que le enviara flores a mi prometida y, así nada más, me dijo que renunciaba. Durante años ella le ha enviado flores a Raven y Sierra por sus cumpleaños y otras ocasiones especiales, ¿y ahora de repente ese tipo de tareas están por debajo de su categoría?

Sonrío y meneo la cabeza.

—Eres un maldito idiota.

Me mira sumamente frustrado, yo me aguanto la sonrisa e intercambio miradas con Zane, quien me sonríe con travesura.

—Supongo que es lo mejor para ella —comenta Zane—. Ella debería salir con chicos, encontrar a alguien con quien pueda establecer algo. Tiene razón, ¿o no? Val ha estado trabajando demasiado; tú le pides que esté disponible veinticuatro siete, y apenas tiene tiempo para socializar. Nos acompaña en las cenas familiares mucho más seguido de lo que visita a su propia familia, porque tú simplemente no puedes funcionar sin ella. Yo espero que encuentre a un hombre maravilloso con quien casarse, y tal vez tener uno o dos bebés…

La cara de horror de Luca me hace casi imposible mantenerme serio pero, de alguna manera, todos logramos aguantarnos.

Luca se levanta demasiado rápido y tira la silla, que retumba contra el suelo.

—Consígueme un chofer —me dice—, tengo que ir a un lugar.

Zane asiente y toma su celular, con una sonrisita en la cara. Mientras tanto, Xavier se nos queda viendo, confundido.

Luca sale por la puerta y Xavier voltea hacia nosotros.

—Pensé que su abuela era quien tenía la última palabra con respecto a sus cónyuges… ¿Por qué convencerlo de que haga esto es una buena idea?

Me cruzo de brazos y meneo la cabeza.

—La abuela está equivocada con respecto a la pareja de Luca —le contesto—. Tal vez haya tenido razón conmigo y Raven, pero estuvo a punto de cometer un grave error. No hay forma de que Luca y Valentina no estén hechos el uno para el otro. Todos nos damos cuenta, excepto ellos.

Xavier se ve preocupado y, para ser sincero, yo comparto el sentimiento. Aunque, tratándose de ellos, vale la pena correr el riesgo. Si él no actúa ahora, tal vez pueda perderla; mientras que, si se anima a hacer algo al respecto, podría conseguir todo lo que siempre ha querido. Yo lo sé.

Porque a mí me sucedió con Raven.

Cincuenta y ocho

Raven

Apoyo la cabeza en el hombro de Ares y me acurruco más cerca de él, en el sofá. Estoy dibujando en la tableta mientras él revisa unos documentos en su laptop. Esta noche me siento muy feliz; disfruto mucho estos pequeños momentos a su lado.

—¿Señor y señora Windsor?

Ambos nos enderezamos, sorprendidos, cuando uno de nuestros guardaespaldas entra. Por lo general, el personal es tan discreto que son casi invisibles y olvidamos que están ahí. Nunca entran a casa cuando estamos.

—¿Qué pasa, Ben? —pregunta Ares.

Ben vacila un momento.

—Hanna Du Pont está en la reja de la entrada. Le negamos el paso, pero no parece estar en su sano juicio. Sugiero que la dejemos pasar antes de que provoque un escándalo que llame la atención de los medios.

Ares me mira y yo asiento. Si lo que él dice es cierto, algo muy malo está pasando. Hannah jamás se arriesgaría a provocar un escándalo si no fuera algo grave; le importa más su reputación que nosotros.

—Déjala pasar —contesto.

Tomo mi celular para ver las cámaras. La reja de entrada a la mansión se abre y Hannah avanza en su auto. Solo le tomará unos minutos llegar hasta nosotros y, mientras más se acerca, más aprensión siento. Tengo un mal presentimiento.

No hemos cruzado palabra desde que le pregunté si me quería en su vida, después de eso, creí que nunca más hablaríamos. No sinceramente. Supuse que terminaríamos viéndonos en eventos sociales y así, pero para nada me esperaba que se presentara en nuestra casa.

Cuando entra con Ben junto a ella, luce alterada. Se detiene para recorrer el lugar con la vista y terminar con cara de asombro.

—Veo que remodelaron el lugar —comenta con tono de afirmación. El veneno que esperaba no está ahí, lo cual me inquieta aún más. A juzgar por cómo discutimos la última vez, no entiendo cómo es que está frente a mí sin una aparente intención oculta.

Camina hacia nosotros y se sienta en el sofá que está a un lado. Su mirada va de Ares a mí, y viceversa. Un escalofrío me recorre el cuerpo cuando veo que se talla las manos, nerviosa.

Por lo general Hannah no puede quitarle los ojos de encima a Ares, pero esta vez, me mira a mí, con ojos de algo muy parecido al arrepentimiento.

—Siento mucho presentarme sin avisar —dice bajando la cabeza. Tiene los ojos llenos de lágrimas y respira entrecortadamente. La manera en que se abraza a sí misma la hace ver tan vulnerable, pero estoy convencida de que solo está actuando. Debí saber que no me dejaría en paz con tanta facilidad, mucho menos cuando eso implica ceder las empresas de Ares y de nuestros padres.

—Yo… No hay forma fácil de decirlo. —Levanta la cara y me mira fijamente—: Estoy embarazada.

¡¿Que está qué?! Se me cae el corazón hasta el estómago, siento náuseas y sus palabras resuenan en mi cabeza. Siento cómo me atrapa un miedo que nunca había experimentado. Me le quedo viendo a mi hermana: actúa como si en verdad lo lamentara, pero yo puedo reconocer ese brillo en sus ojos. Es igual a como siempre me miraba cuando fingía lamentar la forma como mi madre siempre le daba la razón por encima de mí.

Me abrazo yo sola y trato de respirar profundamente. Esto no puede estar pasando.

Ahora mira a Ares.

—Tengo cinco meses. Desde luego, el bebé es tuyo.

Junto a mí, Ares se tensa y me toma la mano; entrelaza nuestros dedos y coloca nuestras manos sobre su regazo. Es evidente que tampoco le cree del todo.

—No me había dado cuenta. Tú sabes lo irregulares que son mis menstruaciones, Ares. Hasta que comencé a subir de peso inexplicablemente pensé en hacerme una prueba de embarazo. No había tenido ningún síntoma, nada de náuseas en la mañana, ningún indicio en absoluto. Hasta hace dos semanas fue cuando empecé a notar la pancita… Ares, es un embarazo de alto riesgo y yo, pues… te necesito. No puedo hacer esto sola y tengo miedo.

Ares me envuelve con el brazo que tiene libre y me aprieta con fuerza; nuestras manos siguen entrelazadas sobre su regazo. Tengo miedo hasta de voltear a verlo; no me gustaría ver felicidad en su rostro. Cinco meses… eso quiere decir que se acostó con ella días antes de casarnos, o bien unos cuantos días después. Me muerdo un labio con fuerza en un intento por controlar mi respiración. Puedo sentir cómo el pánico crece en mi pecho y amenaza con invadirme. ¿Acaso me engañó?

Ares me suelta la mano y toma su teléfono. Comienza a teclear un número.

—Necesito un doctor —dice con gravedad—. Quiero a un doctor en mi casa en los próximos diez minutos.

Los ojos de Hannah se abren al máximo.

—¿No me crees? —pregunta, asombrada.

Ares sonríe, tenso.

—Tan solo quiero tomar cartas en el asunto —explica—. Si vas a tener un hijo mío es importante que cuidemos tu salud, ¿no? Sobre todo si dices que es un embarazo de alto riesgo.

Comienza a trazar círculos en mi hombro, sin duda tratando de transmitirme confianza, pero no hay nada que pueda calmar los golpeteos de mi corazón. ¿Cómo es que está embarazada? ¿Esto qué significa para nosotros? La cabeza me da vueltas y estoy tratando con todas mis fuerzas de no desmayarme. No me puedo darme el lujo de sufrir un ataque de pánico ahora. Puedo ver cómo la vida que quería con Ares comienza a desvanecerse, mientras las garras de Hannah desentrañan nuestros destinos y me ahogan.

El doctor finalmente llega y me levanto; me urge llegar al fondo de este asunto. ¿Acaso tener la esperanza de que no esté embarazada me hace ser una persona horrible? Ares y yo al fin encontramos la verdadera felicidad juntos, y esto va a separarnos. En los últimos meses fue casi imposible enfocarme en mi matrimonio y buscar mi propia felicidad; pero ahora, si hay un hijo de por medio, ¿cuánto más difícil será?

—Raven —dice Ares y se acerca a mí. Coloca ambas manos sobre mis hombros y aprieta con fuerza—, soy tuyo, sin importar lo que pase. No hay nada que tú y yo no podamos superar juntos, incluso esto.

—¿Cómo vamos a poder con esto, Ares? —pregunto, destrozada—. Es un hijo, una vida inocente.

Me toma de las mejillas y asiente.

—Sí, sí podemos. Pero vamos un paso a la vez, ¿okey?

Él cree que Hannah está mintiendo, pero sé que no; es demasiado inteligente y la creo capaz de hacer algo así. Me siento, derrotada, cuando el doctor regresa con una expresión seria. Mira a Ares y asiente.

—Tiene cinco meses de embarazo. El bebé está sano, pero la madre está extremadamente estresada. Está luchando contra la ansiedad y el insomnio. Su presión sanguínea está mucho más alta de lo que debería; deberán cuidarla mucho.

Me quedo viendo mi anillo de matrimonio, resignada. Hannah me dijo que Ares terminaría regresando con ella, y tenía razón. Como la madre de su hijo, no hay forma de que él se libere de ella.

¿Y ahora qué será de nosotros? ¿Este hijo será mi sobrina o sobrino, además de mi hijastro? ¿Seremos madres en conjunto? O… ¿será que Ares esté dispuesto a darle otra oportunidad a su relación por el bien del niño? Sé lo mucho que la familia significa para él, y no va a querer que su hijo o hija crezca en un hogar roto. No va a aceptar ver a su hijo solo los fines de semana.

—¿Raven?

Alzo la mirada y me doy cuenta de que el doctor ya se fue. ¿Cuánto tiempo me quedé en el sofá, atrapada en mis pensamientos?

—¿Dónde está Hannah?

—Acostada en el cuarto de visitas. —Ares se hinca frente al sofá y me toma de las manos—. ¿Estás bien?

Lo miro a los ojos y me obligo a sonreír.

—Felicidades —digo y se me quiebra la voz—, vas a ser papá. —Me trago todo mi dolor y respiro entrecortadamente. He soñado con decirle esas mismas palabras, pero siendo yo la embarazada. Tener una familia con Ares es algo que apenas comenzaba a soñar, pero ahora siento como si Hannah se robara de nuevo otro de mis sueños y anhelos.

Zafo mis manos de las suyas, me cruzo de brazos y miro por la ventana detrás de él, con el corazón completamente roto.

—¿Me engañaste con ella, Ares?

Él me toma de las mejillas y hace que lo mire.

—No —responde, con sus ojos fijos en los míos. Se ve tan atormentado como yo—. Nunca. Y nunca voy a engañarte. Esto no cambiará nada a menos que tú quieras.

Lo miro, examino su mandíbula tensa y sus hermosos ojos verdes. ¿Ese bebé tendrá sus ojos, su sonrisa?

—Dame un momento de sinceridad, Ares. ¿Quieres que esto cambie las cosas entre nosotros? ¿Estás diciéndome esto porque quieres que yo actúe con madurez y me aleje? ¿Me estás pidiendo que haga lo que tú no quieres hacer para que no te sientas culpable por elegir a tu hijo y a su madre por encima de mí?

Él abre los ojos al máximo y me toma ambas manos.

—Un momento de sinceridad, entonces —contesta—. En silencio estoy rogando por que me digas que esto no cambiará nada entre nosotros, que juntos encontraremos la manera de lidiar con esto. Estaba tan orgulloso de ti por plantarte en tu lugar y ponerle límites a Hannah, y ahora nos están obligando a aceptarla en nuestras vidas de una manera que jamás imaginamos. Tengo miedo de lastimarte y no sé qué es lo correcto, así que necesito que tú me lo digas.

Asiento y aparto la mirada.

—Ojalá lo supiera —murmuro—. Ojalá tuviera las palabras correctas para ti ahora, pero no es así. Lo único que sé es que el bebé no puede sufrir por esto. Yo te apoyo, Ares, de la manera que quieras. Si tú quieres, puedo criar a este hijo contigo. No tengo duda alguna de que te amo y, aunque esto sea difícil, sé que amaré a tu hijo o hija de la misma manera. Lo que no sé si pueda soportar es tener a Hannah en nuestras vidas.

Él asiente y apoya la cabeza en mi regazo, mientras me abraza la cintura. Debí saber que no tendría mi «y vivieron felices para siempre». La felicidad siempre ha estado fuera de mi alcance. Ares siempre ha estado fuera de mi alcance.

Cincuenta y nueve

Ares

Alzo la vista cuando Hannah entra a nuestra cocina, con ojeras en la cara. La miro sin poder creerlo. ¿De verdad tiene a mi hijo en su vientre? Me dijo con tanta firmeza que no tendríamos hijos hasta dentro de unos cuantos años, así que, ¿cómo sucedió esto? ¿Cuándo? En las semanas previas a nuestra boda, lo único que hicimos fue discutir. Ni siquiera me acuerdo de cuándo fue la última vez que me acosté con ella. Solo pudo ser esa vez que me emborraché, unos cuantos días después de que Raven se sentó encima de mí. Desperté con Hannah en mi cama, cuando a quien deseaba ahí era a Raven.

Hannah se sienta en la barra de la cocina y la sonrisa en su rostro me desgarra. Tiene un aire engreído, como si sintiera que acaba de ganar una especie de juego. No me sorprendería que así es exactamente como se siente para ella, lo único que hace es jugar con las vidas de las personas.

—¿Dónde está Raven?

Rechino los dientes. Detesto oír el nombre de mi esposa saliendo de su boca, me despierta el instinto protector y termino sintiendo impotencia. Si pudiera, la destruiría, pero con esto se ha vuelto aún más intocable para mí. No solo es la hermana de mi esposa, ahora también es la madre de mi hijo. Supuestamente...

—Fue a trabajar. Casi no durmió y salió deprisa esta mañana.

Hannah asiente.

—Debe ser difícil para ella saber que vamos a tener un bebé. Supongo que ahora más que nunca se arrepiente de casarse contigo.

Mi corazón se estruja dolorosamente al sentir que el miedo me carcome. Cuando hablé con ella, me pareció que nos pusimos de acuerdo en cómo lidiar con esto, pero ¿por cuánto tiempo? Le costó muchísimo cortar los lazos con su hermana, ¿y ahora esto? Tan solo estar cerca de Hannah le rompe el corazón a Raven. ¿Qué le provocará este embarazo? Nunca había sentido tanto odio y tanta impotencia. No hay poder o dinero que pueda salvarnos del dolor que estamos a punto de tener que soportar. ¿Seré capaz de soportar ver que mi esposa llore todas las noches, cada vez que Hannah la lastime? ¿Y si, además de todo, termina poniendo a nuestro hijo en contra de Raven? Le rompería el corazón una y otra vez, durante años.

—¿De verdad vamos a tener un bebé? ¿Ese hijo es mío?

Sus ojos destellan dolor y yo suspiro. No logro discernir si está diciendo la verdad. No tengo idea de si está actuando, pero, tratándose de ella, no lo descartaría.

Se le llenan los ojos de lágrimas y se pone una mano sobre el vientre.

—Claro que sí, Ares. ¿Qué...? ¿Cómo te atreves a...? —Aparta la mirada y una lágrima se escurre por su rostro—. En serio Raven logró que me odies, ¿verdad?

¿Cómo lo hizo? ¿Cómo fue que en unos cuantos meses destrozó un amor que duró años?

Cierro el puño y me aguanto las ganas de soltar mi furia contra ella.

—No lo hizo —digo con voz calmada—. Nadie tiene el poder de hacer que una persona deje de amar a otra, Hannah. Ella no me robó de ti. Tú y yo habíamos terminado mucho antes de que decidieras alejarte de mí. Lo que tú y yo teníamos surgió de una obligación.

—¿Y lo que tienes con ella no es exactamente lo mismo?

Aparto la mirada y niego con la cabeza.

—No, con Raven es diferente. No tenía intenciones de hacer que mi relación con ella funcionara. A lo mucho quería darle tanta libertad como pudiera. No tenía ninguna expectativa con respecto a Raven; sin embargo, con el tiempo descubrí que quería más y más de ella. —La miro a los ojos y respiro profundamente—. Creo que sabes tan bien como yo que lo que tengo con ella se fue dando a través de muchos años, es solo que apenas me di cuenta.

En sus ojos veo que hay un dolor genuino. Ella hace una mueca.

—¿Así será esto, Ares? ¿Nuestro hijo va a crecer con padres que ni siquiera pueden sostener una conversación sin que surjan de inmediato reclamos y resentimientos?

Aparto la mirada, porque ni siquiera puedo imaginar un futuro para nosotros cuatro. Respiro profundamente y le paso un montón de papeles.

—Si tú y yo vamos a tener un hijo juntos, tendremos que firmar un acuerdo sobre cómo vamos a criarlo.

Ella levanta los documentos y abre los ojos al máximo.

—¿Quieres adoptar al bebé?

Asiento.

—Seamos realistas, Hannah: tú no puedes criar a un hijo, pero yo sí. Raven y yo sí podemos. Quiero la custodia absoluta y a cambio tú tendrás todos los derechos de visita. Así podrás continuar con tu trabajo y tus filmaciones, sin que esto impacte en tu vida, mientras que nuestro hijo crecerá en un hogar amoroso. No le faltará nada.

Hannah avienta los papeles fuera de la barra, que salen volando hasta caer al piso.

—Jamás voy a renunciar a mi hijo —contesta con voz entrecortada—. ¿Cómo puedes pedirme algo así?

—No te estoy pidiendo que renuncies a tu hijo, Hannah, podrás verlo cuando quieras. Te aseguro que el acuerdo también está considerando lo mejor para ti. Siempre amaste tu carrera por encima de todo lo demás, y esto te permitirá ver a tu hijo sin las obligaciones que conlleva la maternidad.

Ella niega con la cabeza.

—¿Crees que soy una estúpida, Ares? ¿De verdad crees que voy a permitir que te lleves a mi hijo? Si firmo y cedo mis derechos, no pasará mucho tiempo para que me saquen de sus vidas, estoy segura, y no voy a permitirlo. Dime, ¿esto fue idea de Raven? ¿No le basta con haber destruido nuestra familia? ¿No es suficiente y por eso está forzando las cosas para que este bebé crezca en un hogar roto?

—Cuida tus palabras —le digo con furia—. Estoy harto de que pongas palabras en su boca y la culpes de cosas que no ha hecho. Tú te fuiste, Hannah, fin de la historia. Raven es mi esposa y que Dios me perdone si le faltas al respeto. No me salgas con estas estupideces. Tal vez ella permita que te salgas con la tuya, pero yo no. Si vas a ser parte de nuestras vidas, más te vale que aceptes cuál es tu lugar.

Ella comienza a aplaudir despacio, a pesar de que derrama lágrimas.

—Bravo, bien hecho. Te has vuelto un buen perrito, domado y sumiso. ¿Qué diablos te hizo Raven? ¿Crees que no me doy cuenta de que esas no son palabras tuyas? Hemos estado juntos durante años, Ares y, en todo ese tiempo, jamás me hablaste así, sin importar la gravedad de nuestros pleitos. Sin embargo, ahora que estás con Raven, de pronto actúas diferente, ¿se supone que crea que no es su culpa? ¿Así es como nuestro hijo va a crecer, Ares? ¿Con un padre que le falta al respeto a su madre porque la zorra de su madrastra se lo pidió? ¿Qué más nos vas a hacer a mí y al bebé solo porque ella te lo pide?

Le lanzo una sonrisa falsa.

—Tú jamás me conociste en realidad, Hannah. ¿Te preguntas por qué me enamoré de Raven tanto y tan pronto? Porque, para empezar, nunca te amé. Eras una obligación, alguien a quien toleraba y aplacaba porque no tenía otra opción. Nunca perdí la paciencia contigo porque en realidad nunca me importaste.

Ella brinca de su silla y se apresura hacia mí.

—¿Así es como logras dormir todas las noches? —pregunta, hundiéndome el dedo índice en el pecho—. ¿En serio te vas a parar aquí frente a mí y me vas a salir con que todo lo que compartimos fue una simple obligación? ¿Esto es lo que nuestro hijo también va a ser para ti? —Se pone una mano sobre el vientre y solloza—. ¿No hay ni una sola parte de ti que quiera criar a este bebé conmigo? ¿No quieres lo mejor para el bebé? ¿Tan cegado te tiene Raven como para que no puedas ver lo mucho que me estás lastimando, lo mucho que tus acciones terminarán hiriendo a nuestro bebé? Ella nunca va a querer a tu hijo como yo. ¿Cómo podría aceptar y amar a un niño que no es de ella y que le recuerda tu pasado conmigo?

Me paso una mano por el cabello; me siento completamente perdido. No imaginé que esta conversación fuera así. No debí perder la paciencia con Hannah, de haber actuado como siempre lo hacía, tal vez hubiera logrado que firmara.

—Ares —dice, parpadeando rápidamente—. No... no me siento bien.

Frunce las cejas y su cuerpo se tambalea. Voy hacia ella y la atrapo justo antes de que caiga desmayada; en mis brazos, su cuerpo está completamente inerte.

—¡Mierda! ¡Llamen al doctor!

Sesenta

Raven

Estaciono el auto en la entrada y me quedo ahí un momento tratando de reunir todas mis fuerzas. Durante todo el día no he podido más que pensar en el embarazo de Hannah y en lo que eso implica para todos nosotros. Ahora, más que nunca, me corroe la culpa. Me consume, esparce su veneno hasta que termino dudando de cada decisión que he tomado. Nunca me había sentido tan egoísta, tan horrible persona.

Cuando me casé con Ares, me pregunté si llegaría el día en que me arrepintiera. En ese momento, me convencí de que más bien me arrepentiría de las cosas que no hiciera, pero no pude haber estado más equivocada.

Lo quiera o no, Ares y Hannah van a ser una familia. Ahora comparten un lazo inquebrantable, y yo siempre seré el mal tercio. Por tomar las decisiones que tomé, voy a robarle a un bebé inocente la oportunidad de crecer con sus dos padres en un frente unido. Si no me hubiera casado con Ares, ellos se habrían enterado del embarazo juntos, en el lapso en que reprogramaban la boda. Eso los habría unido, habría disipado la distancia que la carrera de Hannah abrió a lo largo de los años, tal vez aún pueda suceder.

Respiro entrecortadamente y abro la puerta del auto. Nunca había temido entrar a casa como esta noche. Sin importar lo que pasara, siempre me entusiasmaba ver a Ares, pero esta noche, simplemente no puedo confrontarlo.

¿Cómo hacerle frente al hombre que amo, sabiendo lo que hice? Decidí casarme con él aun sabiendo que, si no lo hacía, la abuela habría perdonado a Hannah y, eventualmente, la habría aceptado en la familia. Me interpuse entre ellos porque fui egoísta, y ahora estoy pagando el precio.

Entro a la casa que he llegado a amar tanto, el hogar que Ares y yo construimos juntos. Se siente tan temporal. Me convencí de elegir mi felicidad y me puse antes que nadie más, y ahora la vida me está demostrando que no lo merecía.

Me tenso cuando oigo la voz de la abuela, y el corazón se me acelera. Debí saber que no pasaría mucho tiempo para que ella se enterara de la situación. Sin duda está emocionada por darle la bienvenida a su primer bisnieto, y me va a matar verla demostrar su emoción con Hannah. Es como si cada cosa que deseara en la vida no pudiera ser mía si no es primero de ella.

Sigo la voz de la abuela en el cuarto de visitas y me detengo en el umbral. Hannah está acostada en la cama y Ares está sentado en la orilla, la rodea con un brazo para que ella se apoye, y luce tan preocupado que me desgarro por dentro. La paciencia que le tiene, el cariño que le demuestra; es como si viajara al pasado, cuando siempre era yo quien los veía desde lejos.

La abuela está parada al lado de la cama con los brazos cruzados.

—Llevas a mi primer bisnieto en el vientre —dice con un tono dulce y tierno—. Tienes que cuidarte mucho, Hannah. —Y entonces se dirige a Ares—: Lo mismo va para ti. Ella va a tener a tu bebé, Ares. Sé que la situación no es la ideal, pero vamos a hacer lo mejor que podamos, como familia.

Hannah la mira con lágrimas en los ojos.

—Vine porque estoy de acuerdo, abuela. Creí que mi hermana y Ares serían las dos personas que me apoyarían más que nadie. Pensé que aquí estaría a salvo de la prensa en lo que desciframos cómo vamos a llevar nuestras vidas a partir de ahora. Pero ellos no me quieren aquí, Ares me pidió que me fuera y yo creo que… debería hacerlo. Nunca debí venir.

La abuela se pone a pensar.

—El doctor te dijo que tenías que guardar reposo, Hannah. Quiero que te quedes aquí hasta que te sientas mejor. Será bueno para Ares, Raven y tú que estén juntos. Después de todo, este embarazo une los destinos de ustedes tres. Mientras más se eviten, más terrible será cuando tengan que verse. Por el bien de mi bisnieto, tienen que hacer a un lado sus diferencias.

—No —la contradice Ares y quita el brazo—. Ella no puede quedarse aquí. Entiendo tus intenciones, abuela, y concuerdo con que tenemos que aprender a coexistir, pero ahora no es el momento.

La abuela levanta una mano.

—No hay mejor momento que el presente, Ares. En tan solo cuatro meses, serás papá, y no es algo de lo que puedas huir. Lo mejor es lidiar con esto de frente. Ustedes tres deben aprender a colaborar como padres, porque su hijo va a necesitarlos, y no pueden permitir que el bebé crezca en un ambiente hostil. —Luego voltea hacia mí y yo me tenso; ni siquiera noté en qué momento se dio cuenta de que yo estaba aquí—: ¿Estás de acuerdo, Raven?

Asiento y me aguanto la traición injustificada que siento. Por supuesto que tiene razón; sin embargo, no puedo aceptar que es así. No quiero a Hannah en mi casa. No voy a resistir verla en momentos como el que acabo de observar. No quiero seguir atestiguando cómo inevitablemente el amor entre ellos vuelve a surgir de entre las cenizas.

Ares se voltea con los ojos al máximo.

—Nena —dice y camina hacia mí.

Doy un paso atrás y fuerzo una sonrisa.

—Te puedes quedar en este cuarto —le digo a Hannah. Ella se me queda viendo un momento, luego asiente y las comisuras de sus labios se tuercen en una ligera sonrisa. Algo en la forma en que me mira no me sienta bien. Supongo que es su manera de burlarse, como si supiera que no necesitaba que yo reconociera la situación o le diera permiso, porque tiene a la abuela de su lado.

Me alejo y me voy a mi recámara, con el corazón partido. Esta es una de mis peores pesadillas vuelta realidad. Verlos juntos cuando Ares y yo no éramos más que amigos era tolerable porque yo podía ocultarme detrás de nuestra amistad, pero ahora tendré que ver cómo mi esposo se vuelve a enamorar de la mujer que le arrebaté, una vez más.

—¡Raven!

Me congelo ante la voz de la abuela, y volteo con una sonrisa cortés en los labios. Ella examina mi rostro con preocupación.

—¿Estás bien, querida?

Asiento.

—Sí, claro.

La abuela aparta la mirada.

—Todo esto es mi culpa. Me doy cuenta de lo mucho que sufres, Raven. No estarías en esta situación si no fuera por mí. Soy yo quien te exigió que te casaras con Ares, pero debí saber que era demasiado tarde para ustedes. A lo largo de los años, el destino ha unido a Ares y Hannah, una y otra vez. Fui muy ingenua al creer que podría desenmarañar esos destinos. Mis intentos por hacerlo solo te lastimaron y me siento sumamente arrepentida.

Niego con la cabeza.

—No, abuela, está bien, te lo prometo. Ares y yo vamos a estar bien. Tenías razón acerca de nosotros, y nunca te he culpado por estar en esta situación. En todo caso, estoy en deuda contigo: los últimos meses han sido los más felices de mi vida.

Ella me mira a los ojos, con melancolía.

—Pero esa felicidad no puede durar, Raven, no será así. Mi querida niña, ¿crees que nunca me di cuenta del dolor en tus hermosos ojos cada vez que estabas cerca de Hannah y Ares?

Aparto la mirada y me abrazo como para protegerme. ¿Acaso fui tan transparente? Sin querer, mi mente se va a cuando Hannah me dijo que ella y Ares solían bromear con que él era mi *crush.* ¿Acaso todos lo sabían?

—No quiero ver que pierdes los ánimos en los siguientes meses, Raven. Tal vez él esté enojado y conmocionado ahora, pero ambas sabemos que su instinto protector va a dispararse pronto. No le va a tomar mucho tiempo darse cuenta de que Hannah en verdad va a tener a su bebé. Él hará todo por este bebé, ¿no lo crees? ¿Podrás soportar verlo preocuparse por ella? ¿Tu corazón permanecerá intacto cuando él le ponga la mano en el vientre para sentir cómo patea el bebé? Todos esos momentos que van a compartir, y de los cuales tú no formarás parte, te van a lastimar.

Trato de respirar profundamente, pero no puedo, y levanto el rostro hacia la abuela.

—Entonces, ¿qué es lo que quieres que haga, abuela?

—Mi querida niña, no sé cuál sería la acción correcta, pero quiero que pienses en tu propia felicidad. Esto no es lo que quería para ti. Durante años vi cómo te ibas marchitando debido a tu amor por Ares, y no quiero que vuelvas a pasar por eso. Deberías tener un amor tan grandioso que todo lo demás palidezca en comparación. No tienes por qué terminar en segundo plano en la vida de nadie y tampoco necesitas pelear por la atención de un hombre, pero ese es el destino que te esperaría con Ares: Hannah no le quitará las garras de encima, y los nuevos lazos que se establecerán entre ellos no pueden romperse.

La abuela aparta la vista un momento, llena de tristeza.

—Te quiero tanto como a Sierra. Siempre te he considerado de mi propia familia, Raven. Mucho antes de que te casaras con Ares, te consideré una Windsor.

La abuela me toma de una mejilla y con el pulgar me limpia una lágrima que no me había dado cuenta de que había resbalado.

—Mi querida niña, si quieres tu libertad, eso te concederé. Te daré la mitad de Windsor Media y todo mi apoyo. Nunca debí pedirte que te casaras con Ares; permíteme remediar las cosas, Raven.

Me aparto, aturdida.

—¿Me estás pidiendo que me divorcie de Ares?

La abuela niega con la cabeza.

—No, Raven, jamás te pediría eso. No hay nada que quiera más que mantenerte en nuestras vidas. Lo que te estoy pidiendo es que tú decidas. Elige tu felicidad, nadie más lo hará por ti, hija. Mi mayor esperanza es que pienses las cosas y elijas a Ares, a pesar de todo, pero quiero que sepas que tienes mi apoyo si decides lo contrario.

Ella me sonríe, se para de puntitas para besarme la frente, y luego se va. Yo me quedo ahí inmóvil con mil dudas rondando entre mis pensamientos.

Sesenta y uno

Raven

Me siento como una invitada en mi propia casa. Ares y yo nos esforzamos tanto en rediseñar este lugar y, por un tiempo, eso nos funcionó, nos dio la oportunidad de sentir que empezábamos desde cero. Y, sin embargo, ahora, adonde voltee, veo a Hannah.

En un lapso de unos cuantos días, ha invadido cada aspecto de mi vida del que traté de excluirla: su taza favorita en el fregadero, la manta en nuestro sofá, incontables revistas de bebés regadas por toda la casa. Es casi como si quisiera recordarme que va a tener un hijo con mi esposo.

Casi no hemos hablado desde que se mudó y, para mi gran sorpresa, tampoco ha intentado provocarme. Se ha mantenido al margen la mayor parte del tiempo, lanzándome sonrisas dulces cada vez que nos encontramos.

Y eso me hace sentir mucho peor. Desearía que me atacara con todo, así yo podría justificar el odio que siento. La manera en la que ha actuado últimamente me recuerda el pasado, cuando yo no me daba cuenta de lo venenosa que era conmigo y cómo eso me llevaba al límite.

—¿Rave?

Me tenso al oír su voz. Entra a la cocina con la mano sobre el vientre.

—Dios, estoy tan hambrienta todo el tiempo —se queja.

Miro cómo se va directo al refrigerador y husmea. No tengo ningún motivo, pero detesto que lo haga. No está haciendo nada malo, pero tenerla en mi casa me está matando.

Saca una caja de fresas y se apoya contra la barra.

—¿Cómo te has sentido con todo esto? Has estado tan callada...

Me llevo el café a los labios y tomo un trago; me obligo a mantener la calma, cuando todo lo que quiero es esconderme en mi recámara.

—Estoy bien.

Hannah se me queda viendo y asiente lentamente.

—Lo entiendo —me dice—. Es extraño pensar que Ares y yo vamos a ser padres. Esta situación sí que es complicada, pero vamos a superarla de la mejor manera, ¿no es así? Siempre lo hacemos.

Asiento y me invade una extraña sensación de conflicto. En los últimos meses, Hannah se ha comportado de una manera tan hostil que ya no sé cómo lidiar con ella cuando está tranquila.

—Pronto Ares y yo iremos a que me hagan un ultrasonido, para ver si nos dicen si es niña o niño. ¿Quieres venir? —Vacila un momento—. Tú también serás parte de la vida del bebé, quiero que te sientas incluida. Después de todo, los cuatro seremos una familia.

La miro y mi corazón se desangra.

—Suena bien —me obligo a decir.

—Es extraño, ¿no?, la manera en que las piezas se van acomodando. Es casi como si el destino interviniera para mostrarnos que Ares y yo estamos destinados a terminar juntos. La única pieza del rompecabezas fuera de lugar eres tú. —Sus pupilas se dilatan y sonríe—. Perdón, no quise decirlo así, las palabras no fueron las adecuadas.

Aparta la mirada, se mete una fresa a la boca y empieza a masticar despacio.

—Me pregunto cómo se sentirá él cuando nuestro hijo empiece a preguntar por qué mamá y papá no pueden vivir juntos. ¿Sabes?, me atormentan tantas preguntas... ¿Cómo será cuando tengamos que asistir a reuniones de padres de familia con los maestros? ¿Iremos los tres? ¿Y qué hay del futuro inmediato? ¿Ambos estarán presentes cuando esté dando a luz? ¿Te vas a levantar a medianoche para ayudarme a alimentar al bebé?

Se pasa una mano por la cabeza.

—Sé que últimamente no he sido la más sensata, pero este embarazo me ha hecho ver todo con ojos frescos. Nada importa más que el bienestar de mi hijo, Raven. —Hace una pausa—. Tú no lo entenderías. —Luego pone cara como si se disculpara—. Supongo que nunca lo harás; después de todo, Ares siempre dijo que solo quería un hijo.

Me le quedo mirando, cansada hasta el fondo de mi alma maltratada.

—Hannah —empiezo, con voz tierna—, no tengo respuestas para ti, pero está claro que no esperas que te dé respuestas, ¿o sí? ¿Por qué no nos dejamos de juegos? Te escucho, Han. Tú crees que yo soy un obstáculo para que tengas la familia feliz que habrías tenido si yo no me hubiera casado con Ares; y tal vez así sea. Pero, aunque me fuera en este momento, no puedes regresar a lo que tenían. ¿No te das cuenta de que él me ama?

Ella sonríe y deja de actuar, en sus ojos puedo ver la malicia.

—Puedo ver que está encaprichado, pero se le va a pasar. El amor que cree que siente por ti no superará el que le tendrá a su hijo. Ares es un hombre de honor y va a hacer lo que sea para darle a su hijo la vida que se merece. ¿Qué crees que eso significará para ti?

Niego con la cabeza.

—¿Y cómo se supone que funcionará esto? ¿Admitirás ante el mundo entero que te acostaste con el esposo de tu hermana? ¿Realmente estás dispuesta a arriesgar tu reputación?

Ella me sonríe con sarcasmo.

—¿Por qué no habría de hacerlo? Después de todo, tengo años de evidencia que comprueban que él salía conmigo. Si armo una historia de cómo las reglas de la familia Windsor se encargaron de quebrantar sin piedad nuestra relación, los medios se encargarán de pintar una imagen de dos amantes desafortunados.

Siento una punzada en el corazón de tan solo pensarlo.

—Esto se volverá un enorme escándalo, Hannah. ¿Cómo es que eso beneficiaría a cualquiera de nosotros?

Ella alza los hombros.

—Lo sé, pero no voy a permitir que mi hijo crezca como un secreto inmundo. Después de todo, él o ella será un Windsor, y no aceptaré que Ares oculte a nuestro bebé. Si no fuera por ti, nosotros podríamos criar a nuestro hijo juntos. —Aparta la mirada—. Si te vas discretamente y nos das la oportunidad de recuperar nuestra relación, yo no diré nada. Me retiraré de la actuación y pronto a nadie le importará que haya tenido un hijo, mucho menos quién podría ser el padre. Mi bebé podrá crecer con ambos padres en un hogar amoroso. Ares tiene los contactos suficientes para asegurar que esto no afecte tu carrera, mantendremos los rumores al mínimo.

Las palabras de la abuela me resuenan en la cabeza. «Hannah no le quitará las garras de encima, y los nuevos lazos que se establecerán entre ellos no pueden romperse».

—No —le digo—. No me voy a ir a ningún lado, y mientras más pronto lo aceptes, más pronto podremos resolver cómo lidiar con las relaciones públicas con respecto a tu embarazo. Hannah, sin importar lo que hagas, no podrás convencer a Ares. Hay muchas cosas que no sé con certeza, pero el amor entre él y yo no es una de ellas. Te guste o no, voy a estar a su lado durante todo este proceso, lo que significa que seré una figura constante en la vida de tu hijo. Esos momentos que crees que tendrás con Ares no sucederán, porque yo también estaré ahí. No podrás utilizar a tu hijo para hacer que Ares cambie de opinión. Te sugiero que empieces a enfocarte en qué es realmente lo mejor para tu hijo, porque te aseguro que enemistarte conmigo no lo es. Después de todo, yo también tendré un papel importante en la crianza del bebé.

Ella mira más allá de mí un momento, luego ahoga un grito, se lleva los dedos a la sien, y luego su cuerpo se tambalea. Pierde el equilibrio y colapsa antes de que yo pueda llegar a ella.

—¡Hannah! —grita Ares detrás de mí.

Me hace a un lado y se lanza a Hannah, hincado en el piso, y la sujeta con cuidado entre sus brazos.

—¿Qué pasó? —me pregunta—. ¿Hiciste algo que la alterara? Su presión sanguínea de por sí está muy elevada…

La carga en sus brazos antes de que siquiera pueda responderle. Cuando pasa de largo por donde estoy, veo cómo ella me mira desde el hombro de Ares, con una sonrisa en su rostro.

Acabo de decirle que no tendría momentos así con Ares porque yo también estaría ahí, pero ahora me doy cuenta de que ella sí espera que yo esté presente. Voy a tener que lidiar con esto por el resto de mi vida, y no hay nada que pueda hacer al respecto.

Sesenta y dos

Raven

—No puedo creer que esté embarazada —exclama Sierra con el rostro descompuesto de la preocupación—. Esto no puede estar pasando, ¿o sí?

Asiento y me apoyo en el respaldo del sofá. Durante estos últimos días he estado cada vez menos en casa. Ares hace su mejor esfuerzo para reconfortarme, pero sus palabras se las lleva el viento cuando, constantemente, lo veo revolotear alrededor de Hannah.

La abuela tenía razón: en pocos días él comenzó a preocuparse por que Hannah estuviera bien, y eso no es algo que pueda reclamarle a ella. No cuando sé que no es por ella, sino por su hijo, pero aun así, no es fácil verlos.

—Sip —digo, remarcando la «p»—. Dentro de poco vas a ser tía. Felicidades.

Sierra frunce las cejas y ladea la cabeza.

—Sí, felicidades… a ti también...

Abro los ojos un segundo, luego me retuerzo. Sierra aparta la mirada, por primera vez sin saber qué decir. Nada de estratagemas elaboradas, nada de bromas. No esta vez. Esta no es una situación que podamos tomar a la ligera.

—La abuela me dijo que me concedería mi libertad si eso quisiera. Nos permitiría divorciarnos. La operación «Felices para siempre» falló, ¿verdad?

Sierra se endereza, aturdida.

—¿Es en serio?

Asiento y me miro las uñas.

—Me dijo que solo quiere que yo sea feliz, pero no pude entender si era su manera de pedirme que hiciera lo correcto y me divorciara.

Sierra niega con la cabeza.

—Nadie más que Ares y tú pueden decidir eso.

Asiento.

—Estoy de acuerdo, pero tiene razón acerca de algo que me dijo. Me pasé la vida entera amando a tu hermano y ¿para qué? Al final, ella sigue estando entre nosotros.

Sierra se sienta derecha y frunce las cejas con el teléfono en la mano.

—Alguien desactivó mi sistema de seguridad.

Momentos después llega Ares; con paso confiado y una expresión firme se dirige directamente a mí.

—¡Ares! —le advierte Sierra, pero él la ignora y le lanza una mirada de sentencia.

Se acerca más y me carga en sus brazos, con una mano en mi espalda y la otra por debajo de mis rodillas. Por instinto recargo la cabeza sobre su hombro y respiro su olor, y de inmediato mi corazón se tranquiliza. Sin importar qué pase entre nosotros, él siempre es mi hogar.

—Suficiente —me dice y me lleva fuera, tomándome con firmeza—. Ya te di unos días para procesar lo que pasa, pero no tendrás más. Hermosa, ya huiste lo suficiente, no permitiré que me sigas evitando. Así no es como lidiamos con nuestros problemas, ¿recuerdas?

Lo miro a los ojos mientras me lleva a nuestra casa. Con los años solo se ha vuelto más y más guapo y, con cada año que pasa, me enamoro más de él. Pero ¿mi amor es suficiente? ¿Alcanza para librar las batallas que estamos a punto de enfrentar? La atención de los medios, el ridículo, la paternidad compartida... No estoy segura de que pueda soportar los ataques de Hannah por años y años.

Me tenso en cuanto entramos a nuestra casa, preocupada por que Hannah nos vea. Soy su esposa; no obstante, siento como si estuviera haciendo algo malo al estar en sus brazos en nuestra propia casa. ¿Así es como me voy a sentir siempre?

Ares me baja hasta que entramos a nuestra recámara. Me alejo de él, conflictuada.

—Raven —susurra—, ¿podemos hablar, por favor? Lo único que has hecho es trabajar o irte corriendo a casa de Sierra. Alguna vez me pediste que fuera sincero y estuviera dispuesto a comunicarme, y ahora yo te pido lo mismo.

Lo miro y asiento, dudosa.

—Ares, es que no sé qué decir, eso es todo.

Me paso una mano por el cabello y entro al baño, con la esperanza de que él no insista, pero me sigue.

—No te estoy pidiendo que me contestes con palabras lindas y calculadas, Raven, jamás he querido eso de ti. Te quiero así tal cual, con la verdad sin filtros. Dime cada uno de tus miedos para que yo pueda quitártelos.

Me quito el vestido y oigo cómo resuena la tela contra el piso, cortando el silencio entre nosotros. Abro la regadera mientras intento con todas mis fuerzas articular los pensamientos que me atormentan.

—¿Quieres la verdad, Ares?

Me meto a la regadera, respiro entrecortadamente, y dejo que el agua caliente me bañe. Ojalá no me hubiera seguido al baño, así podría caer en pedazos sin que nadie me viera. No quiero que sea testigo de mi dolor.

—Detesto quién soy cuando estoy contigo y Hannah. Odio los pensamientos que me surgen, lo que siento... No soy una mala persona, Ares, pero más de una vez he deseado que el hijo que Hannah está esperando no existiera.

Ares me toma de la cintura y ahogo un grito cuando se mete por completo a la regadera conmigo. Me empuja contra la pared y me arrincona.

—El niño no tiene la culpa, Rave, lo sabemos, pero yo también desearía que no estuviera embarazada. La felicidad que encontramos tú y yo nos costó tanto, y lo último que quiero es permitir que algo la amenace. ¿Está mal que tu felicidad me importe más que un niño que aún no nace? Tal vez, pero esa es mi verdad. Yo tampoco soy una persona horrible, Raven, y no dudo que en cuanto él o ella nazca, tanto tú como yo lo amaremos sin medida... pero solo somos humanos, nena.

Lo abrazo del cuello y él se me acerca, hasta que nuestros cuerpos se pegan y el agua llueve sobre nosotros.

—Tengo miedo de atestiguar cómo te vuelves a enamorar de ella. No quiero ver cómo te importa y celebras con ella cada fase de su embarazo. No quiero oír sobre ultrasonidos y cunas y malditas vitaminas para embarazadas. No quiero que ella tenga todo lo que yo quería contigo.

Me besa la frente y respira profundamente, se nota que se siente atormentado.

—Voy a hacer todo lo que pueda para minimizar eso. Con esto de que la abuela nos obligó a acogerla en nuestra casa, las cosas se complicaron más de lo que me habría gustado, pero vamos a hacer que funcione, Cupcake.

Lo abrazo con más fuerza.

—Pero tú no tendrías por qué hacerlo, Ares. Esta es una experiencia tan hermosa, y si no fuera por mí, ustedes dos estarían disfrutándola segundo a segundo.

Él hunde la mano entre mi cabello y aprieta.

—No tiene caso preguntarnos si pasará esto o aquello, mi amor. Tú eres mi esposa, mi todo. Siempre lo serás, sin importar lo que pase.

—Tengo miedo de que eso simplemente no sea cierto, de perderte por ella otra vez. ¿Cómo compito con la historia que ustedes comparten y con el hijo que van a tener? Los lazos entre ustedes serán interminables y, sin importar desde qué ángulo examine esto, yo soy quien se interpone entre dos personas que siempre se han amado. Yo simplemente fui su reemplazo, Ares, y finalmente Hannah está lista para tomar su lugar a tu lado. Esto es todo lo que siempre quisiste. —Inhalo profundamente y aparto la mirada, deseando poder eliminar las palabras que acabo de pronunciar. Odio que mis inseguridades me dominen, yo no soy esta persona. Apenas me reconozco cuando estoy frente a Hannah y Ares. ¿Me voy a perder a mí misma si sigo en esta situación?

—No, Raven —responde y me aprieta el cabello—. Tú eres lo que siempre quise. Nunca había sido tan feliz, nena. Tú me completas, Cupcake. Maldita sea, eres la parte que nunca supe que me faltaba. Eres mi corazón, mi alma. No importa cuántos años haya pasado con Hannah, porque tan solo unos meses contigo me han brindado más felicidad que años a su lado. Si ella y yo estuviéramos destinados a estar juntos, habría funcionado, Rave. Si realmente la amara, nunca me habría enamorado de ti, ciertamente no tan pronto. Diablos, para empezar, si la amara como tú crees, nunca habría dejado que se fuera. Te entiendo, nena, en serio. Comprendo tus miedos, pero créeme cuando te digo que nada de lo que ella haga me hará cambiar de parecer. Tú eres la única a la que voy a amar, Raven. No hay hombre que te haya tenido y pueda alejarse de ti, sé que yo no podría.

—Pero sí lo hiciste —le reclamo y mis ojos arden con lágrimas que no he podido soltar—. Sí te has alejado y me aterra que vuelvas a hacerlo. Casi no sobreviví la primera vez, pero ahora me va a destruir por completo, Ares. No puedo pasar por esto de nuevo.

Me toma de las mejillas y frunce las cejas.

—¿De qué estás hablando?

—De la fiesta del cumpleaños veintiuno de Sierra —susurro—. Yo… me metí a tu cuarto en la noche. Ambos habíamos bebido demasiado, pero no me importó. El alcohol era exactamente lo que necesitaba para reunir el valor. En ese momento, ya nos habían anunciado como prometidos. Tu abuela y mis padres lo habían acordado, pero tú y yo no lo habíamos hablado. Le dábamos vueltas al tema y tú estuviste tratándome igual que como a Sierra, como siempre lo habías hecho, con una bondad juguetona, nada más. Yo… me metí a tu cuarto esa noche para preguntarte qué pensabas de mí y de nuestro compromiso.

Me mira con los ojos abiertos al máximo.

—¡¿Qué?!

Respiro con trabajo y me obligo a verlo a los ojos.

—Traté de besarte y me dijiste que no tenía idea de lo que te estaba pidiendo…

—… y tú contestaste que no eras tan inocente como yo creía.

Asiento, con una punzada en el corazón.

—¿Te acuerdas de eso?

Niega con la cabeza.

—No, pero he soñado con esa noche. He estado soñando contigo durante años, Raven. —Vuelve a apretar el puño con el que me toma del cabello y me obliga a levantar el rostro—. A pesar de que tú eras la última mujer que debería de desear, te adueñaste de mis sueños.

Cierro los ojos y el dolor inunda mi corazón roto.

—Esa noche yo te di mi virginidad, Ares. Me dijiste que a partir de ese momento no había vuelta atrás, y yo te creí. Me pediste que me casara contigo, pero justo a la mañana siguiente, anunciaste que estabas saliendo con mi hermana.

Deja caer su frente en la mía y respira profundamente.

—Raven —dice con un tono de sufrimiento—, a la mañana siguiente yo… desperté con Hannah en mi cama.

Lo empujo del pecho y siento una punzada en el estómago.

—¿¡Qué!?

Él se niega a soltarme y asiente; en sus ojos puedo ver el mismo tormento que yo siento.

—Recuerdo que me desperté con una sonrisa en la cara, queriendo más de ti. Cuando me volteé, Hannah estaba junto a mí, desnuda. Sonrió y me dijo que había disfrutado cada segundo de la noche anterior. Me convenció de que la mujer con quien me había acostado era ella. Dime la verdad, Raven. ¿De verdad eras tú?

Me suelto en llanto y sollozos.

—¡Sí! —grito con voz quebrada—. Era yo, Ares. Me escabullí de tu cuarto al amanecer y regresé a la recámara de Sierra para arreglarme. Cuando bajé para desayunar, estabas sentado junto a ella, la rodeabas con el brazo y le decías a todos que estaban saliendo, eso me desgarró por dentro.

Sus manos me recorren el cuerpo, me levanta contra la pared. Lo abrazo con las piernas para enderezarme, porque me siento más vulnerable que nunca.

—Cuando desperté con ella, supe que había perdido cualquier oportunidad contigo, Raven. Sabía que nunca podría tenerte después de haberme acostado con tu hermana. Yo estaba tan dolido como tú, Cupcake. Nunca la deseé. Siempre fuiste tú, solo tú.

Rompo en llanto y esta vez él se toma el tiempo para besar cada una de mis lágrimas.

—Ares, pocos días después traté de hablar contigo al respecto, ¿recuerdas? Estabas en la sala de la abuela y te pregunté cuándo empezaste a salir con Hannah y lo que eso implicaba con respecto a nuestro compromiso. Te pregunté si alguna vez habías sentido algo por mí y si yo significaba algo para ti. —Sollozo y no puedo parar de llorar—. Aún recuerdo cómo me temblaba la voz y el miedo con el que te pregunté. Tú me miraste con lástima y me rechazaste. Me dijiste que me considerabas como tu familia y que le pedirías a la abuela que cancelara nuestro compromiso porque nunca me verías como algo más que como la hermana de Hannah. —Ares me toma con más fuerza, pero no puedo mirarlo de frente—. Me rompiste el corazón y nunca me recuperé. Con el paso de los años, ustedes dos siguieron apuñalándome y yo no puedo soportarlo más. No puedo, Ares. Te lo suplico, por favor, deja de destruir lo que queda de mí.

Me toma de las mejillas y me obliga a mirarlo de frente; sus ojos muestran la misma angustia que yo.

—Te amo —me dice—. Te amé desde entonces y te amo ahora. Diablos, si soy sincero conmigo mismo, nunca dejé de amarte. —Se inclina hacia mí y me besa con desesperación—. Pensé que había perdido la oportunidad de estar contigo, Raven. Hice lo que pude para asegurar que siguieras en nuestras vidas.

Pega su frente a la mía y respira entrecortadamente.

—Con el paso de los años, tomé lo que tú me dabas, buscaba cualquier pretexto para pasar tiempo contigo. Iba a desfiles de moda bajo la excusa de tener que armar redes de trabajo, tan solo para poder verte, aunque fuera un vistazo. La mayor parte del tiempo incluso me engañaba a mí mismo, me decía que estaba cuidándote, cuando en realidad era mucho más que eso. No estuvo bien y en el fondo lo sabía, pero no podía alejarme. Me dije que estaría bien, siempre y cuando nunca cruzara la línea, pero, carajo, estar cerca de ti y no tenerte… eso me mataba. Te juro que pasaré el resto de nuestras vidas compensando el tiempo perdido. Hannah no se saldrá con la suya… te lo juro. Raven, nunca más volveré a lastimarte.

Me besa, esta vez me toca de una manera diferente. Se siente más sentimental, más desesperado.

—Nena —gime y baja su mano hasta mis nalgas—. Te amo, Raven.

Meto las manos en su cabello y aprieto.

—Yo también te amo, Ares, siempre lo he hecho.

—Nunca volveré a dejar que te alejes —me promete y me besa el cuello.

Meto la mano entre nuestros cuerpos para agarrarle el pene y acomodarlo justo donde lo quiero. Me mira a los ojos y me penetra, tomándose su tiempo.

—Nunca me voy a alejar. Tú eres todo para mí, nena, sin importar lo que pase —me jura.

Me penetra por completo y yo gimo a todo volumen. Ares me coge contra la pared de nuestra regadera, mirándome a los ojos y, por unos momentos, es como si nada más importara. El mundo entero se desvanece hasta que solo quedamos él y yo. Me permito creer que podemos lidiar con lo que sea, que nada nos separará.

Debí saber que las cosas no serían así.

Sesenta y tres

Raven

Entro a la cocina y encuentro a Hannah sentada a la barra, con ojeras en su hermoso rostro. Me mira con ojos derrotados. Lo sabe, no hay duda en mi mente de que Ares la confrontó por lo que hizo hace cinco años.

Suelta un bufido y aparta la mirada, toma su taza de té con manos temblorosas. Desearía tener la energía para mantener la farsa, pero no es así. Después de lo que Ares me dijo anoche, apenas puedo soportar verla. ¿Cómo se supone que la deje formar parte de mi vida, sabiendo todo lo que me quitó?

—¿Por qué lo hiciste? —le pregunto, sin ser capaz de quedarme callada.

Alza la mirada y aprieta los dientes.

—¿Hacer qué?

—Esa noche. ¿Por qué te metiste a la habitación de Ares? ¿Por qué fingiste que se había acostado contigo?

Aparta la mirada y niega con la cabeza, evitando que pueda mirarla a los ojos. Nunca la había visto quedarse sin palabras, hasta hoy. De verdad creyó que su engaño había funcionado. ¿Exactamente cuánto tiempo lleva manipulándome?

—Por primera vez en tu vida, sé honesta conmigo. ¿Por qué me harías eso? ¿Y a Ares?

Levanta la cabeza y suspira, con cara de resignación.

—Porque lo quería para mí —dice así nada más, con furia—. Quería que me mirara como siempre te miró a ti. Quería el prestigio de ser una Windsor. —Se cruza de brazos—. ¿Cuándo lo descubriste?

Con esta actitud tan impasible de su parte, me cuesta mucho trabajo contener la furia. Si no estuviera embarazada, le habría tirado el té en la cabeza y luego le pediría a los guardaespaldas que la sacaran de aquí.

—Apenas anoche —admito.

Asiente con la mandíbula trabada.

—Con razón Ares me corrió en la mañana. Apenas toleraba mi presencia, por tu culpa. Si su abuela no hubiera intervenido, me habría sacado por la fuerza. —Y entonces me sonríe—. Casi logras lo que querías, casi.

Debí saber que Ares no se iba a quedar de brazos cruzados. Yo tampoco quiero eso, pero ¿qué puedo hacer? No puedo arriesgarme a lastimar al bebé y Ares tampoco debería.

Me quedo viéndola; la distancia entre nosotros nunca había sido tan grande. Siento que es una extraña para mí. ¿Acaso supe alguna vez quién es?

—Me hiciste pasar años de tormento y desamor; sin embargo, te quedas aquí sentada, sin una pizca de remordimiento. Soy tu hermana, Hannah. ¿Cómo pudiste hacerme esto?

Se ríe con un sonido falso.

—Tú ni siquiera existirías si no fuera por mí. Mis padres solo te tuvieron porque te necesitaban para el trasplante de células madre. Existes, literalmente, para ayudarme a vivir. Ni siquiera nuestros padres te querían, Raven. ¿No te das cuenta? —Frunce las cejas, como si sus palabras fueran completamente ciertas—. Soy la hija que más aman, la pareja más adecuada para Ares, la persona más apropiada para ser una Windsor. Simplemente tenía sentido, no fue nada personal.

Me muerdo un labio por un momento, intentando contener las náuseas que me provocan sus palabras.

—Eres la peor narcisista que haya conocido, crees que te mereces todo, y me duele que seamos familia. No puedo hacer esto, Hannah. Ya no pienso tolerarte más. No te quiero en mi vida. En cuanto tengas a tu hijo, lo que haya entre tú y yo se termina. Juro que voy a querer a tu hijo como si fuera mío, pero tú estarás muerta para mí. Ojalá tuviera el valor para sacarte de mi vida antes. Ojalá me hubiera dado cuenta de que tu egoísmo siempre fue una conducta narcisista. Durante años inventé excusas por ti, me decía a mí y a todos a mi alrededor que eras así solo porque tenías razón en querer vivir tu vida al máximo. Pero ya basta, nuestra relación se termina, Hannah.

Me sonríe.

—¿Este es el momento en el que se supone que yo debería fingir que me importa? ¿Debería romper en llanto y suplicarte que me perdones? Pues no lo haré, Raven. No me arrepiento de absolutamente nada. Lo único de lo que me arrepiento es de no haberme casado con Ares y de haberte subestimado. No pensé que tuvieras las agallas para ir tras él, pero está bien, la situación aún tiene remedio. Así que, anda, mi dulce hermanita. Vete de mi vida por voluntad propia.

Aprieto los dientes y aparto la mirada. Me duele el corazón, a pesar de la rabia que siento. Ya debería estar acostumbrada a esto pero, a pesar de todo, sus palabras me lastiman.

—Eres... —Y entonces un zumbido estruendoso llama mi atención. Miro por la ventana y veo un helicóptero de *The Herald* revoloteando por la mansión.

En toda la casa se activan alarmas; automáticamente comienzan a cerrarse las cortinas y dos guardias entran corriendo.

—Señora Windsor, alguien ha violado la seguridad. El señor Windsor ya viene para acá.

Uno de nuestros guardias, Ben, me pasa una tableta. Se me hunde el corazón cuando veo la foto que acompaña el encabezado. Es una imagen de Ares y Hannah, cuando eran más jóvenes, él está detrás de ella, abrazándola y besándole el cuello.

«Separados cruelmente por anticuadas tradiciones familiares y una hermana malvada», dice el encabezado. Se me oprime el corazón al leer cómo el artículo ofrece una crónica de su relación y, para ilustrarla, incluye fotos que se tomaron a lo largo de los años. Hay una imagen en particular que me da náuseas: nos capturaron a los tres en el estreno al que asistimos recientemente. Ares me toma con fuerza de la cintura, pero está mirando a Hannah. El ángulo de la foto hace ver como si él estuviera suspirando por ella; tan solo de ver eso, me duele.

—Te dije que la situación aún tenía remedio.

Alzo la vista de la tableta, conmocionada.

—¿Tú hiciste esto?

Ella sonríe de oreja a oreja.

—No me dejaste otra opción. Te dije que te alejaras mientras aún tuvieras la oportunidad. Ahora el mundo entero sabrá que no eres nada más que un insignificante remplazo mío. Dondequiera que vayas, la gente va a murmurar lo triste que es que Ares no pueda estar conmigo. En cuanto nazca nuestro bebé, el sentimiento del público se pondrá en tu contra todavía más. ¿Cuánto crees que resistirás bajo tal escrutinio? El mundo entero va a decirte que eres una destruye-hogares. Te van a decir que eres una zorra asquerosa porque te robaste al prometido de tu hermana. ¿Ya leíste los comentarios?

Me deslizo hasta los comentarios y me doy cuenta de que sus palabras son ciertas. El artículo insinúa que yo seduje a Ares cuando quedó claro que Hannah estaba preocupada por su carrera. Me tiemblan las manos cuando tomo mi teléfono, tan solo para descubrir que las secciones de comentarios de todas mis publicaciones están llenas de frases mordaces.

Bajo la tableta y respiro para mantener la calma. Ni en mis sueños más absurdos imaginé que ella sería capaz de esto. Una cosa es que vaya tras de Ares, pero que haga cosas con toda la intención de arruinar mi reputación, aun sabiendo que todos los contratos de modelaje que tengo dependen de mi imagen pública…

—¿Hasta dónde vas a llegar, Hannah? ¿Tienes idea del daño que esto le hará a mi carrera, a mi negocio?

Ella me sonríe.

—No voy a detenerme hasta que me devuelvas todo lo que me quitaste. Aunque lo de Ares conmigo no funcione, no permitiré que te quedes con nada de lo que me pertenece.

Hundo mis manos en mi cabello y respiro entrecortadamente.

—Él siempre fue mío, desde el principio. Incluso aunque no lo fuera, él me ama a mí. Antes y ahora.

Ella niega con la cabeza.

—Yo puedo arreglar eso, ya lo hice una vez, ¿no?

Me hundo en el piso y la ansiedad me carcome. Sí, ya lo hizo antes. La decepción, las mentiras: ¿todo esto es lo que me espera? Va a seguir destruyendo todo lo que tengo, todo lo que soy…

Intento respirar con todas mis fuerzas, pero me arden los pulmones. Lentamente el pánico comienza a abrumarme y me dejo llevar.

—¡Cupcake! —grita Ares. Se hinca junto a mí y me envuelve con sus brazos; entonces se me sale de la garganta el primer sollozo.

Lo abrazo del cuello y me deshago.

—N-no… No puedo hacer esto, Ares. N-no puedo vivir así. N-no puedo seguir haciendo esto.

Me sostiene la nuca y me soba la espalda.

—No tendrás que hacerlo, lo juro. Voy a arreglar esto, nena.

—¡No puedes! —le digo con voz destrozada. Con un hijo de por medio no hay forma que escape de ella. No se va a detener hasta conseguir lo que quiere y yo no podré soportarlo más tiempo.

Sesenta y cuatro

Raven

Entro a nuestra recámara, apenas puedo pensar con claridad, tengo el rostro mojado de tanto llanto y Ares está justo detrás de mí.

—Nena —suplica—. Por favor, por favor, confía en que puedo arreglar esto.

Me giro abruptamente para verlo de frente.

—¿Cómo? —le grito—. ¿Cómo vas a resolver esto, Ares? Hay artículos sobre nosotros por todo internet. Esto no es tan simple como demandar a una revista. Aun si lo hiciéramos, ¡es demasiado tarde!

Entro a nuestro vestidor y descuelgo mi ropa bruscamente, con movimientos erráticos.

—Raven —comienza Ares, con la voz afligida—, ¿qué estás haciendo, Cupcake? No puedes… No hagas esto. Te lo ruego, no hagas esto, Raven.

Niego con la cabeza y tomo mi maleta.

—No voy a pasar un momento más en la misma casa que ella. Lo intenté, Ares. Durante años, lo intenté, sacrifiqué mi propia alma para tenerla contenta en el proceso. Ya no puedo más.

Me toma de los hombros y me detiene, su cara es de pánico.

—Estás loca si crees que voy a dejar que te vayas.

Niego con la cabeza.

—No te estoy dando opción, Ares. No puedo hacer esto. No puedo pasar el resto de mi vida dejando que mi hermana me atormente. No puedo con sus comentarios sarcásticos, sus chantajes sentimentales, su manipulación, ¡sus mentiras!

—Entonces voy a hacer que se vaya, Raven. No hay nada que no haría para asegurar tu felicidad.

Lo abrazo del cuello y lo miro a los ojos, mi corazón está destrozado.

—Sabes que tu abuela no permitirá que se vaya. Ella quiere que Hannah esté a salvo en el complejo Windsor. Quiere que ustedes dos se pongan de acuerdo en cómo colaborar como padres, y no se va a rendir hasta que ustedes resuelvan sus problemas. Hannah lleva a un bebé Windsor en el vientre, Ares, está embarazada de tu hijo. Yo… simplemente no puedo con esto.

—Mi amor, ¿qué me estás diciendo?

Me alejo de él.

—Todavía no lo sé, Ares. Yo solo… solo te pido tiempo para pensarlo, es todo. No puedo estar cerca de ella ahora. No puedo hacerme a un lado y ver cómo intenta destruir mi vida, no de nuevo. Tengo miedo de que, si me quedo, voy a hacer o decir algo de lo que voy a arrepentirme. No puedo contener mi lengua en estos momentos, y lo último que quiero es dañar su salud. ¿Qué pasa si la altero ahora mismo y vuelve a desmayarse? Tu hijo es quien está en riesgo, Ares. No quiero eso en mi conciencia.

Comienzo a guardar mis cosas en la maleta, aventándolas sin pensar. Me saca de quicio la idea de estar cerca de Hannah en este momento.

—Además, necesito pensar si esto es realmente lo que quiero. En mi mente no hay una sola duda de que te amo, Ares. —Me detengo y volteo para verlo de frente—: Pero déjame darte un momento de sinceridad: no estoy segura de que nuestro amor pueda sobrevivir a ella. Hannah ya nos separó una vez, y ambos sabemos que no se detendrá hasta lograrlo nuevamente. ¿Qué tipo de vida es esa?, con tu esposa y la madre de tu hijo peleando constantemente. ¿Qué tipo de ambiente vas a crear para tu hijo? ¿Y qué hay de mí? ¿Qué tanto me dañará estar peleando constantemente con mi hermana, soportando sus intentos por sabotear mi matrimonio?

Ares se desploma de rodillas frente a mí y me toma de las manos.

—Sé lo difícil que es, nena. Sé que ni siquiera debería pedirte esto, considerando todo por lo que has pasado, todo lo que tendrás que soportar más adelante, pero no me importa suplicarte. No puedo ver una vida sin ti, Raven. Te lo ruego, por favor, encontremos la forma de lidiar con esto juntos.

Niego con la cabeza y zafo mis manos.

—Necesito un poco de espacio, Ares. Todo lo que te pido es un poco de espacio para pensar lo que quiero. Durante toda mi vida he considerado a todos mis seres queridos, pero ni una sola vez ellos me han preguntado qué quiero yo de la vida. Incluso casarme contigo fue una orden. Estoy cansada de vivir mi vida según las reglas de los demás, no puedo seguir así. Durante toda mi vida me han manipulado, me han obligado a conformarme hasta caber en los confines que otros me han puesto. Y lo hice. Con una sonrisa en la cara. ¿Y para qué? ¿Para qué lo hice, Ares? Este matrimonio me ha costado la cordura y la carrera. Y todo eso valdría la pena si a cambio te tuviera a ti, pero no. Incluso ahora, después de todo lo que me ha costado, en este matrimonio hay tres personas, y siempre será así. Como la madre de tu hijo, ella siempre será parte de nuestras vidas. Y yo… yo no sé si eso es algo con lo que pueda vivir.

Ares se queda viendo al piso, aún de rodillas frente a mí.

—Una semana —me dice en voz baja—. Te doy una semana para pensar las cosas mientras arreglo el desastre que ocasionó Hannah. —Levanta la mirada hacia mí—: Pero debes saber que, sin importar qué decidas, nunca voy a estar con ella, nunca le daré otra oportunidad. Por el resto de mi vida, tú eres la única mujer a la que voy a amar. Sé que te lastimé, Raven. Sé que te hice promesas que olvidé, pero eso no volverá a suceder. Eres mi mundo entero y voy a hacer todo lo que esté a mi alcance para asegurarme de merecerte, y de que vale la pena que regreses a mí.

Le sonrío con un sentimiento agridulce.

—Siempre valdrá la pena —susurro—. Y siempre te amaré. Solo necesito asegurarme de que la vida que elija es una que me permita amarme a mí también. Estar cerca de Hannah me hace perder la perspectiva de quién soy, Ares, ¿no te das cuenta?

Me toma de la mano y se la lleva a los labios, la besa con tal ternura que me pongo a llorar. En sus ojos puedo ver cómo me suplica y puedo sentir cómo me hace promesas en silencio.

—Voy a arreglar esto —afirma—. Así que regresa en una semana, ¿okey?

Sesenta y cinco

Raven

En cuanto el chofer que vino por mí se estaciona en el elevador de autos, mi corazón está lleno de pesar. El coche comienza a elevarse, hasta que termina estacionado en un rincón de la sala de mi amiga. La puerta del pasajero se abre y mi amiga Alanna me ofrece la mano. Enseguida se abalanza hacia mí, y me envuelve en un abrazo apretado, y ese simple gesto de humanidad es suficiente para que yo me rompa en pedazos. Rompo en llanto, con fuerza, con sollozos desgarradores que se escapan de mi garganta mientras ella me lleva al sofá.

—N-no sabía a dónde más ir —le digo.

Alanna y yo hemos sido amigas desde que entró a mi boutique buscando un vestido de novia. Nadie jamás ha entendido nuestra amistad, pero es una de las más genuinas y cercanas que tengo. Alanna es única, y ahora mismo, es la única persona que me puede dar el consuelo que necesito sin juzgarme.

—Lo voy a matar —susurra.

—Cálmate, psicótica —comenta su esposo, Silas.

Con una sonrisa bondadosa, Silas me presta su pañuelo, que tiene una pequeña Ψ bordada.

—Alanna te preparó esto en cuanto llamaste a nuestra línea de emergencias, hasta lo planchó.

Lo tomo con manos temblorosas y me acurruco más cerca de Alanna; apoyo la cabeza en su pecho y ella me soba la espalda.

—Dime qué pasó, Rave —me pide susurrando.

Trato de respirar profundamente, pero mis sollozos solo incrementan. Alanna me abraza con más fuerza y me peina el cabello con los dedos, trata de consolarme lo mejor que puede.

—Ve por él —le dice a su esposo, con un tono que contrasta por completo con la bondad con la que me está consolando—. Tráeme a Ares Windsor. Si Raven no me va a decir qué fue lo que pasó, haré que él lo haga.

Silas se ríe.

—No es tan fácil, Ray. Estamos hablando de un Windsor, no puedo simplemente llevármelo sin enfrentar consecuencias.

—N-no fue él —digo, atragantada.

Alanna se separa un poco de mí para limpiarme las lágrimas con su pañuelo.

—Entonces, ¿quién?

Sollozo, cierro los ojos y reúno las fuerzas para contarle lo que pasó, sin que me falte detalle. Les cuento del cumpleaños veintiuno de Sierra, de la boda, el embarazo... Termino exhausta y con el corazón roto.

—No veo cómo terminará esto —susurro—. ¿Así será mi vida de ahora en adelante? Se supone que casarme con él sería mi «felices para siempre», pero ahora se siente como el principio del fin, y esta vez, para siempre. Si me quedo, ella seguirá carcomiéndome el alma, hasta que solo quede un caparazón de lo que fui.

Alanna me masajea los hombros y en su rostro puedo ver reflejado el mismo dolor que yo siento.

—Silas y yo tenemos unas cuantas historias de familia y hermanos entrometidos... —Y entonces intercambia miradas con su esposo. Me congelo un momento, al recordar que Alanna fue novia del hermano menor de Silas—. Créeme cuando te digo que el verdadero amor triunfa al final. Sé que ahora parece muy difícil, y creo que tomaste la decisión correcta al alejarte un poco. Estar atorada en ese ambiente hace más difícil recordar por qué decidiste casarte con él en principio, a pesar de las probabilidades. Creo que este tiempo te brindará claridad, Raven.

Y entonces mira a Silas.

—¿Podemos eliminar los artículos que hablan mal de ella?

—Eso es lo que iba a sugerir, pero alguien ya se encargó de eso. Alrededor del mundo entero, los servidores se cayeron. Los noticieros están reportando que al menos dos importantes cadenas de redes sociales colapsaron ahora mismo. Sospecho que Windsor está detrás de esto; no estoy seguro de cómo lo está haciendo, pero claramente va a mover cielo, mar y tierra por el bien de su esposa.

Alanna me sonríe y me lanza una mirada de ánimo.

—¿Ves? Sé que ahora es difícil, pero ese hombre te ama más que nada, aunque tampoco puedo decirte si eso es suficiente para lidiar con Hannah. Siempre odié a esa perra, la destriparía si supiera que me saldría con la mía.

Le sonrío a pesar de las lágrimas y niego con la cabeza.

—Realmente estás demente, ¿verdad?

—Psicótica —murmura Silas en voz baja.

Suena el timbre de la puerta y yo me tenso. Vine aquí porque quería escapar un rato, no solo de los medios, sino también de mi familia. Este debería ser el único lugar al que nadie vendría a buscarme. La casa de Silas y Alanna es una fortaleza.

Silas frunce las cejas y va a la puerta de entrada. Lo escucho gruñir, molesto, luego oigo la voz de Sierra, que llega corriendo a la sala; Alanna sonríe al verla y se hace a un lado para dejarle espacio en el sofá.

—Supuse que estarías aquí. ¿Estás bien? —pregunta Sierra—. Vi las noticias y luego Ares me dijo que te habías ido. Él está muy mal.

—Hablando del rey de Roma... —dice Silas y nos muestra el dueño del número que está llamando a su celular: Ares Windsor.

—¿Windsor?

Pone el teléfono en altavoz y lo sostiene para que todas escuchemos.

—¿Dónde está mi esposa? Los guardaespaldas que la cuidaban me dijeron que perdieron su rastro. Se supone que eran tus mejores elementos, así que ¿dónde carajos está? El mundo entero la está atacando y tus hombres la perdieron, maldita sea. Si alguien le daña un solo cabello te voy a matar.

Abro los ojos al máximo, sorprendida. ¿Guardaespaldas?, debí saber que Ares no pondría en riesgo mi seguridad, pero no puedo creer que jamás me haya dado cuenta de que tenía escoltas cuidándome.

Silas se ríe.

—Ella está a salvo.

Ares se queda callado.

—¿Está contigo?

—No.

—¿Dónde está?

Silas se niega a contestarle y cuelga. No puedo evitar sonreír, agradecida. Necesito un poco de espacio para pensar y no puedo hacer eso con Ares cerca.

—Sí —comenta Silas—, definitivamente está enamorado de ti. Nunca lo había visto perder los estribos, sin importar la situación en que estuviera. Una vez lo vi frustrar un intento de secuestrar a Sierra sin un solo indicio de pánico en el rostro, pero tú te vas por diez minutos y se le cae el mundo entero.

Me abrazo a mí misma y respiro profundamente.

—Lo único que yo quería era su amor, ¿no debería ser eso suficiente? ¿Estoy siendo egoísta?

—No —contesta Sierra—. Ojalá fuera más simple, Rave, pero no se trata nada más de Ares. Queramos o no, ahora Hannah formará parte de tu vida y de tu matrimonio para siempre. En todo caso, tomarte un poco de tiempo para pensar si puedes aceptarlo es lo más justo para ti. ¿No es mejor hacerlo que romper el corazón de Ares en el intento? Sobre todo cuando hay un hijo de por medio. ¿Qué pasaría si el niño se encariña contigo y al final tú decides que no soportas estar cerca de él?

Asiento y me dejo caer en el respaldo del sofá, la cabeza me da vueltas. Por lo menos durante los siguientes meses tendré que soportar chismes constantes y comentarios sarcásticos en la industria para la que trabajo, y eso es solo el inicio. ¿Qué más tendré que soportar si decido quedarme con Ares? ¿Qué tipo de ambiente estaremos creando para el hijo de Ares y Hannah? Sin importar desde qué ángulo lo vea, el resultado de quedarme es que todos seamos infelices. Con el tiempo, eso provocará que el amor entre Ares y yo se vaya apagando.

Sesenta y seis

Raven

Me como un bocado del desayuno que Alanna me preparó, completamente distraída. Por más que intenté, no pude evitar revisar los comentarios de mis redes sociales toda la noche, y no encontré más que odio dirigido a mí. A pesar de los mejores esfuerzos de Ares, *screenshots* de contenido borrado sigue rondando por todos los canales. Nos hemos infiltrado en cada revista de chismes y en todas se están apresurando para crear líneas de tiempo de la relación de Ares y Hannah.

No me sorprendió que *The Herald* informara del embarazo de Hannah, lo cual solo me afianzó como villana. Ahora no solo soy la persona que se está entrometiendo en la relación de dos novios de la infancia, sino también una futura madrastra malvada.

Ver cómo están transformando mi amor por Ares en un espectáculo para el deleite de todos es una de las cosas más difíciles que he tenido que soportar. Están publicando fotos de las que ni siquiera me acuerdo, que muestran cómo nos mirábamos cuando Hannah y él estaban juntos. Los medios han convencido a todo mundo de que yo he estado seduciéndolo durante años, intentando separarlo de Hannah. Y todo esto huele a ella, siempre ha sido así conmigo. En cada una de las cosas que me ha hecho, tergiversa la historia para que yo termine siendo la culpable y la villana, esto es lo que hará por el resto de nuestras vidas.

¿Cómo serán las cosas cuando nazca el bebé? ¿Se las arreglará para usar a su propio hijo en mi contra? No tengo idea de cuánto tiempo le tome poner a Ares en contra mía, pero sospecho que con el tiempo lo logrará.

Tomo un trago de mi café, tratando de sacar de mi mente los videos de gente destruyendo mis diseños, algunos de los cuales yo incluso cosí a mano; todas estas personas dijeron que no iban a estar del lado de una hipócrita destructora de hogares. Luego están las amenazas de muerte de los fans de Hannah, y el declive de mi propio grupo de fans. Me han cancelado numerosos contratos de modelaje sin siquiera darme una explicación. Me está destruyendo, un paso a la vez, y no se detendrá hasta que consiga lo que quiere.

Silas ríe y me mira.

—Windsor compró el *The Herald* y otras revistas de chismes, y les prohibió publicar sobre ti.

El corazón me da un vuelco al pensar en Ares. Realmente creyó que podríamos sobrevivir a lo que fuera, pero con el tiempo él también se va a cansar de esta batalla. No puede salvarme cuando mi propia hermana es quien está ejecutando mi caída en desgracia.

Silas refunfuña cuando suena el timbre y cruza miradas con Alanna.

—¿Cuánto apuestas a que vamos a encontrar a más Windsor en nuestra entrada? —Le sonríe a su marido y alza los hombros—. Sería decepcionante si no se presentaran. Raven merece ser parte de una familia que la ame como su propia familia nunca lo ha hecho. Veamos si los Windsor la merecen o no.

Silas suspira y le sonríe dándole la razón.

—Diez grullas de papel —responde—, eso es lo que me vas a deber si tengo que ser el anfitrión de más miembros de la familia Windsor.

Alanna entrelaza su brazo con el mío.

—Te daré quince.

Sierra apoya la cabeza sobre mi hombro, tan desanimada como yo. Por primera vez no ha intentado darme esperanzas ni ha fantaseado con cuentos de hadas. Ha estado tan callada como yo, ninguna de las dos estamos seguras de lo que nos depara el destino. Sé que ha estado leyendo todas las noticias que hablan de mí y que le duelen tanto como a mí.

La expresión de Silas es desalentadora cuando entra con Lex, Luca y Zane a la sala, y Valentina a unos cuantos pasos. Silas mira a su esposa y ella le sonríe para confortarlo.

Alanna me acaricia el cabello y me sonríe.

—Estaban realmente preocupados por ti. Cada uno me llamó, uno por uno. Como nosotros estamos a cargo de la seguridad de la familia Windsor, no me pareció correcto mantenerlos al margen. No le dije a Ares dónde estás, pero no podía ocultárselo a ellos. Valentina me llamó, ahogada en llanto, y no creo haberla visto llorar antes.

Lex me da un abrazo apretado, y luego Luca hace lo mismo. Zane me revuelve el cabello, con una expresión preocupada.

—¿Estás bien? —pregunta Luca y todos se sientan al comedor.

Valentina me sostiene una mano, sus ojos están completamente rojos. No esperaba verla aquí, pero debí saber que me apoyaría, aunque eso significara enfrentar a Luca.

—Vi los artículos. Ay, Rave, ¿qué hacemos? ¿Deberíamos dar una declaración? La abuela Anne nos ordenó que nos quedáramos callados, porque le preocupa la salud de Hannah y su bebé. Pero… no lo sé… No me parece lo correcto.

Niego con la cabeza.

—Por eso me fui, Val. Sabía que no podía quedarme ahí sin pelear con ella, y sabía que eso podría poner en riesgo su salud y la del bebé. No puedo regresar a casa hasta que mi mente esté clara y serena. Es solo que… en cuanto lo haga, ¿cuánto tiempo pasará antes de que lo que ella haga comience a afectarme? Aunque no lo hiciera, ¿cuánto tiempo podré soportar el acoso de los medios?

Me paso una mano por la cabeza, alterada. Estaba tan cerca de tener todo lo que siempre había querido, pero debí saber que no sería así. Cada vez que encuentro un atisbo de felicidad, me la arrebatan de las manos.

Lexington se tapa la boca con una mano.

—Shhh —susurra—, Ares me está llamando.

Contesta al teléfono y sonríe.

—Sí, hablé con ella y me dijo que estaba bien. Está a salvo. No, no sé dónde está. ¿No le ordenaste al equipo de seguridad que la buscara? —Asiente para sí—. ¿Cómo es que aún no la encuentran? —pregunta, y su preocupación suena claramente falsa—. Okey, bueno, nosotros estaremos al pendiente. —Cuelga y guarda su teléfono suspirando—. Sé que él te prometió una semana, pero no creo que dure tanto tiempo. ¿Qué vas a hacer?

Me les quedo viendo a las personas que se han vuelto la familia que nunca tuve.

—No lo sé —respondo sinceramente—. Me siento como una cobarde por huir, por dejarme vencer.

—Nah —exclama Luca, alzando una mano—, ¿qué tal si normalizamos huir de situaciones tóxicas? No tienes que aguantarte cuando tu salud mental está en juego, solo porque eso es lo que los demás esperan de ti. Está bien reevaluar la situación y decidir si es aceptable o no para ti. A ti nunca te dieron opción con respecto a Ares, pero te mereces una. Tómate tu tiempo, Raven. Todos estamos aquí para ti y, sin importar cuál sea tu decisión final, nunca vas a perdernos, siempre serás nuestra hermanita, como Sierra.

Lex asiente y entrelaza su brazo con el mío mientras yo intento contener las lágrimas.

—Decidas lo que decidas, estamos contigo.

Sierra y Valentina asienten.

—Te amamos, Rave —agrega Sierra—. Solo queremos lo mejor para ti, aun si no es Ares. Sé que amas a mi hermano, pero si yo estuviera en tu lugar, no estoy segura de si estaría dispuesta a aceptar todas esas mierdas por las que has tenido que pasar tan solo para estar con él.

Valentina asiente.

—A veces el amor no es suficiente. Sobre todo cuando es lo único que los mantiene unidos mientras el resto del mundo trata de separarlos.

—Familia Windsor —comienza Silas—, tienen que ver esto.

Frunzo las cejas y lo sigo a la sala; mis ojos se abren al máximo cuando veo a Ares en la pantalla.

—Está transmitiendo desde los canales que tienen los Windsor, o sea, prácticamente todos.

Me llevo una mano al pecho al verlo sonreír en la pantalla, con ojos tan atormentados como los míos.

He notado que los medios están difundiendo información falsa sobre mi esposa, así que permítanme hacer una declaración respecto a estos rumores. Si bien no creo que nuestras vidas privadas deban ser de su conocimiento, estoy muy consciente de que esta cacería de brujas que han iniciado no terminará hasta que tengan la historia completa. Y yo necesito ver el fin de esto, necesito que dejen de acosar y dañar a mi esposa.

Para empezar, quiero que sepan que es cierto que Hannah Du Pont y yo estuvimos juntos por un tiempo. Lo que no saben es que solo lo hicimos debido a las obligaciones familiares. Los Du Pont y los Windsor habían acordado un matrimonio desde hace años, a través del cual también fusionarían Windsor Media con Dreamessence, con la finalidad de dejar la empresa como herencia a sus hijos, entonces cónyuges.

Debido a que Hannah y yo éramos más o menos de la edad, parecía la mejor opción, y nos esforzamos por que eso funcionara. Intenté con todas mis fuerzas amarla, pero nunca pude escapar de lo que sentía por mi esposa. Durante todo ese tiempo, entre mi esposa y yo nunca pasó nada. A diferencia de lo que los medios informan, no hubo infidelidad de mi parte, ni de cerca. Durante años, Raven y yo solo fuimos amigos. Hasta que Hannah decidió huir del compromiso entre nuestras familias.

Hace una pausa y se pasa una mano por la cabeza.

Raven es el amor de mi vida. Dejar nuestra relación fue lo mejor que Hannah pudo hacer por mí. Nadie le hizo daño a Hannah, ella decidió irse. Mi esposa no es una destructo-

ra de hogares, tampoco es la seductora como muchos afirman. Ella solo es una mujer que ama a su familia más de lo que se merece. Ella me ama a mí más de lo que merezco. Y mientras yo viva, voy a corresponder su amor. Así que, heme aquí, tan solo un hombre que ama a su esposa más que a nada, y les pide que detengan esta cacería de brujas. Les suplico que dejen de acosarla, que dejen de dañar los diseños que ella pasó noches enteras cosiendo, que dejen de esparcir rumores. El único error que Raven cometió fue amar a un hombre que no la merece y, por mi propio bien, espero que nunca quiera remediarlo.

Baja la mirada un momento.

Ahora que conocen la verdad, cualquier mentira que se publique acerca de mi esposa se considerará calumnia. Quienes no hagan caso a mi advertencia enfrentarán consecuencias legales. Cualquier calumnia que yo vea circulando en veinticuatro horas a partir de este momento se reportará y pediremos a nuestro equipo legal que se haga cargo. Les pido que consideren cuidadosamente las palabras que publiquen. Las celebridades como mi esposa también son personas. Raven en particular es la persona más sensible que conozco, y se toma en serio cada una de sus palabras. ¿Quieren ser responsables de que una mujer llore incansablemente porque los chismes que ustedes están publicando no son ciertos? Por favor, les pido que hagan lo correcto. —Y entonces sonríe—. *Y, Raven, te amo, Cupcake, sin importar lo que pase.*

La televisión se queda en *off* por unos momentos y luego su mensaje se repite, pero casi no puedo ver la pantalla debido a mis lágrimas.

Sesenta y siete

Raven

Miro contenta cómo Alanna bromea con Sierra y Valentina. Luca, Zane, Lex, Sierra y Valentina se quedaron conmigo, para el placer de Alanna y la molestia de Silas.

Valentina y Sierra se han turnado para dormir conmigo y asegurarse de que no termine en una espiral descendiente debido a las redes sociales. A decir verdad, ya no han publicado más cosas. La súplica de Ares funcionó y la gente ha estado borrando considerablemente sus comentarios. Todo esto también ha suscitado diálogos acerca del ciberacoso y la salud mental de las celebridades, pero mientras el tema esté en la mente de las personas, también nosotros.

—Raven —me llama Alanna.

Voy a hacia ella, que frunce las cejas mientras enciende los monitores de seguridad. Ahí puedo ver a Ares entrando al edificio y abro los ojos al máximo.

Silas refunfuña y aprieta los dientes.

—Vaya, vaya, vaya, pero si se trata del Windsor que menos me agrada.

Alanna y yo lo miramos con los ojos bien abiertos cuando le marca a los policías para pedirles que saquen a Ares. Entonces voltea hacia nosotras con la quijada trabada.

—No saldrás de esta casa a menos que tú quieras. No le voy a permitir que te presione, tómate todo el tiempo que necesites para decidir.

Luca se acerca a mí y me rodea con un brazo.

—Estoy de acuerdo —afirma. Yo me recargo en él con el corazón contento. Una de las cosas que más temía era perder a la familia que gané cuando me casé con Ares, pero ahora me han dejado muy claro que me apoyan, sin importar lo que pase.

—No estoy segura de que era necesario llamar a los policías —comento con cautela.

Lex entrecierra los ojos y me mira.

—Claro que era necesario, no hay otra forma de hacer que Ares se vaya, y tú eres capaz de ceder.

Todos vemos cuando los policías le piden que se vaya. Ares se sale y yo me tenso, tentada a seguirlo. He hecho mi mayor esfuerzo por evaluar si debería quedarme o irme, pero estoy más confundida que nunca. Tal vez logramos atenuar el ataque de los medios hacia mí, pero eso soluciona únicamente un problema. Aún está Hannah y el bebé que van a tener juntos.

—Maldita sea —comenta Zane, apuntando a la pantalla.

Volteo y veo que Ares regresa, con el alcalde a su lado y algo que parece una tienda de campaña. Se ve que está platicando tranquilamente con el alcalde, quien le ayuda a armar la tienda en medio del vestíbulo de Silas.

—¿Es en serio? —pregunta Silas.

Alanna se suelta a carcajadas.

—Ay, por favor, Si —exclama—, esto es exactamente lo que tú harías. A mí me parece muy tierno.

Comienzo a deambular de un lado al otro, mi corazón flaquea. Me muero por ir con él, lanzarme a sus brazos. Pero si lo hago, también tendría que reunir el valor para lidiar con todo lo que eso implica.

—Oye… ¿Rave? —me llama Lex, apuntando a la ventana.

Salgo al balcón y veo que un helicóptero se acerca con una manta que dice «7 días. 168 horas. Dime que sigues siendo mía».

Valentina sonríe.

—Bueno, pues tú pediste una semana y él te la dio. No puedo culparlo por presentarse en los últimos segundos antes de que termine tu tiempo.

Luca sale conmigo al balcón y me rodea con un brazo.

—¿Cómo te sientes, Rave?

Le sonrío.

—¿Sabes?, creo que ya estoy lista para ir a casa con mi esposo. Estar en medio de todo no me daba claridad, pero lo bueno sigue pesando más que lo malo, siempre será así. Tal vez los primeros años sean difíciles, pero creo que puedo soportarlo si eso significa pasar el resto de mi vida con el hombre de mis sueños. Estoy aterrada, y bastante consciente de que no será fácil, pero vale la pena. Él vale la pena.

Suspira, aliviado, y apoya su cabeza en la mía.

—Gracias a Dios —exclama—. Creo que no sobreviviríamos a perderte.

El helicóptero regresa hacia nosotros hasta que se queda revoloteando justo arriba del balcón. Entonces baja una escalerilla y abro los ojos al máximo cuando veo que Ares está bajando.

—¡Qué carajos! —se queja Silas—. Usó la manta para sacarnos al balcón, quería saber si estabas aquí. Qué imbécil más listo, carajo.

Sonrío hacia el helicóptero y sacudo la cabeza. Prometió que nunca me soltaría y lo cumplió. Una parte de mí pensó que él se sentiría aliviado si yo me iba, porque eso implicaría que tenía una oportunidad de regresar con Hannah, pero no pude estar más equivocada.

Silas me sonríe y sacude la cabeza.

—Ya decidiste, ¿verdad?

Asiento.

—Sí.

—Voy a ser sincero contigo, Raven; ojalá lo reconsideraras. Mi hermano y yo nos llevamos bien ahora, pero durante un tiempo tuve que sacarlo de nuestras vidas. Si no lo hubiera hecho, él nunca habría aprendido la lección; y tu hermana tampoco lo hará.

—Lo sé —respondo—, pero es diferente si yo decido soportarla. Tal vez sea una locura, pero creo que voy a estar bien, porque estoy regresando a esa situación por decisión propia.

Ares salta de la escalerilla al balcón; se detiene un momento cuando ve a sus hermanos junto a mí.

—Ay, mierda —exclaman Luca y Lex al mismo tiempo, pero Sierra y Zane solo lo barren con la mirada, ambos a cada lado mío.

—Después me ocuparé todos ustedes —Ares les dice a sus hermanos, y se acerca a mí. Yo lo miro, examino sus ojeras, el anhelo en su mirada. Tendré que soportar un infierno para estar con él, pero estoy a punto de hacerlo con una sonrisa en la cara.

—Raven —susurra, casi como si no pudiera creer que estoy frente a él—. Una sola semana sin ti fue suficiente para convencerme de que no puedo pasar una vida sin ti a mi lado. Mi vida no vale la pena si tú no estás en ella. La cagué, nena, ahora me doy cuenta. Nunca debí dejar que Hannah entrara a tu vida otra vez; en lugar de obedecer a la abuela, debí sacarte de la casa. Te juro que corté todo lazo con Hannah. Ya me aseguré de que toda comunicación con ella se haga a través de la abuela, sin importar de qué se trate. Puse a un equipo entero a cuidarla, le asigné un doctor de tiempo completo, así que no te preocupes por la salud de tu hermana. Le dije que era un acuerdo de tómalo o déjalo, y que yo estuviera en la vida de su hijo dependía solo de ella. Todo lo relacionado con el bebé y ella estará en manos del equipo que la cuidará. Vamos a lidiar con esto bajo nuestros propios términos, y las únicas veces que la veremos será cuando tú quieras. Si eso no es suficiente, y sé que no lo es, al menos es un comienzo. Decidiremos todo lo demás más adelante. —Duda un poco, se pasa una mano por la cabeza—. Sé que soy egoísta, pero no lo puedo evitar. Te he amado desde que tengo memoria, Raven, y siempre lo haré. Ojalá pudiera prometerte una vida sin preocupaciones, pero estar conmigo no será fácil. Lo que sí te puedo prometer es que siempre estarás por encima de todo lo demás y que haré todo lo que esté a mi alcance para asegurar que nunca te arrepientas de haberme elegido. Así que, elígeme, Raven. Por favor, regresa a casa conmigo.

Le sonrío y acaricio su mejilla con el dorso de la mano. Ahora noto lo exhausto que se ve.

—Ares, habría regresado a casa contigo aun si no hubieras hecho todo eso. Te amo, sin importar lo que pase. Lamento haber perdido la perspectiva de todo eso. Dejé que mis dudas y mis inseguridades me tragaran entera y me costó mucho trabajo ver en la oscuridad, pero no volverá a pasar. Te elijo a ti, Ares. Siempre te elegiré, aunque no sea una decisión fácil. Unos cuantos días sin ti me comprobaron que prefiero sufrir contigo que pasar la vida sin ti.

Me toma de las mejillas y pega su frente a la mía.

—No voy a dejar que sufras —me dice—. Estar conmigo no tendrá costo, lo prometo. Tal vez sea difícil creerlo ahora, pero créeme cuando te digo que todo va a estar bien.

Asiento.

—Te creo. Confío en ti.

—Entonces déjame llevarte a casa.

Asiento y él me sonríe con tanto alivio en los ojos que el corazón me da un vuelco. Siempre quise mi felices por siempre de cuento de hadas, pero tal vez eso no exista. Tal vez el amor verdadero es tan solo dos personas imperfectas que eligen estar juntas a pesar de los obstáculos que enfrentarán juntos, y que deciden que eso vale la pena.

Porque sí lo vale.

Sesenta y ocho

Ares

Entro a la casa que dispuse para Hannah con el corazón apesadumbrado. Ojalá no hubiera tenido que llegar a esto, pero a pesar del pleito entre ellas, sé que Raven aún la ama. Desearía no estar en el centro de su conflicto. Lo que quiero es que mi esposa sea feliz, no que se sienta atormentada. Conozco a Raven y sé que aún espera que Hannah cambie, pero no lo hará.

—Ares —dice, sonriendo. Esa sonrisa suya insinuante y engreída me irrita. Tal vez logré disipar muchos de los rumores que Hannah provocó, pero no pude eliminarlos por completo.

—Felicidades —le respondo—, el doctor me dijo que estás a salvo y que el bebé está bien. Parece que un cambio de ambiente era justo lo que necesitabas.

Ella asiente.

—Sí, me encanta este lugar, es mucho mejor que tu casa. Tendremos que renovarla, porque no es apta para un niño y detesto los interiores.

Asiento y me siento en el sofá frente a ella.

—Sí, bueno, no vamos a remodelar nada; Raven decoró la casa con mucho amor y se va a quedar exactamente como ella quiere.

Ella arquea las cejas.

—No dejaré que veas a nuestra hija si el ambiente al que la llevarás no es seguro para ella. Tengo mis reservas sobre que esté cerca de Raven. ¿Qué tal si hace algo para que tenga algún tipo de accidente y lastima a nuestra bebé?

Le miro el vientre. Ya se nota que está embarazada, pero, a pesar de que tiene seis meses, no es tan evidente.

—¿De verdad es mía? Ya te lo pregunté, pero necesito que me digas la verdad, Hannah.

Ella duda un momento, pero luego finge una sonrisa deslumbrante.

—Claro que es tu hija. ¿Otra vez Raven te sembró dudas? ¿Has hablado con ella últimamente?

Me apoyo en el respaldo del sofá y me le quedo viendo.

—No pronuncies el nombre de mi esposa con esa boca sucia —le digo, sonriendo—. Y, explícame esto. —Le paso una carpeta y la miro de cerca cuando la revisa—. Es una prueba de paternidad prenatal. Unos de los análisis que hizo el doctor no eran de rutina. Hicimos unos análisis de las células del feto y las comparamos con mi perfil genético. No concuerdan. Yo no soy el padre. —Me paso una mano por el cabello—. Claro que eso ya lo sabías, ¿no es verdad?

Aparto la mirada, mi corazón se rompe por Raven. La he hecho pasar por tanto y ¿para qué? Sé que ella siempre estuvo cegada ante las barbaridades de Hannah, pero yo no. Le fallé.

—Si le pides perdón a Raven sinceramente, dejaré que te salgas con la tuya por todo lo que le hiciste, si ella me lo pide, y lo hará, porque te ama, a pesar de todo.

Hannah se ríe.

—¿Por qué haría eso? Yo no le he hecho nada. Ella decidió huir porque no pudo con la presión de los medios. Yo nunca te habría hecho eso, habría soportado todo eso a tu lado.

Niego con la cabeza.

—Raven estaba dispuesta a criar un hijo que no era de ella, Hannah. Que se haya ido no tuvo nada que ver conmigo, pero tuvo todo que ver contigo. Nunca le pediría a mi esposa que se conformara con algo que no se merece, pero esto no se trataba de que no quisiera afrontar los problemas a mi lado. Se trataba de que no quería dejar que su hermana la hiciera pedazos por el resto de su vida. Se trataba de ella retomando el poder que tú le hiciste creer que había perdido porque se lo quitaste; se tomó un tiempo para pensar cuáles son sus límites. Y yo la respeto muchísimo por ser capaz de hacer lo que muchos de nosotros no haríamos. Sé que yo te soporté mucho más de lo que debía solo porque pensaba que era lo correcto, ¿o tú no lo has hecho?

Ella baja la mirada y niega con la cabeza.

—Yo de verdad te amo, Ares.

Me río, no puedo evitarlo.

—Hannah, tú no amas a nadie más que a ti misma. Y yo… Dudo haberte amado alguna vez. —Me detengo para observarla, deseando que todo hubiera terminado de otra manera, por el bien de Raven—. Si no le pides perdón a mi esposa, entonces no me culpes por las consecuencias.

Ella se cruza de brazos y sonríe con malicia.

—No lo haré —me dice, arqueando una ceja. Hannah en verdad cree que tiene la ventaja, ¿no? Supongo que con el paso de los años olvidó quién soy. Yo se lo permití porque la versión de mí mismo que le mostré nunca fue el verdadero yo.

—Está bien —le digo y saco mi teléfono para escribir la aprobación a mi equipo para que publique el material que preparamos. Sonrío con sarcasmo cuando su celular comienza a sonar. En segundos, cada canal comienza a cubrir la culminación de su carrera, así como a cada una de las personas con las que se acostó para llegar a la cima. Me tomó unos cuantos días preparar todo, pero sí que valió la pena.

—¿En verdad creíste que yo no sabía de tus aventuras, de los hombres con los que me engañaste en el set? —Suelto una carcajada—. Sí lo sabía, solo que me importaba un carajo. —Señalo su celular con la cabeza—. Espero que disfrutes la experiencia que le provocaste a tu hermana; tal vez ahora, por primera vez, entiendas lo que le hiciste pasar. —Me levanto para irme—. Ah, y, Hannah, nunca más volverás a trabajar para la industria del entretenimiento, quien se atreva a contratarte va a pagar el precio. Te quiero fuera de la vista de mi esposa, no quiero que vea un solo comercial o video. Nada. Voy a sacar del aire todas las películas que financié para ti. No quiero que ella enfrente ni un solo recordatorio de lo que le hiciste. Puedes desaparecer en silencio o puedo hacer que suceda a la fuerza. Por el bien del bebé que estás gestando, te sugiero que pienses bien antes de actuar.

—¡Ares! —grita, pero ignoro sus súplicas y me alejo de ella por última vez, en definitiva.

Sesenta y nueve

Raven

Me paseo por el hogar que Ares y yo construimos, con el corazón apesadumbrado. No hay rastro de Hannah, nuestro personal de limpieza se aseguró de ello. Aun así, siento su presencia. Me pregunto si las cicatrices que dejó se desvanecerán algún día.

Me siento en el sofá, temblando, aún abrumada por las noticias que se publicaron de ella. Incontables aventuras con otros hombres, prueba irrefutable de que el bebé que espera no es de Ares. Llegar a la cima así… Nunca me lo habría esperado. No puedo creer que sea cierto. Es como si nunca la hubiera conocido y me hace sentir todavía peor por haberme sacrificado tanto por ella.

Me siento como una idiota, me avergüenza haber sido tan sumisa. La cuidé durante toda la vida, me sentí culpable por tener la infancia que ella siempre quiso, cuando era obvio que no le faltaba nada.

Hannah siempre supo cómo hacerme sentir inferior y, si no fuera por Ares, nunca habría podido zafarme de su telaraña. Ni siquiera me atrevo a pensar qué habría pasado si ella no hubiera tratado de zafarse del compromiso con Ares. Él y yo aún seríamos infelices, suspirando el uno por el otro. Me sentía tan culpable de desearlo, cuando era ella quien debía sentir remordimiento por la manera en que nos manipuló.

—Señora Windsor. —Alzo la vista y veo al guardia en la puerta; inclino la cabeza como para preguntarle qué pasa—. Su madre vino a verla. El señor Windsor nos ordenó que no dejáramos pasar a nadie de su familia sin que usted diera permiso. ¿Quiere que la deje entrar?

Dudo un momento, pero al final asiento.

—Déjala pasar.

Me apoyo en el respaldo mientras la espero; un dolor comienza a crecer en mi pecho. Durante la semana que pasé con Silas y Alanna, estuve pensando mucho en ella. Hannah no es la única para quien he inventado excusas.

—Raven —dice mi madre con pánico en la voz. Frunzo las cejas y la observo. Su ropa está arrugada, su cabello, despeinado. Creo que nunca la había visto así, ella siempre está perfectamente arreglada. A pesar de su edad, se sigue comportando como la actriz famosa que solía ser.

—¿En qué te puedo ayudar, mamá?

Ella se acerca con los ojos llenos de furia.

—¿Cómo puedes estar aquí sentada y tan tranquila cuando rondan incontables rumores acerca de tu hermana? No te puedo dejar Dreamessence si ni siquiera puedes lidiar con una crisis de relaciones públicas.

Me cruzo de brazos y le sonrío.

—¿Y exactamente qué hiciste para lidiar con la crisis de relaciones públicas que yo sufrí hace tan solo dos semanas? Ni siquiera me llamaste para ver si estaba bien. ¿Sabías que mi papá intentó contratar a Silas Sinclair para que me encontrara y me protegiera cuando no pudo localizarme? ¿Qué fue lo que hiciste tú?

Mi madre vacila, con ojos de sorpresa.

—Bueno, difícilmente podría decirse que fue una crisis. Sabía que tenías a Ares para ayudarte a lidiar con eso.

Suelto una risa hueca.

—Estaba recibiendo amenazas de muerte. La gente estaba quemando mis diseños en las calles, me llamaban destruye-hogares, declararon que nunca apoyarían a una mujer como yo. ¿Viste todo eso y no pensaste en al menos saber cómo estaba?

Asiente lentamente.

—Pero saliste bien librada, ¿o no? En vista de que pudiste sortear ese drama, deberías hacer lo mismo por tu hermana.

Le sonrío.

—¿Por qué debería hacerlo, cuando, para empezar, fue mi esposo quien creó el escándalo?

—¡¿Qué?!

—Si solo viniste para abogar por Hannah, te voy a pedir que te vayas. No voy a ayudarla. —Hago una pausa—. Y si quieres permanecer en mi vida, tendrás que respetar eso. Tienes tus momentos, pero la mayoría del tiempo nunca has sido una verdadera madre para mí. Tu única preocupación siempre ha sido Hannah, y estoy cansada de eso. No necesito ser tu pxrioridad, madre, pero sí necesito que dejes de pisotearme para favorecerla a ella. Estoy cansada de las comparaciones constantes, los comentarios sarcásticos. Si vamos a tener cualquier tipo de relación, será bajo mis términos.

Se me queda viendo con los ojos bien abiertos.

—¿Y a ti qué te pasa? Sé que siempre has estado celosa de tu hermana, pero no estás siendo razonable.

Exhalo y niego con la cabeza.

—Claramente me oíste, pero no me estás escuchando. Tal vez lo hagas, algún día, pero no me voy a quedar sentada esperando ni un momento más.

Me levanto y le hago una señal a Ben, que se quedó esperando en la esquina.

—Por favor acompaña a mi madre a la salida. A partir de ahora, no le permitas pasar.

—¡Raven! —grita furiosa—. ¿Has perdido la razón? Si sigues comportándote así, no te voy a endosar mis acciones de Dreamessence.

Sonrío y me dejo caer en el sofá.

—No las necesito. Nunca me interesó tu empresa, mamá. Y, seamos realistas, para empezar, tú nunca quisiste que yo la heredara. Esta es solo una excusa más para darle a Hannah la empresa. Pues puede quedársela. —La barro con la mirada—. Supongo que eso significará que Ares ya no querrá la fusión, pero que así sea. Lo que sea para tu preciada hija, ¿no? Buena suerte a ambas.

Vuelvo a hacerle una señal a Ben y él se acerca a mi madre, quien se ve intranquila, pero ya no tengo las fuerzas como para que me importe. Ya no me queda nada más que dar.

Se me rompe el corazón cuando veo cómo se va. Una parte de mí tiene la esperanza de que con el tiempo se dé cuenta de cómo me alejó, pero estoy casi segura de que eso no sucederá.

—Estoy orgulloso de ti, Cupcake.

Abro los ojos al máximo, y cuando volteo hacia atrás veo que Ares está recargado contra la pared. Se endereza y se acerca a mí con una sonrisa dulce.

Sus ojos nunca se apartan de los míos cuando se hinca frente a mí y me toma de las manos.

—Hoy quiero llevarte a un lugar especial. ¿Me dejas?

Le sonrío.

—¿Qué todavía no entiendes que voy a seguirte hasta el fin del mundo?

Él sonríe, me toma de la barbilla y se agacha.

—Es lo que más deseo —susurra y roza mis labios con los suyos.

Setenta

Ares

En el trayecto hacia el helicóptero que nos espera, el corazón me retumba. He negociado más contratos multimillonarios de los que puedo contar, pero nunca había sentido tanto miedo como hoy.

—¿Estás bien? —me pregunta Raven mientras le abrocho el cinturón de seguridad—. Estás tan callado.

Asiento, sin poder reprimir los nervios, y me siento junto a ella.

—¿Adónde vamos? —me pregunta a través de los audífonos.

Le sonrío.

—Ya verás.

La tomo de la mano y volamos hacia la cabaña donde comenzó nuestra historia. Sé que no tiene caso preguntarme «¿qué hubiera pasado si…?», pero últimamente no puedo más que desear que las cosas hubieran sucedido de manera diferente. ¿Qué hubiera pasado si no me hubiera emborrachado y hubiera recordado lo que pasó esa noche con Raven? ¿Nos habríamos casado felizmente hace años? Hubiéramos construido tantos recuerdos juntos y ambos nos habríamos ahorrado muchísimo sufrimiento.

—¡Vaya! —Raven señala por la ventana con una gran sonrisa en la cara cuando ve cientos de flores esparcidas por el césped. Está tan hermosa, todavía no puedo creer que al fin sea mía.

—Vamos —le digo en cuanto aterrizamos y le ofrezco una mano. La manera en que me mira… De verdad nunca voy a cansarme de eso.

Mi corazón se acelera cuando camino con ella a través de la plataforma que mandé a construir, con cientos de arreglos florales alrededor de nosotros. Me esforcé por que el lugar se vea tan romántico como fue posible, pero tengo miedo de que no sea suficiente.

Raven suelta unas risitas cuando giro para verla de frente.

—¿Qué es esto, Ares?

Me muerdo un labio, en lo que reúno el valor. Maldita sea, me sudan las manos, así de nervioso estoy. Definitivamente esto nunca me había pasado. Claro que es normal, porque ella es la única con quien pierdo la razón.

—Raven —le digo—, quería traerte de vuelta al lugar en el que todo comenzó, porque hay algo que quiero pedirte.

Saco de mi bolsillo la cajita de joyería que he tenido guardada por más tiempo del que quiero admitir y la abro. Ella abre los ojos al máximo y yo pongo una rodilla en el piso.

—Raven Windsor, eres el amor de mi vida. Si me preguntaras cuándo fue que me enamoré de ti, no sé qué respondería… porque la verdad es que no recuerdo un momento en el que no te amara. Todo lo que te puedo decir es que con cada día que pasa, te amo más.

Eres lo mejor que me ha pasado en la vida, la luz de mi existencia, mi parte favorita del día. Eres la mujer de mis sueños, la única que creí que se me había escapado. Desearía poder regresar en el tiempo y enmendar las injusticias por las que pasamos, pero no puedo, nena. Lo único que sí puedo hacer es prometerte que, durante cada uno de los días que pasemos juntos, voy a compensar todo el tiempo que perdimos. Si me lo permites, haré todo lo que esté a mi alcance para proteger tu sonrisa, para hacerte feliz. No hay nada que no haría por ti, Raven.

Me cuesta trabajo respirar, me tiemblan las manos.

—Cuando nos casamos, nos habíamos perdido de muchas cosas, de un sinfín experiencias que no pasamos juntos. Así que volvamos a empezar, mi amor. Quiero que tengas todo lo que te mereces, todo lo que habríamos tenido. Así que, aquí, en el lugar donde nos besamos por primera vez, quiero preguntarte una vez más: Raven, ¿me harías el hombre más feliz del mundo casándote conmigo?

Alzo la mirada, sus ojos están llenos de lágrimas, y asiente.

—Sí, Ares, sí me caso contigo. Si pudiera regresar en el tiempo, volvería a hacerlo, volvería a elegirte. Siempre te elegiré a ti.

Sonrío y me invade un gran alivio. Le pongo el anillo de compromiso que le compré junto a su argolla de matrimonio. Hacen juego a la perfección.

Me levanto y abrazo a mi esposa.

—Te amo, Raven. Volvamos a hacerlo, empecemos de nuevo. Te quiero en un vestido de novia que tú elijas, en un lugar que nos encante a ambos, rodeados de la gente que realmente queremos. Quiero una boda que sea solo para nosotros y que no tenga que ver con nuestras obligaciones o nuestras familias. Te quiero a ti.

Me mira con ojos llorosos y asiente.

—De verdad eres cada sueño hecho realidad, ¿lo sabías?

Se mira el anillo, asombrada, luego me mira.

—¿Cómo supiste? —me pregunta—. Este es exactamente el anillo que quería.

Dudo y le quito un mechón de cabello de la cara.

—¿Te acuerdas del día en que te pedí que me acompañaras de compras a una joyería? Esa vez te quedaste mirando un rato los anillos de compromiso, y tus ojos se pasmaron en uno muy parecido a este. —Ella asiente, sin duda recordando que ese día íbamos a comprarle un regalo a Hannah—. Al día siguiente llamé a Laurier y le pedí que confeccionara este anillo. Quería un recuerdo del anillo que te encantó ese día, pero quería algo que nadie más en este mundo tuviera. Fue estúpido, porque en ese entonces no había forma en que pudiera dártelo, pero necesitaba tenerlo. No sé... tal vez una parte de mí sabía que algún día estaríamos juntos.

—Ese día —susurra Raven—, cuando vi ese anillo, recuerdo que pensé que no me imaginaba casándome con nadie más que contigo.

Bajo la cabeza para apoyarme en la de ella, con el corazón afligido.

—Perdimos tanto tiempo —murmuro. Haría lo que fuera para poder regresar en el tiempo y tener una segunda oportunidad. Si pudiera volver, nunca dejaría que nadie ni nada se interpusiera entre nosotros.

—Tal vez —comenta—, pero quizás haya sido lo mejor. Ambos tuvimos tiempo para crecer, para ser mejores versiones de nosotros mismos que cuando éramos más jóvenes. Nuestras vidas nos moldean, Ares, y aunque daría lo que fuera para haber tenido esos momentos contigo y borrar algunos recuerdos que tengo de ti... Una parte de mí también se siente agradecida de que estemos aquí juntos como las personas que somos hoy. Agradezco cada lección, cada sube y baja en nuestras vidas, porque al final, todo eso me llevó a ti.

Le acaricio una mejilla y asiento.

—Sí, es verdad —susurro y me agacho, para rozar mis labios con los suyos—. Y nunca más volveré a dejarte ir.

[Escena extra]

Raven

—Te apuesto cien dólares a que llora —desafía Sierra a Alanna, con una expresión llena de alegría al pensar en las lágrimas de su hermano.

—No estoy segura —responde Valentina—. Sospecho que va a mantener la calma. Yo digo que a lo mucho se le van a humedecer los ojos. Tus hermanos no van a permitir que Ares llore, le van a hacer alguna broma tonta para ponerlo de nervios.

—Diablos —se queja Sierra—, probablemente tengas razón.

Creo que no he dejado de sonreír en todo el día, y tengo que agradecérselo a ellas dos.

—Vamos —les digo—, ayúdenme a ponerme el vestido.

Sierra admira mi vestido de novia mientras lo quita del gancho con mucho cuidado. Es el mejor de mis diseños, hasta ahora, a pesar de que es muy simple. Es ajustado y de corte trompeta, con un profundo escote en V y una tonelada de cuentas bordadas exquisitamente. Ares todavía no lo sabe, pero no voy a dejar que me quite este vestido hasta que encuentre todo lo que oculté en el diseño. Me tomó bastante tiempo y es increíblemente difícil distinguir los elementos, pero en el bordado de las cuentas oculté un panquecito, la letra «A», un cuervo y muchas otras cosas más.

Justo cuando Sierra y Valentina terminan de arreglarme, tocan a la puerta y entra mi padre con una sonrisa en la cara. Se detiene, sorprendido, y menea la cabeza.

—¡Guau! —susurra—. Cariño, te ves más que hermosa. —Solloza mientras se enjuga las lágrimas y, con manos temblorosas, se estira hacia mí.

Con delicadeza, y un tacto reverente, me acaricia el cabello.

—Recuerdo el primer día que te tuve en brazos. En ese entonces creí que te amaba, pero conforme fuiste creciendo y te volviste la asombrosa mujer que eres hoy, mi amor por ti creció aún más. Ojalá no tuviera que entregarte, Raven. Ojalá te hubieras quedado como mi querida niña.

Parpadeo para evitar que se me escurran las lágrimas, y al abrazarlo con fuerza, a él sí le caen por todo el rostro.

—Siempre lo seré, papá, eso nunca va a cambiar.

Él aprieta más su abrazo.

—Esta vez es diferente —susurra.

—Lo sé.

—Me dirías si no eres feliz, ¿verdad? Si no quieres regresar a casa, te compro una nueva para ti. Sin importar lo que pase, siempre tendrás un hogar.

—Claro, papá. —Me separo un poco para verlo a los ojos—. Pero, no tienes por qué preocuparte, ¿okey? Por primera vez en mi vida, soy realmente feliz.

Él asiente y su expresión es como si me comprendiera, aunque con renuencia.

—Okey —dice, más para sí mismo que para mí—. Okey —repite con más firmeza. Hagámoslo, entonces. ¿Estás lista, hermosa?

Asiento y esperamos, vemos cómo Valentina y Sierra salen y caminan hacia el altar al frente de mí. Ares y yo decidimos casarnos en el mismo lugar en el que me propuso matrimonio, y Sierra decoró el lugar al grado de casi no reconocerlo. Transformó el terreno alrededor en un oasis floral, completó con un salón de fiestas que tiene pista para bailar y mucho más. Pensé que a mí me encantaría planear mi propia boda, pero lo que en realidad ansiaba era la conexión que conllevaría la ceremonia, convivir durante las etapas de la planeación, pero dejar que Sierra se ocupara de casi todo es lo mejor que pude haber hecho.

Mi papá y yo llegamos al final del pasillo, y observo a Ares antes de que él me vea. Miro cómo Lex se inclina hacia él y le susurra algo al oído, de la misma manera que lo hizo la primera vez que nos casamos. Los ojos de Ares destellan furia y aprieta los dientes. Sin duda Lex acaba de decirle algo ilógicamente ofensivo, solo para calmarle los nervios. Ares alza la vista y nuestras miradas se cruzan. Es como si todo lo demás se desvaneciera y su expresión se transforma en completo asombro. Tal como Sierra y Valentina anticiparon, se le llenan los ojos de lágrimas y traga saliva con trabajo. Sus hermanos se ríen y le dan un codazo, pero él no me quita los ojos de encima ni por un segundo.

La última vez que crucé este pasillo estaba llena de miedo e inseguridad, pero esta vez lo único que siento es amor. Mi papá y yo caminamos lentamente, sus pasos son renuentes, pero yo me tomo un momento para mirarlo y darle confianza. Pensé que extrañaría tener a mi madre y a mi hermana conmigo en este día pero, para mi sorpresa, no es así. He llegado a entender que, más que a ellas, lo que extraño es el papel que desearía que fungieran en mi vida, pero que nunca hicieron. Aun si les diera la oportunidad de volver a formar parte de mi vida, no llenarían el hueco que crearon en mi corazón.

Cuando llego al frente, logro ver la mirada de la abuela, me observa con tanto amor, que mi propio corazón se desborda. Tal vez perdí parte de mi propia familia, pero gané una nueva que me ha cambiado por completo el significado de esa palabra.

Mi papá vacila un poco antes de poner mi mano sobre la de Ares; y mantiene la suya sobre la mía.

—Cuida bien a mi niña —le advierte con voz quebrada.

Ares le sonríe como para darle confianza.

—Eso haré, sin importar lo que pase.

Mi papá asiente y se aleja. Entonces el oficiante comienza la ceremonia. El jardín está repleto de las personas que más amamos. No hay prensa, ni invitados que no conozcamos, tampoco cuchicheos ni rumores. En el aire solo flota amor.

—Te ves despampanante —susurra Ares.

Le sonrío con travesura y el corazón acelerado. Creo que nunca me había sentido tan feliz.

—Supongo que tú también te ves bien —bromeo.

—¿Nada más «bien»?

Sonrío y me muerdo un labio.

—Está bien —lo consuelo—, puedo remediarlo.

—¿Ah, sí, nena? ¿Cómo?

Trato con todas mis fuerzas ser discreta pero, por la manera en que estoy sonriendo, yo sola me delato.

—Solo tendré que quitar todas estas tonterías que están cubriendo mis partes favoritas de ti.

Ares suelta una carcajada y no puedo evitar sonreírle de vuelta.

—Te amo, señora Windsor, más que a nada. Eres todos mis sueños hechos realidad y mucho más. Mi amor por ti nunca se apagará, nunca disminuirá. Tú lo eres todo para mí, Raven, para siempre.

Mi corazón se acelera y lo miro a los ojos. No se supone que pronunciaríamos votos personales y, aun cuando nos estamos susurrando el uno al otro, el oficiante está recitando sus líneas por encima de nuestras voces, pero es perfecto. Todo en este día es perfecto. A lo largo de los años, siempre encontramos pequeños momentos nuestros, sin importar dónde estábamos o con quién. Y ahora no es diferente.

—Yo te amo más, Ares. Te he amado a lo largo de las peores partes de nuestras vidas y te amaré a lo largo de las mejores. Ya quiero envejecer contigo, para recordar juntos todas las memorias que atesoraremos. Siempre te amaré, Ares, sin importar lo que pase.

El oficiante se dirige a nosotros, listo para que pronunciemos los votos oficiales, que repetimos como debe ser. Pero, nuestros propios votos... esos están en cada latido, en cada sonrisa, cada vez que encontramos el camino de regreso a nuestra unión, a pesar de las probabilidades.

Si algo nos ha enseñado el tiempo es que el lazo entre nosotros es inquebrantable. Sin importar lo que pase.

Epílogo

Ares

Entro al vestidor de mi esposa y me recargo contra la pared, tan solo para tener un momento y observarla. Su maquillador está dando los últimos retoques y ella se ve magnífica. Esta noche, su cabello está suelto y alborotado, le cae por todo el cuerpo, lo cual acentúa el vestido color crema que trae puesto.

Es el mismo vestido que la vi dibujando en el cumpleaños de Hannah. Verla con él puesto esta noche es increíble. Su creatividad no conoce límites y no podría estar más orgullosa de ella.

Cuando me ve, le brillan los ojos. Me enderezo y le sonrío. Raven les pide a todos que nos dejen solos, sin duda entendió lo que le dije con la mirada.

—Ares —dice, sonriendo. Nunca voy a cansarme de la manera en que dice mi nombre. En sus labios es al mismo tiempo oración y pecado.

—Nena —susurro—, te ves demasiado hermosa en esto. No puedo soportarlo. Ya puedo imaginar a todos esos pervertidos que te acosan haciendo comentarios sobre las fotos de este desfile.

Ella se ríe.

—Es el último, mi amor —promete—. Este es mi último desfile como modelo profesional. De ahora en adelante, solo voy a modelar para mi marca, cuando yo quiera.

—Pues está muy bien que el último desfile que hagas sea también tu propio espectáculo de pasarela. Una puerta se cierra, pero otra se abre.

Ella asiente.

—Pensé que sería un buen simbolismo, ¿no crees? —Me toma de la corbata y se la enrosca entre los dedos—. Aunque, tengo que admitir que voy a extrañar los comentarios de «quierolamerlarodilladeraven» en mis fotos. Me pregunto qué tendría que decir sobre esta última pasarela.

Me río y niego con la cabeza.

—Sé de buena fuente que está obsesionado contigo y que va a seguir mandándote mensajes directos con comentarios sucios.

—¿Ah, sí? —se ríe—. Tal vez deba comenzar a darle espectáculos en privado.

Asiento.

—Creo que a él le encantaría. —Le abrazo la cintura y la jalo hacia mí—. ¿Un momento de sinceridad? Siempre he detestado la manera en que la gente te mira cuando estás en el escenario. —Bajo mis labios hacia los de ella y le arruino el labial con un beso—. Nunca interferí en eso porque te tengo el mayor respeto, mi amor, pero siempre quise que todos supieran que eres mía.

Levanta la mano y me la pone sobre una mejilla.

—Estoy casi segura de que mi anillo de matrimonio es visible hasta para los de la última fila.

Sonrío con travesura y le levanto el vestido hasta que lo tengo arremangado a la altura de sus caderas.

—No es suficiente, Cupcake. —La siento sobre su tocador y le abro las piernas—. Me voy a asegurar de que tus pensamientos sean solo para mí, mientras todos esos hombres te estén mirando,

Ella me sonríe cuando le recorro la entrepierna con un dedo.

—Otra vez no traes nada puesto —gimo.

Raven suelta una risita y mete una mano en mi cabello.

—Ares —dice con voz ronca—, cuando tú estás cerca, los demás hombres desaparecen. Siempre serás el único para mí.

Sonrío de oreja a oreja cuando me doy cuenta de que está húmeda para mí. Con solo un toque, ella ansía mi pene con desesperación. Le meto dos dedos y me deleito con la forma en que gime para mí.

—Te amo, maldita sea —gimo mientras me desabrocho el cinturón.

Libero mi pene y ella ahoga un grito.

—Ares —me advierte—, tengo que estar en el escenario en veinte minutos.

—Ya lo sé —le digo mientras acomodo mi pene—. Te voy a coger tan fuerte que seguirás sintiendo mi pene cuando desfiles por la pasarela. Todo el mundo te va a desear, pero con cada paso que des, vas a recordar a quién le perteneces.

La embisto y ella cierra los ojos del gozo.

—Mírate, nena. Eres una zorrita, mi amor. Sonríes con tanta felicidad cuando te lo meto aquí en tu vestidor. Alguien podría entrar en cualquier momento, pero no te importa, ¿verdad?

Ella niega con la cabeza, con los ojos vidriosos mientras la sigo embistiendo hasta el fondo.

—No pares —me ruega.

Me río y levanto sus caderas un poco para asegurarme de llegar a su zona G, y me la cojo como sé que le gusta.

—Ares —jadea—, ay, mierda, Ares.

Con Raven, siempre voy a querer más. Podría oírla gemir mi nombre todo el día y, pronto, eso haré. Después de este maldito desfile, me la voy a llevar a casa y no voy a dejarla salir de la cama más de diez minutos por una semana entera.

—Ay, Dios —gime—. Más.

Sonrío y la embisto con más fuerza, para darle lo que ansía.

—No quiero que luego te quejes de que te duele la vagina. Acuérdate, tú me lo pediste.

Me mira, con los labios abiertos y los ojos llenos de lujuria.

—Dame con todo —me dice y yo la obedezco.

Me cojo a mi esposa con todo, sin que me importe que salgan botellas y brochas volando de su tocador mientras lo hago. Ella comienza a jadear más rápido hasta que la tengo diciendo mi nombre como si fuera una maldita oración.

—No puedo… —gime y entonces sus músculos se contraen alrededor de mi pene, con lo cual me lleva consigo. Me vengo dentro de ella y ahora su linda vagina queda toda embadurnada. Yo sonrío.

—Claro que sí, carajo —exclamo y me salgo para mirar. Sonrío y le meto todo mi semen de vuelta—. Vas a caminar por esa pasarela con mi semen escurriéndote por las piernas —le digo—. Así que no olvides ni por un segundo a quién carajos le perteneces.

Ella asiente y en sus ojos veo lujuria y amor. No puedo creer que logré que esta hermosa mujer fuera mi esposa. Me hace sentir como un maldito rey y no puedo quitarme la sonrisa mientras la beso.

—Te dejo para que te alistes, Cupcake —susurro contra sus labios—. Voy a estar en la primera fila, aplaudiéndote.

Me alejo un paso, pero Raven me jala hacia ella. Me río mientras mi esposa me da un último beso y luego me empuja del pecho, para que me vaya. Sí, esta es una maldita obsesión. Tan solo dejarla unos momentos me duele.

—¿Por qué sonríes así? —me pregunta Sierra cuando me siento junto a ella en los asientos reservados. Le sonrío con travesura a mi hermana y ella finge que va a vomitar—. Ustedes dos son asquerosos.

Le doy un ligero codazo, para pedirle que se calle porque la abuela se acerca a nosotros, del brazo del papá de Raven, a quien le sonrío, y estrechamos manos. Raven no le habla a su mamá ni a su hermana, pero su papá sigue apareciendo para apoyarla en lo que puede.

—Me da gusto que estés aquí —le comento, y es en serio. Él asiente, aunque en su rostro veo un poco de pesar. Sin duda hubiera querido no venir solo, pero yo lo prefiero así. Hannah y su madre están cortadas con la misma tijera, y Raven está mucho mejor sin ellas. No las necesita. Recorro con la mirada el público que vino: mi abuela, Zane, Lex, Sierra; incluso están Silas y Alanna. Dion voló hasta acá para su desfile, que está a punto de comenzar. Raven es amada y no necesita a nadie más que nosotros. Ahora somos familia.

Luca se acerca a nosotros y todos nos congelamos cuando vemos que viene con Valentina, entrelazando manos. Él nos sonríe; Val, en cambio, mantiene la vista abajo.

—Abuela —dice y se sienta junto a ella, y hace que Valentina se acomode junto a él, en el asiento que le reservaron a Dion. Luego voltea a la abuela sonriendo—, Valentina y yo nos casamos —dice así nada más—. Necesito que canceles mi compromiso.

La abuela los examina con cuidado, es evidente que no puede creerlo.

—Ya veremos —responde y aparta la mirada para ver el escenario.

¿Qué? Estaba tan seguro de que la abuela aceptaría de inmediato a Valentina, entonces, ¿qué carajos está pasando? Luca me mira con impotencia y yo meneo la cabeza, confundido. Cuando lo envalentonamos, no esperábamos que fuera corriendo a casarse con Val, pero, claro está, esa era la meta final, y Luca es más que eficiente.

Se apagan las luces y comienza el espectáculo. Todo se desvanece cuando mi esposa sale al escenario. Se ve hermosa, como siempre, y no puedo creer que sea mía.

No la merezco, pero mientras viva, voy a hacer todo lo que esté a mi alcance para asegurarme de que nunca lo sepa. Voy a hacerla tan feliz que el futuro cercano siempre eclipsará el pasado que nos atormenta. Por el resto de nuestras vidas, voy a demostrarle lo que significa realmente ser la prioridad de alguien, porque eso es ella para mí. Lo es todo.

¿Quieres más de Raven y Ares? ¡Descarga un capítulo borrado sobre su segunda boda desde mi sitio web!

Lee la historia de Alanna y Silas: *Bittersweet Memories*

Lee la historia de Valentina y Luca: ¡pronto anunciaré el título!